TEQUILA VERMELHA

RICK RIORDAN

TEQUILA VERMELHA

TRADUÇÃO DE GUSTAVO MESQUITA

EDITORA RECORD

RIO DE JANEIRO • SÃO PAULO

2011

CIP-Brasil. Catalogação-na-fonte
Sindicato Nacional dos Editores de Livros, RJ

Riordan, Rick
R452t   Tequila vermelha / Rick Riordan; tradução de
Gustavo Mesquita. – Rio de Janeiro: Record, 2011.

Tradução de: Big Red Tequila
ISBN 978-85-01-09155-0

1. Romance americano. I. Mesquita, Gustavo.
II. Título.

10-5942.   CDD: 813
                                            CDU: 821.111(73)-3

TÍTULO ORIGINAL EM INGLÊS:
Big red tequila

Copyright © 1997 by Rick Riordan.
Publicado mediante acordo com Gina Maccoby Agência Literária através de
Lennart Sane Agência AB.

Texto revisado segundo o novo Acordo Ortográfico da Língua Portuguesa.

Composição de miolo: Abreu's System

Todos os direitos reservados. Proibida a reprodução, no todo ou em parte,
através de quaisquer meios. Os direitos morais do autor foram assegurados.

Direitos exclusivos de publicação em língua portuguesa para o Brasil
adquiridos pela
EDITORA RECORD LTDA.
Rua Argentina, 171 – Rio de Janeiro, RJ – 20921-380 – Tel.: 2585-2000,
que se reserva a propriedade literária desta tradução.

Impresso no Brasil

ISBN 978-85-01-09155-0

Seja um leitor preferencial Record.
Cadastre-se e receba informações sobre nossos lançamentos   EDITORA AFILIADA
e nossas promoções.

Atendimento e venda direta ao leitor:
mdireto@record.com.br ou (21) 2585-2002.

A Haley Michael Riordan, *bienvenido* e um bom começo

Agradecimentos

Muito obrigado a Glen Bates, da ITS Agency; ao policial Sandy Peres, do Departamento de Polícia de San Antonio, e ao cabo McCully, do Departamento de Polícia de Bexar, por suas observações; a Shelley Singer, pelos conselhos; à turma da Presidio Hill School, pelo apoio; a Erika Luckett, pelas dicas sobre o melhor do espanhol; a Gina Macoby e Kate Miciak, pela ajuda ao levar a versão final à gráfica; a Jim Glusing, por suas histórias; a Lyn Belisle, pelo incentivo, e em especial a Becky Riordan: sem ela nada teria acontecido.

1

 — Quem? — disse o homem que ocupava meu novo apartamento.
— Tres Navarre.
Apertei o contrato de aluguel contra a porta telada mais uma vez, para que ele o visse. Fazia quase 40 graus na varanda do pequeno apartamento. O ar-condicionado vazava pela porta telada e evaporava no meu rosto. De alguma forma isso fez com que o calor parecesse ainda maior.

O homem dentro do apartamento relanceou o papel e então, com os olhos semicerrados, olhou para mim como se eu fosse uma bizarra obra de arte moderna. Através da tela de metal ele parecia ainda mais feio do que provavelmente era: corpulento, uns 40 anos, cabelo à escovinha, as feições espremidas no centro do rosto. Estava sem camisa e usava o tipo de short de poliéster que apenas os professores de educação física têm coragem de usar.

Use palavras curtas, pensei.

— Meu aluguel começou no dia 15 de julho. Isso quer dizer que você já deveria ter saído. Já é dia 24.

Nenhum sinal de remorso no professor. Ele olhou para trás, distraído por uma falta no jogo da TV. Voltou a olhar para mim, desta vez um pouco irritado.

— Olha, idiota — respondeu. — Eu disse para Gary que precisava de mais algumas semanas. Minha transferência ainda não saiu, entendeu? Talvez em agosto você possa ficar com o apartamento.

Olhamos um para o outro. Em uma nogueira-pecã próxima à escada alguns milhares de cigarras começaram com seu zunido metálico. Olhei para o taxista que ainda esperava estacionado ao meio-fio, com o taxímetro rodando, lendo satisfeito o guia da TV. Então olhei para o professor e sorri; amistoso, diplomático.

— Olhe. Vamos fazer o seguinte. O caminhão de mudança chega amanhã, da Califórnia. Isso quer dizer que você precisa sair hoje. Mas já que você já está aqui há uma semana por minha conta, acho que posso lhe dar mais uma ou duas horas. Vou pegar as malas do táxi, então quando eu voltar você pode me deixar entrar e começar a arrumar suas coisas.

Se é que era possível, os olhos do sujeito se estreitaram ainda mais.

— Mas que porra é...

Dei as costas para ele e fui até o táxi. Não tinha trazido muita coisa no avião: uma mala de roupas e outra de livros, além de Robert Johnson na caixa de transporte. Peguei minhas coisas, pedi ao motorista para esperar e então segui pela calçada. Pecãs esmigalhavam-se sob meus pés. Robert Johnson estava em silêncio, ainda desorientado pelo voo traumático.

A casa não parecia muito melhor numa segunda olhada. Como a maioria dos outros gigantes sonolentos da Queen Anne Street, o número 90 tinha dois andares, telhado antigo com placas verdes, parede lateral com a madeira aparente e poucos resquícios de tinta branca, e uma grande varanda fechada submersa em toneladas de buganvílias. O lado direito da casa, de onde se projetava a varanda do inquilino, havia cedido um pouco e agora jazia inclinado para trás, como se aquela parte da construção houvesse sofrido um derrame.

O professor havia aberto a porta para mim. Na verdade ele estava sob o batente, sorrindo, com um bastão de beisebol nas mãos.

— Eu disse *agosto*, seu cretino.

Coloquei as malas e a caixa com Robert Johnson no primeiro degrau. O professor sorriu como se acabasse de ouvir uma piada de duplo sentido. Um dos seus dentes da frente tinha duas cores diferentes.

— Já pensou em dar uma passada no dentista?

Mais algumas rugas se formaram na testa do homem.

— Mas que...

— Esquece — eu disse. — Você tem algumas caixas de papelão ou vai colocar suas coisas em sacos de lixo? Você me parece ser do tipo que usa sacos de lixo.

— Vai se foder.

Sorri e subi os degraus.

A varanda era estreita demais para uma tacada, mas ele fez o possível para acertar a ponta do bastão no meu peito. Esquivei para o lado e dei um passo na direção do homem, agarrando o pulso dele.

Se aplicarmos a pressão do jeito certo, podemos utilizar o ponto *nei guan*, logo acima da junta do pulso, que pode ser usado no lugar do desfibrilador para estimular o coração. Um dos motivos que levam as avós chinesas a usar aqueles bastões compridos nos cabelos é, na verdade, estimular o ponto *nei guan* caso alguém da família tenha um infarto. Aplique um pouco mais de pressão e isso provoca uma descarga um tanto desagradável no sistema nervoso.

O rosto contraído do professor ficou vermelho, aquecido com o choque. O bastão de beisebol rolou as escadas com ruídos secos. O homem estava curvado no chão, agarrando o próprio braço, quando abri a porta.

A TV ainda estava ligada na sala; um comediante do *Saturday Night Live* em ostracismo entornava uma cerveja rodeado por cinco ou seis líderes de torcida. Não havia mais nada no cômodo a não ser um colchão, uma pilha de roupas em um canto e uma poltrona sebenta. Sobre a pia da cozinha havia uma pilha de pratos sujos e caixas de fast-food. O cheiro era algo entre carne frita e roupa suja molhada.

— Você fez maravilhas por este lugar. Estou entendendo por que...

Quando me virei, o professor estava de pé atrás de mim e seu punho, a alguns centímetros do meu rosto, a caminho da aterrissagem.

Girei para fora da trajetória e puxei o pulso do homem para baixo com uma das mãos. Com a outra golpeei o cotovelo dele, no sentido contrário ao do movimento. Tenho quase certeza de que não o quebrei, mas certeza absoluta de que aquilo doeu como o diabo. O professor desmoronou no chão da cozinha e eu fui conferir o banheiro. Uma escova de dentes, uma toalha, a última *Penthouse* sobre a caixa da descarga. Todos os confortos do lar.

Precisei de 15 minutos para encontrar um rolo de sacos de lixo e enchê-los com as coisas do professor.

— Você quebrou meu braço — disse o sujeito. Ele ainda estava sentado no chão da cozinha, apertando os olhos com força.

Tirei a TV da tomada e a levei para fora.

— Algumas pessoas gostam de colocar gelo em juntas doloridas como essa — eu disse, enquanto tirava também a poltrona de dentro do apartamento. — Acho que é melhor se você usar uma bolsa de água quente. Mantenha a junta aquecida. Daqui a dois dias você não vai sentir nada.

Ele disse que ia me processar, acho. Disse muitas coisas, mas eu não estava mais prestando atenção. Estava cansado, o dia estava quente e eu começava a me lembrar de por que ficara longe de San Antonio por tantos anos.

O professor sentia dor o bastante para não resistir muito quando o enfiei no táxi com quase todas as suas coisas e paguei ao motorista para levá-lo a um hotel barato. Deixando a TV e a poltrona no gramado em frente à casa, levei minhas coisas para dentro e fechei a porta.

Robert Johnson esgueirou-se com cautela para fora da caixa de transporte quando a abri. Seu pelo preto estava alisado para a frente num lado do corpo e os olhos amarelos, bem abertos. Ele estremeceu um pouco ao firmar as patas no chão. Eu sabia como se sentia.

Ele farejou o carpete e então olhou para mim com total desdém.

— Rau — ronronou.

— Bem-vindo ao lar.

2

 — Eu estava mesmo pensando em despejar o sujeito um dia desses — resmungou Gary Hales.

Meu novo senhorio não parecia muito preocupado com meu desentendimento com seu antigo inquilino. Gary Hales não parecia se importar com muita coisa.

Gary era a aquarela anêmica de um homem. Os olhos, a voz e a boca do velho não tinham nenhuma energia, e a pele era de um azul desbotado que combinava com a camisa *guayabera* que usava. Desconfiei que derreteria completamente se pegasse uma chuva braba.

Ele olhou para o contrato como se tentasse lembrar do que se tratava. Então leu o documento mais uma vez, movendo os lábios, acompanhando cada linha com a ponta de uma caneta preta que segurava na mão trêmula. Empacou na linha da assinatura e franziu as sobrancelhas.

— Jackson?

— Legalmente — respondi. — Tres, de terceiro. Geralmente me chamam assim, a não ser que você seja minha mãe e esteja irritada. Nesse caso seria Jackson.

Gary olhou para mim.

— Ou, ocasionalmente, "idiota" — sugeri.

Os pálidos olhos do velho não estavam fixos em nada. Achei que provavelmente tinha perdido a atenção dele depois de "legalmente", mas ele me surpreendeu:

— Jackson Navarre — disse lentamente. — Como aquele xerife assassinado?

— É. Isso mesmo.

Então começou a vir um barulho da parede. Os olhos de Gary buscaram com indiferença o lugar de onde vinha o som. Esperei uma explicação.

— Ela me pediu o número daqui — explicou, como se estivesse lembrando a si mesmo. — Então eu disse que ia mudar o número para o seu nome amanhã.

Ele arrastou os pés sala adentro e puxou da parede uma tábua de passar retrátil. No vão atrás dela havia um telefone preto antigo, com disco giratório.

Atendi no quarto toque e disse:

— Mãe, você é inacreditável.

Ela suspirou alto no fone, um som de satisfação.

— Apenas um antigo admirador na companhia telefônica, querido. Quando você vem me visitar?

Pensei no assunto. A ideia não era das mais tentadoras depois do dia que eu tivera. Por outro lado, eu precisava de transporte.

— Talvez hoje à noite. Preciso pegar o Fusca emprestado se você não tiver se livrado dele.

— Aquela coisa está parada na minha garagem há dez anos — ela disse. — Se você conseguir fazê-lo funcionar, ele é todo seu. Vai visitar Lillian hoje à noite?

Ao fundo, ouvi o som de uma tacada e do estouro de bolas de sinuca. Alguém riu.

— Mãe...

— Está bem, não perguntei. Nos vemos mais tarde, querido.

Depois que Gary voltou para a parte principal da casa, conferi meu relógio: três da tarde em São Francisco. Mesmo numa tarde de sábado havia uma boa chance de encontrar Maia Lee no escritório do Terrence & Goldman.

Não tive essa sorte. Quando a secretária eletrônica atendeu, explicando o significado de "horário comercial", deixei meu número novo e então fiquei em silêncio por um segundo, pensando no que dizer. Ainda podia ver o rosto de Maia às cinco horas daquela manhã, quando ela me deixara no aeroporto de São Francisco — sorrisos, beijo fraternal, uma pessoa educada que não reconheci. Desliguei.

Encontrei vinagre e bicarbonato na despensa e passei uma hora limpando cheiros e vestígios do antigo inquilino no banheiro, enquanto Robert Johnson praticava escalada na cortina do boxe.

Um pouco antes do entardecer alguém bateu à porta.

— Mãe — resmunguei comigo mesmo. Então olhei pela janela e vi que não era tão ruim: apenas uma dupla de policiais uniformizados encostados numa viatura estacionada em frente, esperando. Abri a porta e dei com o segundo rosto mais feio que vira pela porta de tela naquele dia.

— Sabe — grasnou o homem —, alguém acaba de me passar uma queixa de um tal de Bob Langston, número 90 da Queen Anne Street. O sujeito é oficial de informações no Fort Sam, nada menos. Agressão, é o que diz aqui. Invasão, diz aqui. Langston alega que um louco chamado Navarre tentou matá-lo a golpes de caratê. Meu Deus do céu.

Fiquei surpreso com o quanto ele havia mudado. As bochechas haviam murchado, pareciam duas crateras, e ele ficara careca ao ponto de pentear para cima uma mecha do cabelo ensebado para disfarçar. As únicas coisas que tinha mais agora eram barriga e bigode. A primeira cobria a fivela de 10 quilos do seu cinto; o segundo cobria-lhe a boca quase até o queixo duplo. Lembro que quando criança eu me perguntava como ele conseguia acender os cigarros sem incendiar o próprio rosto.

— Jay Rivas — eu disse.

Talvez ele tenha sorrido. Não havia como saber, com toda aquela cabeleira. De alguma forma ele achou a boca com o cigarro e deu uma longa tragada.

— Então sabe o que eu disse para o pessoal? — perguntou Jay. — Eu disse sem chance. Não é possível que eu tenha tido a sorte de o filhinho de Jackson Navarre ter voltado de São Gaycisco para iluminar a minha vida. Foi o que eu disse a eles.

— Foi tai chi chuan, Jay, e não caratê. Puramente defensivo.

— Que diabo, garoto — ele disse, apoiando a mão no umbral da porta. — Você quase arrancou o braço do sujeito. Me dê um motivo para eu não providenciar acomodação gratuita para você no xadrez hoje à noite.

Expliquei a ele sobre Gary Hales e meu contrato de aluguel e, então, sobre a recepção nada calorosa do Sr. Langston. Jay não pareceu ficar impressionado.

Mas é claro que Jay Rivas nunca parecia ficar impressionado quando o assunto era a minha família. Ele trabalhara com meu pai no fim da década de 1970, em uma investigação conjunta que não tivera um fim muito bom. Meu pai havia expressado seu desagrado a amigos no Departamento de Polícia, e agora lá estava o detetive Rivas atendendo a casos de agressão sem importância.

— Você chegou aqui bem rápido, Jay. Devo ficar lisonjeado ou eles normalmente o enviam para chamadas insignificantes?

Jay soprou fumaça através do bigode. Seu queixo duplo adquiriu uma bela coloração vermelha, como a de um sapo.

— Por que não entramos para discutir o assunto? — sugeriu ele, com voz calma.

Ele fez um gesto para que eu abrisse a porta de tela. Não ia rolar.

— O ar-condicionado está ligado, detetive — eu disse.

Olhamos um para o outro pelo que pareceram dois minutos. Então Jay me desapontou. Recuou, desceu os degraus, levou o cigarro à boca e deu de ombros.

— Está bem, garoto — ele disse. — Mas não esqueça.

— O quê?

Desta vez tenho certeza de que ele sorriu. Percebi que o cigarro inclinou para cima em meio à cabeleira.

— Meta o nariz no que quer que seja e eu providencio companheiros de cela bem legais para você lá na central.

— Você é um ser humano muito gentil, Jay.

— Gentil o diabo.

Jay jogou o cigarro no capacho "Deus Abençoe o Lar" de Bob Langston e caminhou com arrogância até os dois policiais que esperavam por ele. Fiquei vendo a viatura sumir pela Queen Anne Street abaixo. Então entrei.

Admirei meu novo lar: as bolhas de infiltração emboloradas no teto, a tinta cinzenta que começava a descascar nas paredes. Olhei para Robert Johnson. Ele estava sentado na mala aberta e olhava para mim com expressão de ultraje. Uma dica sutil. Liguei para Lillian com a sede de um homem que precisa de água depois de um trago de *mescal*.

Valeu a pena.

— Tres? — disse ela, e arrancou fora os dez últimos anos da minha vida como se fossem lenços descartáveis.

— É. Estou na minha casa nova. Mais ou menos.

Ela hesitou.

— Você não me parece muito feliz.

— Não é nada. Conto depois.

— Não posso esperar.

Ficamos em silêncio por um minuto — aquele tipo de silêncio no qual nos inclinamos sobre o fone, tentando nos espremer para dentro com força.

— Eu te amo — disse Lillian. — É muito cedo para dizer isso?

Engoli a bola que estava entalada na minha garganta.

— Às 9 está bom? Preciso resgatar o Fusca da garagem da minha mãe.

Ela riu.

— A Coisa Laranja ainda funciona?

— É bom que funcione. Tenho um encontro quente hoje à noite.

— Pode ter certeza.

Desligamos. Olhei para Robert Johnson, ainda sentado sobre a mala.

— Se vira — eu disse a ele.

Senti como se fosse 1985 outra vez. Ainda tinha 19 anos, meu pai estava vivo e eu ainda amava a garota com quem planejava casar desde o oitavo ano. Seguíamos pela estrada I-35 a 110 por hora em um Fusca velho que não passava de 100, bebendo tequila de primeira com refrigerante vermelho Big Red. Champanhe de adolescente.

Mudei de roupa mais uma vez e pedi um táxi. Tentei me lembrar do gosto da Tequila Vermelha. Não sei se conseguiria voltar a beber algo parecido e sorrir, mas estava pronto para tentar.

3

A Broadway, entre a Queen Anne Street e a casa da minha mãe, era pontuada por restaurantes mexicanos cor-de-rosa. Não as espeluncas familiares que me lembravam os tempos da escola, mas franquias com letreiros de néon e flamingos pintados em tons pastel nas paredes. Devia haver um a cada 500 metros.

Os marcos do centro de Alamo Heights haviam desaparecido. Os Montanios haviam vendido o bar 50-50, onde meu pai tinha uma mesa cativa. O Sill's Snack Shack era agora um posto Texaco. A maioria dos lugares como esses, que levavam os nomes de pessoas que eu conhecia, havia sido engolida por redes nacionais sem rosto. Outros estabelecimentos estavam fechados, e as insensíveis placas de "Aluga-se", desbotadas à beira da ilegibilidade.

Mas a cidade ainda tinha milhares de tons de verde. Em todos os quarteirões se viam carvalhos centenários, acácias e louros-da-montanha. Era o tipo de verde que normalmente só se vê em uma cidade logo depois de uma boa chuva.

O sol se punha, mas ainda fazia 35 graus quando o táxi entrou na Vandiver. Não havia as cores suaves do fim de tarde em

São Francisco, montanhas para lançar sombras, neblina para colorir o cenário para os turistas na Golden Gate. Ali a luz era verdadeira; tudo que ela tocava adquiria foco, ficava delineado no calor. O sol ficava de olho na cidade até seu último instante no horizonte, olhando para nós como se dissesse: "Amanhã vou quebrar sua cara."

A Vandiver Street não mudara. Sprinklers traçavam círculos nos gramados e aposentados fantasmagóricos com olhar perdido emolduravam as janelas de suas casas brancas pós-Segunda Guerra. A única diferença era que minha mãe havia reformado a dela mais uma vez. Se não tivesse reconhecido o velho carvalho em frente, o pátio de terra batida coberto de nozes e arbustos de morangos selvagens, teria deixado o táxi seguir em frente.

Mas assim que a vi, fiquei tentado a seguir em frente de qualquer forma. A casa era de estuque agora — tinha paredes verde-oliva e telhas de barro. Da última vez que a vira, mais parecia uma cabana de madeira. Antes disso, tinha um pseudo-estilo Andrew Lloyd Wright. Com o passar dos anos minha mãe ficara íntima de diversos empreiteiros que dependiam dela para ter estabilidade financeira.

— Tres, querido — disse ela quando abriu a porta, puxando meu rosto com as duas mãos para me beijar.

Ela não mudara. Aos 56 anos, ainda poderia ser confundida com uma trintona. Usava um vestido guatemalteco folgado, fúcsia com bordados azuis, e os cabelos pretos estavam presos com um emaranhado de fitas coloridas; o cheiro de incenso de baunilha a acompanhou à porta.

— Você está ótima, mãe — eu disse, com sinceridade.

Ela sorriu e me arrastou para dentro pelo braço, até a mesa de sinuca em um canto da sala.

A decoração mudara de clássico para neo-Santa Fé, mas o tema era o mesmo: "coloque coisas por todos os lados". Estantes e mesas estavam atulhadas com facas antigas, bonecos de papel machê, caixas de madeira trabalhada, réplicas de coiotes uivando para réplicas de luas, um cacto de néon, qualquer coisa que chamasse atenção.

Ao redor da mesa de sinuca estavam três velhos conhecidos da escola. Cumprimentei Barry Williams e Tom Cavagnaro. Ambos haviam sido do meu time de futebol americano. Eles estavam lá porque minha mãe adorava entreter seus convidados com sinuca e cerveja de graça. Então fiz um gesto de cabeça para Jess Makar, que terminara o colégio quando eu estava no primeiro ano. Jess estava lá porque namorava minha mãe.

Eles fizeram as perguntas-padrão de cortesia e eu as respondi, depois voltaram ao jogo e minha mãe me levou até a cozinha.

— Jess está envelhecendo com elegância — eu disse.

Ela contraiu os lábios e me fuzilou com o olhar ao fechar a porta da geladeira. Então me ofereceu uma garrafa de Shiner Bock.

— Não comece, Jackson.

Quando ela me chamava daquele jeito, pelo nome que herdara do meu pai e do meu avô, eu nunca sabia ao certo se estava repreendendo apenas a mim ou a toda a linhagem de homens Navarre. Talvez ambos.

— Você podia ao menos dar uma chance a Jess — ela disse, ao sentar-se à mesa. — Depois dos anos que dediquei ao seu pai, mais os anos até que você terminasse a escola, acho que finalmente tenho o direito de fazer minhas próprias escolhas.

Desde o divórcio, minha mãe fizera muitas escolhas. Em 15 anos passara de campeã de tortas do clube de esposas do Texas Cavaliers a artista com preferência por telas grandes, homens mais novos e Nova Era.

Ela voltou a sorrir.

— Agora me fale de Lillian.

— Não sei.

Uma pausa cheia de expectativa, à espera de uma admissão de culpa.

— Você soube o suficiente para voltar — disse ela por fim.

O que ela queria que eu dissesse: que me casaria com Lillian amanhã, assim, sem mais nem menos, com base apenas em cartas e telefonemas que trocamos desde que ela me ligara, inesperadamente, dois meses antes? Era o que minha mãe queria ouvir, e seria verdade. Mas em lugar disso, bebi minha Shiner Bock.

Ela assentiu como se tivesse ouvido uma resposta.

— Eu sempre soube. Uma moça criativa como ela... Sempre soube que você não ficaria longe para sempre.

— É.

— E a morte do seu pai?

Levantei o olhar. O ar de energia frenética que geralmente a circundava como um perfume forte sumira totalmente. Estava séria agora.

— O que você quer dizer? — perguntei.

Claro que eu sabia o que ela queria dizer. *Eu havia voltado para tratar disso também ou deixara o assunto para trás?* Ela olhava para mim, à espera de uma resposta. Olhei para minha cerveja. O carneirinho do rótulo também me olhava.

— Não sei — respondi. — Achei que dez anos afastado fariam diferença.

— E deveriam fazer, querido.

Assenti, sem olhar para ela. Na sala, alguém encaçapava uma bola com uma pancada seca. Depois de um minuto minha mãe suspirou.

— Não é tarde para você e Lillian — ela disse. — Mas seu pai... isso é diferente. Esqueça isso, Tres. As coisas mudaram.

Quinze minutos e três tentativas de ressuscitação automotiva (acompanhadas dos devidos palavrões) depois, meu Fusca conversível voltou à vida tossindo e se moveu com estouros na descarga. O barulho do motor não parecia nada promissor, mas também não estava pior do que uma década antes, quando concluí que não resistiria à viagem até a Califórnia. O farol esquerdo ainda estava queimado. Um copo descartável no qual eu bebera cerveja em 1985 ainda estava preso entre o banco do carona e a alavanca do freio de mão. Acenei para minha mãe, que não envelhecia fazia duas décadas.

Eu dirigia a caminho da casa de Lillian, a mesma casa onde ela morava no verão em que eu fora embora.

— As coisas mudaram — repeti, quase desejando acreditar nisso.

4

 — Agora sei que estou amando — disse Lillian, depois de experimentar o drinque.

A margarita perfeita deve ser servida com gelo, e não frozen. Deve-se usar suco de limão, e nunca uma coqueteleira. Deve-se usar Cointreau, e não qualquer triple sec. Nenhuma tequila é permitida, a não ser a Herradura Anejo, uma marca até pouco tempo encontrada apenas do outro lado da fronteira. Os três ingredientes devem ser misturados em proporções iguais. E, sem sal na borda do copo, poderia muito bem ser um daiquiri.

Sentei ao lado de Lillian no sofá e experimentei a minha. Já fazia alguns anos desde que trabalhara atrás de um balcão de bar, mas a margarita estava definitivamente passável.

— Bem, não é Tequila Ver... — eu disse, melancólico.

O sorriso de Lillian foi cintilante, algumas novas rugas haviam sido talhadas ao redor de seus olhos.

— Não se pode ter tudo.

O rosto dela tinha um pouco de tudo, exatamente como eu me lembrava. Os olhos eram um pouco grandes, como os de um gato, as íris pontilhadas com tantos tons de castanho, azul e cinza que ficava difícil dizer que eram verdes. A boca era larga; o nariz, tão delicado que beirava o fino. Os cabelos castanho-claros, que agora usava à altura dos ombros, exibiam tantas nuances de louro e ruivo que pareciam não ter uma cor definida. E ela tinha muitas sardas, ainda mais perceptíveis agora que estava bronzeada. De alguma forma tudo isso contribuía para torná-la linda.

— Ao que parece o seu dia foi um inferno, Tres. Estou impressionada que ainda esteja de pé.

— Nada que um jantar com enchiladas e uma mulher bonita não curem.

Ela pegou minha mão.

— Alguma em particular?

Pensei a respeito.

— Guacamole ou salsa.

Lillian deu um tapa na minha coxa e me chamou de coisas não muito lisonjeiras.

Nós sabíamos das coisas. Seria impossível reservar uma mesa no Mi Tierra num sábado à noite. A ideia é simplesmente mergulhar na multidão de turistas e sanantonianos, acenar com dinheiro e esperar conseguir uma mesa em menos de uma hora.

Valeu a pena. Conseguimos uma mesa próximo à padaria, de onde travessas de *pan dulce* com cheiro de canela e cores vibrantes saíam a cada poucos minutos. As paredes ainda estavam decoradas com luzes de Natal e havia tantos *mariachis* que pareciam moscas, só que mais gordos. Ameacei Lillian, dizendo que pediria que tocassem "Guantanamera" para nós a não ser que me deixasse pagar o jantar. Ela riu.

— Golpe baixo. Sou uma empresária bem-sucedida.

Ela prometera me mostrar a galeria no dia seguinte. Era um lugar pequeno em La Villita, que tocava em sociedade com o antigo mentor da faculdade, Beau Karnau. Vendiam basicamente artesanato mexicano para turistas.

— E a sua arte? — perguntei.

Ela abaixou os olhos um instante, sorrindo, mas não muito. Assunto delicado.

Dez anos antes, quando deixei a cidade, Beau Karnau e Lillian vinham discutindo a carreira dela — exposições em Nova York, em museus, novos rumos para a arte fotográfica moderna. Quando o mundo redescobrisse o talento de Beau (que aparentemente havia chamado atenção por cerca de três meses na década de 1960), Lillian seguiria seu rastro para a fama. Agora, dez anos depois, Beau e Lillian vendiam badulaques.

— Não tenho tanto tempo como na época da faculdade — disse ela. — Mas isso vai mudar. Estou com novas ideias.

Preferi não insistir. Depois que um garçom grandalhão com um bigode maior ainda anotou nossos pedidos, Lillian mudou de assunto:

— E você? Agora que está de volta e sem trabalho, quero dizer. Não deve ser muito fácil sem uma licença de detetive particular.

Dei de ombros.

— Alguns escritórios de advocacia gostam disso; ajuda informal para casos nebulosos, nada de registros de pagamento. Já tenho algumas indicações. São muitos os amigos dos amigos de Maia.

No instante em que disse o nome, me arrependi. O efeito foi como se um tijolo houvesse caído entre nós, no centro da mesa. Lillian lambeu lentamente um pouco de sal da borda do copo. Nada mudou no seu rosto.

— Sempre é possível arrumar trabalho despejando inquilinos indesejados — ela brincou.

— Ou posso ajudá-la a vender sua arte.

Ela sorriu com o cantinho da boca.

— Quando eu tiver que dar uma chave de braço para convencer um cliente a comprar minha arte, aí eu vou saber que é hora de abandonar para sempre a câmera e o pincel.

O garçom voltou trazendo uma cesta enorme de tortillas caseiras e manteiga. Infelizmente, Fernando Asante veio até nossa mesa logo atrás.

— Minha nossa! — disse ele. — Se não é o filho de Jack Navarre...

Antes que eu conseguisse colocar no prato a tortilla na qual passava manteiga, estava apertando a mão dele, olhando para seu rosto moreno envelhecido e uma fileira sorridente de dentes de ouro. O cabelo de Asante era tão fino e ele usava tanto gel para penteá-lo para trás que quase se podia acreditar que ele o tivesse desenhado com uma caneta hidrocor.

Levantei para apresentar Lillian ao vereador mais antigo de San Antonio. Como se ela não soubesse quem era Asante. Como se qualquer pessoa da cidade que lesse o *Express-News* não soubesse.

— Claro — disse Asante. — Lembro-me da Srta. Cambridge. Fiesta Week. Inauguração do Travis Center, com Dan Sheff.

Asante tinha talento com nomes, e o comentário caiu como outro tijolo sobre a mesa. Lillian ficou séria. O vereador apenas sorriu. Eu sorri. Um sujeito branco havia se aproximado de Asante e aguardava pacientemente, com a expressão distraída e taciturna que a maioria dos guarda-costas desenvolve. Cerca de 1,80 m, cabelos pretos ondulados, botas e calça jeans, camiseta e paletó de linho. Muitos músculos. Ele não sorriu.

— Vereador. Você apareceu na imprensa de São Francisco há pouco tempo — eu disse.

Asante adotou sua melhor expressão de modéstia.

— A inauguração do Travis Center. Milhões em receita para a cidade. Amigos ligaram de todo o país, dizendo que haviam acompanhado as notícias na imprensa.

— Na verdade foi aquela reportagem sobre o senhor e a secretária no parque Backenbridge.

Lillian sufocou uma risada engasgando com a margarita. O sorriso de Asante cedeu por um momento, e então ele o retomou um pouco diferente, como se estivesse rosnando. Ficamos em silêncio por alguns segundos. Eu vira o vereador dirigir aquele olhar para meu pai diversas vezes nos anos em que eles viviam nos calcanhares um do outro. Eu estava muito orgulhoso por ver que ele agora o dirigia a mim. Pensei que onde quer que meu pai estivesse, estaria cortando a ponta de um charuto com uma dentada e chorando de tanto rir.

O amigo corpulento de Asante sentiu a mudança no clima, acho. Ele se aproximou da mesa.

— Adoraria que nos acompanhassem — propus. — Jantar de casais?

— Não, obrigado, Jack — disse o vereador. Aquela era a segunda vez no mesmo dia que alguém me chamava pelo nome do meu pai. Soava estranho. — Ouvi dizer que voltou para ficar. — Ele não parecia gostar do som daquilo. — Pode ser muito difícil encontrar emprego por aqui. Se tiver problemas, não deixe de falar comigo.

— Obrigado.

— É o mínimo que posso fazer. — Um sorriso de político voltou a emoldurar o rosto do vereador. — Não é todo dia que um xerife do município de Bexar é morto a tiros. Seu pai... aquela não foi uma boa forma de sair de cena.

Asante continuava a sorrir. Eu contava as jaquetas de ouro nos dentes dele, pensando se seria muito difícil arrancá-las.

— Sempre quis poder fazer algo pela sua família, Jack, mas... bem, você deixou a cidade tão rápido. Como uma lebre. Ouviu o tiro e zum, lá estava você na Califórnia.

Uma jovem com cabelos alaranjados e vestido cintilante se aproximou por trás dele e esperou a uma distância respeitosa. Asante olhou para trás e assentiu.

— Bem — disse ele, dando um tapinha na barriga. — Hora de jantar. Como eu disse, se precisar de alguma coisa, Jack, fale comigo. Bom revê-la, Srta. Cambridge.

O fã-clube de Asante o seguiu até uma mesa próxima. Minha enchilada provavelmente estava boa. Não lembro.

Por volta da meia-noite eu e Lillian fomos até a casa dela, com a capota do Fusca arriada. As estrelas brilhavam e o ar estava quente e limpo como roupa recém-lavada.

— Sinto muito por Asante — disse ela, depois de algum tempo.

Dei de ombros.

— Tudo bem. Voltar para casa é assim. É inevitável reencontrar também os idiotas.

Ela pegou na minha mão quando estacionamos em frente à casa dela. Ficamos ali ouvindo a música mexicana que vinha do vizinho. As luzes estavam acesas. Latas de cerveja eram abertas e as vozes em espanhol eram tão altas que dava para discernir algumas palavras. O acordeão de Santiago Jimenez gemia em "Ay te dejo en San Antonio".

— Mas hoje à noite foi difícil de qualquer jeito — disse Lillian. — Acho que vamos precisar de algum tempo para assentar as coisas.

Ela levou minha mão aos lábios. Eu olhava para ela, lembrando-me da primeira vez que a beijara naquele carro. Ela usava um vestido branco de alcinha, os cabelos estavam curtos como os de Dorothy Hamill. Tínhamos 16 anos, acho.

Beijei-a agora.

— Faz dez anos que eu estou assentando as coisas — eu disse a ela. — Tudo deve ficar mais fácil daqui por diante.

Ela olhou para mim por um longo tempo com uma expressão que não consegui decifrar. Quase se decidiu a dizer alguma coisa. Então me beijou.

Foi difícil falar por algum tempo, mas eu disse, finalmente:

— Robert Johnson vai ficar bravo se eu não levar essas sobras para ele.

— Enchiladas para o café da manhã? — sugeriu Lillian.

Entramos.

5

Tudo em Lillian era familiar, dos lençóis de linho ao cheiro de frutas cítricas dos cabelos dela quando finalmente adormeci mergulhado neles. Eu até mesmo esperava sonhar com ela para variar, como no passado, mas não aconteceu.

Os sonhos começaram como uma exibição de slides: fotografias de meu pai nos jornais, manchetes do *Express-News* que foram gravadas na minha memória naquele verão. Era uma noite de maio de 1985, eu estava em pé na varanda da casa do meu pai na cidade de Olmos Park. Um Pontiac cinza surrado, provavelmente modelo 1976, com janelas escuras e sem placas, encostava no meio-fio enquanto meu pai ia pela calçada em direção à porta, carregando duas sacolas de compras. Carl Kelley, o xerife assistente e melhor amigo dele, vinha alguns passos atrás. Por algum motivo lembro-me exatamente do que Carl carregava: um pacote com 12 latas de cerveja Budweiser em uma das mãos e uma melancia na outra. Eu abria a porta para eles, com os olhos vermelhos de estudar para as provas do fim do meu segundo semestre na Universidade Texas A&M.

Meu pai estava no auge da corpulência, quase 130 quilos de músculos e gordura enfiados em uma calça jeans folgada e uma camisa quadriculada. Fios de suor escorriam pela borda do chapéu Stetson marrom, e ele subia os degraus com um charuto apagado pendurado no canto da boca. Olhou para mim, me dirigiu um dos seus sorrisos travessos e começou a dizer alguma coisa, provavelmente uma piada sobre mim. Então um buraco pequeno surgiu na sacola que ele carregava com o braço direito. Um filete branco de leite esguichou. Ele ficou confuso por um instante. O segundo tiro abriu um rombo na frente do Stetson.

Tateando em busca da arma, Carl se atirou no chão à procura de cobertura, no mesmo instante em que meu pai caiu morto no chão. Ele estava a três meses de se aposentar. A melancia lançou uma polpa de um vermelho vivo em todas as direções ao explodir na calçada. O Pontiac cinza arrancou e sumiu de vista.

Quando acordei sozinho na cama de Lillian, a música mexicana do vizinho havia parado. O abajur de vidro cor-de-rosa estava aceso, formando quadrados de luar rosados no chão de madeira. Pela porta aberta do quarto vi Lillian nua na sala, envolvendo o corpo com os braços, olhando para uma de suas fotos na parede.

Ela não pareceu ouvir quando a chamei. Quando cheguei por trás e envolvi seus ombros com os braços, ela enrijeceu o corpo. Os olhos não abandonaram a foto.

Era um dos trabalhos dos tempos da faculdade, uma foto-colagem de imagens preto e branco de animais, rostos, insetos, prédios, pintadas à mão e reunidas em uma massa surrealista. Lembro-me da semana de dezembro em que Lillian trabalhou nela como projeto de conclusão do semestre. Fiz o melhor possível para distraí-la. Acabamos com recortes de fotos espalhados sobre a cama e grudados nos nossos suéteres.

— Inocente — ela disse, imersa em pensamentos. — Beau costumava me levar para o interior. Morríamos de frio a noite toda nos sacos de dormir, no topo de um morro em algum lugar no meio do nada em Blanco, para fotografarmos uma chuva de meteoros, ou caminhávamos por 10 hectares de pasto nos arredores de Uvalde para estarmos no lugar certo ao amanhecer e captar a luz por trás de um moinho de vento. Ele dizia que cada foto devia ser registrada ao maior custo possível. Então eu fico olhando para as minhas velhas colagens, como essa, e penso no quanto havia sido fácil.

— Talvez inocente seja forte demais.

Ficamos ali juntos e olhamos para a colagem por um minuto.

— É estranho — ela disse. — Você estar aqui.

— Eu sei.

Ela apoiou a cabeça em mim. A tensão em seus ombros não cedeu.

— E o que mais? — perguntei.

Ela hesitou.

— Tem algumas complicações.

Beijei a orelha dela.

— Você quis que eu viesse. Eu estou aqui. Não tem complicação nenhuma nisso.

Até que Lillian olhasse para mim, eu não havia percebido que seus olhos estavam úmidos.

— Quando você deixou San Antonio, Tres, do que estava fugindo?

— Já disse. O resto da minha vida enfiado no Texas, a ideia de casamento, as carreiras que todos queriam que eu seguisse...

Ela fez que não.

— Não foi isso o que eu quis dizer. Por que você foi quando foi, logo depois da morte do seu pai?

Eu a abracei por trás e segurei firme, tentando me perder no cheiro cítrico dos seus cabelos. Mas quando fechei os olhos com o rosto colado na face dela, ainda via a antiga foto de jornal, a legenda que eu lembrava de cor. *"Xerife Jackson Navarre, assassinado de forma brutal na noite de quinta-feira em frente a sua casa em Olmos Park. O xerife assistente Kelley e o filho de Navarre presenciaram impotentes a fuga dos assassinos.*" O rosto do meu pai sorria para mim com indiferença na imagem, como se a legenda fosse uma piada que apenas nós conhecêssemos.

— Talvez porque quando olhava ao meu redor na cidade tudo o que conseguia ver era a morte dele. Era como uma mancha.

Ela assentiu e voltou a olhar para a colagem.

— A mancha não sai, Tres. Nem mesmo depois de todos esses anos.

O tom era amargo, não parecia Lillian. Segurei-a um pouco mais forte. Depois de algum tempo ela virou o corpo e se aninhou em meus braços.

— Não precisa ser complicado para nós agora — sussurrei.

— Talvez não — murmurou Lillian. Mas não precisava olhar seu rosto para ver que ela não acreditava em mim.

Ela não me deixou dizer mais nada. Me beijou uma vez, com suavidade, e então me beijou mais. Logo estávamos de volta aos lençóis de linho. Só voltei a dormir quando estava quase amanhecendo, desta vez sem sonhos.

6

Às nove horas daquela manhã eu estava de volta ao número 90 da Queen Anne Street para receber a mudança. Robert Johnson me dirigiu um olhar maligno quando entrei pela porta, mas decidiu declarar trégua quando ouviu o desembrulhar do papel alumínio das sobras do jantar.

Ele tem um sistema com enchiladas. Bate nelas com a pata até desenrolar as tortillas. Come primeiro o recheio, então as tortillas. E guarda o queijo para o fim. Isso o deixou ocupado durante a primeira hora do meu treino de tai chi, até que o caminhão de mudança estacionou ruidosamente em frente à casa e ele fugiu assustado para o armário.

Três sujeitos de bonés e macacões tentavam descobrir como dobrar o estrado do meu futon para passar com ele pela porta quando o telefone tocou. Puxei a tábua de passar e tirei o fone do gancho.

Maia Lee disse:

— Ei, Tex. Montou algum touro bravo esses dias?

Os ruídos ao fundo me disseram imediatamente onde ela estava. Manhã de domingo no Buena Vista.

— Não, mas eu e os rapazes estamos laçando um futon agora mesmo. É potrinho arisco.

— Vocês peões sabem mesmo como se divertir.

Eu conseguia vê-la no salão verde-escuro do bar, com o fone equilibrado entre o ombro e o queixo. Ela estaria usando as roupas de trabalho — blazer e saia, camisa de seda, sempre em cores claras para contrastar com a bela pele cor de café. Os cabelos, castanho-escuros e cacheados, estariam presos. Atrás dela eu ouvia o tinir dos copos de irish coffee e o inconfundível ressoar dos sinos de bonde.

— Escute — disse Maia —, eu não liguei por nenhum motivo em especial. Se estiver ocupado...

— Tudo bem.

Na porta de casa, o futon lutava bravamente. Um dos homens estava espremido contra a parede e outro tentava soltar o pé preso entre duas tábuas do estrado. O terceiro sujeito acabava de descobrir que era possível desparafusar as dobradiças. Um caminhão de sorvete passou na rua, proporcionando uma trilha sonora momentânea: uma gravação distorcida de "Oh, What a Beautiful Mornin'".

— É outro mundo por aqui, Maia.

Ela riu.

— Lembro de ter dito algo parecido, Tex. Mas está tudo bem? Quero dizer...

— Está tudo bem. Estar em casa depois de tanto tempo é como... não sei.

— Sair de uma amnésia?

— Estava pensando em algo mais na linha de doenças de pele infecciosas.

— Humpf. Não escolhemos nossa casa, Tres. Ela apenas é.

Maia falava com propriedade. Se tirarmos o Mercedes, o trabalho como advogada e o loft em Portero Hill, o bem mais precioso de Maia era a fotografia de um casebre sem pintura na província de Zheijang. A lógica não tinha nada a ver com isso.

— Não escolhemos certas coisas — eu disse.

— Isso não poderia ser mais verdade.

Não tenho certeza se algum de nós dois acreditava naquilo. Por outro lado, eu acreditava que era o mais próximo a que conseguiríamos chegar de entender o que acontecera entre nós.

Ela disse que estava a caminho de encontrar com um cliente cujo filho adolescente fora acusado de incendiar parte do Presidio Park. A manhã seria longa. Prometi ligar em alguns dias.

— Beba um frozen margarita de morango por mim — disse ela.

— Herege.

Por volta do meio-dia os homens já haviam descarregado a mudança na minha sala sem maiores incidentes. Dei a eles as direções para voltar ao Loop 410. Então desci a Broadway rumo ao centro.

Dez minutos depois entrei na Commerce Street e comecei a procurar uma vaga para estacionar. Por sorte, estava acostumado com o trânsito de São Francisco. Fiz um retorno atravessando três pistas e venci a disputa com um manobrista do Hilton sem precisar partir para a ignorância, então caminhei em direção a La Villita.

O lugar não mudara muito nos últimos séculos. Fora a limpeza e os aluguéis mais caros, os quatro quarteirões de casario antigo não estavam muito diferentes do que nos tempos do Álamo. Turistas entravam e saíam dos sobrados de pedra calcária. Uma família de alemães acima do peso, vestidos de forma inadequada ao calor que fazia, se reunia ao redor de uma mesa de metal verde em frente a uma das cantinas. Eles tentavam aparentar que estavam se divertindo nas férias, bocas abertas, se abanando com os cardápios.

Caminhei pelas ruas estreitas com calçamento de paralelepípedos por quase vinte minutos até encontrar a galeria Hecho a Mano, um prédio pequeno à sombra de um grande carvalho atrás da Capela de La Villita. A galeria não parecia estar fazendo muitos negócios no momento. Passei pela porta no mesmo instante em que um peso de papel de vidro passou voando, bateu na parede e fez tremer as molduras de algumas fotografias de camponeses guatemaltecos.

Uma voz de homem vinda não muito longe da entrada disse:

— Que *diabo*!

A isso seguiu-se uma discussão exaltada.

— Lillian? — chamei em voz alta.

Olhei em volta com cuidado, para evitar ser atingido por outros objetos voadores. Lillian estava de pé atrás de uma pequena mesa de madeira próxima à parede dos fundos. Pressionava as têmporas com as pontas dos dedos e olhava para um homem que não se parecia nada com o Beau Karnau de quem eu me lembrava.

O que me lembrava das poucas vezes em que Beau havia se dignado a apertar minha mão uma década antes era um homem baixo e forte com cabelos escuros curtos, roupas pretas e o rosto marcado por cicatrizes de espinhas e presunção. Agora, já se aproximando dos 60, mais parecia um dos Sete Anões. Tinha barriga proeminente, barba grisalha desgrenhada, cabelo rareando e rabo de cavalo trançado. Trocara as roupas pretas por uma camisa de seda berrante, botas e calça jeans. A testa estava quase roxa de raiva.

— Que *diabo*! — gritou. — Você *não pode*.

Lillian me viu, fez que não com a cabeça para dizer que não corria perigo, então voltou o olhar para Beau e suspirou, exasperada.

— Meu Deus, Beau! Você ainda vai matar alguém com esses seus acessos.

— Acessos uma droga — disse ele. — Você *não* vai fazer isso comigo de novo, Lillian.

Beau cruzou os braços, bufou de raiva e só então pareceu notar minha presença. A julgar pela expressão irritada, não ficara muito impressionado com minha masculinidade rude.

— Esse deve ser o Sr. Maravilhoso — disse ele.

— Doutor Maravilhoso — corrigi. — PhD., Berkeley, 1991.

— Ha ha ha.

Como responder a um comentário como "ha ha ha"? Olhei para Lillian.

— Beau — disse ela lentamente, com os olhos voltados para o tampo da mesa —, podemos *por favor* falar sobre isso mais tarde?

Beau transferiu o peso de uma perna para a outra, sem dúvida pensando no comentário mais seco que poderia fazer. Por fim, decidiu por uma saída grandiosa em silêncio. Ainda com os braços cruzados, passou por mim pisando forte e bateu a porta às suas costas.

Quando a expressão de Lillian me disse que ela já havia se acalmado, fui até a mesa. Esperei.

— Desculpe — disse ela. — Aquele, é claro, era Beau.

— Sua grande inspiração — lembrei a ela. — Seu maior fã. Seu bilhete para o...

Ela me calou com um olhar.

— As coisas mudam.

— Hum. Minhas afiadas habilidades dedutivas dizem que ele estava um pouco bravo com você.

Ela sentou-se na quina da mesa e fez um gesto indiferente.

— Beau tem ficado daquele jeito por muitas coisas.

— Você pode dizer quais?

Lillian me lançou um sorriso cansado.

— Não é nada. O que eu quero dizer é que não queria envolvê-lo nisso ainda. É que... decidi sair da sociedade. Quero me dedicar em tempo integral ao meu trabalho, sem Beau. Já estou cansada de vender artesanato para casais do Centro-Oeste em férias.

— Já não era sem tempo.

Ela pegou minha mão.

— Achei que era o momento certo, depois da conversa que tivemos ontem à noite. Hora de retomar o rumo, em vários aspectos.

Aproximei-me. Alguns minutos depois, o estado de espírito dela melhorara o bastante para que me apresentasse à galeria.

Eles se especializaram, Lillian me disse, em "mórbido da fronteira". O salão principal era dedicado a esculturas de cerâmica do Dia dos Mortos de artistas de Laredo e Piedras Negras. Havia esqueletos tocando violão, esqueletos fazendo amor, mamães-esqueleto embalando bebês-esqueleto. Todas as cenas eram pintadas em cores primárias, repugnantes e cômicas.

— Venho guardando essa para você, Tres — disse Lillian.

A estatueta estava sobre um pedestal no canto da sala: a viagem de um homem morto. O motorista-esqueleto envolvia a namorada-esqueleto com um braço. Ambos sorriam, é claro, segurando garrafas de tequila em miniatura enquanto andavam por aí em um carro cor de laranja brilhante que parecia, de forma muito suspeita, meu Fusca.

— Encantador. Então é assim que você se lembra das nossas viagens?

Lillian olhou para mim sem responder, um pouco triste. Então sorriu.

— Fique com ela. É um presente de boas-vindas. Pelo menos esse carro não vai deixá-lo a pé.

— Não achamos a menor graça — resmunguei.

De qualquer forma, deixei que ela embrulhasse a escultura em papel de presente. No mínimo, aquilo seria bom para deixar Robert Johnson com o pelo eriçado.

Beau voltou com uma salada 45 minutos depois. Passara de inflamado a fumegante, mas não falou muito. Apenas assentiu quando Lillian disse que iria embora mais cedo.

Quando chegamos à casa dela naquela tarde, um BMW prata do ano estava estacionado atravessado em frente à casa, com duas rodas sobre o gramado. Um sujeito louro boa-pinta vestindo um terno Christian Dior amarfanhado estava sentado no capô, esperando.

Ganhara alguns quilos desde os tempos da escola, mas, sem dúvida, era Dan Sheff, antigo capitão do time de polo aquático Alamo Heights Mules, herdeiro do império multimilionário da Sheff Construction, ex-namorado rejeitado da Srta. Lillian Cambridge. Pelo ângulo da gravata, não era difícil dizer que havia ficado um pouco feliz demais na happy hour. Também era óbvio que não estava ali para desejar-me boas-vindas à cidade.

7

 — Quero falar com você — disse ele, apontando para mim.

Dan falava claro o bastante, mas estava com o corpo ligeiramente inclinado para um lado. Lillian saiu do carro primeiro e avançou na direção dele com os braços estendidos. Era difícil dizer se tentava contê-lo ou agarrá-lo caso caísse.

— Acho que tenho direito de falar com ele — disse Sheff.

— Isso não é justo, Dan — disse Lillian.

— Você tem toda a razão.

Ela tentava conduzi-lo de volta ao BMW, mas o homem não se mexia. Sheff olhou para ela por alguns segundos com expressões que variavam do irritado ao ferido. Ele estendeu as mãos.

— Lillian...

— Não, Dan! Quero que você vá embora.

Os irmãos Rodriguez estavam na varanda da casa ao lado bebendo cerveja. Admiravam a cena sorrindo. Um dos homens fez círculos com o dedo ao redor da têmpora e disse algo em espanhol que não consegui escutar. O outro riu.

Toquei o ombro de Lillian.

— Posso falar com Dan se ele quiser.

Ela olhou para mim, incrédula.

— Não, Tres. Quer dizer, você não precisa fazer isso. Dan, vá embora.

Ela empurrou o homem, que vacilou um pouco mas não caiu.

— Não vou embora antes de dizer o que tenho a dizer — resmungou.

Dan e eu olhamos para Lillian.

— Não acredito nisso — disparou ela, que olhou irritada para nós dois enquanto seguia em direção à casa. Então bateu a porta de tela com força. Um dos irmãos Rodriguez abriu outra cerveja.

— Só quero saber uma coisa — disse Dan, esfregando a face com dois dedos que tinham anéis de ouro do tamanho de nozes. — Quero saber o que o faz pensar que pode voltar à cidade depois de dez malditos anos e agir como se fosse o Cristo reencarnado. Você deixa a cidade, larga Lillian, dá as costas para a porra da plateia, e aí volta e espera encontrar tudo do jeito que era antes. Já ouviu falar em pontes queimadas, Navarre?

Sheff estava esquentando; e quase sóbrio àquela altura. Falava cada vez mais rápido e irritado, batendo as mãos uma na outra para reforçar as palavras. O cabelo sempre impecável estava desgrenhado agora, uma mecha pendia sobre a testa à la Super-Homem.

— Você quer uma resposta?

— Alguns de nós ficaram na cidade, cara. Alguns de nós não fugiram das pessoas que importam. Estávamos construindo algo, Lillian e eu, há seis meses. O que diabo te dá o direito de surgir do nada e meter o nariz onde não foi chamado?

Pensei em uma resposta. Nada me veio à mente.

— Você é patético — disse Dan. — Você não tem como se sustentar aqui, vá para algum outro lugar e nos deixe em paz. Você não vai ter outra chance aqui.

Suspirei, olhando para os irmãos Rodriguez, que pareciam estar se divertindo muito. Então olhei para Dan.

— Patético talvez seja um pouco forte demais.

— Vá se foder.

— Lillian me chamou, Dan — eu disse, tentando manter a voz controlada. — Não me intrometi em nada. Se vocês estavam construindo alguma coisa, acho que isso já estava ruindo muito antes da minha chegada.

Aquilo não me pareceu um insulto, mas havia pelo menos dois meses de ódio acumulado no primeiro soco de Dan. Admito que não estava preparado. Ele me acertou na boca do estômago.

Não é aconselhável lutar com uma pessoa emocionalmente perturbada, principalmente se essa pessoa estiver em ótima forma física. O que eles perdem em coordenação ganham em força e imprevisibilidade. Quando me acertou, precisei controlar a náusea e o instinto de me curvar de modo a evitar um cruzado desgovernado que teria acertado meu rosto.

Esquivei-me com a perna esquerda, um tanto desajeitado, e usei a direita para derrubar Dan com um movimento giratório. Ele não sabia rolar, então caiu estatelado de costas no chão.

Levantei e recuei. Minha barriga parecia uma placa de metal aquecida que endurecia ao resfriar.

Dan lutou para levantar e veio na minha direção. Ergui as mãos, oferecendo uma trégua.

— Isso é ridículo, Dan.

Ele tentou outro soco, mas dessa vez eu estava preparado. Dei um passo para o lado e deixei que esmurrasse o vazio. Depois disso ele ficou parado, ofegando.

— Que diabo. Você não tem o direito.

Sheff se virou e seguiu para o carro. Pela forma como andava, a lombar devia estar bem dolorida.

Os vidros do BMW tinham filme quase preto, então só percebi que havia uma senhora com cabelos dourados no banco do carona quando Dan abriu a porta. Ela repousava o rosto na mão direita e parecia mortificada. Depois que bateu a porta, Dan rosnou:

— Não comece!

Então arrancou com duas rodas sobre o gramado em frente à casa dos Rodriguez e desceu o meio-fio de volta à rua. O BMW entrou lentamente na Acacia Street, como um tubarão ferido. Os irmãos olharam para mim e sorriram, erguendo as latas de cerveja numa saudação.

Lillian estava no quarto, fingindo ler.

— Só uma conversinha homem a homem? — perguntou, com frieza. — Marcou seu território?

— Lillian... — comecei, mas então fiquei em silêncio, ao me dar conta de que soava como Dan havia alguns minutos.

Ela jogou a revista no chão.

— Não gosto que me mandem ir para o quarto enquanto os homens resolvem a situação no braço, Tres.

— Você tem razão. Eu devia ter deixado que você cuidasse da situação.

— Acha que eu não poderia?

Nenhuma resposta teria funcionado, então não dei nenhuma.

Ela levantou-se e olhou pela janela. Finalmente, veio até mim e envolveu minha cintura com os braços. Os olhos ainda estavam irritados.

— Olha, Tres, esse dia não foi dos melhores. Acho que preciso de um banho quente e de uma noite sozinha com um livro.

— Eu te amo.

Ela me beijou tão de leve quanto se beija uma Bíblia.

— Acho que precisamos conversar amanhã — disse ela, calmamente. — Não quero mais surpresas do passado.

Fechei a porta lentamente ao sair.

Já em casa, conferi a secretária eletrônica recém-instalada. Minha mãe ligara duas vezes, incomodada por eu ainda não ter apresentado um relatório do primeiro encontro com Lillian. Bob Langston deixara uma mensagem enigmática com ameaças de danos físicos e processo judicial.

Abri o embrulho com o carro de cerâmica que Lillian me dera e o coloquei no carpete em frente a Robert Johnson. Ele sibilou e seu rabo ficou grosso como o de um guaxinim, e então recuou a caminho do armário, sem tirar os olhos da nova monstruosidade.

Eu voltara para casa havia apenas dois dias e já conseguira bagunçar meu frágil relacionamento com Lillian, irritara minha mãe, traumatizara meu gato e fizera pelo menos três novos inimigos.

— Acho que estou na média — disse a mim mesmo.

Havia apenas mais uma coisa na qual eu poderia meter o nariz para me sentir ainda pior. Liguei para a telefonista e pedi o número de Carl Kelley, xerife assistente aposentado e melhor amigo do meu falecido pai.

8

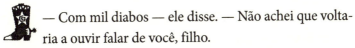 — Com mil diabos — ele disse. — Não achei que voltaria a ouvir falar de você, filho.

Os muitos anos de fumo não tinham sido gentis com a voz de Carl Kelley. Cada palavra soava como se fosse raspada em uma lixa de metal ao sair de sua garganta.

Antes que eu pudesse dizer por que havia ligado, ele começou uma longa frase rouca, sem pontuação, sobre todas as pessoas que ele e meu pai conheciam que agora estavam mortas, ou no hospital, ou atormentadas — agora que estavam velhas — por filhos ingratos. Tive a impressão de que Carl morava sozinho e que provavelmente não recebia um telefonema havia um bom tempo. Deixei-o falar.

Uma das piadas sutis de Deus: assim que Carl atendeu ao telefone, o programa de TV de alguma forma misteriosa mudou da cobertura sobre beisebol para a reapresentação de um sermão matinal de Buckner Fanning, da igreja Trinity Baptist. Andei com o aparelho pela sala o mais distante que o fio permitia e agora tentava mexer nos controles da TV com o pé, na esperança de mudar de canal ou desligar o aparelho. Mas

Buckner demovia meus esforços. Bronzeado e impecavelmente vestido, sorria e me advertia a aceitar Jesus.

— É — eu dizia a Carl nos momentos apropriados. — Isso não parece nada bom.

Depois de algum tempo o homem me proporcionou uma abertura: perguntou o que eu fazia na cidade.

— Se eu quisesse alguns documentos sobre a morte do meu pai, com quem deveria falar?

Longa tragada no cigarro. Acesso de tosse.

— Meu Deus, garoto. Você voltou para fuçar isso?

— Não. Mas talvez agora eu consiga ler os arquivos com outro olhar, mais objetivo, e seja capaz de deixar isso para trás.

Pude ouvi-lo soprar fumaça no fone.

— Não passa uma semana sem que eu o veja em um sonho — disse Carl. — Caído ali daquele jeito.

Ficamos em silêncio. Pensei nos eternos cinco minutos que se passaram entre o instante em que meu pai caiu e a chegada da primeira ambulância, quando ficamos ali, eu e Carl, olhando as compras rolarem pela calçada com os rastros de sangue. Fiquei completamente congelado. Com Carl foi o contrário. Ele passou a andar de um lado para o outro, balbuciando o que ele e Jack planejavam fazer no fim de semana, como seria a caçada, as piadas que Jack lhe contara na noite anterior. O tempo todo ele enxugava lágrimas, acendia e amassava cigarros com o pé, um atrás do outro. Um pote de geleia rolara até a dobra do braço do meu pai e ficara aninhado como um urso de pelúcia.

— Não sei quanto a deixar para trás — disse Carl.

Buckner Fanning passou a me falar sobre sua última viagem à cidade sagrada de Jerusalém.

— Com quem eu devo falar para ver os arquivos, Carl?

— O caso está arquivado, filho. E já faz muito tempo. As coisas simplesmente não são feitas assim.

— Mas e se fossem?

Carl suspirou no meu ouvido.

— Você se lembra de Drapiewski? Larry Drapiewski? Foi promovido a tenente assistente há coisa de um ano.

— E quanto à polícia de San Antonio?

O homem teve um acesso que durou um minuto, e então pigarreou.

— Eu tentaria Kingston no Departamento de Investigações Criminais, se ele ainda estiver por lá. Ele sempre estava em dívida com Jack por um favor ou outro. O FBI fez uma revisão no caso há alguns anos. Nisso não posso ajudar.

Não me lembrava de Kingston ou Drapiewski, mas era um começo.

— Obrigado, Carl.

— Sem problema. Desculpe não poder ajudar mais. Achei que fosse meu filho ligando de Austin. Faz mais de um mês que ele não liga, sabe? Por um minuto sua voz parecia a dele.

— Se cuida, Carl.

— Bela forma de passar a tarde — disse ele. — Você me deixou falar até a abertura do *60 Minutes*.

Desliguei. Não conseguia deixar de imaginar Carl Kelley sentado sozinho em casa, com um cigarro na mão macilenta, vivendo à base de programas de televisão e da espera de um telefonema de Austin que nunca vinha. Sentei por um minuto, Robert Johnson pulou instantaneamente no meu colo, e assistimos a Buckner Fanning falar sobre cura espiritual. Então desliguei o aparelho.

9

— Pequeno Tres? — riu Larry Drapiewski. — Meu Deus, se não é o guri de 7 anos que costumava sentar na minha mesa e comer o recheio dos meus donuts.

Assim que ele disse isso tive uma vaga lembrança de Larry: um homem grande, cabelos ruivos com corte militar, sorriso amistoso, rosto suado que mais parecia uma paisagem marciana. As mãos grandes sempre ocupadas com comida.

— É. Só que vinte anos e muitos donuts depois, ninguém me chama de "pequeno".

— Bem-vindo ao clube — disse o tenente. — Então, em que posso ajudar?

Quando disse por que eu ligara, ele ficou quieto por um longo e desconfortável tempo. Um ventilador giratório sobre sua mesa soprava no fone ao ir e voltar em intervalos regulares.

— Você sabe que todo mundo já meteu o dedo nessa investigação — disse Larry. — Metade dos departamentos da cidade, a polícia do município, o FBI. Todos queriam tirar uma lasquinha. Se você quiser encontrar alguma coisa que ninguém encontrou, sinto muito, mas não vai acontecer.

— Isso quer dizer que você não vai ajudar?

— Eu não disse isso.

Ouvi papéis sendo manuseados do outro lado da linha. Finalmente, Larry praguejou entre os dentes.

— Onde está a caneta? — perguntou a alguém. Depois, para mim: — Deixe eu anotar seu telefone, Tres.

Dei o número a ele.

— Certo. Me dê alguns dias.

— Obrigado, Larry.

— E, Tres, esse é um favor pessoal. Vamos deixar que fique assim, está bem?

— Deixa comigo.

Ele pigarreou.

— É, eu devia muito ao seu pai. O que acontece é que o xerife é muito sensível ao dinheiro dos contribuintes ser usado em, digamos, trabalho não essencial. Também não ajuda o fato de esse trabalho dizer respeito a um dos seus antecessores que o derrotou em três eleições, entende o que quero dizer?

Em seguida liguei para o Departamento de Polícia. Depois de alguns minutos sendo transferido de ramal em ramal, finalmente consegui falar com o detetive Schaeffer, que pela voz parecia que tinha acabado de acordar de uma soneca. Ele me disse que Ian Kingston, do Departamento de Investigações Criminais, se mudara para Seattle havia dois anos e atualmente dirigia uma grande empresa de segurança. O antigo parceiro de Kingston, David Epcar, atualmente gerenciava um jazigo no cemitério Sunset.

— Formidável — eu disse.

Schaeffer bocejou tão alto que pareceu que alguém aspirava sua boca.

— Qual é mesmo seu nome?

Disse a ele.

— Como Jackson Navarre, o xerife do município que foi assassinado?

— É.

Ele resmungou, sem dúvida se ajeitando na cadeira.

— Aquela foi a maior dor de cabeça que tivemos desde o atentado do juiz Woods — disse. — Um circo dos diabos.

Não era exatamente uma demonstração de interesse solidário. Mas tendo em vista que eu não tinha muitas opções, e que precisava dizer algo antes que o detetive caísse no sono de novo, decidi usar minha melhor lábia com Schaeffer. Para minha surpresa, ele não desligou o telefone.

— Ah. Me ligue daqui a mais ou menos uma semana, Navarre. Se eu conseguir dar uma olhada nos arquivos, talvez você possa fazer algumas perguntas.

— Muito gentil da sua parte, detetive.

Acho que ele já estava roncando antes de colocar o fone no gancho.

No fim da tarde ainda não havia esfriado o bastante para correr sem ter uma insolação. Conformei-me com cinquenta flexões e abdominais na sala, então fiquei na postura do cavalo e na postura do arco por dez minutos cada. Robert Johnson deitou no linóleo frio da cozinha, observando. Deitei de costas no chão com os músculos ardendo, deixando que o ar-condicionado secasse o suor do meu corpo e ouvindo o canto de morte das cigarras. Robert Johnson subiu no meu peito e ficou ali, olhando para mim com os olhos semicerrados.

— Boa malhação? — perguntei.

Ele bocejou.

Abri algumas caixas, bebi algumas cervejas, admirei o voo das libélulas no quintal de Gary Hales à luz do anoitecer. Tentei me convencer de que não lutava contra qualquer tipo de compulsão em ligar para Lillian. Dê tempo a ela. Sem problema. Era apenas coincidência o fato de eu não tirar os olhos do telefone.

Passei a vasculhar a caixa de livros até encontrar as cartas de Lillian enfiadas entre os Snopes e o resto do município de Yoknapatawpha. Li todas, da primeira — que recebera em maio — à última — que eu abrira na quinta-feira anterior, enquanto empacotava a mudança. Lê-las fez com que eu me sentisse muito pior.

Irritado, passei a fuçar ainda mais fundo, procurando alguma leitura mais leve; talvez Kafka ou um relato sobre a peste negra. Em vez disso, encontrei o caderno do meu pai.

Era uma pasta-fichário grande, de capa dura e com três anéis, recheada com praticamente todos os rabiscos insignificantes que ele fizera na vida mas não jogara fora por pura preguiça. Havia desenhos amarelados que fizera para mim quando eu tinha 5 ou 6 anos: rabiscos toscos de exércitos e aviões que usara para ilustrar suas histórias de dormir ébrias sobre a Coreia. Cartas nunca postadas para amigos mortos havia muito tempo. Páginas e mais páginas de anotações sobre investigações antigas que não me diziam nada. Listas de compras.

Ainda não sei por que peguei o caderno que estava sobre sua mesa depois do enterro, ou por que fiquei com ele, ou por que decidi olhar para ele novamente agora, mas sentei com ele no futon e passei a folhear as páginas. Havia feito dobras em páginas interessantes, a maioria das quais não me lembrava do motivo. Uma delas chamou minha atenção.

Uma folha amarelada de bloco de papel, do tipo que meu pai sempre tinha à mão, repleta de notas desconexas que fizera para si mesmo. Pareciam notas para o testemunho que faria no julgamento de Guy White, suspeito de tráfico de drogas. No rodapé da folha estava escrito: *Sabinal. Pegar uísque. Consertar cerca. Limpar lareira.*

Aquela folha de papel me perturbou quando a li pela primeira vez, e me perturbava agora, apesar de não saber ao certo por quê. Não era apenas o nome de Guy White. Lembrava-me vagamente do julgamento e das especulações de que contatos de White na máfia poderiam estar por trás do assassinato do meu pai, mas as notas do testemunho dele não revelavam segredos surpreendentes. As sete palavras que meu pai rabiscara no rodapé da folha me incomodavam mais. Soavam como lembretes do que fazer na viagem seguinte ao rancho da família nos arredores de Sabinal. A não ser pelo fato de que só íamos lá no Natal, para a temporada de caça aos veados, e de que as anotações haviam sido escritas em abril, um mês antes da morte dele.

Terminei o pack de seis latas de Shiner Bock enquanto lia, e quase me senti grato quando a letra cursiva tremida do meu pai começou a ficar desfocada.

Não sei bem quando caí no sono, mas quando acordei estava escuro e o telefone tocava. Quase empalei a mim mesmo na tábua de passar tentando tirar o fone do gancho.

— Alô — eu disse.

Minha mente estava enevoada, mas consegui ouvir os sons de um bar ao fundo: o tinir de copos, vozes de homens em inglês e espanhol, uma música de Freddy Fender. Ninguém disse nada. Esperei. E o mesmo fez a pessoa do outro lado da linha. Ela esperou demais para que eu acreditasse que aquilo era um trote ou um bêbado confuso que discara o número errado.

— Vá embora — a pessoa disse, e desligou.

É claro que foi apenas o fato de eu estar sonolento e provavelmente um pouco bêbado ainda, e de estar pensando demais nos últimos dias, mas a voz do homem me pareceu familiar. Soava um pouco como a do meu pai.

10

Na manhã seguinte cometi o erro de praticar espada de tai chi no quintal. Por volta das 9 horas eu já servira de café da manhã para um pequeno exército de mosquitos e assustara mortalmente os vizinhos. Uma mulher saiu da casa ao lado vestindo um roupão de banho azul lá pelas 8h30, deixou cair a xícara de café quando me viu girar a lâmina, depois entrou e trancou a porta. Deixou a xícara quebrada sobre o piso da varanda dos fundos. Do outro lado do beco, dois pares de olhos pretos esbugalhados acompanhavam meus movimentos com cautela pelas frestas de uma persiana no segundo andar. Por fim, Gary Hales, ainda vestindo o pijama, veio até mim arrastando os pés e perguntou, com a voz indiferente que lhe era de costume, o que eu estava fazendo. Ele poderia muito bem ser um sonâmbulo.

Parei para recuperar o fôlego.

— É uma espécie de exercício — respondi.

Ele piscou os olhos lentamente, olhando para a espada.

— Com facões?

— Mais ou menos. Assim somos obrigados a nos exercitar com muito cuidado.

— Sei.

Ele coçou atrás da orelha. Talvez estivesse tentando se lembrar por que saíra de casa.

— O senhor acha que talvez seja melhor se eu não praticar aqui fora?

— Acho que sim — ele concordou.

Antes de entrar, olhei para as pessoas atrás da persiana e fiz menção de golpeá-las com a espada. A lâmina levantada voltou para o lugar instantaneamente.

Depois de um banho, liguei para Lillian e fui atendido pela secretária eletrônica. Pensei que ela poderia estar no trânsito ou no trabalho, então disquei o velho número de Carlon McAffrey no *Express-News*.

A chamada foi transferida para a telefonista do jornal, que me informou que Carlon agora trabalhava no suplemento de cultura de sexta-feira. Ela transferiu a ligação.

— Fala — atendeu Carlon.

— "Fala"? É assim que um jornalista descolado da seção de entretenimento atende ao telefone ou é só um problema seu com palavras de mais de duas sílabas?

Ele precisou de três segundos para reconhecer a voz.

— Navarre, as palavras "vai te catar" significam alguma coisa pra você?

— Não quando alguém as ouve com a mesma frequência que eu.

— Espere um pouco.

Ele cobriu o fone e gritou com alguém na redação.

— Tá. Então me diga, onde diabos você se meteu nos últimos dez anos?

Carlon e eu fomos colegas no ensino médio. Depois ele trabalhou no jornal da Universidade Texas A & M. Bancava o jornalista bambambã enquanto eu, um dos pouquíssimos seres humanos a estudar letras e educação física, escrevia uma coluna sobre esportes. Jovens e estúpidos, bebíamos em excesso e aterrorizávamos as vacas de Brian, Texas, empurrando os bovinos morro abaixo enquanto eles dormiam de pé. Depois que me mudei para a Califórnia no segundo ano, acabamos perdendo contato.

— Acredite ou não — respondi —, estou de volta por causa de Lillian.

Carlon assobiou.

— Sandy, da coluna social, vai adorar saber. Ela tem escrito bastante sobre Lillian e o velho Dan Sheff, o Chefe, ultimamente.

— Se você colocar minha foto na mesma página das debutantes eu arranco os seus colhões.

— Também te amo — disse ele. — Então, qual o motivo dessa ligação terna e amigável se não para me colocar a par do romance?

— O arquivo morto do jornal. Estou à procura de informações sobre a morte do meu pai e a investigação.

— Hum. Isso foi o quê, 1984?

— 1985.

Ele perguntou a alguém algo que não entendi.

— É. Qualquer coisa antes de 1988 ainda está em microfilme. Depois disso entramos na era da informática. É permitido o acesso do público, mas seria bem mais rápido se eu conseguisse que alguma das toupeiras que trabalham no arquivo reúna as informações para você.

— Isso seria ótimo, Carlon.

— Então você fica me devendo. Quais são as novas? Agora, me diga por que está desenterrando a história da família, Navarre. Achei que quisesse ficar longe disso.

O tom da voz dele me dizia que o interesse era mais profissional do que pessoal.

— Dez anos mudam muita coisa — respondi. — Principalmente porque voltei de vez.

— Você tem alguma informação nova sobre o caso?

— Nada que pudesse ser aproveitado no caderno de entretenimento.

— Estou falando sério, Tres. Se você souber de alguma novidade, quero saber.

— Isso vindo de um sujeito cujo maior furo na faculdade foi a revolução na tecnologia do plantio de cebolas...

— Grande amigo — disse Carlon, e desligou.

Liguei para a galeria de Lillian, mas quem atendeu foi Beau Karnau. Primeiro ele fingiu não se lembrar de quem eu era. Finalmente, admitiu que Lillian não estava.

— Quando ela deve estar de volta? — perguntei.

— Depois de amanhã.

Ficamos em silêncio por algum tempo.

— Não tenho certeza se entendi.

— Entendeu sim — disse Beau. Veio-me à mente uma imagem do homem com seu sorriso maldoso. Não era uma boa imagem. — Ela foi a Laredo fazer compras, deixou uma mensagem na secretária eletrônica da galeria esta manhã. Devo acrescentar que é o mínimo que ela pode fazer depois de me apunhalar pelas costas.

— É, você precisava dizer isso, não é verdade?

— É o mínimo que ela pode fazer. Joga tudo nas minhas costas, acha que pode ganhar a vida com...

Ele tinha mais a falar, mas coloquei o fone sobre a tábua de passar. É possível que ele tenha falado sozinho por horas a fio até se dar conta de que eu não estava mais lá.

Quando minha cabeça começava a doer daquele jeito, eu sabia que era hora de exercitar o corpo. Vesti um short e uma camiseta da corrida Bay to Breakers e segui pela New Braunfels na direção do Botanical Center. O mais quente do dia ainda estava por vir, mas depois de correr 3 quilômetros eu já estava encharcado de suor. Encontrei uma banca que vendia *paletas* de coco e comprei uma. Sentado à sombra de uma nogueira-pecã próxima à entrada do forte Sam Houston, eu mordia o picolé e deixava que os pedaços gelados escorressem pela minha garganta.

Olhei para a base militar, pensando se Bob Langston estaria ali em algum lugar rindo do trote que me passara na noite anterior. Torci para que fosse esse o caso.

Quando cheguei em casa, o telefone estava mudo por ter ficado tanto tempo fora do gancho. Sem dúvida Beau se cansara da própria voz. Coloquei o fone no gancho.

Fiz algumas flexões e abdominais, e então decidi limpar a cozinha. A memória de Bob Langston vivia na fruteira da geladeira, onde diversas bananas pretas haviam se transformado em montes oblongos de mofo. Ele também deixara dois pacotes com algum tipo de carne fatiada, congeladas com algo que parecia molho barbecue. Nem mesmo Robert Johnson ficou interessado.

A casa já estava quase limpa quando o telefone tocou à noite.

— Estou muito perto de ficar puto da vida — disse Jay Rivas. — Na verdade, estou completamente perturbado, Navarre.

— Não sou um terapeuta qualificado — alertei. — Talvez haja algum tipo de complexo de inferioridade para homens incompetentes e carecas e gordos com bigodes enormes.

— Ou talvez haja algum tipo de cretino que insista em espalhar merda pela cidade em lugares onde eu seja obrigado a pisar.

Suspirei.

— Você tem algo a dizer, Jay?

Ele soprou fumaça no fone.

— É, garoto, tenho duas coisas a dizer. Primeiro, ontem à noite você agrediu um jovem cuja família é peso-pesado na Associação Comercial. O jovem em questão não registrou queixa, caso contrário nós dois não estaríamos tendo essa conversa ao telefone. Segundo, fiquei sabendo que você está procurando informações sobre um assassinato ocorrido há dez anos, incomodando pessoas que têm mais o que fazer além de ajudá-lo a resolver a sua maldita transição para a idade adulta.

Contei até 10 antes de responder.

— Você está falando sobre o assassinato do meu pai. Acho que tenho o direito de saber.

— Você teve o direito de saber dez anos atrás — disparou Jay. — Onde você estava escondido quando isso faria diferença? Eu gostaria de dar muitas respostas àquilo, mas esperei. Finalmente, Jay praguejou entre os dentes.

— Olha, Navarre, vou poupar seu tempo. *Oficialmente*, ninguém pode provar quem mandou seu pai dessa para uma melhor, está bem? Você não vai conseguir a porcaria dos arquivos do caso, mas, se conseguisse, era isso o que diriam. Já *extraoficialmente*, o que aconteceu não é segredo para ninguém. Seu pai passou os dois últimos anos de vida xeretando a máfia do município de Bexar. Essa era uma das poucas coisas que ele fazia bem. A máfia finalmente contra-atacou. Ninguém pode provar, mas todo mundo sabe. Essa é a verdade nua e crua, e depois desse tempo todo ninguém vai pagar pelo assassinato. Então, a não ser que você tenha alguma informação indiscutível que faça o caso ser reaberto, algo que não tem, e a boa-vontade do departamento, que garanto que não terá, fique na sua. Case com sua namoradinha da escola e arrume um bom emprego de professor em alguma universidade por aí, mas fique fora da porra do meu caminho.

Ele desligou.

Fiquei olhando para a parede por algum tempo, vendo o rosto de Jay Rivas. Pensei na viagem súbita de Lillian a Laredo, em como nosso reencontro não estava acontecendo exatamente como planejado, na forma como Maia Lee soara ao telefone e em como não deixava de receber telefonemas adoráveis. Quando varei a parede de gesso com um murro, vi que errara por milímetros a coluna de madeira.

Acho que isso surpreendeu mais a mim do que a Robert Johnson. Ele me olhava impassível do monte de roupas recém-tiradas da mala sobre o futon no qual se aninhara.

— Ai — eu disse a ele.

Robert Johnson levantou-se e espreguiçou o corpo. Então demonstrou o tipo de solidariedade ao qual já estava acostumado: ele saiu da sala.

11

Cedendo aos miados irritados de fome de Robert Johnson na manhã de terça-feira, fui até a mercearia de Leon "Pappy" Delgado na esquina da Army com a Broadway. O restante do quarteirão estava para alugar havia alguns anos, o que restaurou parte do meu senso universal de justiça ao ver as luzes de Natal da Pappy's ainda piscando ao redor da porta cor-de-rosa no centro da castigada fachada de adobe.

Meu pai, que sempre desconfiara de qualquer loja com mais de 200 metros quadrados, fora cliente da Pappy's por anos a fio, mas como eu não falava espanhol quando deixei San Antonio e Pappy falava pouco de inglês, nunca dissemos um ao outro nada além de *"buenas tardes"*.

Ele ficou surpreso, talvez um pouco desconfiado, quando comecei a falar com ele em *español*. Esfregou o nariz largo, perplexo, e sorriu com o canto da boca.

— São Francisco — disse. — Está falando como os irmãos da minha esposa, *señor* Tres.

Enquanto eu procurava em vão a marca de ração de Robert Johnson, Pappy me falava dos sete filhos e das duas filhas. O caçula acabara de ser crismado. O mais velho estava na Força

Aérea. Olhei para a carteira depois de pagar pelas duas sacolas nada cheias. Um momento de tristeza.

— O que está fazendo de volta à cidade, *señor* Tres? — perguntou Pappy.

— Ao que parece — respondi —, estou procurando um emprego.

— Sempre preciso de ajuda por aqui — disse Pappy, sorrindo.

Prometi que não esqueceria.

Já em casa, encontrei a lista de indicações que Maia me dera e passei a fazer as ligações. Depois de uma hora ao telefone, falara com uma dúzia de gravações, uma recepcionista que não conseguiu soletrar meu nome mas estava livre no sábado à noite e dois diretores de pessoal que prometeram não jogar meu currículo no lixo se o recebessem pelo correio.

— Então quer dizer que o senhor é assistente jurídico? — perguntou o último da lista. Ele se formara em Berkeley com Maia.

— Não exatamente.

— Então... o que o senhor faz?

— Pesquisas, investigações. Sou bilíngue, Ph.D. em letras, mestre em artes marciais, tenho personalidade agradável.

Podia ouvi-lo bater o lápis na mesa.

— E então Maia o contratou para quê? Discutir literatura? Quebrar braços?

— O senhor ficaria impressionado com quão poucas pessoas são capazes de fazer as duas coisas.

— Ahã... — O entusiasmo dele não era contagiante. — E o senhor tem uma licença de detetive particular do estado do Texas?

— O meu trabalho para o Terrence & Goldman era mais informal do que isso.

— Entendo... — A voz do sujeito parecia estar ficando cada vez mais distante do fone.

— Já mencionei que sou barman?

Para provar, comecei a falar a receita do Pink Squirrel. Quando cheguei ao açúcar na borda do copo ele desligou.

Eu passava a mão no buraco da parede e ponderava minhas ilimitadas oportunidades de emprego quando Carlon McAffrey ligou do *Express-News*.

— Shilo's — disse ele. — Uma hora, você está pagando.

Quando cheguei lá, a pequena delicatéssen no centro da cidade estava lotada de engravatados devorando o sanduíche especial de almoço, de pão de centeio com *pastrami*. O ar estava tão carregado com os cheiros de carnes temperadas que era possível ficar de estômago cheio sem comer nada.

Carlon acenou do balcão. Engordara pelo menos 10 quilos desde que eu o vira pela última vez, mas o reconheci pela gravata. Nunca usava uma com menos de 12 cores. Aquela tinha cores pastel suficientes para pintar metade da zona oeste da cidade.

Ele sorriu e empurrou sobre o balcão na minha direção um envelope pardo grosso.

— Quando os toupeiras metem a cara em alguma coisa eles não brincam em serviço. Consegui tudo, até mesmo uma cópia do *Light*. Herdamos a maior parte do arquivo deles depois que fecharam as portas.

A primeira coisa que peguei no envelope foi uma foto do meu pai, tirada na sua última campanha para xerife. Aqueles olhos cinzentos travessos olhavam para mim por baixo da aba do Stetson. Tinha uma expressão divertida no rosto.

Sempre pensei como alguém podia ver uma foto daquelas e votar de bom grado naquele homem para um cargo público. Meu pai parecia o palhaço da escola, apenas mais velho e mais gordo. Podia imaginá-lo cortando os rabos de cavalo das meninas com uma tesoura sem ponta ou atirando bolinhas de papel nas costas da professora.

A atendente do balcão veio até nós. Decidi pular o almoço e passar direto para uma fatia de cheesecake com três camadas, que, mesmo sozinhas, já podiam ser consideradas o melhor cheesecake do mundo. Comi enquanto passava o olho no resto do material do envelope de Carlon.

Havia muitas manchetes sobre o último projeto do meu pai no cargo: uma força tarefa interdepartamental contra o traficante de drogas Guy White que acabou se transformando no fracasso mais caro da história da segurança pública do município de Bexar. De acordo com as reportagens, as acusações contra White acabaram sendo retiradas por falta de provas poucas semanas antes da morte do meu pai. Ele ganhou muitos amigos nas esferas federais ao declarar para a imprensa que o FBI comprometera a operação.

Havia uma série de "editoriais de convidado" publicados no *Light*, assinados por outro dos grandes admiradores do meu pai, o vereador Fernando Asante. Ele disparava todo tipo de acusações, de abuso de poder a mau gosto em roupas, mas o principal foco de Asante era a oposição do xerife ao Travis Center, o projeto de um complexo turístico-hoteleiro a ser construído na zona sul da cidade. Em 1985, Asante fazia do Travis Center a pedra angular da sua campanha para prefeito, defendendo que o complexo geraria receitas na região mais pobre, e hispânica, da cidade. Meu pai se opunha ao projeto porque este implicaria na incorporação de terras públicas e, principalmente, porque era ideia de Asante.

Então havia uma reportagem sobre o resultado das eleições em 1985, que meu pai não viveu o bastante para ler. Os eleitores demonstraram um saudável senso de humor ao dar a Asante apenas 15% dos votos e ao mesmo tempo aprovar o Travis Center por maioria esmagadora em um plebiscito. Agora, dez anos e muitos milhões de dólares depois, Asante ainda era apenas um vereador e o Travis Center finalmente estava pronto.

Eu vira a construção do avião, na aproximação para o pouso: uma enorme estrutura bulbosa horrivelmente pintada de rosa e vermelho, que cortava os morros nos limites da cidade como uma gigantesca ferida em carne viva.

Por fim, havia reportagens sobre o assassinato. Ali, em preto e branco, estavam todas as manchetes de primeira página com as quais eu tinha pesadelos, além de páginas de reportagens subsequentes que eu nunca tivera estômago para ler. A cena do crime, a investigação, o velório, todos descritos com detalhes microscópicos. Diversas reportagens falavam de Randall Halcomb, o mais próximo de um verdadeiro suspeito que o FBI discutiu em público. Ex-xerife assistente, Halcomb havia sido demitido pelo meu pai por insubordinação no fim da década de 1970, e depois foi preso em 1980 por homicídio culposo. Halcomb saíra da penitenciária de Huntsville em condicional uma semana antes do assassinato. Conveniente. O que acontece é que quando o FBI o encontrou, dois meses após a morte do meu pai, o ex-xerife assistente estava jogado em um abrigo de caçador em Blanco, com um tiro no meio da testa. Inconveniente.

O último documento do envelope de Carlon era uma foto do corpo do meu pai coberto com um lençol, uma das mãos aparecendo em um lado como se à procura de uma cerveja; um policial com expressão séria estendia a mão espalmada para cobrir a lente da câmera; um pouco lento demais.

Fechei o envelope. Então olhei para os letreiros néon de cerveja acima do bar até perceber que Carlon falava comigo.

— ... essa teoria de vingança pessoal — dizia —, de que o sujeito era apenas um ex-detento com contas a acertar, é papo furado. Meu Deus, se Halcomb estava mesmo agindo sozinho, como é que acabou com uma bala na testa assim que os federais passaram a procurá-lo?

Comi um pedaço de cheesecake. Subitamente aquilo tinha gosto de chumbo.

— Você fez a lição de casa, Carlon. Ficou até tarde ontem lendo essas reportagens?

Carlon deu de ombros.

— Só estou dizendo. Tem mais coisa por trás disso.

— Talvez seja apenas o jornalista em você falando.

— Uma ova. Seu pai foi assassinado e ninguém pagou pelo crime. Não houve nem ao menos um julgamento. Só estou tentando ajudar.

Anos de boa vida haviam suavizado um pouco o rosto de Carlon, mas ainda era possível perceber dureza em seu sorriso. Os olhos eram frios e azuis. Havia energia ali, confiança, um tipo cruel de senso de humor. Nada que passasse por compaixão. Ainda era o universitário que empurrava vacas barranco abaixo por diversão e sorria descaradamente de piadas racistas e membros quebrados. Ficava ao lado dos amigos. Provavelmente era sincero ao dizer que queria ajudar. Mesmo se não houvesse diversão ou lucro por trás de qualquer coisa, isso importava muito pouco para Carlon McAffrey.

— Halcomb tinha seus motivos — lembrei a ele. — Presumindo que tenha sido ele o atirador, não precisaria ser pressionado para concordar em fazer o serviço.

Carlon balançou a cabeça.

— Aposto meu dinheiro na máfia. Minhas fontes no Departamento de Polícia dizem que eu estou certo.

— Ouvi a mesma coisa do departamento. Que não exatamente me inspira confiança.

— Seu pai foi morto logo depois de mandar Guy White a julgamento por tráfico, Tres. Não me diga que isso foi uma coincidência.

— Por que a máfia assassinaria um xerife prestes a se aposentar? Seria inútil. As queixas contra White já haviam sido retiradas.

Carlon limpou *sauerkraut* do rosto. Ele olhava por sobre meu ombro, na direção das mesas que havia em uma das laterais do restaurante.

— Boa pergunta — disse Carlon. — Pergunte a ele.

— Quem?

Carlon apontou com o fundo da garrafa de cerveja.

— Guy White, cara.

A mesa para onde Carlon apontava estava ocupada por dois homens. O que estava de costas para mim era um branco magricela de meia-idade, do tipo que a mãe vestira de um jeito engraçado. A bainha da calça era curta demais, o paletó bege era folgado nos ombros e os ralos cabelos castanhos estavam despenteados. Ele terminara de comer e mexia distraído num pedaço de picles com o garfo.

O homem à sua frente era bem mais velho e se vestia de forma muito mais cuidadosa. Eu nunca vira Guy White pessoalmente, mas se aquele era mesmo o cara, a única coisa branca nele era o sobrenome. A pele era cuidadosamente bronzeada, o terno, azul-claro, os cabelos e os olhos eram escuros como molho ferrugem. Era o homem com mais de 60 anos mais bonito que eu já vira. O Sr. White comia um sanduíche ainda pela metade e não parecia ter pressa de terminar. Conversava com a garçonete, lançava a ela um sorriso Colgate e gesticulava para o homem à sua frente. A moça sorria educadamente. Mas não o amigo malvestido do Sr. White.

— Ele vem aqui duas vezes por semana para ser visto — disse Carlon. — É uma celebridade com ficha limpa hoje em dia. Pagou as dívidas da sinfônica para impedir que falisse, comparece a todos os jogos no Alamodome, patrocina as artes, é fotografado ao lado de Manuel Flores em eventos beneficentes. É um cidadão respeitável. Se algo novo aparecesse no caso do seu pai, algo que atirasse lama na imagem pública de White, isso seria uma ótima história.

Fiz que não com a cabeça.

— Você espera que eu vá até lá e pressione o sujeito?

— Já se esqueceu dos desafios dos tempos da faculdade? O Tres Navarre que *eu* conhecia iria até um capitão da reserva durante um treinamento com munição viva e diria que a namorada dele...

— Isso é um pouco diferente, Carlon.

— Você quer que *eu* vá?

Ele fez menção de se levantar. Segurei-o pelo ombro com força o bastante para que voltasse a se sentar no banco.

— O quê, então? — disse Carlon. — Você me pediu as reportagens. Deve ter alguma teoria.

Comi mais uma garfada do cheesecake. Então levantei, coloquei o envelope pardo sob o braço e deixei minha última nota de 20 sobre o balcão.

— Obrigado pelas informações, Carlon.

— Sempre às ordens — disse ele. — Mas se você quiser uma cobertura amigável para essa história, sabe quem procurar.

Olhei para Carlon mais uma vez quando saí. Ele embolsava minha nota de 20 e pedia mais uma cerveja por conta do *Express*. Por um instante pensei por que ele nunca enveredara pelo noticiário do dia a dia. Ele me parecia perturbadoramente adequado para isso. Então me ocorreu que era provável que estivesse progredindo exatamente onde estava, abastecendo os interesses e apetites da cidade na seção de entretenimento. Esse pensamento era ainda mais perturbador.

12

Vinte minutos depois, estacionei o Fusca no último andar do edifício garagem Commerce Street, a uma fileira do Infiniti J-30 verde-escuro estacionado na vaga mensal de Guy White.

Eu sabia que White usara o edifício-garagem porque era o lugar óbvio para alguém que vai ao Shilo's. E sabia que ele tinha uma vaga ali porque dez minutos antes um funcionário atencioso me mostrara a lista dos mensalistas. Ele na verdade a esfregara no meu rosto, exasperado, tentando me convencer de que *meu* nome, Ed Beavis, *não* estava ali. Normalmente, eu teria subornado o funcionário para ter a informação de que precisava, mas a dureza enseja soluções criativas.

Mais alguns minutos de espera e a porta do elevador abriu. O assessor magricela do Sr. White, com seu terno bege malajambrado, saiu primeiro, jogando as chaves para cima com a mão direita. O sujeito não era mais bonito visto de frente. O rosto tinha a aparência castigada pelo sol que os fazendeiros tendem a adquirir: pele curtida com rugas profundas, olhos permanentemente semicerrados, feições erodidas a nada além de ângulos retos. O Sr. White flanava alguns passos atrás, lendo o jornal dobrado que tinha na mão, e sorria satisfeito como se não houvesse nada ali além de boas palavras.

Demos a partida em nossos carros. Esforçando-me para não ficar para trás, segui o Infiniti para fora do edifício-garagem, depois pela Commerce por cerca de 1 quilômetro, até chegarmos à via expressa. Não podia ver nada pelo vidro dos fundos prateado do carro de White, mas vez por outra meu amigo motorista olhava pelo espelho retrovisor.

Seguir alguém com eficiência é algo muito difícil. É raro conseguir o equilíbrio perfeito entre estar longe o bastante para ser discreto e perto o bastante para não perder o alvo de vista. Noventa por cento das vezes perdemos a pessoa que estamos seguindo por causa do trânsito ou de sinais, não há nada que se possa fazer. Então é preciso tentar de novo e de novo, muitas vezes, por sete ou oito dias.

Isso, é claro, caso você não queira ser visto. Seguir alguém com desleixo é muito fácil.

Quando cheguei a 5 metros de distância do Infiniti na pista central da McAlister, o motorista olhou pelo retrovisor e fechou a cara. Sorri para ele. O homem disse algo ao chefe no banco de trás.

Se tivessem acelerado poderiam ter me deixado comendo poeira sem esforço, mas não o fizeram. Acho que um sujeito em um Fusca cor de laranja não era a ideia que eles faziam de alguém apavorante. O Infiniti seguia a confortáveis 80 por hora, então finalmente pegou a saída Hildebrand e entrou à esquerda em direção ao viaduto. Segui o carro até Olmos Park.

Começaram a surgir mansões em meio à vegetação e nos morros. Esposas de banqueiros corriam usando roupas mais caras que o meu carro. Os moradores pareciam farejar o Fusca quando ele passava. Ao que parece, o odor não lhes agradava muito.

Passamos pela antiga casa do meu pai. Passamos pela delegacia. Então saímos da Olmos Drive, entramos na Crescent e o

Infiniti entrou numa casa que eu conhecia apenas pela reputação: a Casa Branca.

Esse nome não se devia apenas ao homem que morava ali. A fachada era uma réplica perfeita: varanda arredondada, colunas gregas, até uma bandeira dos Estados Unidos. Era o sonho de um egomaníaco, apesar de a construção ter cerca de metade do tamanho da original. O que não a tornava menos impressionante, mas depois de olhá-la por algum tempo me pareceu de alguma forma patética. Era um Volvo tentando parecer um Mercedes, uma garrafa de Herradura com tequila Happy Amigo.

Estacionei do outro lado da rua, onde cactos e louros-americanos cresciam na encosta suave que acabava em um córrego. O motorista do Infiniti desceu e veio na minha direção. O Sr. White desceu em seguida. Limpou uma sujeira invisível do terno azul, colocou o jornal dobrado sob o braço e seguiu tranquilamente em direção à porta da casa, sem olhar para trás.

O sujeito magricela avançou pelo gramado presidencial e atravessou a rua. Colocou a mão direita na lateral do carro e se inclinou voltado para mim. Quando a frente do paletó se projetou para baixo, tive uma boa visão do 38 Airweight que carregava no coldre de ombro.

— Algum problema? — perguntou. O número de vogais e sílabas que colocou nessas simples palavras deixava claro que era texano, talvez de Lubbock.

— Nenhum. — Dirigi a ele um sorriso vencedor.

Lubbock passou a língua pelos lábios. Ele se inclinou para mais perto e soltou um riso curto.

— Não estou perguntando se você *está* com um problema, jovem, estou perguntando se *quer* um problema.

Fingi perplexidade, apontando para meu peito. O rosto de Lubbock se transformou em uma enorme ruga irritada.

— Merda — disse ele, uma palavra de *quatro* sílabas. — Você é retardado, jovem? Por que diabo seguiu a gente daquele jeito?

Tentei outro sorriso espirituoso.

— Que tal alguns minutos do tempo do Sr. White?

— É mais fácil achar pelo em ovo.

— Diga ao Sr. White que o filho do xerife Navarre está aqui para vê-lo. Creio que ele vai concordar em falar comigo.

Se o nome Navarre dizia alguma coisa a Lubbock, ele não demonstrou.

— Não dou a mínima pra saber de quem você é filho, jovem. Agora, é melhor dar o fora antes que eu decida...

— Você nunca foi policial rodoviário.

Ele olhou para mim com uma expressão ameaçadora. O que não melhorou em nada a aparência do sujeito.

— O quê?

Antes que ele entendesse o que estava acontecendo, agarrei a coronha do 38 Airweight e virei a arma, ainda no coldre, de modo que o cano ficasse apontado para o corpo de Lubbock. Ele arqueou os ombros instintivamente, como se subitamente tivesse ficado ansioso para que o desodorante secasse. Todas as marcas do rosto do homem suavizaram e a cor pareceu sumir pelo pescoço.

— Quando parar alguém em um carro — expliquei com muita paciência —, nunca use um coldre de ombro. É fácil demais alcançar a arma.

Lubbock levantou as mãos, lentamente. A boca dele contraíra em um canto.

— Puta que pariu — disse ele. Sílabas demais para contar.

Tirei o Airweight do coldre e abri a porta do carro. Lubbock deu um passo atrás para me dar passagem. Sorria com sinceridade agora, olhando a arma apontada para o peito.

— Esse foi o truque mais fodido que eu vi em muito tempo, jovem. Ah, se foi. Você acaba de se meter numa encrenca muito maior do que pode imaginar.

— Vamos até lá conseguir aquele seu aumento de salário — sugeri.

A porta da casa era branca, com um adorno de vidro chanfrado do tamanho de uma banheira no centro. Lubbock me conduziu por um vestíbulo espaçoso, depois à esquerda, por uma porta dupla de madeira maciça que dava para um gabinete. Em algum ponto no caminho ele deve ter apertado um botão de emergência com o pé, mas eu não percebi. As coisas estavam indo bem até que um sujeito atrás do mancebo destravou uma arma e enfiou alguns centímetros do cano no meu pescoço.

Lubbock virou-se e pegou de volta o 38. Não parou de sorrir em momento algum. O homem atrás de mim estava imóvel. Não tentei me virar.

— Boa-tarde. O Sr. White está em casa?

— Boa-tarde — disse o homem atrás de mim. A voz dele era doce como mel sobre uma *sopapilla*. — O Sr. White está em casa. O Sr. White, inclusive, está prestes a matá-lo caso você não se explique rapidinho.

Estendi a mão na direção da minha nuca, oferecendo um aperto de mão.

— Jackson Navarre. Terceiro.

Contei até cinco. Achei que a minha hora havia chegado. Estava fazendo as pazes com Jesus, o Tao e as empresas de cartão de crédito quando ouvi o clique da trava de segurança da arma. Guy White apertou minha mão.

— Por que não disse antes? — perguntou.

13

— Pode me passar os brotos, Sr. Navarre?

Guy White apontou com a pá de jardinagem para a bandeja de mudas que queria. Passei-a para ele.

White trocara de roupa para trabalhar no jardim; agora usava uma camisa jeans recém-passada com as mangas dobradas, calça jeans Calvin Klein, *huaraches* nos pés imaculadamente bronzeados. E trocara a Glock 9 mm por podadores e pazinha de jardinagem. Quando ele se ajoelhava sobre o canteiro e abria buracos cônicos para os novos brotos, sombras da aba do chapéu de palha dançavam pelo seu rosto como tatuagens maori.

Ao meu lado no banco de pedra quente, uma jarra de chá gelado que White trouxera consigo dez minutos antes já estava escurecida. O suor começava a escorrer pelas minhas costas. Minha bunda parecia uma tortilla frita. Lancei um olhar comprido para o pátio próximo, sombreado por nogueiras-pecã, para a piscina e então para Guy White, que sorria satisfeito e acompanhava com murmúrios o zumbido das cigarras sem suar uma gota sequer.

Eu tinha gostado mais do sujeito quando ele estava apontando a arma para mim.

— Estou animado com elas — disse-me White. Ele cortou o saco de plástico de uma das mudas e a virou de cabeça para baixo, depois agitou o torrão de terra para dar mais espaço às raízes. — Sabe alguma coisa de jardinagem, Sr. Navarre?

— Não é a minha especialidade. Isso é algum tipo de verbena?

— Muito bem.

— Era associada a feiticeiras na Idade Média.

White pareceu satisfeito.

— Não me diga.

Com todo cuidado, ele colocou a verbena em seu novo lar e deu tapinhas na terra. Os pequenos ramalhetes de flores eram de um azul intenso. Encaixavam-se perfeitamente no canteiro do Sr. White.

— Este é o primeiro ano em que essa variedade está disponível — explicou. — Elas vêm da Inglaterra e estão sendo vendidas apenas no sul do Texas. Uma oportunidade e tanto.

Passei um lenço na parte de trás do pescoço.

— O senhor sempre cuida das plantas durante a tarde?

White riu. Quando voltou a ajoelhar-se, me dei conta pela primeira vez do quanto ele era grande. Mesmo com ele ajoelhado e eu sentado, nossos olhos estavam quase à mesma altura.

— A verbena é uma planta forte, Sr. Navarre. Parece delicada, mas precisa de muito sol, podas agressivas, solo bem drenado. Esta é a melhor hora para plantá-la. Muitas pessoas cometem o erro de mimar essa planta. Têm medo de cortar as florescências, regam demais ou plantam na sombra. Trate a verbena com delicadeza e ela mofa, Sr. Navarre. Não se deve temer ser agressivo.

— Essa também é sua filosofia profissional? Era assim há dez anos?

Nenhuma ruga marcou o rosto de Guy White. O sorriso dele era o sorriso dos redimidos, de um homem em paz com este mundo e o próximo.

— Acredito, Sr. Navarre, que pode estar agindo de acordo com falsas suposições.

Levantei as mãos espalmadas.

— Não seria a primeira vez. Talvez o senhor pudesse me ajudar a esclarecer a situação.

— Se puder... — White desenterrou uma minhoca de 15 centímetros e quando voltou a enfiar a pá de jardinagem na terra a cortou pela metade, mas não pareceu notar. Tirou as luvas de couro e tomou um grande gole do copo de chá gelado antes de voltar a falar: — Não tive nada a ver com a morte do seu pai, meu rapaz.

— Já me sinto bem melhor.

White fez que não com a cabeça.

— Temo que você tenha herdado a obstinação do xerife Navarre; imagino que não haja muito sentido nesta nossa conversa.

— Ele tornou sua vida desconfortável por muitos anos. Ainda tem muitas pessoas que afirmam que o senhor foi o responsável pelo assassinato.

White voltou a colocar as luvas e passou a cavar os buracos para uma segunda fileira de verbenas. O sorriso agradável sob as sombras da aba do chapéu não cedeu um milímetro.

— Fui a resposta conveniente para muitas questões criminais no passado, Sr. Navarre. Tenho plena consciência disso.

— No passado.

— Exatamente. Pode por favor me passar o 19-5-9?

— Como?

— O fertilizante, meu rapaz, ao lado do seu pé. Pode ser que você não saiba que nos últimos anos fiz o melhor para contribuir para a comunidade. Fico satisfeito por ser visto como um bom cidadão, um patrono de muitas causas. Tenho cultivado esse papel ativamente e o prefiro à reputação injusta que tive na juventude.

— Tenho certeza disso. Assassinato, tráfico de drogas... não deve ser o tipo de coisa da qual se pode falar no Kiwanis Club.

White enfiou a pá de jardinagem na terra, desta vez até o cabo. Ele ainda sorria quando levantou o olhar, mas as linhas ao redor dos olhos revelavam um desgaste na sua paciência.

— Quero que me entenda, Sr. Navarre. Seu pai nunca tornou minha vida tão difícil quanto depois da morte dele, quando fui objeto de todo tipo de investigação, alvo de uma caça às bruxas em busca de um culpado. Trabalhei por muitos anos desde então para reconstruir minha posição na comunidade e não estou nem um pouco disposto a vê-la comprometida com especulações infundadas que deveriam ter sido esquecidas há muito tempo. Estou sendo claro?

Enquanto White falava, Lubbock se aproximava vagarosamente pelo jardim. Ele agora aguardava a uma distância respeitosa, à espera de ser chamado, tendo nas mãos um telefone celular, White o deixou na expectativa.

— Estamos entendidos? — White perguntou, em voz muito baixa.

Assenti.

— Mas, de qualquer forma, como o senhor costumava matar seus rivais? Uma bala na testa? Esqueci.

Por um instante o rosto do homem ficou congelado. Então, lentamente, o sorriso voltou a emoldurá-lo. Ele suspirou.

— Você é realmente muito parecido com seu pai, meu rapaz. Desejo-lhe sorte.

Ele quase soava sincero. Aquele não era o tipo de resposta que eu esperava.

— Talvez o senhor pudesse me ajudar, então — sugeri.

White ignorou o comentário. Levantou-se, limpou a terra das calças e só então pareceu notar a presença de Lubbock.

— Ah — ele disse —, se me dá licença, meu rapaz, preciso atender essa ligação. Emery vai acompanhá-lo até a porta.

Emery, o Lubbock, entregou o telefone ao Sr. White e acenou para que eu o acompanhasse. Levantei-me do banco de pedra.

— Sr. White — eu disse.

White já havia me dispensado. Entabulava uma conversa agradável ao telefone sobre o clima em Vera Cruz. Olhou para trás e afastou o aparelho do ouvido.

— Só para que fique claro: se o senhor estiver mentindo, se matou meu pai, eu o enterrarei pessoalmente no seu jardim.

O homem sorriu como se eu houvesse lhe desejado feliz aniversário.

— Tenho certeza de que sim, meu rapaz. Bom-dia — disse.

Então se voltou, indiferente, e retomou a conversa sobre os prós e contras do investimento em imóveis no México, enquanto caminhava pelo jardim.

Emery olhou para mim e riu uma vez. Deu tapinhas nas minhas costas como se fôssemos velhos amigos, e me conduziu de volta à Casa Branca.

14

— Ah, *disso* eu gostei — disse minha mãe.

Ela havia ido até meu apartamento por volta das 8 horas, sem Jess, que estava assistindo ao jogo dos Rangers. Por cinco minutos teceu comentários sobre o "interessante estilo espartano" do meu apartamento, borrifou óleo essencial para limpar a aura do lugar e olhou em volta desanimada em busca de algo que fosse capaz de elogiar. Por fim viu a estatueta mexicana que Lillian me dera de presente.

No instante em que minha mãe a pegou, Robert Johnson soltou um miado assustado e correu para o armário outra vez. Ao olhar para a estátua e pensar na minha última conversa com Lillian tive uma reação parecida.

— Acho que Robert Johnson quer que você fique com ela — eu disse. — Se combinar com sua decoração, claro.

Os olhos verdes da minha mãe brilharam, travessos. Ela colocou a estátua dentro da enorme bolsa de lamê dourado.

— Trocamos por um jantar, querido.

Caminhamos até a esquina da Queen Anne com a Broadway.

É triste, mas é verdade. Morei em São Francisco por muitos anos, ia a Chinatown quase diariamente, mas nunca encontrei um frango com limão tão bom quanto o do Hung Fong. Maia Lee me estrangularia por dizer tal sacrilégio, já que incluo a receita da família dela na comparação, mas é a mais pura verdade.

O restaurante dobrara de tamanho desde a última vez que eu estivera lá, mas a velha Sra. Kim ainda era a hostess. Ela me cumprimentou pelo nome, nem um pouco intimidada pelo fato de fazer uma década que eu não aparecia, e nos levou até nossa mesa favorita, sob um letreiro de néon com as bandeiras americana e taiwanesa. Era terça-feira e já passara o período mais movimentado da noite, então tínhamos o restaurante só para nós, a não ser por duas famílias numerosas nas mesas do canto e dois sujeitos que comiam no balcão e pareciam recrutas. Cinco minutos depois de fazermos o pedido, a toalha da mesa estava oculta sob tigelas transbordando de comida.

— Não é estranho que Lillian tenha ido para Laredo um dia depois da sua chegada? — perguntou minha mãe.

Ela se vestia de maneira informal aquela noite: um brilhante quimono preto e dourado sobre um collant preto. Toda vez que pegava alguma coisa na mesa, suas pulseiras de ouro e âmbar escorregavam até as mãos e encostavam nas tampas das tigelas cobertas, mas ela não parecia se importar.

— Está bem — eu disse. — Tivemos uma pequena briga. Na verdade não foi uma briga.

Falei sobre Dan Sheff, o bonitão dos infernos. Minha mãe assentiu.

— Conheci a mãe dele em um evento no Bright Shawl — ela disse, fazendo um gesto de desdém com os hashis. — Uma mulher desagradável. Nunca confie em alguém chamado Cookie para criar um filho. Mas então, o que mais aconteceu?

Dei de ombros.

— Só isso.

Ela fez uma careta.

— Isso não me parece algo que leve alguém a sair da cidade.

— É muito provável que Beau Karnau tenha tido alguma participação. Ele parece gostar de se aproveitar de estresse emocional.

— Seja persistente — aconselhou ela. — Olha, vou ler as folhas de chá para você.

Na verdade eu estava bebendo cerveja, mas minha mãe nunca se deixava deter por detalhes. Ela me serviu uma xícara, bebeu o chá ela mesma, depois virou a xícara em um guardanapo. Jamais consegui me decidir se ela fazia um jogo para divertir a si mesma ou se realmente tinha um sistema que a ajudasse a interpretar os sedimentos de bebidas, mas naquele momento ela estudou a borra amarronzada intensamente, soltando "humms" expressivos.

Os recrutas olharam para nós enquanto ela fazia a adivinhação. Um deles soltou uma piada a meia-voz. Ambos riram.

— Nada bom, filho — disse, com o melhor sotaque de cigana. — As folhas dizem "adversidade". Problemas à frente.

— Profundo — comentei. — E inesperado.

Ela tentou aparentar que ficara ofendida.

— Zombe, se quiser.

— Eu quero, eu quero.

No fim do jantar ela insistiu em pagar a conta. Tendo em vista que eu estava limitado a alguns trocados e cartões de crédito estourados, não protestei com muita convicção. Os dois homens no balcão pagaram a conta e saíram à rua logo atrás de nós.

Quando se pratica tai chi por algum tempo, chega-se a um ponto em que olhos e ouvidos parecem nos envolver 360 graus. É preciso desenvolver essa percepção caso não se queira ser atingido na cabeça por trás enquanto defendemos a frente ou para evitar mover-se alguns centímetros a mais e dar com a espada do oponente. Meus sentidos entraram nessa sintonia no instante em que saímos do restaurante, mas eu não estava conscientemente preocupado até chegarmos à esquina com a Queen Anne.

Minha mãe falava do estado periclitante das artes em San Antonio. Os homens do restaurante estavam atrás de nós, mas pareciam tranquilos, zombavam um do outro, não prestavam atenção ao que acontecia à frente. As luzes néon da Broadway deram lugar à escuridão assim que entramos na minha rua. Os dois homens pararam de falar, mas também dobraram a esquina. Sem olhar para trás, senti que apertavam o passo. Agora estavam a uns 10 metros de nós. Meu apartamento ficava no fim do quarteirão.

— Mãe — eu disse, de modo casual —, continue andando.

Ela estava justamente se empolgando com o tema "número limitado de galerias no centro". Olhou para mim, confusa, mas não lhe dei tempo para dizer nada. Em vez disso, dei meia-volta e avancei para conhecer nossos novos amigos.

Eles não gostaram de ter seu cronograma bagunçado. Quando me viram indo em sua direção, pararam, pegos desprevenidos. Ambos tinham uns 20 e tantos anos e rostos tranquilos e quadrados. Usavam calça e camisa jeans. Ambos tinham cabelo curto. A parte superior do corpo desenvolvida deixava claro que passavam bastante tempo na academia. Eles se esforçavam bastante para ser gêmeos, mas um deles era branco ruivo e o outro, hispânico com uma tatuagem no antebraço: uma águia comendo uma cobra.

Quando estava a 2 metros deles, os homens se afastaram um pouco, à espera da minha reação. Ouvi minha mãe chamar, nervosa:

— Tres?

— Tres? — imitou o sujeito com a tatuagem. O ruivo sorriu.

— Ou vocês estão nos seguindo para ler folhas de chá — especulei — ou têm algo a me dizer. Então, o que vai ser?

Deixei que Tatuagem se aproximasse, estufando o peito no meu rosto. Ele ainda sorria. O Ruivo se colocou à minha esquerda.

— Ah, claro — disse Tatuagem. — Ficamos sabendo que você é uma bicha de São Francisco. É verdade?

Ele estava a uns 15 centímetros de mim.

— Está me convidando para dançar? — Soprei um beijinho para o sujeito.

Ele quase se convenceu de que aquilo bastava para me enfiar um soco na cara, mas o Ruivo o conteve.

Minha mãe chamou meu nome outra vez. Ela tentava se decidir se vinha até mim ou não. Eu sabia que ela acabaria vindo e ralhando com os valentões. O que quer que acontecesse, eu tinha que fazer acontecer antes disso.

— Quer complicar as coisas, amigão? — disse o Ruivo. — Eu não ia gostar de amassar a cara de um sujeito na frente da mãe dele. A mensagem é simples: cai fora da cidade. Ninguém quer você por aqui.

— E de quem é essa mensagem calorosa? — perguntei.

Recuei um pouco a bota esquerda, para firmar o peso do corpo.

— De quem você preferir — disse o Ruivo, com um sorriso de desprezo. — Volta pra terra dos veadinhos se quiser que o seu rosto continue inteiro.

— E se eu não fizer isso? Imagino que o Tatuagem aqui vai me empurrar com o peito para fora da cidade.

— Seu merda — disse Tatuagem, avançando com a intenção de agarrar minha camisa com as duas mãos.

O que acontece com os fisiculturistas é que eles tendem a ter a parte superior do corpo pesada demais. Podem ser incrivelmente fortes, mas o peito superdesenvolvido faz com que o centro de gravidade do corpo, que deve situar-se na região do umbigo, seja muito mais alto e surpreendentemente fácil de desequilibrar. Também é mais fácil agarrar uma pessoa com um monte de músculos; é como andar com alças espalhadas pelo corpo todo.

Avancei com os braços para cima, à altura dos pulsos de Tatuagem, e redirecionei seus braços para fora. Quando ele estava com os braços abertos, projetei a perna esquerda e enterrei o joelho na virilha do sujeito. Então empurrei. Ele caiu para trás duro como uma árvore. O Ruivo recebeu meu cotovelo esquerdo no nariz quando avançou para atacar. Agarrei-o pelo tríceps e girei a cintura, usando seu impulso. Em vez de se lançar sobre mim, ele voou por cima do meu joelho e aterrissou sobre o amigo.

— Tres! — gritou minha mãe. Ela estava se aproximando.

Tatuagem não estava acostumado a levar joelhadas nos colhões. Permaneceu dobrado ao meio, em diálogo íntimo com a calçada. Mas o Ruivo se levantou muito mais rápido do que eu esperava e veio na minha direção. Mais cauteloso agora, em postura de boxeador, punho direito à frente. Deixei que errasse os socos duas vezes, girando o corpo para fora da linha dos golpes. Ele se descuidou com a guarda. Tentou enterrar um gancho com a mão esquerda, mas esqueceu a direita. Foi fácil dar um passo na direção do sujeito, girar o corpo em frente a ele ao agarrar-lhe o pulso e atirá-lo por cima do meu ombro.

Segurando o braço dele, girei as juntas para que ele não tivesse escolha entre rolar de bruços ou quebrar um osso. Coloquei o joelho sobre suas costas e, com o polegar, pressionei o nervo logo abaixo do cotovelo. Ele gritou.

— Quer que eu aperte até você desmaiar? — perguntei. — Ou quer falar um pouco mais de você?

— Vai se foder — ele gemeu.

Deve ter sido necessário bastante força para falar. Ou talvez ele apenas soubesse que o companheiro não ficaria no chão para sempre. Na verdade, Tatuagem se levantava com grande esforço e ambos sabíamos que eu não conseguiria apagar o Ruivo e dar conta de Tatuagem ao mesmo tempo.

Não gostei disso, mas torci o braço do Ruivo com força. Ele gritou. Talvez eu o tenha quebrado, talvez não. Mas precisava dar a ele algo com que se preocupar enquanto cuidava do seu *compadre*.

Tatuagem ainda andava de um jeito engraçado. Fez o melhor que pôde para me dar uma gravata, mas deslizei do braço dele e o atingi no estômago com o ombro. Empurrei seu corpo para a frente, levantando os pés dele do chão. Ele caiu para trás mais uma vez, agora com mais força.

Recuei em direção à minha mãe, ofegando. Era difícil ler a expressão em seu rosto. Seus olhos estavam bem abertos, mas não exatamente com medo. Era mais o olhar de alguém que acreditara em fantasmas por anos a fio e finalmente encontrava um a quem dizer oi.

Ruivo e Tatuagem estavam no chão, xingando.

Pedi papel e caneta à minha mãe. Ela olhou para mim e vasculhou a bolsa. Em um post-it cor-de-rosa grande, escrevi: RETORNAR AO DESTINATÁRIO. E assinei.

Prendi o papel no peito da camisa do Ruivo.

— De qualquer forma, obrigado.

Antes que se dessem conta de que apesar de tudo não estavam tão machucados, peguei o braço de minha mãe e seguimos pela Queen Anne. Coloquei-a no carro antes que ela se decidisse que era hora de conversarmos.

— Tres, o que exatamente...

— Não sei direito, mãe — respondi, com um pouco mais de firmeza do que gostaria. — Sinto muito tê-la envolvido. Talvez sejam amigos de Bob Langston, o cara que precisei expulsar do apartamento. Jay Rivas disse que ele é do Exército. Provavelmente aqueles dois também. Só isso.

Não devo ter soado muito convincente. Minha mãe continuou olhando para mim, à espera de uma resposta melhor.

Eu estava cansado, com a sensação indistinta de quando a adrenalina começa a baixar. Tentei sorrir.

— Olha, está tudo bem.

Ela desviou o olhar, que ficou perdido em algum ponto à frente do para-brisa.

— Você é meu único filho, Tres.

Ela tem uma força tremenda, minha mãe. Apesar de todas as excentricidades, pode endurecer como aço em apenas sessenta segundos durante uma crise. Acho que nunca a vi chorar, nem com a aparência abatida de quem acabou de chorar. Agora ela sorria para mim, de modo tranquilizador. Quando me abaixei e a beijei no rosto, senti o leve tremor de sua pele.

— Ligue amanhã — ela disse.

Depois de ver o carro se afastar, entrei e tranquei a porta. Robert Johnson farejou minhas pernas ao sentir o cheiro estranho de Ruivo e Tatuagem quando sentei no escuro e disquei o número de Lillian.

A secretária eletrônica não atendeu mesmo depois de dez toques. Àquela altura, Lillian já devia ter chegado de Laredo. Eram quase 10 horas. Ela estava lá, concluí mal-humorado, mas preferia ignorar o telefone.

Olhei para a mesa de centro, onde estava o envelope com as velhas reportagens que Carlon McAffrey me entregara aquela tarde, o rosto sorridente do meu pai ainda em cima da pilha. Ao olhar a fotografia, me dei conta do quanto precisava ver Lillian aquela noite. Precisava de algo novo e físico com ela que não fizesse parte do nosso passado. Empurrei as folhas de papel para o chão.

Então abri a geladeira e peguei dois itens que comprara na Pappy's Grocery num momento de extravagância: um pacote com seis latas de refrigerante Big Red e uma garrafa de tequila. Saí de casa e fui até o Fusca. Uma tempestade de verão se aproximava sobre as escarpas Balcones, mas abaixei a capota de qualquer forma. Então dirigi em direção a Monte Vista, pensando no futuro.

15

Não existe lugar tão solitário em San Antonio quanto o parque Olmos Basin. É possível dirigir pela estrada da represa à noite olhando para um oceano de carvalhos sem ver qualquer sinal da cidade que o cerca. Apenas você, o carro e a natureza. A não ser que você seja um antigo colega de escola da minha mãe, Whitley Strieber. Então acho que terá óvnis para lhe fazer companhia.

Naquela noite, clarões difusos de relâmpagos iluminavam o parque, pintando de verde as tonalidades escuras da paisagem. Os trovões rolavam sobre as copas das árvores como óleo numa frigideira quente.

Por toda a Acacia Street os cães latiam para a tempestade. A casa de Lillian estava escura, a não ser pelo abajur de vidro cor-de-rosa que ela deixava aceso no criado-mudo. A luz fúcsia se infiltrava pelas persianas fechadas. O carro dela estava estacionado em frente à casa.

Na casa ao lado, cinco ou seis crianças da família Rodriguez andavam de patins na calçada em meio à semiescuridão, audazes e desacompanhadas, gritando de alegria a cada trovão.

Não havia música na sala da casa de seus pais aquela noite, como que em deferência à tempestade.

Estacionei o carro e desci, carregando até a varanda as latas de refrigerante e a garrafa de tequila. Duas crianças sorridentes por pouco não colidiram contra mim quando passei.

No cesto que Lillian usava como caixa de correio havia uma pilha de correspondência. Dois jornais repousavam no chão da varanda. Ela podia ter entrado pelos fundos. Ou talvez não tivesse ido no próprio carro para Laredo; talvez ainda não tivesse chegado. Pensei em quais carros ela poderia ter usado para fazer a viagem e não gostei das opções que me vieram à mente.

A campainha não funcionou. Bati o mais alto que consegui na moldura da porta de tela, mas era muito possível que ela não estivesse me ouvindo. O vento soprava forte. Arrancadas dos galhos, pétalas da extremosa e das roseiras de Lillian estavam espalhadas pelo jardim como confete.

Depois de três batidas, girei a maçaneta e vi que a porta estava aberta.

— Lillian?

Coloquei as latas de refrigerante e a garrafa de Herradura sobre a mesa de centro e chamei outra vez. Havia revistas espalhadas no chão ao lado do sofá, típico do método "leia e jogue fora" de Lillian.

Mas a única luz era o brilho rosado sob a porta do quarto. Abri a porta e enfiei a cabeça na fresta lentamente, meio esperando vê-la encolhida sob as cobertas. O que encontrei foi uma cama desarrumada e uma gaveta semiaberta na cômoda, mas nada de Lillian.

Uma queimação desconfortável começou a crescer no meu peito.

Conferi o quarto dos fundos, a cozinha. Um radinho AM sobre a tábua de cortar falava para ninguém. A pia cheia não era de todo surpreendente, mas a louça havia sido apenas ensaboada e deixada sem enxague.

Procurei afastar as possibilidades que começaram a me ocorrer. Conferi a porta da casa outra vez e depois as janelas, em busca de sinais de arrombamento. Nada óbvio, mas seria difícil notar alguma diferença na maçaneta velha e arranhada, e infelizmente as travas das janelas eram fáceis demais de abrir. A secretária eletrônica estava desligada. Não havia mensagens gravadas. Disquetes e pastas estavam espalhados sobre a escrivaninha, mas não parecia faltar nenhum equipamento. Alguém estivera à procura de alguma coisa sem muita paciência, mas poderia muito bem ter sido a própria Lillian. Conferi o banheiro e o armário do quarto. Não havia sinais de que ela tivesse feito uma mala, mas também não havia prova definitiva de que não tivesse feito.

Então ouvi baques de rodas de patins no piso de madeira. Uma das crianças deslizara até a porta do quarto e segurava a maçaneta para equilibrar-se. Tinha cabelos longos e finos e olhos pretos e pequenos, que brilhavam, fixos em mim. A menina usava um vestido com listras vermelhas e brancas e estampa de ursinhos de pelúcia.

Eu devia estar com uma expressão assustada. Ela deu risadinhas.

Eu ainda tentava formular uma pergunta quando a menina patinou em direção à porta da casa, soltando um gritinho animado como se esperasse ser perseguida. À porta, ela se virou e olhou para trás, com um sorriso travesso.

— Você conhece a Lillian? — perguntei, ainda no umbral da porta do quarto.

Não sou bom com crianças. Não sei lidar com a estranha semelhança que elas têm com seres humanos. Ela inclinou a cabeça de lado, como faria um cachorro curioso.

— Você não é o mesmo homem — ela disse.

E sumiu de vista, batendo a porta de tela às suas costas.

O que diabos aquilo queria dizer? Eu deveria tê-la seguido e feito mais perguntas, mas a ideia de perseguir um grupo de crianças de patins pela calçada e no escuro era mais do que eu podia suportar naquele momento.

Talvez ela estivesse falando de Dan Sheff. Os vizinhos sem dúvida deviam tê-lo visto muitas vezes. Ou talvez ela houvesse visto outro homem entrar na casa. Me virei e olhei para a cama de Lillian. A queimação no peito estava mais forte.

— Espere até amanhã de manhã — disse a mim mesmo.

Talvez ela tivesse decidido ficar mais uma noite em Laredo; talvez estivesse na estrada naquele exato momento. Veio-me à mente a imagem dela chegando e me encontrando ali, sem ser convidado, ou descobrindo que eu havia feito perguntas aos vizinhos sobre o que ela fazia ou deixava de fazer. O argumento "eu estava preocupado" não teria grande efeito em uma mulher que havia pouco tempo me acusara de tentar controlar assuntos que eram problema seu.

Pesei esses pensamentos contra os fatos da porta destrancada, da correspondência e dos jornais intocados e dos pratos não enxaguados. Não gostei nada daquilo. Por outro lado, não era raro Lillian deixar aquelas coisas em seu rastro.

Saí e bati a porta.

A tempestade estava sobre minha cabeça agora, mas não havia chuva, apenas uma eletricidade turbulenta no ar. As crianças finalmente haviam sumido da rua. Apesar de exausto, eu não conseguia imaginar voltar para casa e tentar dormir. Dirigi até a represa Olmos e estacionei, embora não houvesse acostamento, e sentei na borda do paredão com a garrafa de Herradura, os pés balançando acima da copa das árvores.

Observei a tempestade mover-se para o sul por cerca de uma hora. Tentei não pensar onde Lillian estava ou sobre meu rendez-vous com Ruivo e Tatuagem ou sobre o envelope com reportagens sobre o assassinato do meu pai. A sensação era que uma aranha enorme movia-se lentamente dentro da minha cabeça, tentando tecer aquelas teias tênues e indesejadas. Cada vez que uma teia começava a se formar, eu tomava outro gole de tequila para expulsá-la dali.

Não lembro bem como voltei para casa, mas quando acordei, cedo, na manhã de quarta-feira, a tábua de passar estava tocando. Eu a puxei para baixo e tateei em busca do fone.

— *Hola, vato* — disse o homem do outro lado da linha, e me insultou em espanhol acelerado.

Esfreguei os olhos até que as paredes entrassem em foco. Meu cérebro precisou de alguns segundos para fazer a transição entre os idiomas, e só então situei a voz.

— Essa não me parece uma posição muito higiênica, Ralph. Vocês nunca ouviram falar em Aids?

Ralph Arguello riu.

— Então as informações estavam certas — ele disse. — Você voltou à cidade e ainda por cima falando *español*. Como é que faço para insultá-lo na sua cara agora?

Se havia uma aranha na minha cabeça na noite anterior, agora parecia que ela havia rastejado para dentro da minha garganta e morrido. Sentei no chão e tentei não vomitar.

— Como vai o ramo das casas de penhores, Ralphas?

Eu conhecia Ralph do time de futebol do ensino médio. Mesmo naquela época ele era um malandro de proporções épicas. Rezava a lenda que roubara a picape do treinador e a vendera de volta para ele pintada de uma cor diferente. Quando fui para a universidade, Ralph já começara a comprar casas de penhores por toda a zona oeste da cidade e, quando me formei, ouvi boatos de que teria naquela época uma fortuna de 1 milhão de dólares, amealhada não apenas com empréstimos legais.

— O que você acha de visitar meu lado da cidade hoje?

— Algo mudara em seu tom de voz, o que me fez desejar poder me concentrar mais no que dizia, sem o latejar na minha cabeça.

— Tem muita coisa acontecendo agora, Ralph. Talvez nós...

— É — ele interrompeu. — Fiquei sabendo da Lillian e fiquei sabendo que ela está fora da cidade. Não liguei exatamente para jogar conversa fora.

Esperei. Não me surpreendia que Ralph soubesse de tudo aquilo, muito menos que soubesse que eu agora falava espanhol. Ralph podia apenas circular pela cidade e as notícias grudavam nele como felpas no veludo. Mas a menção do nome de Lillian me despertou rápido.

— Está bem — eu disse finalmente. — O que foi?

— Uma das minhas garotas acaba de me mostrar uma bolsa que encontrou na Zarzamora Street há algumas noites. Alguns carros passaram por cima dela. Na carteira de motorista está escrito Lillian Cambridge.

16

Quando estacionei o Fusca em frente ao Blanco Café, na rua sem meio-fio, minha ressaca havia sido substituída por um tipo mais desalentador de enjoo. Acredito que ficaria completamente entorpecido pela sensação se não me movesse.

Em uma placa colocada no interior da janela suja do café estava escrito "Abierto". Passei por cima de dois vira-latas marrons que estavam deitados em frente à porta e entrei.

O ar era pesado, carregado com os cheiros de pimentas e óleo velho. Eram apenas 7h30, mas pelo menos vinte homens se espremiam no balcão em uma das laterais do ambiente apertado para comer *migas* e tomar café. Duas garçonetes enormes com cabelos da cor de chorizo gritavam uma com a outra em espanhol. Estavam saindo da cozinha carregando em cada mão dois pratos do tamanho de calotas. Aquele era o único lugar que eu conhecia na cidade onde era possível comer uma refeição por menos de 3 dólares.

Alguns homens no balcão olharam para mim com olhos sonolentos, ligeiramente incomodados quando perceberam que eu era forasteiro. Depois voltaram para suas *migas*.

Apenas uma pessoa estava sentada em outro lugar que não o balcão. Atrás de uma mesa de fórmica amarela, a um canto, sob uma pintura em veludo preto de um guerreiro maia, Ralph Arguello bebia um Big Red. Ele sorria para mim.

— *Vato* — ele disse, me chamando para os fundos do café.

Se John Lennon tivesse nascido hispânico e desenvolvido uma predileção por *gorditas* com manteiga, pareceria com Ralph. Ele usava os longos cabelos revoltos partidos ao meio e presos num rabo de cavalo, e os olhos eram invisíveis por trás das grossas lentes dos óculos redondos. O rosto era redondo e macio como o de um bebê, mas quando ele sorria surgia um brilho endemoniado que deixava os homens nervosos.

Mas Ralph se vestia com mais apuro do que Lennon. Naquele dia usava uma *guayabera* de linho branco que quase conseguia esconder a barriga e uma corrente de ouro que poderia ser usada para travar uma bicicleta.

Ele estendeu a mão rechonchuda. Eu a apertei.

Ele recostou-se na cadeira, ainda sorrindo. Os olhos pretos flutuavam atrás de alguns centímetros de vidro. Talvez olhasse para mim, talvez para a pilha de papéis sobre a mesa. Não dava para saber.

— Lembra-se de Jersey e daqueles outros *pendejos* que vieram atrás de mim depois que furei os pneus do carro deles?

Eu pensava em Lillian, no quarto vazio iluminado pela cor de sangue. Queria gritar para Ralph ir direto ao assunto, mas não era assim que funcionava com ele. Ralph falava em círculos e era preciso pegar carona e esperar.

Sentei.

— É. Eles alcançaram a gente em frente à casa do Sr. M., não foi? Depois da escola.

— A gente?

Ele riu: um som baixo e agudo como um espirro de gato.

— Você poderia ter ficado de fora — disse Ralph. — Não entendi por que um branco magricela foi idiota a ponto de ajudar um mexicano contra quatro zagueiros caipiras.

— Sabia que algum dia você seria rico e famoso.

— É isso aí.

— E eles eram só três.

Ralph deu de ombros.

— Foi o que eu disse. Não foi o que eu disse?

Ele gritou para a garçonete trazer mais dois Big Reds. Então se inclinou para a frente e colocou os cotovelos sobre a mesa; não havia mais sinal do sorriso. Percebi o cheiro forte e distinto de rum nas roupas dele.

— Enfim. Ontem à noite eu estava conversando com uma garota que me deve... aluguel, sabe? — disse Ralph.

Assenti. Ralph ficou em silêncio enquanto a garçonete colocava, com baques surdos, duas garrafas suadas de refrigerante sobre a mesa.

— E essa garota disse que estava sem dinheiro mas que tinha encontrado alguns cartões de crédito que eu talvez pudesse usar. Eu disse que era possível. Então vi o nome nos cartões e eu me toquei. Pensei em você.

Ralph fez com as mãos um gesto amplo de "o que eu podia fazer?".

— Ela é uma boa moça, essa minha amiga. Mas às vezes precisa de um pouco de incentivo para andar na linha, sabe? Então conversamos um pouco sobre como ela tinha realmente encontrado aquilo, mas me pareceu que ela estava dizendo a verdade. Na Zarzamora, como eu disse.

Ralph colocou a carteira sobre a mesa. Era uma carteira para notas guatemalteca, com bordados azuis e verdes, agora manchada e enlameada. Era de Lillian. Ralph tirou diversos cartões de crédito, e, depois, a carteira de motorista dela. O rosto de Lillian olhava para mim da fórmica amarela: uma fotografia ruim, apagada e desfocada, mas que ainda captava o sorriso de canto de boca, os sorridentes olhos multicoloridos.

— Havia algum dinheiro? — perguntei.

Ralph deu de ombros.

— Dinheiro evapora rápido com essa minha amiga, você sabe como é. Mas, sim, acho que é provável.

— Então a carteira não foi roubada. Ela a deixou cair, ou alguém a deixou cair.

— *Vato*, carteiras cheias de cartões de crédito e dinheiro não ficam muito tempo no meio da rua. Principalmente no meu lado da cidade. Não pode ter caído muito tempo antes de a minha amiga ter encontrado. Um pouco antes da meia-noite no domingo.

— Será que você pode descobrir mais alguma coisa?

Ralph arreganhou os dentes.

— Talvez possa perguntar por aí. Poucas garotas brancas circulam pela zona oeste num domingo à noite, *vato*. Se foi ela mesma quem deixou a carteira cair, pode ser que alguém tenha visto.

O frio da garrafa de Big Red se espalhava pelos meus dedos, subia pelo braço até o peito. Tentava imaginar Lillian na Zarzamora Street tarde da noite ou outras formas para que a carteira pudesse ter ido parar ali sem ela. Pensei na viagem a Laredo, como me dissera Beau, e no carro estacionado, e no jeito como eu encontrara a casa.

— Não tenho como te pagar, Ralphas — eu disse.

Ele sorriu, dando tapinhas com o indicador no cartão Visa sobre o tampo de fórmica.

— Posso colocar as despesas na conta da moça se você conseguir encontrá-la, que tal? Agora me diga o que está acontecendo.

— Bem que eu gostaria de saber.

Mas ele esperou, e vinte minutos e dois Big Reds depois eu tinha dito tudo o que acontecera na minha primeira semana de volta à cidade.

Falar com Ralph foi como falar com um padre. Ele sabe ouvir. Ouvira os pecados de outros homens tantas vezes que nada o impressionava. O sorriso em seu rosto não mudou em momento algum. Com um padre, o que quer que seja dito vai direto para Deus. Com Ralph, vai direto para o domínio público. Nisso repousava a absolvição. Concluí que o resto da cidade ouviria. Já com Deus eu não tinha tanta certeza.

— É complicado fazer uma viagem de três dias para Laredo sem a carteira — disse Ralph quando terminei. — É difícil desaparecer para qualquer lugar, a não ser que outra pessoa o faça desaparecer.

Eu não conseguia nem ao menos anuir.

Ralph olhava atentamente para o Visa de Lillian. Ele disse:

— Seu amigo detetive Rivas jantou no El Matador anteontem à noite. Falou sobre a morte do seu pai. Disse que você queria jogar terra muito velha na cara de muita gente.

— Jay fala demais.

— *Vato* — disse Ralph —, que tal somar dois mais dois?

Quando ele disse o que eu também estava pensando, a possibilidade passou a me parecer menos absurda. O que fez com que eu desejasse abandoná-la com mais força ainda.

— Por que alguém sequestraria Lillian para me atingir? Por quê?

Ralph fez um gesto amplo com as mãos.

— Pense nos inimigos do seu pai. Um, a família White; dois, todos os vereadores da cidade; três, meio Departamento de Polícia. Gente paranoica com muito a perder, cara. Se você assustou alguém...

— Como? — interrompi, um pouco mais alto do que pretendia. — Não tenho nada contra ninguém, Ralphas.

Por um momento as conversas no balcão cessaram. Uma garçonete olhou carrancuda para a nossa mesa. Ralph se ajeitou preguiçosamente na cadeira e deu de ombros.

— Talvez alguém não veja a situação dessa forma, *vato*. A pergunta é: e agora? Você se faz de bom moço? Fica na sua à espera das ordens?

Eu queria quebrar alguma coisa. Mas, em vez disso, cravei o olhar nos olhos flutuantes de Ralph.

— Era meu pai, Ralphas. O que mais eu podia fazer?

Ralph concordou.

— É, *vato*, você não precisa me dizer... — A voz dele sumiu.

Um mexicano mais velho entrou no café e caminhou em direção à nossa mesa. Sua testa calva brilhava com o suor. Era um homem grande, provavelmente acostumado a ver as pessoas abrindo caminho para ele, mas se arrastava em direção a Ralph como se usasse uma coleira pesada no pescoço.

Ralph não o convidou a sentar. Apenas sorriu. O homem olhou para mim em dúvida; Ralph fez com a mão um gesto para que falasse de uma vez.

— Não se preocupe com ele — disse ao homem em espanhol, e então para mim: — Só fala *inglés*, não é, *compadre*?

Dei de ombros e tentei parecer confuso. Não foi difícil.

Ouvi por alto a cantilena do homem sobre seus problemas financeiros. Precisava pagar a prestação da casa; estava doente e incapaz de trabalhar. Ralph escutou pacientemente, então sacou uma navalha e a colocou sobre a mesa. Distraído, tirou a navalha do estojo de couro, abriu a lâmina e passou no fio o dedo mínimo. Ainda em espanhol, disse:

— Ela é sua esposa. Se ouvir falar que voltou a beber, ou gritar com ela, ou ameaçar as crianças, corto seus dedos e o obrigo a comê-los. — E o disse muito calmamente.

Então Ralph colocou dez notas de 50 dólares sobre a mesa, ao lado da navalha. O homem tentou evitar que a mão tremesse ao pegar o dinheiro. Não conseguiu.

Quando ele saiu, Ralph olhou para mim.

— Meu padrasto mais recente. — Sorriu. — Como eu estava dizendo, você não precisa me falar sobre pai morto, *vato*. Sou o homem da família desde os 12 anos.

Ele guardou a navalha.

Quando saí do Blanco Café, toda a zona oeste estava ganhando vida. Mais trabalhadores entravam em busca de *migas* e café. Velhas avós mexicanas, maiores que o meu Fusca e mais barulhentas, seguiam pesadamente pelas ruas, de mercearia em mercearia, sempre barganhando. E Ralph sentava-se à sua mesa no centro de tudo, sorrindo.

— Tenho 12 casas de penhores para visitar antes do meio-dia, *vato* — disse ele atrás de mim. — Nada mau para um garoto pobre, hein?

Dirigi pensando em garotos de 12 anos com navalhas, em mulheres brancas sozinhas na Zarzamora Street no meio da noite e em um buraco no meio de um chapéu Stetson.

Música mexicana transbordava dos rádios dos carros por toda a Blanco Road.

17

Depois de uma hora de tai chi e um banho, meus pensamentos não estavam exatamente claros, mas de alguma forma eu reconquistara o equilíbrio. O tai chi é bom para isso. Ensina a recuar antes de avançar. Deixamos que os acontecimentos nos empurrem por algum tempo, mantemos os pés firmes, e então contra-atacamos. E agora eu tinha certeza de onde contra-atacar.

Por volta do meio-dia eu estava de volta a La Villita, em frente à galeria Hecho a Mano, tentando abrir caminho com meu cartão Discover. Nunca fui muito bom com esse macete, mas dessa vez a velha porta de madeira maciça abriu quase que de imediato. Ela cedeu com o mesmo "arrrrr" de alívio que Robert Johnson faz na caixa de areia.

Fechei-a depois de entrar. Em uma placa que caíra da janela estava escrito: *Fechado para almoço. B.*

Não podia ser mais verdade, pensei.

As lâmpadas do salão principal estavam apagadas, mas a luz do sol entrava pelas janelas. O bastante para ver que o lugar estava um desastre. Pedestais virados. Estátuas de esqueletos espalhadas aos pedaços no piso de pedra — bacias de um lado, pernas do outro. Gavetas viradas sobre o tampo da escrivaninha de Lillian.

Conferi a moldureria e depois o banheiro. Ambos revirados. Uma cruz votiva de Guadalajara havia sido enfiada na tela do monitor. Fotografias de caubóis haviam sido arrancadas das molduras. Até o recipiente de guardar rolos de papel higiênico estava escancarado.

Peguei uma caderneta de espiral preta em meio a um monte de papéis que voavam abaixo do ventilador de teto. A agenda de Lillian. Fui até as sombras do banheiro e comecei a ler.

Na página de julho, uma nota indicava o dia em que eu chegaria à cidade. A data havia sido circulada. No domingo, o último dia em que nos vimos, ela havia escrito *"jantar 8"*. Não me surpreendi ao ver que não havia anotação alguma sobre uma viagem a Laredo na segunda-feira. Em data alguma, inclusive.

Voltei as páginas para meses anteriores. Março e abril estavam cheios de anotações acompanhadas por *"Dan"*, principalmente na época da Fiesta Week. O último encontro com Dan, o último registrado pelo menos, acontecera durante a River Parade, no fim de abril. O número do meu telefone em São Francisco estava anotado alguns espaços depois. Talvez eu devesse ficar lisonjeado, mas algo naquela proximidade me incomodava.

Voltei ainda mais. Lillian escrevera lembretes e números de telefone aleatórios na página de anotações no fim do ano anterior, mas era tudo. Nenhuma das informações me dizia nada, mas arranquei a página de qualquer forma.

Voltei à moldureria e vasculhei as fotografias destruídas. Alguém arrombara o arquivo em um canto da sala e espalhara o conteúdo por todo lado. A única coisa que me despertou algum interesse foi uma pasta portfólio, de 90 por 90 centímetros, com as iniciais "B. K.". As páginas haviam sido amassadas e arrancadas. Uma delas tinha uma marca de sapato grande: sem sulcos, ponta fina, uma bota.

O portfólio era uma leitura melancólica. Na primeira página, reportagens da revista *ArtNews* e do *Dallas Herald* publicadas em 1968 anunciavam a chegada de Beau à cena: "Novas visões do Oeste", "Novas perspectivas de antigos panoramas", "Filho de Dallas persegue um sonho". O último artigo focava na ascensão do artista da pobreza ao sucesso: a morte trágica do pai, a infância ao lado da mãe bem-intencionada apesar de alcoólatra, sua determinação ao cursar a faculdade pública em Forth Worth, como comprava em lugar de comida filmes para as aulas de fotografia, quando preciso. O entrevistador parecia achar charmoso que Beau tivesse vivido do seguro-desemprego por algum tempo. No meio das reportagens, uma fotografia de Beau olhava para mim: jovem, vestido de preto, com a alça de uma Nikon sobre o ombro, os primeiros sinais de presunção no olhar.

Folheei diversas páginas de suas fotografias: casas de fazenda abandonadas, novilhos, arame farpado coberto de orvalho. As notícias sobre exposições e as críticas sobre o trabalho dele ficavam cada vez mais esparsas. Os dois últimos artigos recortados por Beau, publicados em 1976, eram do *Austin American-Statesman*. O primeiro, a análise morna de uma exposição, relatava com tristeza que "a inocência pujante e renovadora dos trabalhos mais antigos de Karnau praticamente desapareceu". O segundo, uma carta de Beau ao editor, detalhava onde o jornalista deveria enfiar a sua resenha.

As fotografias mais recentes de Beau, dos seus tempos de professor assistente de artes plásticas na Universidade Texas A&M até o presente, pareciam poder ter sido registradas por Ansel Adams se Adams tivesse entornado alguns copos de tequila e deixado a câmera cair algumas vezes. Mais casas de fazenda abandonadas, mais novilhos, mais orvalho em arame farpado. Por fim, na última página do portfólio, estava colado um folheto chamativo da exposição "O autêntico caubói: uma retrospectiva de Beau Karnau". Um velho vaqueiro olhava para mim, tentando parecer autêntico.

A abertura estava marcada para 31 de julho, o sábado seguinte, no complexo artístico Blue Star. A lista de patrocinadores deixava claro o quanto Beau se valera dos contatos sociais de Lillian: Crocket, o banco do pai dela; Sheff Construction; mais uma dúzia de empresas e fundações de sangue azul. Dobrei o folheto e o coloquei no bolso.

Estava para colocar de lado o portfólio quando senti com os dedos que a capa era um pouco mais grossa do que a contracapa e que havia um ligeiro relevo quando sentida por dentro. Achei um estilete no chão e fiz um parto por cesariana de duas ampliações 20 por 25 centímetros que estavam espremidas entre as placas de papelão da capa.

As fotos eram idênticas: uma imagem registrada à noite a céu aberto. Três pessoas estavam em pé com mato à altura dos joelhos em frente a uma velha caminhonete Ford com as portas abertas e os faróis acesos. Uma delas era um homem alto e magro, escondendo o rosto da câmera. Os cabelos louros penteados para trás e a camisa branca que usava brilhavam à luz dos faróis. As outras duas pessoas, quem quer que fossem, haviam sido cuidadosamente cortadas com um estilete. Nada restara delas, a não ser as formas vagamente humanas dos buracos, lado a lado, a pouca distância do homem louro.

Pelo ângulo da fotografia, e por um tronco de árvore grosso no canto da imagem, parecia que o fotógrafo estava posicionado acima da cena e a alguma distância e que usara uma teleobjetiva.

A qualidade das ampliações não era ruim, mas a textura do papel não parecia ser adequada para fotografias. Olhando com mais atenção, dava para perceber que haviam sido feitas em uma impressora a laser. No verso das fotografias, alguém escrevera "31/7" com uma caneta preta.

Estava dobrando as ampliações para que coubessem no meu bolso quando ouvi o barulho de chave girando na fechadura da porta da frente.

Fui até a porta da molduraria e fiquei com os ouvidos atentos. Dois passos, um momento de silêncio estupefato, então Beau Karnau xingou entre os dentes. Chutou algo que se quebrou. Um crânio de cerâmica com um sombreiro cor-de-rosa quicou pelo chão até parar aos meus pés, sorrindo para mim.

Quando entrei no salão, Beau estava de pé com uma bota de couro de lagarto sobre um pedestal, inspecionando os prejuízos. Sua cabeça quase careca brilhava em tons de vermelho e amarelo. O que combinava com a camisa de seda branca que usava.

Pigarreei. Ele deu um pulo de 1 metro para trás.

— Ah! — gritou.

À custa de um reflexo qualquer, agarrou o rabo de cavalo e o puxou como uma cordinha de paraquedas.

Quando me reconheceu, não exatamente relaxou, mas seu rosto trocou todas as marchas entre se cagando de medo e irritado. Por um instante achei que fosse se atirar sobre mim.

— Mas que diabo...

— Estava esperando a faxineira? — perguntei. — Parece que você saiu apressado hoje de manhã.

— O que você está fazendo aqui, porra? — disse ele, mais alto dessa vez.

— Quem achou que eu fosse Beau? Por pouco você não molha as botas.

Ele teve espasmos nos olhos

— Quem diabos você acha, Sr. Espertinho dos Infernos? Volto do almoço e encontro você e a minha galeria destruída. Como esperava que eu me comportasse?

— Como se fosse mais esperto — respondi. — Como se estivesse pronto a me dizer o que isso tem a ver com Lillian.

Beau me xingou. Então cometeu o erro de avançar e me empurrar o peito.

— Suma daqui, seu...

Antes que ele pudesse terminar a frase estava sentado no chão. Pelas lágrimas nos olhos dele, eu diria que a aterrissagem dos seus colhões no piso de pedra não foi das mais suaves. Coloquei o pé sobre seu joelho esquerdo e pressionei, com força o bastante para mantê-lo sentado.

Ele gemeu:

— Umm.

— Lillian está desaparecida — eu disse. — E agora encontro a galeria dela de pernas para o ar.

— *Minha* galeria — ele retrucou, colocando um bocado de ódio nessas duas palavras.

Fiz um pouco mais de pressão no joelho.

— Meu Deus! — ele gritou. — Você arromba minha galeria, me agride, bota a culpa em mim quando a princesinha foge de você... Me deixe em paz!

— Lillian não foi para Laredo — eu disse. — E não acho que tenha planejado ir. O que estou tentando decidir agora é se ela deixou mesmo uma mensagem para você na manhã de segunda-feira ou se você mentiu para mim. Preciso saber, Beau.

Dei crédito ao sujeito. Beau não se assustava facilmente. Ou pelo menos não tinha medo de mim. As veias do seu pescoço estavam tão roxas que achei que fossem explodir, mas ele manteve a voz controlada:

— Acredite no que quiser.

— O que estavam procurando, Beau? — Gesticulei para as obras de arte destruídas à nossa volta.

— Não tenho a menor ideia — ele respondeu. — Nada.

Tirei do bolso uma das fotos que encontrara e a joguei no peito dele.

— Nada?

Tudo que vi nos olhos de Beau foi sua opinião a meu respeito, e eu já sabia qual era.

— É uma foto recortada — ele disse. — Sua namorada faz fotocolagens. Espera que eu fique empolgado?

Ele disse aquilo rápido demais, como se fosse uma resposta que ensaiara muitas vezes em frente ao espelho, para o caso de precisar dela algum dia.

— Espero ter algumas respostas verdadeiras — respondi. — Como, por exemplo, por que Lillian decidiu deixar a galeria?

Esperei. O rosto de Beau estava controlado, mas a pressão nos ligamentos do joelho devia estar doendo de verdade. Pequenas gotas de suor brotavam por toda a sua testa.

— Quando comecei — ele disse, quase sussurrando —, não tinha nada. Sabia disso? Pais ricos, faculdade, nada. Lillian tinha tudo, inclusive dez anos do meu tempo. Agora ela está desistindo. Que se dane o Beau. Que se danem os anos que ele passou tentando construir um nome no ramo. Se quer saber por que ela está de saída, está perguntando para a pessoa errada, seu cretino. Fiquei ao lado dela; você não. Se quiser minha opinião, é um pouco tarde para aparecer e decidir que é o maldito protetor dela.

Olhamos um para o outro. A julgar pela expressão de Beau, eu tinha a opção de quebrar o joelho dele e descobrir nada ou deixá-lo em paz e descobrir nada. Talvez eu estivesse tendo um péssimo dia. Peguei a fotografia de cima do peito dele e permiti que se levantasse.

O que ele fez com dificuldade.

Olhei à minha volta, a galeria em desordem. Peguei um esqueleto trompetista do chão, tirei o pó com a mão e o atirei para Beau. Ele não agarrou a peça. O pobre músico caiu no chão, entre as botas de Beau, e partiu ao meio.

— Um homem sem amigos precisa providenciar um cadeado — sugeri. — Tenho a impressão de que quando essas pessoas o visitarem outra vez, não vão ter o meu charme.

Beau chutou os pedaços da estatueta. Sussurrando, disse:

— Eu *tenho* amigos, seu idiota.

Eu sabia o que ele diria em seguida, então dissemos juntos:

— Você vai se arrepender.

— Isso foi ótimo — brinquei. — Quer tentar uma harmonia vocal agora? Subo uma terça.

A resposta dele foi tão criativa quanto:

— Vá se foder.

— Vocês artistas... — ironizei, admirado.

Então fui até a porta e a fechei com cuidado ao sair.

Sem olhar para trás, caminhei pela praça, dobrei a esquina da capela de La Villita e entrei em um beco. Mesmo ao meio-dia as sombras projetadas por casas antigas e carvalhos eram profundas e podiam ser aproveitadas para ocultar-se sem dificuldade. Tinha vista desimpedida da frente e dos fundos da galeria. Encostei-me numa parede de pedra calcária fria e esperei para ver o que acontecia.

Trinta minutos depois Beau saiu pelos fundos da galeria. Trancou a porta e seguiu em direção à Nueva Street, ainda andando como se tivesse se machucado na sela de um cavalo. Segui-o à distância de um quarteirão. No momento em que saí das sombras de La Villita, o sol de verão me abraçou como um gato pesado. Tudo cheirava a asfalto quente e, 20 metros à minha frente, a imagem de Beau se dissolvia na luz e no calor.

Apenas quando ele parou na esquina da Jack White e ficou ali por um minuto percebi que eu cometera um erro. Um carro que eu conhecia parou rapidamente, a porta do passageiro foi aberta, Beau entrou e o carro partiu.

O Fusca estava a dois quarteirões dali, longe demais. Eu não podia fazer nada a não ser ficar parado vendo o BMW prata de Dan Sheff desaparecer pela Nueva Street, apenas mais uma miragem sob a luz do meio-dia.

18

Eu estava começando a me sentir deprimido até que cheguei em casa e vi, mais uma vez, um carro de polícia estacionado em frente ao número 90. Gary Hales, ainda de pijama, estava do lado de fora, inclinado para trás num ângulo semelhante ao de sua casa. Conversava com Jay Rivas e dois policiais uniformizados; talvez estivesse dizendo que eu chegava e saía sem ter horário definido e brincava com espadas no quintal.

Gary voltou para casa arrastando os pés e Jay me cumprimentou de forma calorosa quando desci do carro.

— Pequeno Tres — disse —, que prazer enorme!

— Jay. Se eu soubesse que você ia aparecer, teria feito um bolo.

Ele foi em direção à casa. Os dois policiais ficaram debaixo da nogueira-pecã, tentando não derreter nos uniformes. Quando entramos, Robert Johnson olhou para nosso convidado, eriçou os pelos até quase dobrar de tamanho, deu um salto mortal e correu para o banheiro. Senti não ter pensado naquilo antes.

— Ele gosta de você — eu disse.

Jay olhou com desdém para meu futon e preferiu ficar de pé. Comecei a vasculhar minhas malas em busca de uma camiseta limpa.

— Chegou tarde ontem à noite, Navarre? — ele especulou.

— Você está com uma cara péssima.

Deixei passar o comentário. Escovei os dentes, joguei um pouco de água no rosto e submeti minhas axilas a uma camada de Ban extraforte.

Jay não gostava que o deixassem esperando. Foi até a parede e tirou minha espada do suporte. Olhou para ela, torceu o nariz e a largou no chão. Então pegou no carpete o envelope de Carlon com as reportagens.

— Engraçado — ele disse. — Parece que foi ontem que tivemos uma conversinha e eu disse para você ficar longe de encrenca. Mas parece que você detém o monopólio da teimosia e da estupidez.

Vesti uma camiseta da Universidade da Calfórnia em Berkeley e fui até Jay. Calmamente, tirei o envelope de suas mãos e o coloquei sobre a mesinha de centro.

— Quer falar sobre ontem à noite ou quer ter um tempo para pensar a respeito em uma cela? — ele perguntou.

— Pode me dizer do que você está falando? Assim talvez eu possa ajudar.

— Lillian Cambridge — respondeu.

— Estou interessado.

— Você está em maus lençóis.

Se esperava que eu demonstrasse um medo mortal, ele ficou desapontado.

— Você precisa ser mais específico, Jay. Geralmente estou em maus lençóis.

— Vamos lá: mamãe e papai Cambridge esperam a filha Lillian para jantar no domingo. Lillian é uma boa moça. Ela faz esse tipo de coisa. Ela não aparece... não atende ao telefone na noite de domingo nem ontem o dia todo. Os pais, preocupados, ligam para a polícia. Por saber que papai é dono do banco de investimentos Crockett Savings & Loan e que pode distribuir alguns milhões de dólares por aí, a polícia leva o caso a sério. Está acompanhando ou preciso ir mais devagar?

— Seria mais fácil se eu pudesse ver seus lábios se movendo, Jay, mas pode continuar.

— Fomos até a casa esta manhã. Está bagunçada, parece que a moça em questão partiu apressada, talvez não exatamente por urgência da parte dela. Então ficamos sabendo que um Fusca laranja conversível estava estacionado em frente à casa na segunda-feira à noite. Milhões de carros parecidos circulam pela cidade. Mas a filha do vizinho nos deu uma boa descrição do homem que viu dentro da casa da Srta. Cambridge. Os pais, inclusive, lembram que o mesmo sujeito teve uma briga em frente à casa na tarde de domingo. Está começando a parecer familiar?

— E imagino que esses mesmos vizinhos não viram algo mais sutil, como alguém deixando a casa de pernas para o ar no domingo ou tirando-a da casa à mira de um revólver.

— Se tiver algo a dizer, estou ouvindo.

— Meu Deus.

Fui até a cozinha e peguei uma Shiner Bock. Era isso ou meter a mão na cara de Jay. No momento, a cerveja me parecia uma opção mais construtiva.

— Jay, vejamos se consigo esclarecer a situação. Admito que voltei à cidade por causa dessa moça, mas você está sugerindo que esperei dez anos para então viajar 3 mil quilômetros para sequestrar uma ex-namorada?

Jay tinha um olho verde que preguiçoso levantava âncora e navegava para trás quando encarava alguém. O que só aumentava a semelhança do sujeito com um réptil cabeludo.

— Você é cabeça quente, Navarre. Ex-namorado encontra novo namorado... faíscas pra todo lado. Essas coisas acontecem.

Olhei pela janela suja da cozinha. Lá fora, a tarde começara oficialmente. Aquecido a uns 40 graus, o exército de cigarras nas nogueiras-pecã começou a zumbir. Os dois policiais ainda estavam sob o sol no gramado em frente à casa, derretendo. Todo ser vivo mais inteligente do que eles estava rastejando para baixo de uma pedra ou para um ambiente com ar-condicionado para dormir.

Então um segundo carro de polícia estacionou em frente. Nesse estava escrito "Xerife assistente do município de Bexar" na lateral. Tive que sorrir quando um homem grande com cabelo cor de laranja cortado à escovinha desceu do carro, dirigindo um olhar carrancudo para os policiais do DPSA. Era muito provável que meu senhorio também estivesse olhando pela janela, placidamente cagando nas calças.

— Jay — eu disse —, reconheço o quanto você está negligenciando esta investigação. Isso exige muito talento. Também estou impressionado com a forma como você me segue por aí. Quem quer que esteja pagando por isso deveria te dar uma bonificação.

Jay levantou um dedo, um sinal de alerta.

— Seu pai era mais esperto que você, Navarre, e tinha mais contatos. Ainda assim... veja o que ele conseguiu. Você devia pensar nisso.

Bebi minha cerveja. Sorri de forma amistosa.

— Você é um merda, Jay. Meu pai meteu o pé na sua bunda há vinte anos e você ainda é um merda.

Ele começou a andar na minha direção.

Olhei por sobre seu ombro e disse:

— Se tiver algum motivo para me prender, detetive, eu adoraria ouvi-lo. Senão, me deixe em paz.

— A mim parece razoável — disse Larry Drapiewski.

O que quer que Jay fosse fazer, ele se conteve. Olhou para trás, para Larry, encostado no umbral da porta. O sujeito era tão grande que eu não me preocupei com o ar-condicionado. A mão direita dele repousava casualmente no cassetete. Na outra mão, tinha o maior *benuelo* que vira na vida. Parecia um frisbee comido pela metade.

— Tenente — disse Jay, parindo a palavra —, posso ajudá-lo em alguma coisa?

Larry sorriu. A boca dele estava suja de açúcar.

— Só uma visita de amigos, detetive. Não quero interromper nada. Sempre gosto de ver o trabalho profissional que vocês fazem aqui na cidade.

Jay torceu o nariz. Olhou para mim, depois para a porta.

— Quem sabe outro dia — esquivou-se. — Mas, Tres, se quiser falar sobre seu pai, sobre como ele jogava com a vida das pessoas, arruinava as carreiras delas, ficarei feliz em ter essa conversa. Você tem muito do que se orgulhar, garoto.

E seguiu em direção à porta.

— E, Jay, ... — eu disse.

Ele se voltou.

— Pegue a porra da espada.

Valeu a pena só por ver o rosto dele. Ele não a pegou. Quis dizer alguma coisa. Eu queria que ele dissesse alguma coisa

Então Larry interveio:

— Até logo, detetive. — E afastou o corpanzil da porta.

Jay saiu de cena.

Quando a porta foi fechada às suas costas, Larry apenas olhou para mim, as grossas sobrancelhas ruivas arqueadas. Com todo cuidado, Robert Johnson saiu do banheiro, lançou um olhar fascinado para o açúcar e os farelos que caíam do *benuelo* do xerife assistente e tentou escalar as calças de Larry. Acredito que ele não tenha notado.

Larry tirou um bolo de documentos da polícia de debaixo do braço e o largou sobre a mesa de centro.

— Quer me contar o que está acontecendo?

19

Enquanto contava minhas desventuras a Larry, ele cuidou das sobras do frango com limão, de quatro Shiner Bocks, duas fajitas de carne e meia caixa de Captain Crunch do antigo inquilino, sem leite. Robert Johnson ficou o tempo todo sentado no colo do tira, farejando a comida, mas teve o cuidado de se manter longe da boca do grandalhão.

— Que diabo — disse Larry, e colocou as botas sobre a mesinha de centro, que subitamente pareceu menor. — Lillian Cambridge? A filha de Zeke Cambridge? Eu ga-ran-to, se isso for considerado um sequestro, essa cidade vai estar fervendo amanhã de manhã. Dólares à beça, filho.

Tenho que confessar, o xerife assistente afastou meus pensamentos dos problemas. Agora eu pensava na geladeira vazia e na carteira vazia. Pedi a Deus que Larry não quisesse comer mais nada.

— *Se* for considerado um sequestro — respondi.

Larry deu de ombros.

— Só é estranho que eu ainda não tenha recebido nada a respeito no telex.

— Algum tipo de período de espera?

Ele sorriu, espalhando bolotas de Captain Crunch sobre o pelo de Robert Johnson, que sumiu do colo de Larry e reapareceu sobre a pia da cozinha, com um olhar indignado.

— Isso é um mito, filho. O sistema trata o caso como uma ocorrência qualquer, envia relatórios para todo o sul do Texas. Se esperarmos 24 horas para dar entrada em algo assim, a probabilidade é de que a pessoa já esteja morta.

Então ele se deu conta do que estávamos falando.

— Desculpe.

Engoli em seco.

— E quanto a Guy White?

Larry não desviou o olhar.

— Foi uma coisa idiota a se fazer, peitar White daquele jeito. Não se faz isso com um sujeito que deu fim em tanta gente. Mas se sua amiga desapareceu no domingo e você só viu White na segunda à tarde...

— Eu sei. Não bate.

Não devo ter parecido muito convencido.

Larry inclinou-se para a frente e envolveu a garrafa de cerveja com os dedos.

— Sabe quantos sequestros foram registrados em San Antonio na última década, filho? Lembro de dois, ambos crianças; nenhum dos casos tinha nada a ver com a máfia. Se houvesse qualquer suspeita de sequestro, pedido de resgate ou coisa do tipo, os federais tomariam conta do caso imediatamente. Portanto, só posso concluir que haja provas suficientes para que Jay mantenha isso apenas no departamento, para se aferrar à ideia de que Lillian desapareceu por livre e espontânea vontade.

— Papo furado — eu disse.

Larry olhou para mim.

— Tem certeza?

Me irritava não poder responder.

— Então por que Jay está no caso? E de olho em tudo mais que eu toco?

Larry arqueou as sobrancelhas.

— Há muita gente boa, decente, no DPSA. Policiais honestos.

— E Jay não está entre eles — sugeri.

Larry sorriu.

— Então — eu disse — ou ele está complicando minha vida por motivos pessoais ou porque alguém providenciou para que fizesse isso. Mas, de qualquer forma, ele está na minha cola.

— Escute, filho. Zeke Cambridge vai *cuidar* para que a polícia faça um bom trabalho, com ou sem Jay. Eles vão acabar chamando os federais e as coisas vão acontecer.

— Como no caso do meu pai?

Larry olhou para mim da forma que fazemos com alguém que cresceu enquanto não estávamos olhando. Riu outra vez.

— Que diabo, Tres, não acredito. Essa cara que você fez... essa é a expressão "lista negra" do seu pai, sem tirar nem pôr.

Havia um prazer tão sincero na voz dele que fui obrigado a sorrir. Por um segundo não importava que Lillian estivesse desaparecida ou que o assassinato do meu pai estivesse voltando como o pior delírio de ácido. Quando se ouvia Larry rir, ficava claro que havia alguma piada das boas por trás. Mas durou apenas um segundo.

— Beau e Dan? — perguntei.

Ele não sorriu. Abaixou o olhar para as duas fotos que eu havia lhe mostrado. As fotos com as pessoas recortadas.

— Não sei — respondeu. — Vou procurar mais informações, mas duvido que haja muito o que encontrar. De qualquer forma, não tem nada que você possa fazer a não ser aguentar firme.

— Não posso ficar fora disso, Larry.

Ele me fez um favor e fingiu que não tinha escutado. Levantou-se e se apropriou da última Shiner Bock que restava na geladeira. Então encontrou a garrafa de tequila e também a trouxe para a mesa. Ficamos sentados ouvindo as cigarras e passando a garrafa. Por fim, Larry recostou o corpo, olhou para as infiltrações no teto e começou a rir baixinho.

— Seu pai... você já ouviu a história do piloto com um colhão?

— Ouvi — respondi.

— Era minha primeira vez nas ruas — prosseguiu, mesmo assim. — Quando vi, estava nos fundos de uma casa de fazenda com um piloto da Marinha e o filho da puta não parava de gritar. Estava apenas de botas e tinha uma escopeta nas mãos.

Larry ria e mexia em uma espinha do rosto.

— Acho que ele tinha chegado mais cedo, vindo de Kingsville, e entrou em casa nu para fazer uma surpresa à esposa e deu um beijo molhado em algo que não via um barbeador havia uma semana. Quando cheguei, estava arrastando a garota pelo quintal e gritando a plenos pulmões. Perseguiu o vendedor mexicano até a cerca da propriedade e aí deu-lhe um tiro na perna. O mexicano estava do outro lado da cerca, com a maior parte da coxa arrancada, sangrando que nem um porco, e o piloto não conseguia decidir em quem atirava primeiro, em mim, no mexicano, na esposa ou em si mesmo. Foi então que pensei: é isso aí, primeiro e último dia de trabalho.

"Então o seu pai surgiu do nada, bufando como um touro Hereford, seguido por dois assistentes. E simplesmente começa a falar com o piloto como se não houvesse amanhã, dizendo 'seu imbecil, por que foi que deixou esse mexicano pular a cerca antes de atirar nele?'

"O piloto olhou para ele, confuso, e o seu pai disse: 'Se você atira em alguém *fora* da sua propriedade, isso é tentativa de assassinato, seu cretino. Se você atira em alguém *dentro* da sua propriedade, as leis do Texas dizem que isso é invasão.' Então o xerife sacou um bloco e disse: 'Vou começar a registrar a ocorrência, garoto. É bom você carregar aquele mexicano para o lado de cá da cerca antes que eu chegue à descrição do incidente.' Você não ia acreditar na velocidade com que aquele piloto correu. Mas assim que começou, seu pai sacou o 38. Nunca vi nada aparecer tão rápido na mão de alguém. O primeiro tiro arrancou a escopeta das mãos do piloto. O segundo tiro o acertou no meio das pernas e arrancou o colhão esquerdo do sujeito."

Larry soltou um xingamento de admiração e bebeu mais alguns goles da minha Herradura.

— Então o garoto pulou uns 2 metros pra cima, como um coelho que leva um tiro, e caiu estatelado no chão. Seu pai foi até ele e disse: 'O primeiro tiro foi por apontar uma 12 para o meu assistente. O segundo foi por ser tão idiota.' Depois que levamos o mexicano para o hospital, ele mandou uma caixa de champanhe para o seu pai todo Natal por 15 anos. Esse era o seu pai, Tres."

A história mudara bastante desde a última vez que a ouvira, anos antes, mas não me dei ao trabalho de comentar, apenas peguei a garrafa da mão de Larry e bebi o pouco que restava de tequila.

Não havia muito o que dizer depois daquilo, então Larry ligou a TV para assistir aos programas de entrevistas da tarde e esperou enquanto eu lia os arquivos da polícia.

Presas com clipes ao laudo do legista, havia três fotografias em preto e branco do que um dia fora o corpo do meu pai. Parecia enorme sobre a mesa metálica, lavado e surreal sob as lâmpadas fluorescentes, como um veado surpreendido pelos faróis de um carro. As feridas de saída, dois buracos surpreendentemente pequenos no peito e na testa, estavam circuladas a caneta preta. Precisei de alguns minutos para conseguir me concentrar no laudo depois de colocar as fotos de lado, mas quando o li, vi que não havia surpresa quanto à causa da morte.

Os outros documentos acompanhavam uma série de pistas que se provaram becos sem saída. O Pontiac usado pelos assassinos estava entre os muitos carros roubados encontrados queimados semanalmente na Zona Oeste, então identificado como de propriedade de um padeiro aposentado da padaria Buttercrust que o vira ser roubado em frente à sua casa. O padeiro disse à polícia que imaginara ser um cobrador e por isso não se dera ao trabalho de registrar a ocorrência. A investigação parecia seguir por um caminho promissor quando o padeiro identificou o ladrão como Randall Halcomb, um ex-assistente preso pelo meu pai por homicídio culposo e liberado em condicional uma semana antes do assassinato.

Essa linha de investigação chegou a um beco sem saída dois meses depois, em um abrigo de caçador nos arredores de Blanco, onde Halcomb foi encontrado numa poça de sangue, em posição fetal, com um buraco de 22 entre os olhos. O corpo estava em estado avançado de decomposição quando um fazendeiro da região o encontrou, mas o legista concluiu que a morte ocorrera não mais de uma semana depois do assassinato do meu pai.

A forte pressão sobre Guy White e outros conhecidos traficantes de drogas do sul do Texas, numa tentativa de ligá-los ao crime, resultou em absolutamente nada. Todas as agências de segurança pública da cidade fizeram buscas em propriedades de White, relacionaram seus bens em juízo, surraram qualquer pessoa associada a ele à menor oportunidade, sem qualquer avanço no caso Navarre. Exatamente como dissera Jay: todos suspeitavam da ligação; ninguém podia prová-la.

Uma lista dos outros inimigos do meu pai e de pessoas relacionadas a Halcomb também não deu em nada.

Por fim, a investigação voltou para Halcomb. Concluir que o motivo do crime havia sido vingança era simples e lógico; as circunstâncias e a identificação que ligava Halcomb ao Pontiac eram muito convenientes. O fato de terceiros terem matado Halcomb era uma lacuna sem maior importância. Talvez Halcomb houvesse sido assassinado por motivos sem relação com o crime. Talvez amigos do meu pai tivessem encontrado Halcomb antes dos federais. Todos sabiam que coisas assim aconteciam. De qualquer forma, o FBI gosta de assassinos mortos, talvez muito mais do que gostasse do meu pai. Eles vazaram para a imprensa a teoria do assassinato por vingança, classificaram o caso como "em andamento" e o arquivaram na surdina.

Eram oito da noite e escurecia quando fechei a pasta e a devolvi para Larry, sem alguns itens dos quais me apropriara enquanto ele estava com a cabeça enfiada na geladeira. Meus olhos pareciam cubos de gelo derretendo.

— Então? — ele perguntou.

— Nada. Pelo menos nada faz sentido ainda.

— Ainda?

Larry tirou as botas de cima da mesa de centro, foi até a geladeira e, ao encontrá-la vazia, decidiu que era hora de ir embora. Pegou a arma e o chapéu e ficou ali, olhando para mim.

— Tres, Jay está certo em uma coisa. Você não deve se envolver nisso. Deixe que eles encontrem a moça. Deixe que eu cheque Dan e Beau para você. Se entrar no nosso caminho não vai ajudar em nada.

Meu olhar deve ter-lhe dito alguma coisa. Larry praguejou entre os dentes, depois tirou um cartão e o jogou sobre a mesa.

— Seu pai era um bom homem, Tres.

— É.

Então Larry fez que não com a cabeça, como se eu não tivesse ouvido.

— O tipo de homem que tira uma arma da sua boca depois que você conclui que nada mais importa.

Olhei para o rosto oleoso de Larry, o rosto de um adolescente de 50 anos. Ele voltara a sorrir, como se não pudesse evitar. Talvez eu não tivesse entendido bem. Por um segundo, o imaginei em um quarto escuro qualquer, olhando para o cano de uma arma.

— Se precisar de alguma coisa — ele disse —, ligue para esse número. Farei o que puder.

— Obrigado, Larry.

Depois que ele foi embora, tomei um banho morno e então sentei mais uma vez com o caderno do meu pai. Li as anotações para o testemunho no julgamento de Guy White, os lembretes cifrados no rodapé: *Sabinal. Pegar uísque. Consertar cerca. Limpar lareira.* Ainda não faziam sentido algum. Fechei o caderno e o joguei sobre a mesa.

Minha namorada estava desaparecida. O outro amor da sua vida, que já não era o amor da sua vida havia alguns meses, rodava pela cidade com o sócio dela. E eu estava sentado no meu futon lendo velhas listas de compras do meu pai.

Decidi completar meu dia perfeito. Liguei para minha mãe e pedi um empréstimo. Ela ficou, claro, encantada. Me senti quase tão bem quanto aquele piloto que beijara algo barbudo.

20

Naquela noite sonhei que caçava com meu pai no rancho da família em Sabinal. Eram as férias de fim de ano e eu estava no sétimo ano, um dos invernos mais frios já registrados no sul do Texas. As algarobeiras estavam nuas como antenas de TV, a vegetação tingida de monótonos tons de cinza semelhantes aos das nuvens. Eu vestia minha parca cor de laranja e estava agachado, tendo nas mãos o rifle 22 que meu pai me dera de presente naquela manhã. O cano estava ligeiramente quente depois de dez disparos.

Meu pai, ao meu lado, também vestia roupas de caça. Parecia uma barraca fluorescente para seis pessoas. A aba do Stetson estava inclinada sobre os olhos, então tudo que eu podia ver era o queixo duplo com a barba por fazer, o nariz coberto com uma teia de veias, um sorriso de canto de boca semioculto por um charuto cubano mastigado. O vapor da respiração se misturava à fumaça. Naquele frio seco, ele cheirava como uma boa refeição que ficara tempo demais no fogo.

Na clareira, o caititu ainda se mexia. Era um animal grande, todo de preto e dentes, grande e feroz demais para se matar com um rifle 22. Atirei nele primeiro pela surpresa, em seguida com raiva, então repetidas vezes por desespero, para terminar o serviço. O tempo todo meu pai se limitou a observar, sorriu apenas no fim.

Por fim, a fera parou de se arrastar pelo chão. Emitiu um som rouco, líquido. Então isso também cessou.

— Animal mais durão dessa terra de meu Deus — disse. — E o mais sujo. O que acredita que deve fazer agora, filho?

Ele podia falar como um aluno de Harvard quando queria, mas quando me testava, quando realmente queria se distanciar, usava aquele sotaque. O familiar sotaque do interior era fácil e lento como uma cobra *cottonmouth*, movendo-se na sua direção em um rio.

Eu disse:

— Podemos aproveitar a carne? — respondi.

Meu pai mastigou o charuto.

— É possível fazer umas linguiças de primeira com carne de caititu, quando nos damos ao trabalho.

Ele me deixou desembainhar a faca e deu um passo para trás quando fui até o corpo ainda quente. Foi preciso um bom tempo para eviscerar aquela coisa. Assim que toquei o corpo, minha pele começou a coçar, mas a princípio ignorei a sensação. Lembro de que o vapor que saía das vísceras tinha um cheiro horrendo, indescritível: um misto de medo, podridão e excremento que superava o pior e mais imundo beco de uma cidade. Aquela era minha primeira lição: os gases que um animal recém-abatido exala. Aquilo quase me derrubou, quase fui forçado a vomitar, mas vi que meu pai observava às minhas costas, sério, e eu sabia que precisava prosseguir. Fizera minha escolha.

Depois de eviscerar o bicho, amarrei as patas traseiras dele e comecei a puxar o corpo pelo mato. Agora a coceira estava intolerável. Meu pai observava enquanto eu lutava para colocar o caititu na carroceria da caminhonete. Meus olhos lacrimejavam; todo o meu corpo coçava. Pequenas pintas vermelhas irrompiam na minha pele. Finalmente, desesperado, me voltei para meu pai, que observava a uma boa distância. Dolorido, humilhado, esperei para ouvir o que tinha feito de errado.

Quando falou, ele foi quase gentil:

— Todo caçador precisa cometer esse erro *uma vez*. Para nunca mais repeti-lo. Se chegamos muito perto de um caititu que acaba de ser abatido, a primeira coisa que recebemos é o cheiro do presente de despedida. Mas isso não é o pior.

Ele jogou o charuto no chão e o amassou na terra com a sola da bota. Quando voltou a falar, a dor espalhava-se pelo meu couro cabeludo, pelas minhas axilas, pela minha virilha. Provocava um rugido abafado nos meus ouvidos.

— O corpo perde calor muito rápido — meu pai disse. — Então as pulgas, os carrapatos, os bichos-de-pé e todo tipo de parasita que habite o animal procuram o corpo quente mais próximo para onde pular. Você foi esse corpo, filho. Nunca se aproxime de uma coisa morta até que ela esteja fria como o chão. Nunca.

Não pude voltar para casa na caminhonete. Tive que ir a pé, seguindo o carro, até em casa. Passei um dia no chuveiro, outro coberto de cortisona. E nunca voltei a disparar uma arma desde aquele Natal. A outra lição, sobre evitar os mortos, foi mais difícil de aprender.

Então o cenário do sonho mudou de Sabinal para o campus da A&M. Vi Lillian aos 18 anos, no primeiro ano de faculdade, encostada no umbral da porta da sala de pintura, descalça, com as mãos atrás do corpo. O macacão jeans que usava e os cabelos louros curtos estavam salpicados de tinta acrílica vermelha.

Uma semana antes tivéramos uma de nossas brigas épicas. Saí do Dixie Chicken pisando forte no meio do jantar. Lillian gritava às minhas costas que nunca mais queria falar comigo. Agora olhava para mim enquanto me aproximava.

Quando nos encontramos, ela passou os dedos no meu rosto, de leve, e deixou marcas de tinta vermelha grudenta na minha face direita. Então, com o rosto sério, fez marcas do outro lado, como uma pintura de guerra. Ela riu.

— Isso quer dizer que estou perdoado?

Os olhos dela ficaram verde-claros. Ela aproximou a cabeça da minha, tão perto que seus lábios roçavam meu queixo quando falava. O hálito dela cheirava a bala de cereja.

— Nem perto disso — ela disse. — Mas você não pode se livrar de mim. Não se esqueça disso na próxima vez em que me deixar falando sozinha.

O telefone estava tocando.

Acordei atravessado no futon, com o fone na mão. As cortinas acima de mim estavam abertas e o sol que banhava meu rosto era quente e forte como gasolina. Antes que pudesse dizer qualquer coisa, Robert Johnson estava na minha cabeça falando por mim.

— Mur — ronronou.

— Ah, que bom que você está em casa, Robert Johnson — disse Maia Lee.

— Desculpe — murmurei. — Devo sair da linha?

Ela riu. Era difícil acordar com aquele som; trazia à mente manhãs de segunda-feira em Portero Hill, bebendo café Peet's, observando a neblina se desfazer sobre a baía. Fez-me lembrar de uma cidade para fugitivos onde não era preciso pensar no passado, em casa ou em quem desaparecera da sua vida.

— Você é uma pessoa difícil de encontrar, Tres — disse Maia.

Sentei, derrubando a garrafa vazia de tequila. Então olhei para o outro extremo do apartamento e vi a janela da cozinha.

Maia esperava um comentário espirituoso. Como não consegui pensar em nenhum, o tom dela mudou.

— Tres?

Andei cozinha adentro até onde permitiu o fio do telefone. A janela de metal enferrujada acima da pia estava escancarada em um ângulo estranho. A dobradiça de baixo havia sido meticulosamente serrada, de modo que a velha alavanca que deveria trancá-la pudesse ser aberta.

— Tres? — disse Maia. — O que foi?

Sentei na bancada da cozinha e olhei para os arbustos de resedás do lado de fora. Algumas pétalas cor-de-rosa flutuavam na xícara de café da véspera, ao lado do detergente. Outras estavam amassadas na pegada lamacenta sobre a pia — sem sulcos, ponta fina, uma bota grande, talvez tamanho 42.

— Maia, você está muito ocupada?

21

 Culpei Robert Johnson por não ser um dogue alemão. Maia culpou meu sono pesado.

— Disse tantas vezes — ralhou ela — que, se um ladrão entrasse enquanto estávamos dormindo... — Maia percebeu o *nós* no comentário um pouco tarde demais, sua voz estancou, como seda emaranhada em arame farpado. Quando voltou a falar, adotou o tom profissional, cuidadoso e controlado: — Está bem. Me conte a história toda.

Contei a ela o que descobrira sobre a morte do meu pai. Falei sobre o desaparecimento de Lillian, minha conversa com Guy White, as ameaças que recebera, as fotos misteriosas de Beau Karnau e a carona que ele pegara com Dan Sheff, a marca de bota na galeria e na minha pia.

Maia ficou em silêncio por um minuto. Ao fundo, em algum lugar, soou uma buzina de navio.

— Eles levaram alguma coisa? As fotos que você encontrou, por exemplo.

— Quem quer que tenha sido, entrou e saiu rapidamente. Não acho que estivessem procurando por qualquer documento. Não tocaram neles. Não tiraram nada do lugar.

— Nem mesmo sua vida.

Tentei acreditar que não havia desapontamento na voz dela.

— Como é bom ser amado — eu disse.

Depois desse comentário, ela digeriu a irritação em silêncio por algum tempo.

— Tres, seu amigo Larry está certo. Deixe isso para a polícia. Dê o fora daí.

Não respondi.

Ela suspirou.

— Eu devia tê-lo deixado onde o encontrei; atrás de um balcão de bar em Berkeley.

— Sou a melhor pessoa que você já treinou.

— Você foi a única pessoa que treinei.

É difícil para um texano argumentar com alguém que insiste em se aferrar à verdade. Robert Johnson pulou na bancada da cozinha e passou a farejar a marca de bota na pia. Ele me dirigiu um olhar indignado que provavelmente era muito próximo da expressão de Maia naquele momento. Dois contra um.

— Tudo bem — ela disse. — Suponhamos, mesmo que eu não concorde com isso, que você pegue as duas pontas dessa história, o desaparecimento de Lillian e a morte do seu pai, e consiga encontrar uma ligação entre elas. Isso implicaria que alguém além do presidiário morto...

— Halcomb.

— ..., que, dez anos atrás, alguém além dele estava envolvido no assassinato, e que agora essa pessoa está nervosa com as suas perguntas. Quem quer que ela seja, essa pessoa está preocupada o bastante para ameaçá-lo, talvez sequestrar alguém que você... alguém que você conhece, mas não a ponto de matá-lo. Por quê?

Peguei uma pétala de resedá amassada da pia e olhei para ela. Pensar por que eu ainda estava vivo não ajudava a aliviar o vazio ácido que a tequila deixara no meu estômago. A lembrança enevoada de alguém olhando para mim deitado no futon durante a noite começava a espalhar-se pela minha pele como o cheiro de um caititu morto e a sensação pegajosa de tinta acrílica vermelha.

— Não sei — eu disse. — Por que alguém reviraria a galeria, depois a casa de Lillian e depois meu apartamento? Por que Dan Sheff estava em frente à casa de Lillian, disposto a quebrar a cara do namorado novo, quando, de acordo com a agenda dela, o relacionamento acabara meses antes? Por que Dan deu uma carona a Beau? Ainda não sei.

Maia hesitou.

— Tres, sei que você quer encontrar uma ligação entre tudo isso e a morte do seu pai...

— Mas?

— Mas talvez ela não exista.

Olhei para o teto. Acima do fogão havia uma infiltração com a forma da Austrália, abaulada no meio, como se desesperadamente se agarrasse ao fim do mundo. Quando falei, tentei manter a voz controlada:

— Você acha que é isso o que estou procurando?

— Você quer que esse problema seja seu e que a solução seja responsabilidade sua — ela disse. — Conheço você. Mas talvez Lillian esteja envolvida em algo que diz respeito apenas a ela. Acontece, Tres.

Conheço você. As duas palavras mais irritantes que alguém pode ouvir. Quando não respondi, Maia praguejou a meia-voz em mandarim. Acho que ela levou o fone ao outro ouvido.

— Tudo bem então — ela disse. — Falemos do seu pai. Você realmente acha que um dos inimigos políticos dele pode estar envolvido?

Por um momento visualizei o vereador Fernando Asante vestido num blazer marrom extragrande tentando espremer-se pela janela da minha cozinha, a bota Luchese dele na minha pia, a pança bem alimentada espetada por galhos de resedá. Aquilo quase me animou.

— Nem no Texas os políticos são assim tão pitorescos — eu disse a ela. — Asante, o candidato mais forte, já tem bastante trabalho tentando manter o pau dentro das calças.

— E o traficante de drogas, então? O dono da casa que você invadiu à mão armada com tanta cordialidade?

Eu precisava pensar um pouco mais naquilo.

— Se foi Guy White, não entendo a lógica. Por que matar um xerife prestes a se aposentar, ainda mais tendo em vista que ele sem dúvida seria o principal suspeito? E por que se preocupar comigo agora, depois que os federais não conseguiram descobrir nada contra ele?

— Você não soa convicto.

— Talvez seja interessante fazer outra visita.

Ela ficou muda por um instante.

— Mas você não pode simplesmente procurar um chefão da máfia duas vezes numa semana, sem ser convidado, e pressionar o cara para ter informações sobre crimes variados...

Fiquei em silêncio.

— Ah, meu Deus — ela disse. — Nem pense nisso, Tres.

— É isso ou seguir algumas pistas dos documentos da polícia que eu roubei.

— Como?

— Certo, você não ouviu isso.

— Meu Deus.

— Urrr — ronronou Robert Johnson, solidário.

— São informações sobre meu pai. Penso nelas como uma herança.

— A insanidade foi sua única herança, Tres.

— Trabalhei muito pela minha insanidade, Dra. Lee — protestei. — Ninguém a entregou para mim numa bandeja de prata.

— Como é que eu fui me apaixonar por você? — ela se perguntou.

O comentário foi seguido por um silêncio desconfortável. Por fim, Maia suspirou.

— Tres, estou pensando no dia em que você ficou caído em um beco próximo da Leavenworth Street com uma faca balinesa cravada no pulmão...

— Foi só um arranhão, na verdade.

— ... porque insistiu em ir conversar sozinho com um traficante de haxixe.

— Teria corrido tudo bem se a ilustre April Goldman tivesse sido honesta comigo.

— Você estaria morto se ela não tivesse me mandado ir atrás de você.

— O bom e velho Terrence & Goldman. Seus patrões devem estar sentindo minha falta.

Um pouco mais de impropérios em mandarim. Então Maia fez a última tentativa:

— Esse seu amigo se vira bem numa briga?

Eu ri.

— Está falando de Ralph? É um cara cheio de manha que é quase tão bom em briga quanto uma doninha encurralada.

— Que bom. Você vai levá-lo com você?

— Ralph é um homem de negócios. Não gosta de chamar atenção.

— Não quero que continue a meter o nariz nisso sozinho, Tres.

— Maia, já não moro exatamente perto da Bay Bridge.

Ela hesitou.

— Então quer que eu vá até aí?

Minha vez de ficar em silêncio.

— O que aconteceu com o fim cordial e amigável? — perguntei. — A compreensão serena da minha decisão de ir embora?

Maia pensou a respeito.

— Já me viu mentir, Tres?

— Só para conseguir o que você quer.

Ela não argumentou. Olhei para o teto.

— Vou ficar bem. E, além do mais, esta é minha cidade natal. Eles não podem encostar a mão em mim aqui.

— Você é um completo idiota, Tres.

— É, foi o que me disseram. — Mas ela já havia desligado.

Peguei uma edição antiga da *Texas Monthly* com Anne Richardson na capa e sacudi a revista. Anne acelerou a motocicleta branca e deixou cair os documentos que eu roubara da pasta de Larry.

Havia uma dúzia de fotocópias de fotografias dos rostos de homens investigados pelo FBI. Ex-detentos que estavam na cidade à época do crime, alguns dos quais haviam ido parar atrás das grades graças a meu pai e possivelmente conheciam Randall Halcomb, o principal suspeito de roubar o Pontiac usado no atentado. Os rostos olhavam para mim, mas não me diziam nada.

Por fim, peguei a página que tirara da agenda de Lillian e a analisei outra vez, olhando para a terceira linha, da qual ela havia apagado um número de telefone e um endereço em Dominion.

Vesti minhas melhores roupas, a camiseta de domingo e os jeans menos desbotados, e saí para fazer uma visita à mansão da família Sheff.

22

O Dominion é o lugar para onde o milionário texano médio sonha em ir quando morrer. George Straits mora lá, além de alguns congressistas, sujeitos do tipo Howard Hughes ou qualquer um disposto a pagar uma cifra de seis ou sete dígitos por uma mansão projete-você-mesmo em lotes espaçosos onde no passado ficavam ranchos de criação de ovelhas. Não ovelhas negras, obviamente.

Eram trinta minutos de carro da Queen Anne Street até lá, quarenta com o Fusca lutando contra um quente vento norte. Quando passei o Loop 1604 a paisagem ficou mais aberta e foi possível ver a tempestade se aproximando. Nuvens escuras rolavam sobre as escarpas Balcones em uma fila perfeita. Os pastos ficaram verde-escuros. Um relâmpago branco cortou o céu com um estalo e atingiu o horizonte, então evaporou. Fiz o que qualquer pessoa sensata faria. Coloquei meus óculos escuros.

Quando cheguei aos portões do condomínio, parei e desci para levantar a capota. No estado em que se encontrava não faria frente à chuva, mas retardaria um pouco o inevitável. E levantar a capota em frente à guarita era o tipo de atitude egoísta que não seria estranha a um morador do Dominion; não é exatamente rude, apenas demonstra uma percepção de que ninguém que mereça consideração coexiste no mesmo espaço. Dois Cadillacs pararam atrás do Fusca e esperaram. Ninguém buzinou. O segurança acenou da porta da guarita apertada, sem saber ao certo se ajudava ou gritava comigo. Eu podia ser um rico disfarçado. Podia ser um amigo de George. Eu usava óculos Ray Ban em uma tempestade.

Entrei no carro e fui até o guarda, lentamente. Tentei adotar uma expressão de absoluto tédio.

— Ei — chamei.

Ele tinha um sorriso trêmulo, aquele sujeito. Como se fosse saltar do rosto dele. Era mais jovem do que eu. Aquela provavelmente era sua primeira semana no emprego. O uniforme branco e os olhos agitados faziam com que parecesse o motorista de um caminhão de sorvete prestes a ter um colapso nervoso.

— Para onde o senhor vai? — perguntou, repousando as mãos com incrível delicadeza na porta do carro.

O guarda tentou ocultar a aversão quando sentiu o cheiro que se desprendia do interior do Fusca. O carro já havia sido alagado por milhares de tempestades e certas partes nunca tinham secado completamente.

— Ah — eu disse, bocejando. — Dois... ah, merda, dois...

Estalei os dedos, desamparado. Olhei para o nada como se estivesse tendo um flashback.

Atrás de nós os Cadillacs começavam a perder a paciência. Um dos motoristas piscou o farol. Ele tinha lugares a ir, partidas de golfe a começar.

— Dois...

Quase achei que não fosse funcionar. Então o segundo Cadillac buzinou. O guarda deu um salto.

— Palmon Street número 200? — sugeriu, quase às lágrimas. — Os Bagatallinis?

Sorri.

— Isso.

— Sim, senhor. Siga em frente até o nono campo de golfe, depois pegue a primeira à direita.

— Ótimo.

Segui em frente, imaginando quem seriam os pobres Bagatallinis, já que tinham conhecidos como eu. Talvez devesse fazer uma visita.

Já estivera no Dominion algumas vezes. Uma vez, quando meus pais ainda eram casados, fui enviado pela minha mãe para pegar o xerife, que entornava cubas-libres no jardim de cactos de 1 milhão de dólares de alguém depois uma festa. Mas não conhecia o lugar bem o bastante para encontrar a casa dos Sheff de primeira.

Mas depois de circular duas vezes o lago dos cisnes, finalmente a encontrei. Era uma casa modesta para os padrões de Robin Leach: duas alas de estuque branco que se encontravam em uma estrutura central de três andares, toda de vidro, para que se pudesse ver a sala de estar de tamanho colossal e as sacadas internas que davam para ela. O pátio em frente era coberto de pedras. Olhei para a casa de vidro. Olhei para as milhares de pedras no pátio.

O BMW prata de Dan Sheff estava estacionado um pouquinho mais à frente. Um Mercedes marrom e um Mustang 1965 vermelho impecavelmente restaurado estavam parados na pista que dava acesso à garagem. Assim como um motorista — só podia ser um motorista —, de terno preto e tudo, lavando os carros.

Não era sua primeira semana no emprego. Ele veio ao meu encontro antes mesmo que eu tirasse os óculos escuros.

— Posso ajudar?

Era um sujeito branco, baixo, atlético e com músculos nos lugares certos, o tipo de cara que tem 1,65 m de altura e 35 centímetros de atitude. O brilho plástico do seu rosto não me dizia nada. Ele podia ter qualquer idade entre 30 e 50 anos.

— Acho que não — respondi. — Geralmente espero chover para lavar meu Mercedes.

Nunca vi uma pessoa sorrir sem que lhe surjam rugas no rosto, mas aquele sujeito conseguiu, por um curto tempo. Então voltou a ser o Sr. Impassível.

— Faça chuva ou faça sol, toda quinta-feira de manhã — ele disse. — E sou pago de qualquer forma, cara. Com quem gostaria de falar?

— Com o Sr. Sheff — respondi.

Ele me olhou de cima a baixo, a camiseta do Triple Rock, a calça jeans e os Docksides que, com o passar dos anos, admito estarem mais parecidos com batatas cozidas do que com sapatos. O Sr. Impassível não ficou intimidado.

— Qual deles? — perguntou.

— Dan.

Ele nem ao menos sorriu.

— Qual deles?

Ah! Uma família tão confusa quanto a minha quando o assunto eram nomes.

— Júnior — arrisquei.

Se ele tivesse perguntado "qual deles" outra vez eu seria obrigado a açoitá-lo com meu Ray Ban. Felizmente, ele mentiu para mim:

— Não está.

Acho que ele não esperava que eu acreditasse, já que não moveu um músculo. Manteve o peito entre mim e a casa como se fosse um obstáculo do tamanho de Kerrville, no mínimo.

Olhei para o BMW.

— Dan anda usando o transporte público? Ou pegando carona no Lexus do vizinho para economizar gasolina?

— O Sr. Sheff não atende em casa — respondeu. — A não ser que o senhor seja um amigo...

A ideia deve ter parecido divertida para ele. O sujeito emitiu um ruído com a garganta que podia significar duas coisas: ou estava com uma bola de pelo entalada ou estava rindo.

— Ele vai querer falar comigo — eu disse, e tentei passar por ele.

A mão do sujeito apertou meu bíceps como se fosse uma chave inglesa. Tentei demonstrar que ficara impressionado, o que não foi difícil. Ele gostou daquilo. O sorriso sem rugas estava de volta.

— Nada de visitas sem aviso prévio — ele disse.

Fiquei imóvel, não ofereci qualquer resistência.

— Nada mau para um cara que só deve dirigir carros com direção hidráulica.

— Levanto 150 quilos só pra esquentar, seis séries.

Assobiei.

— Bebo 350 mililitros gelados, seis séries.

— Estou falando sério, cara. Dá o fora.

Suspirei, resignado. Dei a impressão de estar pensando no que ele dissera.

Não importa a força da sua mão ao segurar o braço de alguém, sempre há uma lacuna onde termina o polegar e começa a ponta dos outros dedos, e o polegar é o ponto fraco. O segredo é torcê-lo rápido. É bem fácil, mas impressiona. Eu estava quase na porta quando ele se deu conta de que eu não estava mais ali. Veio até mim outra vez, mas tinha uma desvantagem importante. O emprego era dele, não meu. Numa briga de bar eu teria pensado pelo menos duas vezes antes de enfrentar aquele sujeito, mas mesmo os empregados mais durões geralmente hesitam antes de agredir alguém em frente à casa do patrão rico, ao menos sem permissão. Eu não tinha tais restrições. Ele tentou me agarrar com as duas mãos. Me agachei e o atirei no cascalho.

Então avancei até a porta e toquei a campainha, ou melhor, a puxei: uma grossa corrente de cobre que deixaria Quasímodo doente, ligada a sininhos com um som agudo ridículo. Como que para compensar, uma dupla trovão-relâmpago explodiu imediatamente acima. Gotas de chuva tão grandes e quentes quanto pimentas *poblano* começaram a cair.

Enquanto isso, o motorista sentou e limpou a poeira branca de seu terno preto. Pelo olhar calmo em seu rosto, parecia que era atirado ao chão todos os dias. Apenas levantou-se e fez que sim com a cabeça.

— Aikido?

— Tai chi.

— Não me diga — rebateu ele. Então pigarreou e olhou para a porta. — Se incomoda se *eu* fizer as apresentações, cara? Não estou muito a fim de procurar emprego hoje.

— Sem problema.

Disse a ele meu nome. Por um instante seu rosto assumiu uma expressão diferente. Então ficou outra vez liso como o de um bebê.

Quando Cookie Sheff abriu a porta, o motorista disse a ela:

— O Sr. Tres Navarre deseja ver o Sr. Dan Jr.

A matrona de sociedade precisou de apenas alguns desconfortáveis segundos para emoldurar o rosto com o seu melhor sorriso. Então estendeu as mãos num cumprimento de boas-vindas, como se eu estivesse atrasado para o chá e tivesse sido dado como morto.

— Claro. Minha nossa — ela disse. — Por favor, entre, Tres.

23

 — Peço que me desculpe pela casa — disse Cookie Sheff. — A faxineira só vem à tarde.

Talvez o piso de pedra precisasse ser encerado ou a lareira aspirada. Olhei para os ventiladores de teto, três andares acima. Talvez precisassem de um espanador. Fora isso, não vi muito trabalho para a faxineira.

— Por favor... — disse a Sra. Sheff, fazendo um gesto na direção de um sofá de couro branco. Optei por uma poltrona de couro. Cookie aboletou-se à minha frente, na beirada do assento. — Bem... — Com as mãos ressecadas, ela envolveu uma taça de Bloody Mary pela metade. — Posso oferecer-lhe alguma coisa?

A Sra. Daniel Sheff tinha cabelos anormalmente dourados e lisos que emolduravam sua cabeça como um capacete romano. O batom vermelho que usava ultrapassava os limites dos lábios. As sobrancelhas eram delineadas de modo semelhante. A maquiagem parecia linhas d'água deixadas por uma enchente. Mas desde aquele tempo, muitas décadas antes, o rosto de Cookie Sheff murchara.

Ela era o estereótipo do envelhecimento com graça — isso se não se levasse em conta a relutância, ao passar do tempo e as cirurgias. Também era a mulher que estava sentada no carro de Dan, em frente à casa de Lillian, no domingo anterior.

— Vim saber de Lillian, Sra. Sheff — eu disse. — Imagino que a polícia já deve ter feito uma visita.

O Bloody Mary ficou paralisado a caminho de sua boca.

— Lillian? — perguntou. — Polícia?

— Isso mesmo.

Ela balançou a cabeça, tentando sorrir.

— Me desculpe, mas eu não...

— Isso me surpreenderia, Sra. Sheff. A não ser que a senhora tenha feito uma promessa para ficar longe de telefones desde que era presidente da Associação de Pais e Mestres da Alamo Heights.

O sorriso transformou-se em pedra.

— Como?

— Minha mãe costumava dizer que era possível resumir qualquer fofoca que estivesse circulando pela cidade a apenas sete dígitos: o telefone de Cookie Sheff.

Quando ela voltou a falar, depois de aparentemente engolir a língua algumas vezes, sua voz tinha o charme e a ternura de um lince drogado.

— Ah, sim — ela disse. — Sua mãe. E como vai minha velha amiga?

— Está ótima.

O drinque foi reduzido a cubos de gelo vermelhos.

— Tres — disse Cookie, adotando um tom paciente, sutilmente crítico —, talvez deva ter-lhe ocorrido que certo... tipo de pessoa prefere conduzir com discrição suas crises familiares.

— Isso significa que eu deveria ter ligado antes de aparecer?

— Isso significa que os Cambridge são amigos muito queridos.

— Amigos que logo serão família?

Ela parecia satisfeita.

— Então você entende que sua visita talvez não tenha sido exatamente de bom tom.

— Me sinto péssimo, Sra. Sheff. Agora, por favor, onde está seu filho?

Ela suspirou baixinho, e em seguida levantou-se.

— Kellin — chamou.

O Sr. Impassível, outra vez impecável em um uniforme preto novo, apareceu instantaneamente em uma porta interna, com um Bloody Mary na mão. Andava como se gostasse do som das botas no piso de cerâmica.

— Por favor, acompanhe o Sr. Navarre até a porta.

Kellin olhou para mim e assentiu. Talvez um sorriso sutil: afinal, permissão para matar.

Então, em uma das sacadas acima, surgiu Dan Jr., vestido com elegância num robe marrom de tecido aveludado. O cabelo dele estava um pouco despenteado dos lados.

Acenei e sorri.

— Dan — eu disse, olhando para cima —, achei que poderíamos ter uma conversa.

O rosto dele se contraiu. Antes de abrir a boca, olhou para a mãe, que fez que não.

— O que você quer, Tres? — perguntou.

— Encontrar Lillian — respondi. — Está interessado ou não?

— Danny — disse a Sra. Sheff —, você acha mesmo que é uma boa ideia falar com esse homem?

A voz dela era suave, doce e fria como sorvete Blue Bell. O tom implicava que a resposta certa era "não" e que a resposta errada provavelmente significaria nada de mesada por uma semana.

Dan pensou a respeito. Olhou para mim. Sorri, deixando que percebesse um pouco do meu divertimento. Deu certo.

— Venha até o escritório, Tres — ele disse, e desapareceu da sacada.

O ligeiro agitar da cabeça da Sra. Sheff me disse que teriam uma conversa na mesa do jantar aquela noite. Então me dirigiu um olhar que significava nada de sobremesa para o resto da vida. Ela pegou o Bloody Mary e saiu de cena pela escadaria mais próxima.

— Venha — disse Kellin.

Ele me conduziu até uma sala menor, embora maior do que meu apartamento, na verdade. Acima da lareira, à direita, havia uma pintura a óleo de Cookie, sem as rugas. No lado oposto, à esquerda, uma fotografia enorme de Dan Pai vestido para a guerra; provavelmente na Coreia. Exatamente na frente de ambos, Dan Jr. puxou uma cadeira atrás de uma enorme mesa de mogno. Atrás dele, para além de uma janela panorâmica com cortinas pesadas, a fúria de uma verdadeira tempestade do sul do Texas, rápida e violenta. Vi meu Fusca estacionado na rua, a capota se agitando, prestes a ser arrancada. Mudas de árvores recém-plantadas ao longo da calçada haviam sido dobradas pelo vento.

— Sente-se — disse Dan.

Ele penteara os cabelos, mas ainda estava envolto no robe marrom. Em uma das mãos, tinha um copo cheio do que parecia ser suco de laranja. Sentei à sua frente e esperei.

Depois de me encarar por um minuto, ele perguntou:

— Muito bem. O que diabos você quer?

— Você sabe da Lillian.

Ou ele era um grande ator ou a raiva era genuína. Os nós de seus dedos ficaram brancos.

— O que sei é que você apareceu e um dia depois ela sumiu.

— Quando você a viu pela última vez?

Dan olhou para mim com os olhos avermelhados, depois para o tampo da mesa. Passou a mão nos cabelos e uma mecha loura saltou como uma asa de canário.

— Você sabe muito bem — ele murmurou. — E você ainda estava lá quando fui embora. Foi isso o que eu disse à polícia.

Não que eles tenham a menor ideia do que está acontecendo. Se dependesse de mim, você estaria atrás das grades agora, Tres.

— Danny — eu disse —, concordamos em pelo menos uma coisa.

Ele emitiu um som como um touro que já recebera choques demais com uma picada elétrica.

— Não me chame assim. E não temos merda nenhuma em comum.

— A polícia não tem a menor ideia do que está acontecendo. Concordo com isso. Não voltei para o Texas para ver Lillian desaparecer e ver a polícia meter os pés pelas mãos na investigação, Dan. Pense nisso.

Ele não parecia muito convencido. Sombras da chuva rastejavam pelo seu rosto junto com culpa, frustração e outros sentimentos que não consegui identificar. Ele olhou para uma fotografia mais recente do pai sobre a mesa, Dan Pai da forma como eu me lembrava dele quando estava no ensino médio: um homem grande com roupas vistosas, o maior patrono do time de futebol, ou pelo menos das animadoras de torcida. Isso antes que sucumbisse ao mal de Alzheimer e à doença de Parkinson, como foi bem noticiado pela imprensa. Agora, pelo que Lillian me contara, o sujeito estava em algum lugar do segundo andar, definhando em silêncio aos cuidados das melhores e mais bonitas enfermeiras que o dinheiro podia comprar.

— Houve um tempo em que ele abria a boca e a polícia dava um pulo — disse Dan, quase para si mesmo. — Lembra disso, Kellin?

Atrás de mim, Kellin não disse nada.

— Agora... merda — continuou Dan. — Eles me dizem para não ficar preocupado. "Ela deve estar fora da cidade", é o que me dizem. Merda.

Pensei naquilo.

— Sua mãe disse que os Cambridge preferem abafar o caso por enquanto, não chamar atenção.

Ele bufou, como se aquilo fosse uma piada.

— Não chamar atenção — repetiu.

Inclinei-me sobre a mesa e peguei a fotografia do pai dele. O porta-retratos prateado devia pesar uns 5 quilos. Era a coisa mais fria que eu já havia tocado.

— Filho único, não?

— Se você não contar meus 15 primos.

— E eles estão todos loucos para conseguir herdar um naco do negócio — sugeri. — Deve ser difícil para você.

— O que você sabe sobre isso?

Ele deu de ombros; a raiva em seu rosto transformou-se em melancolia.

Hora de mudar de assunto.

— O que Beau Karnau disse para você ontem, Dan?

Não sei bem que tipo de reação eu esperava, mas não foi o que consegui. Nunca vi um homem ficar vermelho incandescente tão rápido. Dan estava de pé e, se a mesa fosse um pouco mais estreita, teria me agarrado pelo pescoço. Mas apenas se inclinou para a frente e gritou:

— O que isso quer dizer, *porra*? — cuspiu.

Kellin se aproximara de mim para monitorar a situação. Decidi que era hora de me levantar, lenta e calmamente.

— Olha, Dan, só quero encontrar Lillian. Se você quiser ajudar, ótimo. Se me disser que Beau Karnau pegou ontem, por volta de uma da tarde, uma carona no BMW prata de outra pessoa, não tenho tempo para argumentar. *Lillian* pode não ter tempo.

Dan olhou para mim. Não havia como saber se a expressão no seu rosto era de incredulidade ou ultraje. Por um minuto ficamos todos imóveis, escutando os trovões.

Então Dan se acalmou quase com a mesma velocidade com que explodira.

— Lillian — ele repetiu. O vermelho desaparecera de seu rosto. Ele escorreu de volta na cadeira com um longo suspiro. — Meu Deus, preciso de um drinque.

Talvez Deus não estivesse ouvindo, mas Kellin estava. Ele sumiu com o suco de laranja e o substituiu num piscar de olhos por um copo de bourbon. Em vez de beber, Dan pressionou o copo contra a face como se fosse um travesseiro e fechou os olhos.

— Beau me ligou — ele disse por fim. — Queria... dinheiro. Disse que Lillian dificultara a vida dele quando sumiu, que precisava de um empréstimo.

— E por que você? — perguntei.

Esperei. Dan levou o copo aos lábios.

— As coisas nem sempre foram fáceis entre nós... eu e Lillian — ele disse, para dentro do copo. — Algumas vezes Beau me ajudava com ela. Flores, me contava os planos dela, esse tipo de coisa.

— O louco tolo e sentimental — respondi.

Dan ergueu o olhar e ficou sério.

— Beau não é má pessoa. É amigo de Lillian há anos. Nunca faria... nada com Lillian, nada de mau.

Não tenho certeza de quem ele estava tentando convencer, se a si mesmo ou a mim. De qualquer forma, a julgar pelo tom de voz, acho que não conseguiu.

— Então você concordou em se encontrar com Beau ontem — retruquei.

Dan olhou para mim e não disse nada. A chuva estava diminuindo. O brilho de um relâmpago iluminou o céu e contei quase até 10 antes de ouvir o trovão. Dan fez uma careta ao virar o copo. Depois olhou para mim surpreso, como se eu acabasse de aparecer à sua frente. Pareceu fazer uma pergunta silenciosa a si mesmo, depois assentiu e colocou um porta-talão de cheques de couro sobre a mesa.

— Quanto você quer?

Olhei para ele.

— Quero te contratar, seu imbecil — emendou. — Lillian disse que você faz isso para viver, esse... negócio. Vou te pagar para encontrá-la. Quanto é?

Senti-me um pouco enojado ao perceber que ficara tentado, mas balancei a cabeça.

— Não.

— Não seja idiota — ele disse. — Quanto você quer?

Olhei para Kellin. Ele me olhou com um rosto tão expressivo quanto uma parede.

— Olhe, Dan. Obrigado. Prometo que vou encontrá-la. Mas não posso aceitar seu dinheiro.

Então me voltei para ir embora antes que mudasse de ideia.

— Tres — ele disse às minhas costas.

Olhei para trás quando cheguei à porta. No outro extremo da sala Dan parecia um menino de 10 anos, encolhido atrás da enorme mesa de mogno do pai, mergulhado num robe marrom grande demais, os cabelos louros em desalinho como se papai tivesse acabado de despenteá-los.

— Você sabe como é — resmungou. — Viver na sombra do pai. Você sabe do que estou falando.

Acho que aquilo era algum tipo de oferta de paz. Pensando em retrospecto, talvez eu devesse tê-la aceitado.

— Como você mesmo disse, não temos merda nenhuma em comum.

Kellin me acompanhou até a porta, onde a Sra. Sheff esperava para se despedir. O sorriso brilhante de anfitriã deve ter ficado guardado num vidro em algum outro cômodo, porque quando ela falou mal abriu a boca enrijecida.

— Sr. Navarre — ela disse —, recomendo que evite minha residência no futuro, a não ser que seja convidado.

— Obrigado pela hospitalidade, Sra. Sheff.

Saí para o jardim. A chuva havia parado e as nuvens seguiam seu caminho para o sul, na direção do Golfo do México. Dali a dez minutos não haveria sinal da tempestade, a não ser árvores inclinadas e carros molhados secando ao sol.

— Minha família é muito importante para mim — Cookie me disse. — Tenho um marido doente e um filho muito querido de quem cuidar, além da reputação de toda a família Sheff.

— E uma grande construtora.

Ela fez que sim, irritada, de modo quase imperceptível.

— Não permitirei que nossa família e nossos amigos sejam atirados na lama.

— Uma pergunta, Sra. Sheff.

Ela olhou para mim.

— A senhora normalmente assiste às brigas do seu filho? Não sei por que, mas eu imaginava que a senhora lutaria no lugar dele.

Para uma mulher de boa família, Cookie Sheff fez um ótimo trabalho ao bater a porta na minha cara.

24

Esperei por quase duas horas no acostamento da I-10 South sem qualquer companhia, a não ser o rádio AM, até que o BMW prata de Dan passou a tranquilos 130 por hora. Com uma combinação de sorte e tráfego, eu e o radialista conseguimos acompanhá-lo em direção ao centro da cidade.

Foi um momento de sobriedade quando sintonizei a emissora e não desliguei o rádio imediatamente. Ali estava eu, duas horas depois, ainda sintonizado. Insistia comigo mesmo que era apenas nostalgia das viagens torturantes para Rockport com meus pais. Certamente não poderia estar interessado naquela coisa. Certamente não estava me aproximando dos 30. "O problema com este país", dizia o locutor Carl Wiglesworth, "são os socialistas que administram as escolas." Ah, Texas. Por um momento desejei que Maia estivesse ali. Ela teria um adorável ataque apoplético ouvindo Carl.

Eu observava as lanternas do carro de Dan e pensava na visita agradável à casa dos Sheff. Primeiro havia o problema que alguém, a polícia, os Sheff, talvez até mesmo os Cambridge, estava tentando abafar o caso. Por algum motivo, o desaparecimento de Lillian ainda não fora considerado um possível sequestro.

Não se preocupe, ela deve estar fora da cidade.

Sem chance que Jay diria aquilo para uma família importante sem um motivo muito bom e a mão muito bem molhada. Se ele *tivesse mesmo* puxado as rédeas da investigação, alguém com muita influência fizera com que isso acontecesse.

E havia Dan. Ele estava mentindo a respeito de Beau. E não estava exatamente equilibrado. Talvez fosse apenas o desaparecimento de Lillian, mas eu suspeitava que havia mais problemas na vida de Dan Sheff do que poderia ser provocado por uma mulher, a não ser que essa mulher fosse sua mãe.

Ainda precisava de tempo a sós com Dan, longe de Kellin e da segurança do Dominion, que respondia a qualquer chamada em trinta segundos, para perguntar por que ele insistia em um relacionamento que a agenda de Lillian declarara morto meses antes.

Mas primeiro o dia de trabalho.

O dia começou em um canteiro de obras enorme no cruzamento da Basse Road com a McAlister Highway: um shopping semiacabado erguido no terreno da antiga Companhia de Cimento Alamo, não muito longe da casa da minha mãe. Dan estacionou ao lado de um trailer com a logomarca em preto e branco da Sheff Construction pintada na lateral.

Olhei para as mudanças feitas no terreno e disse:

— Puta merda.

Claro que a minha mãe já me falara das mudanças ocorridas no bairro, até mesmo mandava alguns recortes de jornal de tempos em tempos, mas eu ainda não estava preparado para o que vi.

A Companhia de Cimento Alamo era a maior empresa privada de Alamo Heights desde que eu me entendia por gente. Os limites do terreno ao largo da Tuxedo e da Nacodoches Avenue haviam sido alvo de um cuidadoso projeto paisagístico com hectares de árvores, trilhas que ninguém percorria e bosques protegidos por cercas. Apenas pelos fundos, de perto dos trilhos de trem da Basse Road, era possível ver a feiura do negócio do cimento: quatro chaminés beges e a fábrica enorme, caminhões empoeirados e vagões de carga que nunca pareciam se mover e refletores que ficavam ligados 24 horas por dia, dando ao lugar a aparência de uma base de lançamento de mísseis em um local desolado da lua. Os trabalhadores latinos moravam numa área no centro da pedreira chamada Cementville, um amontoado de casebres que poderiam muito bem ter sido transplantados de Laredo ou Piedras Negras.

Claro que pouquíssimos dos ricos habitantes brancos das redondezas tiveram essa visão. Víamos os filhos dos moradores de Cementville apenas na escola: pobres e sujos, morenos e com aparência de fome, matriculados com incrível ironia na escola pública de um dos distritos mais ricos da cidade. Ficavam sentados na escadaria, firmemente agrupados, cercados por camisas polo Izod e Cutlass Supremes zero quilômetro. Ralph Arguello fora um dos poucos que se desvencilharam do rebanho, jogando futebol americano. A maioria deles simplesmente sumia de volta para a pedreira quando terminava o ensino médio.

Agora, quatro anos após a venda do terreno, apenas a fábrica ainda estava de pé; mas, ao que parecia, os Sheff estavam prestes a cuidar disso. A estrutura externa do prédio e as chaminés ainda resistiam, assim como alguns caminhões e vagões de carga abandonados e cerca de 80 mil metros quadrados de mato cercado com arame farpado. Todo o resto havia sido transformado. A estrada que dava na McAlister Highway passava pela antiga fábrica e por um enorme cânion artificial, outrora a pedreira, agora pontilhado por casas de milhões de dólares. Os casebres de Cementville tinham sido apagados do mapa para dar espaço a um campo de golfe, uma igreja e restaurantes. O shopping que a empresa de Dan estava construindo ficava à sombra da antiga fábrica.

Dan desceu do BMW e conversou por cinco minutos com o supervisor. O homem falava devagar, apontava para uma planta, ao que Dan franzia as sobrancelhas e assentia o tempo todo, como que fingindo que entendia alguma coisa. Então, para visível alívio do supervisor, Dan entrou no BMW e foi embora.

— Dia difícil — murmurei, suspeitando que ele agora seguiria de volta para o Dominion.

Mas ele seguiu pelo caminho errado. Entrou na I-35 e seguiu na direção dos limites da cidade, depois entrou numa zona de guerra de conjuntos habitacionais. Na última vez que eu passara por ali, flores fluorescentes à moda da década de 1970 enfeitavam as paredes dos edifícios. Agora o que se via eram grafites e pichações dos *Alacranes* e dos *Diablitos*.

"A juventude dos Estados Unidos é o ponto-chave", continuou Carl, no rádio. "Quando deixaremos de aceitar esses estilos de vida transgressores que destroem nossos filhos?"

— Viva a transgressão — respondi, como se ele pudesse me ouvir.

Seguir o BMW com discrição ficava cada vez mais difícil. Já não era algo fácil naquela monstruosidade cor de laranja como a minha, mas quando se percorria 50 quilômetros de um extremo ao outro da cidade era quase impossível. Para minha sorte, Dan parecia conhecer as redondezas tão bem quanto um tatu entocado. Eu poderia ter piscado os faróis e acenado que permaneceria invisível.

Passamos pelos conjuntos habitacionais, por um misto de galpões abandonados e pastos raquíticos onde vacas raquíticas ruminavam até que chegamos a uma construção de concreto e vidro que parecia ter trinta segundos de vida. O prédio estava entrincheirado de forma defensiva nos ermos da zona sul, cercado primeiro por canteiros ridiculamente destoantes de sálvias e petúnias e então delimitado de forma mais honesta por uma cerca de três metros de altura encimada com arame farpado. Um enorme "S" estilizado dentro de um círculo preto estava estampado nos portões.

Dan estacionou na vaga para deficientes e entrou no prédio como se fosse o dono do lugar. E era. Estacionei perto de um terreno baldio e tentei ser invisível.

— Pense vaca — eu disse ao Fusca.

Carl e eu tivemos uma longa conversa sobre a política local enquanto eu esperava. Ele me disse que os defensores do meio ambiente socialistas do Aquífero Edwards provavelmente seriam os responsáveis pelo fim da civilização ocidental. Então mencionou o projeto de um novo complexo de artes plásticas que o vereador Fernando Asante apresentara recentemente em uma sessão especial da Câmara. Carl estava cético.

"A última coisa de que os contribuintes precisam", disse, "é outro Travis Center, outra manobra política financiada com dinheiro público."

Então ele leu as estatísticas sobre o crescimento meteórico da popularidade de Asante desde que o primeiro projeto idealizado por ele, o Travis Center, fora inaugurado nos limites da cidade. É certo, disse Carl, que os eleitores foram iludidos. Outro projeto como esse, combinado à nova iniciativa de Asante, de ser o candidato da "lei e da ordem", e o velho Fernando conseguiria realizar o sonho de ocupar a prefeitura. Carl estava ainda mais apavorado com essa possibilidade do que eu.

Dan saiu uma hora depois e ficou em frente à porta com um senhor hispânico. Cabelos brancos, bigodes brancos, terno azul-escuro.

A postura corporal de Dan me dizia que ele não estava muito feliz com o funcionário. Estava rígido, com os braços cruzados, transferia o peso de uma perna para a outra de forma impaciente enquanto conversavam. O senhor de cabelos brancos abriu as mãos num gesto conciliador. Era ele quem falava mais. Por fim, Dan assentiu. Anéis de ouro brilharam quando apertaram as mãos.

Seguimos em sentido norte até que o BMW de Dan entrou na I-10, a caminho de casa. Saí da rodovia no Crossroads Mall e segui para Alamo Heights.

"Dinheiro", disse Carl. "Tudo se resume a dinheiro, meus amigos."

Passei por Terrell Hills, pelo country clube, e segui pela sombreada Elizabeth Street. Casas brancas grandes e dinheiro antigo. Veio à minha mente a lembrança do baile de formatura do colégio (Alamo Heights era chique demais para uma simples festa de formatura naquela época), quando dirigi por aquelas ruas levando uma dúzia de rosas para Lillian e uma dúzia de bolas de encher para a mãe dela.

— Ela adora bolas de encher — Lillian dissera.

— Você não está me enrolando, está?

Ela riu e me beijou por um longo tempo. Então levei as bolas de encher.

Dito e feito. Eu e a mãe de Lillian ficamos amigos depois daquilo, fomos aproximados pelas bolas de encher, para desgosto do Sr. Cambridge. Até 5 de julho de 1985. Naquela noite, às 20 horas, eu deveria encontrar os Cambridge para jantar no Argyle com um anel de noivado para Lillian. Naquela noite, às 20 horas, eu estava em um ônibus da Greyhound em algum lugar nas cercanias de El Paso, seguindo para o Oeste. Não vira os pais de Lillian desde então.

A casa bege em estilo espanhol não mudara, apenas mergulhara um pouco mais na floresta de piracantas. A porta rústica de madeira maciça mal registrou minhas batidas.

— Ah, meu Deus — disse a Sra. Cambridge.

Ela tentou fechar a cara para mim, mas essa não era sua natureza. O gelo derreteu entre nós em segundos, então meu pescoço ficou úmido com suas lágrimas, minhas bochechas foram beijadas e eu logo tinha nas mãos um copo com chá gelado e um prato com pão de banana. Sentamos numa pequena sala a meia-luz, cercados por fotos de Lillian e uma dezena de gaiolas com periquitos, enquanto a Sra. Cambridge me colocava a par dos acontecimentos dos últimos dez anos com tapinhas no meu joelho.

— Então depois da faculdade — ela dizia — foi muito difícil para ela. Ah, Tres, sei que não foi culpa sua, mas... bem.

A Sra. Cambridge sempre fora magra, mas agora estava quase esquelética. A idade deixara seus olhos leitosos e sua pele marcada com pintas. Segurava meu joelho como se eu pudesse desaparecer a qualquer minuto. Sorria de forma sincera.

Se a escória tinha joelhos, eu era a escória. Ela podia me chamar do que quisesse, mas eu não aguentaria outro sorriso daquele. O amor dela por mim fechou minha garganta como sulfato de alumínio.

— O Sr. Karnau se interessou muito pela carreira de Lillian, sabe? Eles costumavam viajar pelo interior, fotografavam tudo.
— Ela apontou com orgulho para as fotos pintadas a mão de Lillian nas paredes. Quando mencionou Beau, tentou manter a voz despreocupada. Acho que não deve ter sido fácil. — Eu não concordava... uma moça e um homem tão mais velho sozinhos no meio do mato, mas... bem, eles depositavam tanta esperança na galeria... Precisavam ter uma chance, acho. Mas ainda assim ela não era realmente feliz.

A Sra. Cambridge voltara a chorar baixinho, enxugava as lágrimas com as costas da mão como se fosse um antigo hábito chorar ao receber. Os periquitos conversavam à nossa volta.

— Lillian estava desestimulada, o trabalho dela não vendia. Mais e mais aquilo se transformou em um negócio para ela, não algo de que ela gostasse. Então ela e Daniel brigaram...

Quando mencionou o nome de Dan, ela olhou para mim com expressão culpada, como se aquilo pudesse me magoar. Tentei sorrir.

— Por favor, continue.

Mais tapinhas no joelho.

— Não sei, Tres. Quando ela disse que vocês haviam voltado a se falar, depois de todo esse tempo, eu não soube o que pensar. Ezekiel, é claro, bem...

Ela não terminou a frase. Eu me lembrava muito bem da voz trovejante do Sr. Cambridge.

Olhei para a mãe de Lillian. O sorriso no rosto dela estava tão úmido quanto os olhos.

— Desculpe, mas o que a polícia disse?

— Deixei que Ezekiel tomasse conta disso, Tres. Simplesmente não consegui...

Assenti, aceitando a mão que me estendia.

— E quanto aos Sheff?

Mesmo a Sra. Cambridge teve dificuldade de fazer com que a resposta soasse sincera.

— Eles foram muito amáveis.

Ficamos em silêncio por alguns minutos, segurando as mãos um do outro. Os pássaros tagarelavam. Então ela fechou os olhos e passou a embalar o corpo, murmurando uma canção que não consegui discernir.

Quando voltou a olhar para mim, ela parecia ter um pensamento secreto. Com um sorriso cansado, levantou-se do sofá e foi até o relógio de pêndulo num canto do gabinete. De uma gaveta no móvel, tirou uma caixa de sapatos da Joske's fechada com uma fita antiga. Trouxe a caixa até o sofá e a colocou no meu colo. Tirou a tampa e então pegou uma fotografia amarelada ampliada no papel grosso que era usado na década de 1940. A imagem era em preto e branco, mas havia sido pintada à mão com muita delicadeza, o tipo de foto que Lillian fazia.

Um piloto elegante olhava para mim, jovem e confiante.

No fundo da foto, em tinta azul desbotada, estava escrito *Angie Gardiner + Billy Terrel*. Lembrava-me vagamente de

Lillian ter falado comigo daquele homem. Mas sempre me parecera que Lillian considerava Terrel quase um mito, alguém que a mãe inventara.

— Meu primeiro marido — disse a Sra. Cambridge.

Quando olhou para a fotografia do homem, percebi as muitas cores em seus olhos, como os de Lillian, e em seu sorriso uma muito vaga sugestão da travessura que Lillian combinava tão bem com o amor. Foi algo doloroso de ver.

— O pai de Lillian não gosta que eu guarde essas coisas. Ele me desestimula a falar a respeito. — Então acrescentou, como numa litania repetida à exaustão: — Ezekiel é um bom homem.

— Sra. Cambridge — disse —, Lillian pode estar em perigo. E não tenho certeza do quanto a polícia pode ajudar.

Ela olhava para a fotografia de Billy Terrel.

— Lillian não conseguia entender quando você partiu. Ela nunca perdera alguém daquela forma antes. Então, ter uma segunda chance depois de tantos anos, como se tudo não passasse de um engano...

Eu não sabia o que fazer. Me inclinei e beijei-lhe o rosto, muito de leve. Então soube que era hora de ir embora.

— Eu a encontrarei, Sra. Cambridge — disse, quando cheguei à porta.

Não acho que ela tenha ouvido. Antes de me virar para sair, a vi abraçar aquela velha caixa de sapatos tentando sorrir e murmurando, tendo ao fundo a tagarelice viva e insensível de uma dúzia de periquitos.

Então voltei até o carro para dizer a Carl Wigglesworth o que realmente estava errado com o mundo.

25

 Preparava o taco de Friskies para o almoço de Robert Johnson, como de costume, quando Larry Drapiewski ligou.

— Tenho certeza de que não quero te contar isso — disse ele. — Mas Beau Karnau teve uma ordem de restrição julgada contra ele no ano passado... para ficar longe de Lillian Cambridge.

Coloquei no prato a tortilla de trigo aquecida e espalhei Friskies de frango sobre ela com uma colher. Normalmente teria polvilhado queijo por cima, mas estávamos sem. Então fiz o melhor para convencer Robert Johnson de que seu prato estava pronto. Ele olhou para mim. Fingi polvilhar queijo. Ele olhou para mim.

— Ouviu, filho? — disse Larry.

— Infelizmente ouvi.

— Segundo o policial que atendeu a uma das chamadas, Beau insistia em aparecer na casa da Sra. Cambridge embriagado, gritava, ameaçava a moça. Ele vociferava o quanto ela lhe devia e que não podia abandonar a sociedade. Em uma ocasião, chegou a quebrar uma janela. Nunca encostou um dedo nela.

Olhei para a janela torta da cozinha.

— E o que aconteceu desde o ano passado?

— A ordem foi retirada a pedido da Srta. Cambridge, em dezembro. Não houve outras reclamações. Devem ter se entendido. Nunca houve uma...

— OK, Larry. Obrigado.

Podia ouvi-lo bater o lápis na mesa.

— Que diabo, filho...

— Você vai me dizer para não tirar conclusões precipitadas. Para não perder a cabeça.

— Algo do tipo.

— Obrigado, Larry.

Desliguei.

Robert Johnson estava mastigando meu tornozelo. Agitei o punho na cara dele. Nada impressionado, ele passou a enterrar o taco de Friskies sob o tapete da cozinha.

Quando liguei para Carlon McAffrey no *Express-News*, parecia que ele estava comendo um sanduíche bem barulhento. Perguntei se ouvira algo interessante recentemente.

Carlon arrotou.

— Que tipo de "interessante"?

— Você é que vai me dizer.

— Meu Deus, Tres. Mostro o meu se você mostrar o seu. Do que diabos você está falando?

Tomei aquilo como um não.

— Está bem. E quanto ao nome Beau Karnau?

Carlon cobriu o fone e gritou com alguém. Um minuto depois, sem diminuir o volume, gritou no telefone.

— É. Uma exposição de Karnau estreia este sábado. No Blue Star. Um lance de caubóis. Por quê? Devo aparecer por lá?

— Não, por favor — respondi.

Pude ouvir Carlon digitar o endereço e o telefone da galeria na agenda do computador.

— Qual é, Tres — ele disse. Pela doçura da voz, tentava a abordagem "meu camarada". — Me dê algo que eu possa usar. Falei com algumas pessoas sobre Guy White, estou trabalhando naquela teoria do assassinato do seu pai. Pensou um pouco mais a respeito?

— Não tenho pensado em termos de coisas que você possa usar, Carlon.

— Ei, só estou dizendo que podemos ajudar um ao outro. Se conseguir algo que aumente a tiragem do jornal, posso conseguir um cachê pela exclusiva.

— Você tem a sensibilidade de um rottweiler, Carlon.

Ele riu.

— Mas sou muito mais bonito.

— Claro que é. Vou te dar uma cadela no Natal.

Então desliguei.

Ao menos soube que Carlon não descobrira nada a respeito de Lillian. Caso contrário, teria me bombardeado com perguntas; e, se Carlon não sabia, isso queria dizer que ninguém falara com a imprensa. Peguei as chaves do carro, deixei Robert Johnson olhando carrancudo para o almoço enterrado e saí para o calor da tarde.

Visitara Zeke Cambridge em seu banco exatamente duas vezes nos anos em que namorei Lillian. A primeira vez quando tinha 16 anos, antes do meu primeiro encontro formal com a filha dele. Lembro-me de ter sentado no escritório do Sr. Cambridge em uma poltrona de couro de duas toneladas que cheirava a charuto, enquanto esperava nervoso que aquele homem gigantesco com rosto de mármore, olhos verdes e terno de papa-defunto conferisse minha carteira de motorista. Então ele explicou, com toda a calma do mundo, que fora um grande atirador nos tempos da Marinha e que não tinha pudor algum em atirar em pessoas que invadissem sua casa ou em jovens sentados na cama da filha. Deu um tapinha no meu ombro, me ofereceu uma bala de caramelo do pote sobre a mesa e disse para eu me divertir. Claro que isso foi antes de me conhecer.

Na segunda visita, depois que Lillian e eu levantamos o assunto casamento, Zeke Cambridge não conferiu minha carteira de motorista. Não me ofereceu uma bala de caramelo. Apenas me lembrou que fora um grande atirador na juventude e que não tinha pudor algum em atirar em um rapaz que se casasse com sua filha e não conseguisse um bom emprego depois de formado. Fez comigo um teste de múltipla escolha sobre qual seria meu curso na A&M: engenharia petrolífera, direito ou administração. E não ficou impressionado quando respondi "nenhuma das alternativas acima".

— Ele gosta muito de você. Do jeito dele — Lillian me disse depois da visita.

Nos últimos meses do nosso relacionamento, ela tentou atribuir a irritação do pai à crise no setor de financiamentos, que não deixara de afetar o Crockett S&L.

— Ele apenas desconta os maus investimentos nas pessoas à sua volta, como você — explicou Lillian.

— Claro — respondi. — E vem usando o termo "moleque" nos últimos três anos como um tratamento carinhoso.

Quaisquer que fossem os investimentos ruins do Sr. Cambridge naqueles tempos, ele parecia ter se saído muito bem. A sede do Crockett Savings & Loan mudara de um pequeno centro comercial em Alamo Heights para um prédio de vidro de quatro andares na Loop 1604 e Grace June, a velha secretária com o coque alto e os óculos com aro de tartaruga, fora substituída por uma loura jovem com blusa de seda e saia Clairborne. Cumprimentei-a com um gesto de cabeça, disse que tinha um horário marcado e segui em frente.

— Hum, mas... — ela começou a dizer, às minhas costas.

A poltrona de couro de 2 toneladas ainda estava no escritório do Sr. Cambridge. Os diplomas dos clubes certos ainda estavam pendurados nas paredes: Rotary, Republican State Steering Commitee, Texas Cavaliers. O pote com balas de caramelo ainda estava sobre a mesa. Apenas Zeke Cambridge havia mudado.

Parecia menor do que eu me lembrava, menos semelhante a um ogro. O terno preto era pouco mais folgado e o rosto retangular começava a ceder nas laterais. O nariz pontudo, uma das poucas coisas que Lillian herdara dele, sucumbira a uma teia de veias vermelhas.

O Sr. Cambridge levantou o olhar de uma pilha de papéis quando entrei e começou a fazer uma pergunta. Quando viu que eu não era a secretária, olhou para mim com expressão ameaçadora e levantou-se, um pouco desequilibrado. Então me deu uma amostra de outra coisa que Lillian herdara dele: o temperamento.

— Que diabos você está fazendo aqui?

Atrás de mim, a cabeça da secretária surgiu de relance no vão da porta, como se tivesse medo de que fosse arrancada por um tiro.

— Sr. Cambridge?

Ele olhou para a secretária por cima das lentes bifocais, então para mim.

— Tudo certo, Cameron. Isso não vai demorar.

Cameron fechou a porta. Acho que ela se certificou de que estivesse trancada. Zeke Cambridge olhou para mim por um longo tempo, então gesticulou irritado para a poltrona de couro. Atirou os óculos de leitura sobre a pilha de papéis.

— Com que direito você vem ao meu escritório, rapaz? Não acha que já provocou estragos demais?

Houve um tempo em que suas palavras trovejariam alto a ponto de fazer tremer os móveis. Eu me desculparia por levar Lillian tarde para casa, por buzinar em frente à casa, por usar as roupas erradas na frente dos amigos da família, apenas por medo de ser assassinado por aquele homem. Agora, quando ele falava, as palavras eram mais como marteladas em uma serra circular, altas mas trêmulas, tão abafadas que sua força beirava o absurdo.

— Suspeitei que o senhor se recusaria a me receber.

— E você está certo.

— É sobre Lillian.

O queixo dele tremeu ligeiramente.

— É claro que é.

— A Sra. Cambridge me disse...

Ele esmurrou a mesa.

— Inferno, você já não fez o suficiente com a minha família?

Os porta-retratos não tremeram. O pote com balas não saiu do lugar. Ele afundou na cadeira e deu outra pancada na mesa, com menos força. A raiva em seu rosto dissolveu-se em simples frustração.

— Deixe minha esposa em paz.

Era estranho ser capaz de sustentar o olhar dele. Os olhos verdes haviam adquirido uma tonalidade mais escura com os anos e as pálpebras inferiores estavam mais flácidas, mal continham a umidade dos olhos.

— Sr. Cambridge, quero ajudar.

— Então vá embora. Suma daqui.

— Se o senhor me disser o que a polícia disse, talvez eu possa...

— A polícia não disse nada. Eles falaram em Laredo. Falaram que Lillian é uma adulta. Fui convencido... a esperar.

— Pela polícia?

Ele me encarou, o queixo ainda tremia.

— Por muitas pessoas.

— Mas o senhor não acredita que eles estão certos — eu disse. — Também não acredito.

— O que acredito é que Lillian teve uma chance de ser feliz, rapaz. O que acredito é que você tirou isso dela... outra vez. — Falava como um homem que acabara de beber leite azedo.

Aquelas palavras não eram novas para mim. Trouxeram de volta muitos feriados de dias de Ação de Graças, Natais, aniversários, nos quais o assunto sempre acabava descambando para o que eu *não* estava fazendo por Lillian. A única diferença é que a Sra. Cambridge não estava presente para mudar os rumos da conversa. E desta vez talvez eu não pudesse argumentar com ele.

O Sr. Cambridge anuiu, como que concordando com meus pensamentos.

— Eles dizem que o motivo pode ser você. A polícia disse isso. E se for, rapaz...

— O detetive Rivas disse isso?

Cambridge fez um gesto de indiferença com a mão.

— Se for...

Ele não precisava me falar dos tempos de Marinha na juventude. De qualquer forma, a ameaça estava feita.

— Sr. Cambridge, eu gostaria de ter sua ajuda. Mas encontrarei Lillian com ou sem ela.

— Que Deus me perdoe, mas se você interferir... se dificultar que tragam minha menina de volta...

— É verdade que ela e Dan brigaram?

A cabeça dele tremia mais agora.

— Nada que não pudesse ser resolvido.

— O senhor sabia que Lillian estava saindo da sociedade que tem com Beau Karnau?

Ao ouvir o nome Beau Karnau ele sentiu o mesmo prazer que sentiria ao ouvir uma nota desafinada.

— Ela tomou a decisão certa... deixar a galeria. Aquilo nunca foi certo para ela. Mas que diabo, sempre a apoiei. Nunca disse uma palavra. Faço qualquer coisa pela minha família, rapaz. Cuidei delas. O que você fez além de dificultar ainda mais as coisas para ela?

Não sei por quê. Algo no tom de Zeke Cambridge me deixou em dúvida a respeito de qual "ela" estava falando. Pensei em Lillian, recusando-se a dizer qualquer coisa negativa a respeito do pai, abraçando-o quando chegava em casa, colocando nos investimentos ruins a culpa pelo seu mau humor terminal. Pensei em Angela Cambridge, provavelmente ainda sentada na sala escura cercada por periquitos, chorando, abraçada a uma velha caixa de sapatos cheia de memórias mortas. Então pensei em Zeke Cambridge voltando para casa para aquilo por quarenta anos, os olhos verdes determinados finalmente lavados com a idade, perdendo o brilho muito mais rápido do que a fotografia de um piloto que nunca volta. Investimentos o cacete.

Eu não disse nada, mas quando olhei nos olhos dele outra vez ele percebeu minha pena com tanta clareza quanto eu escutara suas ameaças. Com o rosto trêmulo, atirou a pilha de papéis e os óculos no chão com um tapa.

— Suma daqui — ordenou, em voz surpreendentemente baixa.

Olhei para o couro rachado do braço da poltrona. Juro que pude ver as marcas deixadas ali pelos dedos nervosos de um garoto de 16 anos, à espera de que sua carteira de motorista fosse conferida. Quando voltei a olhá-lo, quase esperava ver o rosto impassível do qual me lembrava, a desaprovação feroz. Em lugar disso, vi um velho cuja última chance de dignidade era fazer tremer o pote de balas sobre a mesa.

Levantei-me para ir embora.

Ao fechar a porta, vi que Zeke Cambridge continuava com o olhar fixo à sua frente, o que o deixava mais parecido do que nunca com um papa-defuntos, um papa-defuntos que estava ficando velho e irritado e ainda não conseguira ter sucesso em enterrar o primeiro cliente.

26

Apenas para encher o saco de Jay, passei o resto da tarde no DPSA folheando os livros de ocorrência à procura de referências recentes aos nomes que lera nos arquivos de Larry. Eles não podem impedir que um cidadão tenha acesso aos livros, mas também não são obrigados a gostar disso. Minha charmosa guia, a policial Torres, não tirava os olhos da minha jugular e passou o tempo todo rosnando a meia-voz. Por pouco não perguntei se podia colocar um laço no pescoço dela e mandá-la como presente de Natal para Carlon McAffrey.

De lá fiz uma visita aos homens-toupeira no ilustríssimo arquivo morto do jornal de Carlon e então fui ao Arquivo Público do Município.

Nunca deixe que saibam que você é um Ph.D. em Letras, é inútil. É verdade que não recebo muitas ligações para debater a sátira que norteia *Os contos da Cantuária*, apesar de ter sido esse o tema da minha tese, mas quando o assunto é pesquisa boto o investigador particular médio no bolso. O Terrence & Goldman sempre me adorou por isso. Por volta das 17h30, quando o clone da minha professora do terceiro ano me enxotou para fora do Arquivo Público, eu já havia estreitado a lista de 12 suspeitos do FBI (que subtraíra de Larry) a quatro nomes viáveis ou questionáveis, no mínimo. Três outros cumpriam pena de prisão perpétua em Huntsville. Quatro estavam mortos. Um aguardava julgamento por crimes federais. Nenhum deles iria a lugar algum por algum tempo e não podia ter aprontado alguma coisa desde que eu voltara para a cidade. Olhei para meus quatro possíveis, tentando imaginar um deles no volante de um Pontiac 1976 ao lado de Randall Halcomb. Esperei que um voluntário desse um passo à frente. Ninguém levantou a mão.

Passei a seguir o carro na Broadway, pouco depois da cafeteria Pigstand. Apesar da tradição local, não havia tiras presentes.

— Nunca estão por perto quando precisamos deles — eu disse para o retrovisor.

O carro era um Chrysler preto, modelo do início dos anos 1980. Amaldiçoei as leis de trânsito lenientes do Texas quando vi os vidros quase pretos. Não conseguia ver droga nenhuma do interior do carro. Problema número dois em dirigir um Fusca: a não ser que a pessoa que você estiver seguindo pedale uma bicicleta Schwinn muito velha com menos de dez marchas, esqueça a ilusão de passar despercebido.

E eles tampouco estavam interessados em me esperar. Mal tive tempo para rezar uma ave-maria quando o Chrysler fez um retorno brusco em meio ao trânsito da pista contrária e acelerou, vindo na minha direção. Quando vi o vidro do carona descer lembrei por que a chamam de janela de tiro. Então puxei a direção com força.

Isso não posso negar a respeito do Fusca, ele é muito melhor sobre as calçadas do que o Chrysler médio. Consegui atravessar dois jardins e um estacionamento e entrar em um beco antes que o inimigo conseguisse fazer a volta com seu "navio". Dei graças pelos tempos da escola, quando eu e Ralph acelerávamos por aquelas ruas como se fossemos os irmãos mais jovens e feios de James Dean. Ainda conhecia as ruas e acelerei nos lugares certos. Outra coisa boa a respeito do Fusca: o motor é traseiro, então o motorista não fica cego pela fumaça quando o motor começa a pedir arrego e a soltar fumaça preta.

Depois de dez minutos sem ver o Chrysler, reduzi para 80 por hora numa região com velocidade máxima permitida de 40, na Nacodoches Road, e fiz um inventário. Só então percebi a nova ventilação na capota. Três buracos do tamanho de balas de 45 no lado esquerdo e três idênticos no lado direito. O mais próximo estava uns 15 centímetros da minha cabeça. Nem chegara a ouvir os tiros.

— Isso porque ninguém estaria disposto a me matar na minha cidade — murmurei, pensando em Maia Lee.

Gostaria de dizer que estava calmo quando cheguei à Queen Anne. A verdade é que quando entrei em casa e vi que Robert Johnson não havia comido o taco de Friskies, chutei-o para longe. O prato, não Robert Johnson.

— Já basta — disse a ele.

Algo debaixo da roupa suja no armário respondeu:

— Rau.

Então o telefone tocou.

Pela minha voz, devo ter parecido alguém que acaba de escapar de tiros por pouco e de ser menosprezado pelo animal de estimação, porque Ralph Arguello ficou em silêncio por um segundo antes de responder:

— Jesus Cristo, *vato*, quem foi que pisou nos seus *huevos*?

Ao fundo, os sons do Blanco Cafe estavam bem mais altos do que quando visitara o lugar: mais gritos das garçonetes, mais conversa entre os clientes, música mexicana mais alta na jukebox.

— Tive um ótimo dia, Ralphas. Alguém acaba de abrir um teto solar no meu Fusca com uma 45.

Havia muitas formas de alguém responder àquela observação. Mas para Ralph só havia uma resposta: ele estourou de rir.

— Você precisa de uma cerveja e uma dose de tequila de verdade — sugeriu. — Vamos sair hoje à noite.

— Talvez outra hora, Ralphas.

Quase consegui ouvir o riso forçado do gato de Alice que emoldurava o rosto dele.

— Nem mesmo se for para um boteco onde sua amiga foi vista no domingo à noite?

Silêncio.

— A que horas a gente se encontra? — perguntei.

27

 O Lincoln marrom de Ralph deslizava pela St. Mary's Street como um submarino com estofamento de couro.
— Desculpe se eu atropelar alguns pedestres — ele disse.
Ele riu. Eu não. Com o filme preto nos vidros, a noite sem lua e o cheiro de rum e a fumaça de maconha no carro, eu não conseguia enxergar nada que acontecia além do para-brisa. E estava sem óculos. Ralph apenas sorriu e deu outro tapa no baseado, que era do tamanho de um charuto.

Entramos no Durango Boulevard e seguimos por uma vizinhança de casas de madeira pintadas em cores berrantes. Os jardins em frente a elas, pouco maiores do que o banco traseiro do carro de Ralph, eram decorados com tampas de garrafa de refrigerante nas árvores, estátuas de santos, garrafas plásticas de leite com água colorida ao longo das calçadas. Uma senhora com um vestido florido surrado que descascava batatas sob a luz alaranjada de uma varanda nos acompanhou com o olhar quando passamos.

Ralph suspirou como um homem apaixonado.
— De volta ao lar.
Olhei para ele.

— Você foi criado na zona norte, Ralphas. E, pelo amor de Deus, estudou em Alamo Heights.

O sorriso dele não foi afetado pelo comentário.

— Tudo que isso quer dizer é que a minha mãe era faxineira de gente mais rica, *vato*. O lugar onde você mora não quer dizer porra nenhuma.

Na esquina do Durango com a Buena Vista Street, entramos no estacionamento de cascalho do menor boteco a céu aberto do mundo. Três mesas plásticas verdes estavam espalhadas sobre o piso de cimento pintado de vermelho de um pequeno pátio. Nos fundos, uma pilha de caixas de fruta e um freezer velho da Coca-Cola faziam as vezes de bar. O lugar era cercado por paredes baixas de blocos de concreto e coberto com telhas de latão amassadas, decoradas com as obrigatórias luzes de Natal. Ninguém se dera ao trabalho de colocar um letreiro no lugar. Ele apenas irradiava música *mexicana* e a promessa de cerveja gelada.

Ralph colocou o baseado sobre o painel do carro e pegou um S&W Magnum, praticamente invisível no escuro. A arma desapareceu sob a *guayabera* verde extragrande. Ele sorriu para mim.

— Sutil — eu disse.

— Última oferta — respondeu. — Se quiser um ferro, tenho um Delta no porta-luvas.

Fiz que não com a cabeça.

— Nada além de problemas — respondi. — Essa merda traz carma ruim.

Ele riu.

— Alguém ainda vai explodir seu carma por trás da sua cabeça, meu amigo. Pense nisso.

A voz de Lydia Mendoza, mal gravada cinquenta anos antes e ainda assim sexy como o diabo, flutuava no pátio com os cheiros de fumaça de cigarro e cominho. Todas as mesas estavam ocupadas por homens em camisas de trabalho azuis com os nomes gravados nos bolsos. Os rostos morenos eram gastos e duros como pedaços de madeira errante. Apenas fumaram e nos observaram quando entramos no bar.

— *Que pasa?* — disse Ralph, indiferente aos olhares.

Um dos homens sorriu como um chacal, ergueu levemente a garrafa de cerveja e voltou a dar atenção aos amigos. Alguém riu. E passaram a nos ignorar.

Ralph arrastou dois bancos de metal até as caixas de fruta e cumprimentou o homem atrás do balcão com um gesto de cabeça.

— Tito — ele disse. — *Dos* Budweisers.

Por um instante, cheguei a pensar que Tito fosse uma obra de taxidermia. Nada se mexeu; as grossas sobrancelhas, os olhos, o volumoso corpo bufonídeo. Os braços tatuados pendiam estáticos ao lado do corpo. Sob a camisa de seda amarela, o peito do homem estava imóvel. Fiquei tentado a pegar a colher de cocaína de Ralph e colocá-la debaixo do nariz de Tito para ver se o sujeito estava mesmo respirando. Por fim, muito lentamente, os olhos de Tito moveram-se na minha direção e ali estacionaram. Em algum lugar dentro do peito ele emitiu um som que mais parecia um motor de popa atolando na lama.

— *¿De onde sacaste el gringo?*

Ralph deu um gole na cerveja e olhou para mim como se nunca tivesse me visto antes.

— Quem? — perguntou. — Esse sujeito? Quer entrar no ramo das casas de penhores, cara. Estou ensinando a ele tudo que sei.

Tito não exatamente reagiu, apenas deixou que os olhos deslizassem na direção de Ralph como bosta de passarinho no para-brisa. Atrás de nós, um dos clientes terminou uma piada sobre um advogado gringo e um jumento. Os amigos riram.

— Enfim — disse Ralph. — Fiquei sabendo sobre a moça branca que apareceu por aqui no domingo.

Tito voltou a ficar congelado. Não deu qualquer resposta, apenas olhou de forma inexpressiva para Ralph.

— Seu amigo está me deixando nervoso, Ralphas — eu disse em inglês. — Será que dá pra dizer pra ele relaxar?

Uma cobra tatuada no braço de Tito mexeu quase imperceptivelmente.

— *No se*, cara — Tito disse a Ralph. — Só abro as cervejas.

Ralph tirou os óculos e limpou as lentes com a camisa, deixando que Tito tivesse uma visão desimpedida do 357. Então sorriu.

— Tito, há quanto tempo nos conhecemos? De quanto foi mesmo aquele empréstimo que te fiz? Três mil?

Tito continuou imóvel, mas a cobra mexeu outra vez.

Me virei e olhei para os clientes. Três dos mais durões, sentados à mesa mais próxima, nos observavam com mais atenção agora. Estavam um pouco afastados dos demais, não tinham aparência tão calejada, não riam das piadas. Todos usavam gel nos cabelos. As camisas de trabalho sem manchas de graxa estavam abertas. Sob elas, usavam camisetas listradas apertadas.

Quando me virei para Ralph ele já olhava para mim. Um movimento sutil com a cabeça me informou que estava a par. Tito, por sua vez, permanecia em silêncio. Ele colocou mais duas cervejas sobre o balcão, aumentou o volume de Lydia Mendoza e voltou a parecer uma obra de taxidermia.

— Bem — disse Ralph —, é uma lástima, Tito. Uma mulher de classe entra nesta espelunca e você não quer se lembrar, cara. Isso é ruim.

— Hum — disse Tito. Parecia tão intimidado quanto um jumento chapado.

Então um pano cinza sujo apareceu nas mãos do sujeito. Ele passou a descrever lentos círculos sobre o balcão. Talvez pensasse que o estava limpando.

Ralph olhou para mim e passou a falar alto o bastante para ser ouvido das mesas:

— Então esse meu amigo apareceu por aqui ontem à noite, como eu contei. E ele me disse que alguns clientes estavam conversando sobre essa moça que esteve aqui no domingo. Eles se divertiam com a história, embalada a cerveja. Mas você sabe, *vato*, esses *hotos* não conseguem guardar nada na cabeça por mais do que alguns minutos, a não ser que seja o *pendejo* de alguém. Acho que estamos sem sorte.

— Ralphas — eu disse.

Me perguntava se ele tinha batizado o baseado com algo mais forte. A vontade dele de continuar vivo, e de que eu continuasse vivo, não parecia das mais fortes no momento. Ele apenas ergueu uma mão para me acalmar e continuou.

— É — ele disse. — Tito, cara, você devia pensar em trazer uns bois pra essa joça. Eles comem e bebem menos do que esses *cabrons* e são mais inteligentes. E ainda por cima você pode fazer um *barbacoa* quando se cansar deles.

O bar ficou em absoluto silêncio. Então um dos caras durões começou a se levantar. Ele mastigava alguma coisa, talvez um palito. Quando sorriu, dois dentes de prata brilharam. Os dois *compadres* dele continuaram sentados, mas se viraram e passaram a nos encarar. Os outros clientes de Tito estavam congelados como ratos sob as patas de um gato.

Ralph permaneceu calmo. Um pouco calmo demais para o meu gosto. Ele sorriu para o sujeito com os dentes de prata como se fossem velhos amigos que há muito não se veem.

— Então, Tito — disse Ralph, sem olhar para o sujeito atrás do balcão —, como você está se sentindo, cara? Quer me dizer alguma coisa, tipo quem era o cara com quem ela estava?

Tito ainda não parecia querer conversar conosco. Ele deu de ombros, muito de leve.

— Ei, *chingado* — disse Dentes de Prata. — Talvez a gente devesse preparar um *barbacoa* com você, hã? Talvez você tenha gordura o bastante pra fritar.

Ralph abriu as mãos num gesto amigável.

— Um homem deve tentar, meu amigo. Mas se você tiver uma história para contar, nós queremos ouvir. Então podemos tomar mais uma rodada de cerveja.

— Quer uma cerveja?

Dentes de Prata inclinou-se para a frente e quebrou uma garrafa de cerveja na parede de concreto. Então voltou a extremidade dentada na nossa direção e sorriu.

— Que merda, cara — disse Ralph. Ele já apontava o revólver, 20 centímetros de aço negro que refletiam belamente as luzes de Natal. — Se quiser brincar comigo vai precisar arrumar um brinquedo melhor do que esse.

Então atirou duas vezes, que no caso de um 357 é apenas um pouco menos impactante do que uma salva de artilharia. Garrafas de cerveja explodiram sobre a mesa, lançando cacos de vidro e espuma marrom nos rostos dos amigos de Dentes de Prata. Houve um uivo de dor, então silêncio. Dentes de Prata quase caiu do outro lado da parede. Os outros clientes ficaram imóveis.

— É assim que se quebra vidro — Ralph disse a eles. — Agora, quem quer contar alguma coisa?

Eu duvidava que Tito pudesse se mover tão rápido. Ele tirara uma escopeta de dois canos do freezer e estava girando a arma na direção de Ralph quando atirei o assento do meu banco de ferro no rosto dele. Grosseiro, mas eficiente. O nariz de Tito ficou plano como uma folha de papel e ele foi ao chão.

Ralph assobiou.

— Eles ensinam isso nas aulas de kung fu?

Dei de ombros. Então dei a volta no balcão e tirei as balas da escopeta. Tito emitia os sons de motor de popa outra vez, soprando bolhas vermelhas no cimento.

— *Hijo* — disse Dentes de Prata.

Ralph sorriu e apontou a arma para ele.

— Como é o seu nome, *vato*?

— Carlos, cara.

— Tem alguma história de dormir para nós, meu amigo Carlos?

O rosto moreno de Carlos empalideceu até ficar da cor de café com leite. Ele soltou a garrafa quebrada e levantou as mãos espalmadas.

— Você está procurando o Eddie, cara. Ele não está aqui hoje. E juro por Deus, acabei de ouvir a história.

Os amigos de Carlos estavam se levantando. Limpavam a espuma de cerveja e o sangue dos rostos. Um dos homens tinha um caco grande enfiado na testa, como um chifre de rinoceronte. Não imagino que o sujeito tenha sentido, mas ele estava enfurecido.

— Jaime — murmurou Carlos. — Fica frio, cara.

Mas Jaime não estava interessado. Avançou em direção a Ralph, rápido e desgovernado. Para sorte dele, Ralph estava de bom humor. Em vez de dar-lhe um tiro na cara, apenas enterrou o bico da bota na barriga dele. Em câmera lenta, o sujeito se curvou aos pés de Ralph como um velho cão fiel.

Ralph se voltou para Carlos.

— Certo, vamos tentar outra vez.

Carlos engoliu em seco.

— Eddie Moraga — grunhiu. — Disseram que ele apareceu aqui algumas noites atrás com essa dona. Ele é amigo do Tito, cara. Está sempre por aqui.

Aos meus pés, Tito começou a emitir grunhidos molhados semiconscientes.

— E? — perguntou Ralph.

— É isso.

Ralph esperou, sorrindo.

— Porra, cara — suplicou Carlos —, um amigo que me contou. Não sei mais nada.

O terceiro tiro de Ralph arrancou um bom naco de cimento em frente ao pé esquerdo de Carlos. Por pura sorte, nenhum fragmento matou ninguém.

— Acho que é melhor falar mais sobre Eddie — sugeriu Ralph.

Então vi o jorro correndo pela boca da calça de Carlos.

— Pelo amor de Deus, cara — ele disse. — Eddie era da Aeronáutica. Ele trabalha na construção. O que mais você quer?

Entreguei a Ralph as fotos dos suspeitos que tomara emprestadas de Larry. Ele olhou para as imagens em preto e branco e as mostrou a Carlos, uma de cada vez, sem pressa.

— Qual desses caras é Eddie? — disse Ralph.

Carlos olhou as fotos e fez que não, quase com relutância.

— Não, cara, nenhum desses. Ele tem uns 26 anos, cabelo curto, pele clara. Tatuagem. Malhado, saca? Puxa ferro. Tem um Chevy verde. Eddie aparece aqui quase toda noite a essa hora, cara. Não sei onde ele está.

Tatuagem. Trabalha na construção civil? Espera um minuto. Bati no balcão para ter a atenção de Carlos.

— A tatuagem é mais ou menos aqui? Uma águia e uma cobra? — perguntei.

Carlos olhou para mim, depois fez um gesto lento de anuência.

— *Que padre* — disse Ralph. — E agora, que tal a história?

Carlos se dirigiu à arma de Ralph quando falou:

— Eddie apareceu aqui no domingo à noite, tarde, não sei a hora. Trouxe essa dona pelo braço, meio magrinha mas bonita, meio loura. Ela cambaleava como se estivesse bem chapada, então Eddie riu e disse pra gente que ela precisava vomitar. Ela estava de calça jeans e uma camiseta preta, belos peitos. Então eles foram até o banheiro químico e Eddie esperou ela sair.

O telefone público é logo ali, saca? Então ele fez uma ligação. Disse pra gente que precisava ir andando. Mas o engraçado é que a dona chutou a canela de Eddie quando eles estavam indo pro carro e todo mundo começou a rir. Então ele deu um tapa nela, saca? Cortou o rosto dela com o anel. E aí eles entraram no carro. É só isso.

Carlos contou a história com naturalidade, como se aquilo acontecesse toda noite no Tito's. Engoli em seco. Talvez eu pudesse ter me exaltado um pouco mais, mas algo no 357 de Ralph me deixou calmo e sóbrio.

— Como a garota se comportava, além de parecer chapada? — perguntei.

Carlos olhou para mim como se a pergunta houvesse sido feita em japonês.

— Ela? Porra, não sei, cara. Como elas sempre se comportam, saca? Puta da vida, acho... discutindo, batendo nele.

Em vez de usar o banco no sujeito, perguntei:

— Passou pela sua mente que ela podia estar em perigo?

Ele quase riu, e então se lembrou da arma.

— Qualquer mulher está em perigo com Eddie — ele disse. — Ela não gritou, não pediu ajuda, nada assim, cara. Nada assim.

— Eddie estava armado?

Carlos parecia desamparado.

— Não pensei nisso, cara. Acho que não. Mas ele anda armado às vezes. Ele faz uns serviços pra uns amigos de vez em quando; foi o que me disseram.

— Que amigos? — disse Ralph.

— Não faço ideia, cara. Essa é a verdade. Ele só disse... é, ele disse uma coisa. Que tinha que acordar cedo no dia seguinte, porque a dona precisava fazer uma ligação pra ele. É isso, cara.

Segunda de manhã, quando Lillian supostamente deixou a mensagem para Beau dizendo que ia para Laredo. Imaginei-a ao telefone com uma arma pressionada contra o pescoço. Cheguei a ver na imaginação Beau não dando a mínima.

Foi então que ouvi as sirenes a distância, vindo da direção do centro. Ralph bocejou. Desceu lentamente do banco, espreguiçou sem pressa e guardou a arma.

— Se você vir Eddie, diga que ele está morto desde domingo — disse Ralph. — Agora só falta ele ficar duro.

Lydia Mendoza terminara a última canção, mas ninguém pensou em trocar a fita. Caminhamos até o estacionamento em silêncio, então desaparecemos Durango afora no submarino marrom. A brasa do baseado de Ralph sobre o painel nem ao menos apagara.

Alguns minutos depois perguntei:

— Você conhece esse Eddie?

Ele fez que não.

— E você?

Fiz que sim.

— Tive que dar um chute no saco dele quando saí do Hung Fong.

Ralph olhou para mim, impressionado. Atravessamos mais alguns quarteirões em silêncio.

— Por que levar uma garota que você acaba de sequestrar para um bar? — perguntei. — Faz muito mais sentido sair de circulação e ficar assim por algum tempo.

— Está com medo de que Lillian não estivesse com ele à força?

Eu não disse nada. Ralph sorriu.

— Não, cara. Sujeitos como esse Eddie geralmente não precisam fazer sentido. Desde que façam um bom espetáculo.

Pensei naquilo. Então retruquei:

— Hoje de manhã disse a uma amiga da Califórnia que você preferia agir com discrição, Ralphas. Mas isso foi antes de ver seu lado Annie Oakley.

Ralph riu.

— Sabe quantas brigas de bar e tiroteios acontecem toda noite neste lado da cidade, *vato*? Aquilo *foi* discreto.

— Ah.

Ralph tragou uns 5 centímetros do baseado e então exalou a fumaça pelo nariz. Rodamos por um bom tempo. Mas quando eu fechava os olhos via o rosto pulverizado de Tito, Lillian com um olho roxo, um piso de cimento vermelho sujo com cerveja e cacos de vidro. Ralph olhava pela janela, para os quintais multicoloridos da zona sul, e suspirava como um romântico incorrigível. Um romântico com sangue nas botas.

— E além do mais — ele disse depois de algum tempo —, eu sempre quis ser Annie Oakley, cara.

Ambos rimos daquilo por um bom tempo.

28

Três horas depois eu deveria estar dormindo no futon com Robert Johnson roncando no meu ouvido. Em vez disso, estava agachado no mato em frente a uma cerca de tela.

— Nenhum sinal de vida inteligente — eu disse para a vaca perto de mim.

Ela mugiu em aprovação.

A não ser pela minha amiga bovina e por tiros ocasionais vindos dos conjuntos habitacionais, a noite estava silenciosa. O guarda do outro lado das portas de vidro da Sheff Construction aparentava estar tão animado quanto eu por estar ali. A boca dele estava aberta. Estava com os pés sobre a mesa e o rosto iluminado de azul pela tela da TV portátil que tinha no colo. Pela lente do binóculo, li no crachá que seu nome era "Timothy S."

Circulei o terreno e observei por quase 45 minutos até ter relativa certeza de que Timothy S. estava sozinho no prédio. Dali em diante seria fácil.

— Me dê cobertura — eu disse para a vaca.

Dois minutos para cortar ao longo da base da cerca e passar por baixo da tela, depois trinta segundos andando agachado em meio a petúnias até chegar à lateral do prédio. Papel contact na janela do banheiro, uma batida abafada perto da tranca e um minuto depois eu estava de pé no urinol. Depois que meus olhos se acostumaram à escuridão, segui pelo corredor. Não muito longe à esquerda ouvi Lucy e Ricky discutindo na TV do guarda. Entrei à direita, numa sala com baias de trabalho. Antes de seguir adiante, coloquei uma lixeira no vão da porta para o caso de o guarda decidir fazer algo radical como patrulhar a área. Em uma porta nos fundos havia uma placa onde estava escrito "D. Sheff". Não estava trancada. Depois de alguns minutos lá dentro entendi por quê. Não havia computador na mesa de Dan, nenhuma pasta ou papéis de qualquer tipo no arquivo, a não ser por livros de bolso com as capas desbeiçadas. Na gaveta da mesa havia uma garrafa de Chivas e um copo do Looney Tunes, do tipo que se ganha de brinde nos postos Texaco quando se enche o tanque. O armário era menos amistoso: um paletó Bill Blass sem as calças correspondentes e uma caixa de munição 22, sem a arma correspondente. Saí da sala e tentei outra porta. Nessa estava escrito "T. Garza". Estava trancada. Por alguns segundos, pelo menos.

Depois de entrar sentei na cadeira de couro de Garza, atrás de uma mesa de madeira maciça, e olhei para uma foto da mulher e dos filhos do sujeito. Uma mulher hispânica atraente de 40 e poucos anos, dois filhos com cerca de 9 e 6 anos. Garza estava atrás, sorrindo; um homem magro, em boa forma, com cabelos e bigode grisalhos, sorriso tenso e olhos pretos. Era o homem que eu vira discutir com Dan em frente à sede da construtora aquela tarde.

As gavetas da mesa não estavam trancadas e o computador estava ligado. Bom demais para ser verdade. Pelo menos parecia, até eu ter acesso negado a todos os arquivos que tentei abrir.

Olhei para a tela. Se eu fosse um idiota qualquer passaria as horas seguintes vasculhando gavetas e pastas na mesa de Garza em busca da senha. Em vez disso, saquei o disco que trocara havia seis meses com meu irmão mais velho por dois ingressos para um show de Jimmy Buffett.

— Sr. Garza — eu disse em voz baixa —, conheça Spider John.

O bom e velho Garrett. Quando meu meio-irmão não estava fumando maconha ou acompanhando Jimmy Buffett pelo país, criava programas de extensão de sistema inócuos para uma empresa de informática de Houston chamada RNI. Quando *estava* fumando maconha e acompanhando Jimmy Buffett pelo país, criava programas não tão inócuos, como o Spider John. Nunca entendi como aquilo funcionava. Garrett me falou sobre tecer teias lógicas temporárias ao redor de funções de comando até que fiquei tonto. Finalmente pedi: "Explique em três palavras ou menos." Garret me deu um dos seus sorrisos cheios de dentes. "*Ganja* para computadores, irmãozinho."

O que quer que aquilo quisesse dizer, quando coloquei o disco no leitor e a teia preta de Spider John foi tecida na tela, ao som de "Havana Daydreamin'", o computador de Garza sorriu para mim e relaxou. Qualquer coisa que eu digitasse como senha agora seria visto como algo muito bacana. MICKEY MOUSE, digitei. LEGAL, respondeu o computador, e abriu a pasta com os arquivos de pessoal da Sheff Construction.

Eddie Moraga aparecia na folha de pagamento como carpinteiro autônomo. Nada de plano de saúde. Não havia qualquer observação sobre serviços especiais, como sequestrar mulheres em casa ou intimidar Ph.Ds em letras em frente a restaurantes chineses. Doze mil dólares por ano. Isso sem incluir um item mensal de 10 mil dólares classificado como "despesas".

Um carpinteiro com uma conta de despesas. Não desde Jesus, pensei comigo mesmo.

Tentei acessar uma descrição daquele campo, topei com outro bloqueio, digitei DANE-SE como senha. Nem assim o computador me ofereceu maiores explicações acerca de como a Sheff Construction esperava que Eddie gastasse aquela quantia insignificante, apenas um endereço familiar: GALERIA HECHO A MANO, LA VILLITA WAY N. 21. A conta de despesas vinha sendo lançada no fim de cada mês desde o ano anterior, sempre na mesma quantia, e era autorizada pelo homem cuja cadeira eu tomava emprestada: Terry Garza. O lançamento seguinte estava previsto para "31/7". Peguei as duas fotos recortadas que subtraíra do portfólio de Beau. No verso estava escrito "31/7".

Olhei para a fotografia de Garza.

— Apoiando as artes? — perguntei.

A foto de Garza sorriu de volta, um pouco nervoso. Digitei mais alguns insultos como senhas e passei a vasculhar as planilhas financeiras da Sheff. Não havia muito o que analisar: poucas obras haviam sido realizadas naquele ano, muito pouco dinheiro estava entrando. Na verdade, a Sheff Construction parecia ter sobrevivido até o ano anterior com um único contrato: Travis Center. Humm.

Avaliei os lucros da empresa na década anterior. De 1983 a 1985 não houvera lucro algum. Apenas prejuízos consideráveis e provavelmente credores consideravelmente nervosos. Então, do dia para a noite, os débitos evaporaram em silêncio. Em seu lugar entrou o projeto do Travis Center.

A confortável e saudável margem de lucro na última década até o ano anterior sugere que a execução do projeto do Travis Center estourou, e muito, o orçamento e todos os prazos. Dinheiro do contribuinte. Mas agora o Travis Center estava pronto e parecia que a Sheff Construction se encaminhava mais uma vez em direção ao vermelho.

Olhei os projetos da empresa para o próximo ano: havia apenas uma negociação em andamento. Todos os recursos da empresa estavam comprometidos com a construção do novo complexo de artes plásticas da cidade. A Sheff Construction fizera as estimativas de custos com base no orçamento aprovado pelo governo municipal, estimara a folha de pagamento de acordo com esse total e já tinha planejado os cronogramas de trabalho das empresas terceirizadas. Voltaria ao azul sem maiores dificuldades.

O único problema era que a licitação pública para o projeto do complexo de belas-artes, de acordo com meu camarada radialista Carl Wiglesworth, ainda não começara.

Olhei para a tela do computador por algum tempo, me perguntando como a Sheff Construction monopolizara uma grande obra pública como o Travis Center. E, o mais importante, como tinha tanta certeza de que conseguiria outra. Eu estava para fazer essas perguntas ao computador quando a porta do escritório foi aberta.

— Antes que eu chame a segurança — disse o homem à porta —, talvez você possa me explicar o que está fazendo na minha sala.

Terry Garza não estava tão bem quanto na foto. Os cabelos brancos estavam amassados de um lado e ele tinha linhas vermelhas na bochecha que sugeriam que estivera dormindo com a cabeça numa almofada de veludo. Usava as mesmas calças do terno azul-escuro que vestia naquela tarde e botas. A camisa estava amarfanhada e a gravata pendia com o nó frouxo no pescoço. Na foto também não tinha um pequeno 22 prateado na mão.

Encerrei o Spider John e ejetei o disco. Então levantei com muito cuidado.

— Desculpe — eu disse. — Falei com Dan mais cedo, disse que apareceria aqui hoje à noite. Achei que ele informaria isso para o senhor. O Tim lá da frente não disse que o senhor ainda estava aqui.

Ergui meu chaveiro, como se aquilo fosse uma prova de que entrara de forma legítima. Aparentava inocência ao olhar Garza nos olhos.

O homem estreitou os olhos. Abaixou a arma alguns centímetros, então voltou a apontá-la para mim.

— Acho que não — ele disse.

— Se eu estivesse usando uma gravata ajudaria?

Um sorriso contraiu o lado esquerdo da boca de Garza.

— Timothy é o sobrenome dele. Sam Timothy. Ninguém o chama de Tim.

— Droga. Não vi a vírgula.

— É.

Garza fez um gesto para que eu desse a volta na mesa, me virou de costas e fez um trabalho bem profissional ao me revistar com uma das mãos. Tirou o disquete do meu bolso.

— Na escola de empreiteiros eles ensinam vocês a revistar? — perguntei.

Garza deu mais um meio sorriso. Éramos amigos agora. Então deu a volta na mesa para tomar posse de sua cadeira e me deixou de pé do outro lado. O rosto dele estava calmo, ainda sonolento, mas os olhos pretos estavam alertas, talvez um pouco ansiosos. E ficaram mais ansiosos quando viu as fotos de Beau Karnau sobre a mesa. Garza olhou rapidamente para mim e para as fotos, para o computador, então de volta para mim.

— Então — perguntou em voz baixa —, quem temos aqui?

— Temos Jackson Tres Navarre. Sem vírgula.

Garza olhou para mim por um minuto. Então deu um bom sorriso.

— Não me diga.

Não gostei da forma como ele disse aquilo. Garza deve ter lido minha expressão. Apenas deu de ombros.

— Você deixou Dan irritado esta manhã, Sr. Navarre. Então eu disse para ele: "Vou ficar de olhos abertos." Fecho os olhos por um minuto e... — Ele estalou os dedos e apontou para mim. — Que engraçado.

Ele me olhou nos olhos e tentou aparentar calma, como se estivesse no comando da situação. Os dentes do sujeito eram tão brancos quanto o bigode. Os dedos dele apertavam a arma um pouco forte demais para o meu gosto.

— Hilariante — concordei. Olhei para a fotografia da família sobre a mesa. — Não tem outro lugar para dormir, Sr. Garza? Problemas em casa, talvez?

O sorriso de Garza endureceu. O rosto dele ficou com a cor de ferrugem do granito de Hill Country.

— Falemos de você — ele disse.

Eu estava pensando nas minhas opções para sair do escritório de Garza sem uma escolta policial ou uma bala na minha anatomia. No momento as alternativas pareciam muito poucas. Decidi, por enquanto, confundi-lo com a verdade.

— Dan queria me contratar — disse a ele. — Conversamos sobre Lillian Cambridge esta manhã.

Garza alisou o bigode.

— Sempre começa um trabalho investigando o cliente, Sr. Navarre?

— Só quando tenho perguntas.

Garza reclinou o corpo na cadeira. Colocou um pé sobre o canto da mesa. Não pude deixar de notar a sola da bota: não havia sulcos, ponta fina, talvez tamanho 42.

— Como, por exemplo...

— Para começar, como vocês conseguiram o contrato do Travis Center e como conseguiram o contrato do centro de artes plásticas antes do início do processo de licitação. Pelo que sei, forjar licitações não é exatamente legal.

Garza não disse nada. O sorriso dele estava congelado.

— Também me pergunto quem podem ser as duas pessoas recortadas nesta foto, quem é o sujeito louro e por que essas informações valeriam 10 mil dólares por mês para a Sheff Construction. Fico pensando. Se fosse Beau Karnau e minha arte não estivesse vendendo bem, e eu de alguma forma topasse com provas de que o noivo da minha sócia estava envolvido com contratos muito lucrativos e ilegais com a administração pública... bem, eu poderia ficar tentado a tirar algumas fotos dele e de quem quer que fossem seus parceiros. E então chantageá-los.

Garza apoiou na mesa a coronha da pequena arma prateava. À luz da tela do computador, a arma parecia azul e translúcida, como uma pistola d'água.

— Isso é tudo, Sr. Navarre?

— Só mais uma coisa. Que número o senhor calça, Sr. Garza?

Sorri. Garza sorriu. Sem tirar o olho de mim, ele colocou o disquete no computador.

— Quarenta e um, Sr. Navarre. Quanto ao resto, se é que tem alguma coisa a ver com isso, terá que perguntar ao Sr. Sheff.

— Qual Sr. Sheff? O comatoso ou o outro, que tem um copo do Looney Tunes na gaveta? Ambos parecem estar tão bem informados quando o assunto são os negócios da família.

Garza fez que não com a cabeça, claramente desapontado comigo. Ele me mostrou a mão que não segurava o revólver, com a palma estendida.

— Está vendo?

— Dedos — respondi. — Contei cinco.

Ele sorriu.

— Calos, Sr. Navarre. Algo que não se vê muito nestes dias. Um homem pobre que sobe na vida... uma raça em extinção, somos dinossauros. — Deu uma pancadinha no porta-retratos com a lateral da arma. — Comecei a trabalhar na construção civil aos 15 anos, não estudei, mas consegui dar uma boa vida à minha família. Gosto dos meus empregadores por terem me proporcionado isso. E não tenho muita paciência com filhinhos de papai brancos que invadem meu escritório às 3 da manhã e tentam mandar tudo pelos ares.

Ele ainda sorria, mas os nós dos dedos que apertavam a arma estavam brancos. Legalmente, ambos sabíamos que ele podia atirar em mim por invadir a empresa e a maior complicação seria a lavagem a seco do carpete. Então Spider John teceu sua teia na tela do computador outra vez ao som de "Havana Daydreamin'".

— Agora vejamos o que você tem aqui — disse Garza. — Antes que eu apague isso e decida se preciso ou não apagar você.

Foi então que vi o carro.

Quando os faróis chegaram perto o bastante para brilhar na janela atrás da mesa, Garza olhou para trás e fez uma careta, provavelmente pensando quem seria o novo visitante matutino. Mas ele estava mais preocupado comigo. Voltou a dar atenção à tela do computador. Eu não via nada a não ser os faróis, que cresciam um pouco rápido demais.

Vejamos o que acontece quando ele chegar ao portão, pensei.

Estúpido, Tres. O carro não estava indo em direção do portão. Fiquei paralisado ao vê-lo passar pela minha amiga vaca, derrubar a cerca, destruir os canteiros de petúnias e vir minha goela abaixo.

Acho que pulei em direção à porta antes de a janela explodir. Não lembro. Quando abri os olhos algumas centenas de anos depois, estava preso entre a parede e a mesa virada, a poucos centímetros de ter sido transformado em uma tortilla humana. A parte de trás da minha cabeça doía como se tivesse sido arrastada no carpete. Em algum lugar ali perto, Terry Garza gemia. A bota 41 dele estava no meu rosto.

Do chão, tudo que eu podia ver do carro era a frente destruída: vazava vapor do radiador em todas as direções, metal azul retorcido e dentes cromados tortos pareciam querer comer a mesa de Garza. Senti cheiro de gasolina. Finalmente olhei para cima, desnorteado, e vi três pequenos buracos. Precisei de algum tempo para me dar conta de que dois deles eram as narinas do guarda. O terceiro era o cano de uma arma.

— Meu Deus do céu — dizia Timothy, S. Ele apontava a arma para mim mas olhava para o carro. — Puta que pariu.

Tentei me sentar, para ver o que ele estava vendo. Não foi uma das minhas melhores ideias.

— Não se mexa, porra — disse Timothy, S. Sua voz trêmula me dizia que ele estava muito próximo de surtar e mais próximo ainda de explodir o meu rosto.

Sentei novamente e afastei a bota de Garza. Ele gemeu.

As narinas de Timothy, S. dilatavam sem parar. O rosto dele estava completamente amarelo agora, até mesmo os olhos.

— Puta que pariu — repetiu. Então vomitou.

— O motorista está morto? — perguntei.

O guarda olhou para mim e tentou rir. O que saiu foi um ganido.

— É. É, acho que você poderia dizer isso, seu cretino.

Levantei as mãos, muito lentamente.

— Olha — eu disse. — Preciso me levantar. Você está sentindo o cheiro de gasolina, não está?

Timothy, S. apenas olhou para mim, com a arma ainda apontada na minha direção.

Está bem, pensei. Mantive as mãos à vista ao me levantar. Então saí de detrás da mesa, curvado como um ponto de interrogação. Garza continuava a gemer debaixo de uma pilha de papéis e plantas desenroladas.

Olhei para onde antes ficava a parede do escritório. O carro era um velho Thunderbird conversível, pelo menos até ser lançado contra a parede. O capô estava retorcido como uma maquete das montanhas Rochosas. O para-brisa estava estilhaçado. Alguém havia amarrado o volante e colocado um bloco de granito no acelerador. O T-bird provavelmente teria atravessado o prédio se não tivesse perdido um eixo quando raspou nas fundações.

O banco do motorista estava ocupado.

Meus intestinos começaram a dissolver e escorrer para meus sapatos. Ainda podia ver a águia comendo a cobra no antebraço de Eddie Moraga. Eddie vestia a mesma camisa jeans que usara na noite em que me atacou quando saímos do Hung Fong. Fora isso, era difícil reconhecê-lo. Isso pode acontecer com uma pessoa quando seus olhos são destruídos por tiros de pistola à queima-roupa.

Não sei o que aconteceu depois disso. O que sei é que quando a polícia chegou, eu e o guarda estávamos sentados sobre os cacos de vidro, olhando para o vazio, conversando como velhos amigos sobre a vida e a morte. Garza gemia num canto como um cantor de coral. Não me incomodei com as perguntas do detetive Schaeffer. Não me importei nem mesmo quando Jay Rivas me arrastou para outra sala e me estapeou no rosto. Simplesmente cuspi sangue e dentes e continuei a olhar para os faróis que ainda via vindo na minha direção, passando por cima de tudo e todos que importavam.

29

Chen Man Cheng disse certa vez que se os movimentos forem refinados o bastante é possível praticar tai chi dentro de um armário. Ele nunca disse nada a respeito da prática em uma cela.

Quando levantei para dar boas-vindas ao novo dia com os exercícios de costume, minha cabeça latejava, meu estômago estava vazio e dolorido e minha boca estava inchada, do tamanho de um melão cantalupo pequeno. O cheiro de urina e sêmen secos no colchão do beliche estava impregnado nas minhas roupas. Minha língua tinha o gosto do prato de Robert Johnson. Para resumir, estava com ótima aparência e me sentindo ótimo quando comecei os exercícios.

— Que diabo é isso? — perguntou meu companheiro de cela.

O pai ou a mãe do sujeito só podia ser um weimaraner. Ele era incrivelmente magro e tinha aparência desesperada, a pele coberta de manchas e um rosto que era quase que apenas nariz. Ele se arqueou na cama de cima e olhava para mim com um sorriso triste. Chiava ao falar.

Talvez eu pudesse ter movido a boca o bastante para responder à pergunta, mas não tentei. Era preciso concentrar todas as minhas forças para não cair no chão ou vomitar. Depois da primeira série ele perdeu o interesse e voltou a deitar.

— Doido de pedra — chiou.

Quando cheguei às posturas baixas, comecei a suar de verdade. Gostaria de dizer que me senti melhor. A verdade é que a minha mente estava apenas mais clara e capaz de perceber o quanto minha situação era crítica.

Tínhamos o talentoso Beau, cujas fotografias, apesar de vaiadas pelo meio artístico, ainda rendiam 10 mil por mês de certos patronos. Parecia-me um valor alto demais por uma Karnau original, a não ser que a fotografia fosse uma imagem que os compradores não quisessem ver publicada e que o pagamento fosse uma propina para proteger... digamos... contratos ilegais na casa dos milhões de dólares. Então um pouco de propina, um pouco de sequestro, talvez um pouco de assassinato, passavam a ser vistos em termos de custo-benefício. E Beau enveredara por esse caminho no ano passado, por volta da mesma época em que Lillian afirmara que queria deixar a sociedade. Beau ficara violento o bastante para justificar uma ordem de restrição. E agora que Lillian voltara a falar em deixar a sociedade, ela simplesmente desaparecera.

Tínhamos o elegante Dan, que parecia ansioso por liderar sua empresa a caminho da grandeza assim que a mãe lhe penteasse os cabelos e amarrasse os sapatos. Não conseguia ver um Dan de 19 anos dando início ao esquema do Travis Center dez anos antes. Mal podia ver um Dan de 29 anos levando adiante a tradição familiar agora, fraudando a licitação do novo complexo de artes plásticas. Apesar disso, mentira para mim a respeito de Beau, quase teve um surto apoplético quando mencionei o nome e sem dúvida tinha um forte desejo de proclamar Lillian como propriedade sua mesmo meses depois de ela ter começado a ter outras ideias. Dan Jr. ou outra pessoa ligada à Sheff Construction (sua mãe, ou talvez Terry Garza agindo por conta própria) tinha arranjado o pagamento de Beau, e o sequestro de Lillian, e a busca desesperada de Garza pelo que quer que fosse que eles queriam tanto. E a Sheff Construction não estava naquilo sozinha. Duas pessoas haviam sido recortadas das fotos que Beau usava como chantagem e havia duas cópias na capa do portfólio, o que significava que outra pessoa também estava recebendo a fatura de Beau. Talvez essa pessoa estivesse começando a ficar irritada com os parceiros da Sheff Construction. Talvez tivesse sido por isso que Eddie Moraga tinha aparecido morto no trabalho na noite anterior.

Mas havia possibilidades demais.

Eu sonhara a noite toda com o Thunderbird azul de Eddie Moraga, só que quem estava ao volante era eu, e algumas vezes Lillian. Ela olhava para mim e dizia: "*Venho guardando isso para você, Tres.*" Apenas uma resposta fazia sentido para mim acerca do porquê de Lillian ter desaparecido quando desapareceu e por que Garza desejaria vasculhar a casa dela, a galeria e meu apartamento. Lillian me dera algo para proteger, algo de que eu inadvertidamente me livrara.

Terminei meus exercícios pouco antes de um guarda trazer o café da manhã.

Tentei comer os ovos em pó na bandeja plástica. A dor na minha boca era tanta que a cada mordida parecia que eu estava mastigando grampos. Acima de mim, o weimaraner parecia estar devorando o seu. Ergui a bandeja pela lateral do beliche e ela desapareceu instantaneamente.

Quando ouvi um zumbido no portão de metal no fim do corredor e dois pares de sapatos seguindo na minha direção, imaginei que era Jay vindo para saborear a vitória. Talvez trouxesse um amigo sádico desta vez. Adotei a expressão mais durona e estoica, tentei não babar pela boca inchada e me levantei para recebê-los.

Era pior do que eu imaginara. Quando o guarda puxou a porta deslizante eu estava frente a frente com a minha mãe. Ela instantaneamente agarrou minhas bochechas para me beijar, o que liberou uma onda de lava quente que escorreu da minha boca até minhas unhas.

— Ah, Tres — ela disse. — Sinto muito.

Em meio a lágrimas de dor, consegui assentir com a cabeça.

Minha mãe viera preparada. O cheiro da essência de baunilha estava tão forte que dissolveu o fedor da cela. Usava um xale de retalhos guatemalteco para repelir o verde institucional; e tantas joias de prata mexicanas que imaginei ser possível esconder diversas lixas de metal sem levantar suspeitas. Felizmente, não precisei tirar aquele pensamento à prova.

Ela ficou ali, balançando a cabeça desconsolada. Então disse:

— Vamos para casa.

Ainda zonzo, fui atrás dela para a luz e a burocracia da Cadeia Pública do Município de Bexar. Dois ou 3 quilos de papelada depois, nos levaram para uma sala de reuniões vazia, a não ser por uma mesa e quatro cadeiras. Em uma das cadeiras estava o detetive de homicídios Gene Schaeffer, com aparência tão sonolenta quanto sua voz ao telefone cinco dias antes. Na segunda cadeira, uma encarnação de 50 anos do boneco Ken, vestido num terno Armani branco.

— Tres — minha mãe disse, olhando para o Ken de Armani —, este é Byron Ash. O Sr. Ash concordou em ser seu advogado.

Precisei de um minuto para situar o nome. Então arqueei as sobrancelhas. "Lorde Byron", antigo advogado da King Rach, provavelmente o advogado corporativo mais respeitado do sul do Texas. Diziam que quando Byron Ash espirrava, o preço do petróleo caía e os juízes estaduais pegavam pneumonia.

Minha mãe precisaria hipotecar a casa apenas para pagar por uma consulta. Olhei para ela aturdido. Por algum motivo, ela não parecia nem um pouco satisfeita com aquilo. Na verdade, parecia quase contrariada.

— Explico mais tarde, querido — sussurrou.

Ash deu um sorriso mais pegajoso do que petróleo bruto do Texas.

— Estávamos discutindo esse incidente lastimável com o detetive Schaeffer, Sr. Navarre. E apesar de o direito criminal não ser a minha especialidade, me parece que...

Ele dirigiu aquele sorriso para Schaeffer, começou a falar e 15 minutos depois eu era um homem livre. Não sei o que aconteceu exatamente. Ash salientou que eu não fora acusado de nada. Certamente não era suspeito do assassinato de Eddie Moraga. Os Sheff decidiram não prestar queixa contra mim por invasão. Portanto, não podiam me manter preso. Ash usou bastante a palavra "imputabilidade". Schaeffer fez um comentário preguiçoso para que eu "ficasse à disposição para esclarecimentos". Prometi preguiçosamente "ficar longe dos assuntos da polícia". Jay não apareceu.

Minha mãe me segurou por um braço, Byron Ash pelo outro e descemos a escadaria da cadeia. O céu estava encoberto e um vento quente empurrava folhas de nogueira secas pela calçada como se fossem pequenas canoas. O cheiro de chuva estava suspenso no ar e recendia a alumínio. Nunca cheirei nada tão bom.

Não acreditava que fosse possível ter mais surpresas naquela manhã. Um morto, quase dois contando comigo, café da manhã na prisão e um advogado medalhão me cumprimentando haviam preenchido minha cota. Mas quando vi o Volvo da minha mãe, estacionado em um lugar onde era proibido estacionar na North San Marcos Street, a maioria dos meus órgãos se revirou em um nó.

Byron Ash caminhou até o Volvo, trocou um aperto de mão com a mulher que esperava encostada no carro, disse "sem problema" e seguiu caminhando rua abaixo.

Minha mãe suspirou.

— Pedi para ele esperar.

Por um minuto parei de pensar em imagens dos mortos e passei a me perguntar se minha braguilha estava aberta e se lavara todo o sangue dos meus cabelos na pia da cela. Minha mãe me empurrou para a frente, como costumava fazer nos bailes da escola. Senti-me absurdo e estranho, mas acima de tudo aturdido.

Maia Lee me dirigiu um sorriso luminoso.

— Quase acreditei que você fosse aguentar uma semana longe de mim, Tex.

30

Maia estava linda, é claro. Vestia seda branca (blazer, blusa e calças) e sua pele brilhava como caramelo quente. O cabelo estava preso em um rabo de cavalo castanho. Como de costume, não usava joias ou maquiagem e, quando sorria, ficava claro por que não precisava de uma ou outra coisa.

Abri a boca para dizer alguma coisa, mas tudo que saiu foi um balbucio. Acho que seria um balbucio mesmo sem a boca destruída.

— Não tente falar, Jackson — disse minha mãe.

Os olhos de Maia brilharam. Ela tocou meu queixo de leve com as pontas dos dedos. Não senti dor, mas recuei. Lentamente, o sorriso dela se dissolveu. Ela recolheu a mão.

Não estava acostumado às pessoas ficarem felizes ao me ver. Meu olhar provavelmente estava mais duro do que deveria. Eu sentia dor. Raiva. Fiquei incomodado pelo que senti quando voltei a vê-la. Não gostei da forma como meus olhos insistiam em se voltar para o decote dela, aberto na altura do colo.

O rosto de Maia se fechou.

— Fiquei preocupada depois da nossa conversa — ela disse. — Minhas férias já estavam chegando. Não foi um proble ma. Quando não o encontrei no seu apartamento...

Ela gesticulou com a cabeça na direção da minha mãe.

Olhei para ela, que ajeitou o xale guatemalteco e suspirou.

— Tres, eu só queria... — Ela deixou o comentário no ar, como se eu fosse capaz de completá-lo. — Você se lembra do sargento Andrews, é claro.

Fiz que sim, mas não me lembrava ao certo de qual ex-namorado ele era. Talvez Andrews fosse o sujeito que namorou minha mãe alguns meses depois do divórcio, antes que ela se lançasse de vez na boemia. Pelo que me lembro, ele apareceu uma noite qualquer com um buquê de rosas e alguns filés e a encontrou queimando incenso de patchuli sobre um baralho aberto de cartas de tarô. Ele pouco apareceu depois daquilo.

— O sargento Andrews foi gentil, ele me ligou. — Minha mãe deixava claro que *algumas* pessoas não foram. — A Srta. Lee insistiu em ajudar. Ela sugeriu o Sr. Ash.

Minha mãe estava ressentida. Maia interrompera uma operação de resgate materno perfeitamente bem planejada e agora minha mãe era obrigada a manter-se afastada dela, evitar contato visual e fazer o seu melhor para demonstrar que estava magoada. Ela cruzou os braços e apertou com força a prataria e os bordados guatemaltecos.

Se Maia percebeu aquele comportamento, ela o ignorou. Nossos olhares se cruzaram outra vez e ela procurou manter um tom de voz brando quando falou:

— Então, aqui estou.

Com todos nós nos sentindo bem, seguíamos pela McAlister rumo ao consultório do dentista da minha mãe quando a chuva começou. Dez minutos depois minha mãe, que nunca fora de silêncios prolongados, tentou quebrar o gelo. Colocou uma fita de cânticos budistas.

— O misticismo chinês é tão fascinante! — ela disse a Maia. — Venho estudando o assunto há anos.

Maia olhava para a floresta de carvalhos que se estendia além da rodovia. Afastou os olhos da vista e sorriu distraída para minha mãe.

— Precisarei confiar na palavra da senhora a esse respeito. Será que tem um bom lugar para comermos *huevos rancheros* no caminho, Sra. McKinnis? Estou faminta.

Quase consegui ver a minha mãe se apertando ainda mais na direção da porta do lado do motorista. Ouvimos os limpadores de para-brisa o resto do caminho.

Deveria ter insistido que fôssemos direto para casa, mas estava cansado e era bom, naquele momento, ser simplesmente conduzido, deitado no banco traseiro do carro da minha mãe pela primeira vez em vinte anos. Deixei que me levassem até o consultório do Dr. Long. Meu dentista dos tempos da escola primária, o Dr. Long estava mais velho e grisalho, mas suas mãos eram grandes e desajeitadas dentro da minha boca exatamente como me lembrava.

— Bem — ele disse —, qualquer coisa para uma amiga.

Então minha mãe sorriu seu sorriso mais caloroso. O Dr. Long retribuiu o sorriso e cancelou todas as consultas da tarde. Em meio a brumas de anestésicos, tivemos uma conversa unilateral sobre os avanços na pintura de porcelana. Quando me levou da cadeira de dentista até a sala de espera, às 17 horas, nem ao menos me ofereceu um pirulito.

A primeira palavra que eu disse foi "Vandiver".

Minha mãe estava radiante. Pelo menos até quando entrei em sua casa e comecei a vasculhar os enfeites espalhados por todo lado em busca da estatueta mexicana que Lillian me dera uma semana antes, na galeria. Por fim a encontrei em cima do piano. O carro mal pintado de cor de laranja do feliz casal de esqueletos estava estacionado entre um livro de poesia Zen e uma ferradura. Retomei a posse da estatueta e voltei para o Volvo da minha mãe.

— Casa — eu disse.

Minha mãe precisou de alguns instantes para se dar conta de que eu me referia à Queen Anne Street. Então, com expressão magoada, ela pediu a Jess Makar para nos encontrar lá depois que tirasse meu Fusca do estacionamento do Departamento de Trânsito. Quinze minutos depois ela deixou a mim e a Maia no número 90, quase convencida de que poderia nos deixar lá em segurança quando Jess chegou com meu carro. Os buracos de 45 na capota se agitavam de forma assustadora.

— Tres... — ela disse, e fez menção de descer do carro pela terceira vez.

Apenas fiz que não e a beijei no rosto. Jess fez um gesto de cabeça para mim, dirigiu um olhar comprido para Maia e sentou no banco do passageiro.

— Tres... — ela disse outra vez.

— Mãe — balbuciei —, obrigado. Mas vá para casa. Está tudo bem.

— E Lillian?

Não consegui olhá-la nos olhos. Também não conseguia olhar para Maia quando galgamos os degraus.

Depois de me certificar de que ninguém entrara na casa, deitei-me no futon. Olhei para a infiltração com os contornos da Austrália no teto. Maia ficou de pé à minha frente, abraçando o corpo com os braços.

— Byron Ash? — perguntei.

Maia deu de ombros, muito de leve.

— Ele me devia um favor. Eu e o filho dele fomos colegas em Berkeley.

— Não me lembro de ter lido o nome dele naquela lista de indicações que você me deu.

Maia sorriu por fim e sentou-se ao meu lado.

— Não um favor *tão* grande, Tex.

Acabei dormindo, eu e meu motorista com olhos ocos, que dirigia às cegas um Thunderbird para dentro de sonhos povoados por homens com pequenos revólveres prateados, copos do Looney Tunes cheios de bourbon e fotografias de caubóis. Não tenho certeza, mas imaginei Maia a meu lado a noite toda. Acho que ela me beijou uma vez, muito de leve, na têmpora. Ou talvez tenha sonhado com isso também. E não sabia qual dos dois pensamentos era mais perturbador.

31

Quando acordei na manhã seguinte, os documentos da polícia e as reportagens de jornal estavam organizados em pilhas dispostas ao redor dos pés descalços de Maia. Ela usava um vestido bege de alcinha e os cabelos soltos caíam pelos ombros. Robert Johnson, sentado no colo dela, me mostrava a língua.

— Qual deles é Halcomb?

Ela olhou para mim e sorriu. Tentei me concentrar nas fotografias que me mostrava.

— Halcomb? — repeti.

Tentei erguer a cabeça. Ela martelava, mas o inchaço na minha boca se reduzira ao tamanho de um limão-galego. Meus novos dentes eram lisos como azulejos. Olhei para o rosto muito desperto de Maia.

— Caramba — murmurei —, não acredito que você está aqui.

Quase me senti bem por me incomodar com algo tão familiar, para variar. Já me esquecera da forma como ela me acordava com perguntas, ainda na cama. Sempre vestida para trabalhar, não importava o quão cedo eu acordasse, e pronta para me bombardear com perguntas sobre casos nos quais eu estivesse trabalhando, política internacional, a conta de luz.

— Espere um minuto — eu disse, sentindo o aroma. — Você trouxe café Peet's?

Ela arqueou as sobrancelhas.

— Ao qual você só terá direito depois que falar comigo.

— Isso é desumano.

— Fale — ela ordenou.

Murmurei alguns dos palavrões dela em mandarim, então me levantei e ajeitei a camiseta.

— Está bem. Aquele é Randall Halcomb.

Apontei para a fotografia de um homem desgrenhado: cabelos louros à altura dos ombros, barba mais escura, rosto fino, nariz que havia sido quebrado pelo menos uma vez. As pálpebras de Halcomb estavam pesadas e os cantos da boca arqueados para cima, como se o sujeito estivesse agradavelmente chapado quando fora fichado. Parecia mais do que satisfeito por roubar um Pontiac ou seguir ao volante do carro até a casa de um xerife com a intenção de matar.

— Algum dos outros pode ter sido cúmplice no crime — eu disse. — Havia pelo menos duas pessoas no carro: uma ao volante e outra para fazer os disparos. Todos esses caras conheceram Halcomb na prisão. Todos estão vivos, até onde sei, e se você não me der esse café agora serei obrigado a matá-la.

— Você pode tentar.

Ela me serviu uma xícara apenas depois de colocar um pouco mais de café no pires de Robert Johnson.

— Ele definitivamente não precisa de cafeína — alertei.

— Você está com ciúmes — disse.

Talvez fosse verdade. O traidor exigia uma mistura precisa de Blend 101 e leite integral, uma receita que apenas Maia teve a paciência de desenvolver. Ele lambeu o café com leite e olhou para mim, presunçoso.

— Então — disse Maia — é possível que um desses homens estivesse envolvido no assassinato do seu pai e tenha sido negligenciado pela investigação do FBI.

— Isso.

Ela fez que não.

— Ou talvez o FBI soubesse o que estava fazendo, Tres. Talvez essa linha de investigação não tenha chegado a lugar algum.

Bebi meu café.

Na mesa à minha frente, as manchetes do *Express-News* sobre o crime do Thunderbird brilhavam em cores lúgubres. O detetive Schaeffer respondia a perguntas dos repórteres. Com expressão dolorida, Terry Garza se esforçava para não parecer aterrorizado. Garza declarara ao jornal que, sim, o homem morto, Eddie Moraga, trabalhava na Sheff Construction, mas que fora demitido havia alguns meses. Sei.

O rosto de Moraga havia sido apagado das fotografias, apenas o bastante para instigar os leitores. Dava para discernir vagamente os rombos nos olhos dele. *"O estilo de execução característico de um conhecido sindicato do crime do sul do Texas"*, dizia uma das legendas. O nome de Guy White era mencionado. A natureza do crime levaria a especulações sobre o envolvimento do crime organizado. O que seria um pesadelo de relações públicas para a Sheff Construction. Não havia menção ao meu nome, o que explicava por que Carlon McAffrey ainda não estava na minha cola.

Dediquei alguns minutos a colocar Maia a par do que eu descobrira no computador de Terry Garza. Quando terminei, ela olhou para os pés descalços por algum tempo, flexionando os dedos contra a pilha de documentos da polícia.

— O Sr. Sheff está envolvido com pessoas perigosas — ela disse. — Essas fraudes de licitações públicas... acompanhei dois casos em São Francisco, Tres. Em ambos a máfia estava envolvida. Eles dão à empreiteira uma garantia de que a obra pública será entregue a ela pelo preço que esta desejar, e sem problemas com os sindicatos. A máfia cuida das propinas e das amigáveis visitas de convencimento; em troca, embolsa alguns milhões. A obra sempre é executada com estouros no orçamento e nos prazos. Todos saem lucrando.

Olhei para ela.

— E você sabe disso porque...

Ela deu de ombros.

— Em um dos casos eu defendia o empreiteiro. Vencemos.

— Terrence & Goldman, sempre ao lado do bem.

— Tres — disse Maia —, se Beau Karnau atrapalhou uma tramoia entre a Sheff e a máfia com uma chantagem e se gente da Sheff recebeu a culpa por deixar que isso acontecesse... ou meteu os pés pelas mãos no pagamento da propina...

Ela olhou para a fotografia do corpo de Eddie Moraga.

Fiz que sim, tentando acreditar. Lembrei-me de Dan Sheff sentado à mesa enorme do pai, aparentando ser um menino de 9 anos, a mecha saltando como uma asa de canário. Tentei imaginá-lo jogando um jogo pesado com a organização de Guy White; faturando milhões ilegalmente à custa de fraudes em licitações de obras públicas, e ordenando que funcionários matassem, sequestrassem, aterrorizassem quem quer que entrasse no caminho enquanto bebia Chivas num copo do Frangolino.

Então a parede da sala tocou. Maia franziu a testa. Puxei a mesa de passar e tirei o fone do gancho.

— Sr. Navarre — disse o homem.

Precisei de um minuto para reconhecer a voz de Terry Garza. Parecia que alguém a misturara com um pouco de água, como se Garza houvesse passado a noite comigo no Thunderbird e tivesse ficado um pouco abalado pela companhia.

— Acredito que precisamos conversar — disse ele.

Olhei para Maia. Ela franziu a testa outra vez. Moveu os lábios numa pergunta: *O que é?*

— Estou ouvindo — eu disse ao fone.

— Não. Pessoalmente — disse Garza. — Precisa ser pessoalmente.

— Porque você quer que eu leve a estatueta.

Esperei que ele confirmasse. Obviamente, Garza não achou que fosse necessário.

— Sou um bom funcionário, Sr. Navarre. Já lhe disse. Mas não concordei com isso. Tenho família...

— Quem matou Eddie Moraga?

Ao fundo, ouvi o murmúrio do trânsito numa rodovia e o zumbido característico de uma ligação de telefone público.

— Digamos que duas partes estão interessadas no que você tem em mãos, Sr. Navarre. Quando a outra parte invadir seu apartamento, o senhor não acordará na manhã seguinte. Entende o que quero dizer?

Olhei para Maia.

— Estarei no Earl Abel's amanhã de manhã às 7 — disse Garza. — Direi o que quer saber a respeito da sua namorada e o senhor me dará o que preciso para colocar tudo em ordem. Pode ser que sejamos capazes de fazer com que as coisas... voltem ao normal.

— Se seus patrões não libertarem Lillian Cambridge, nada voltará ao normal.

Garza expirou com força. Ou talvez fosse uma risada nervosa.

— Precisamos conversar, Sr. Navarre. Realmente precisamos.

Ele desligou.

Olhei para Maia. Ela olhava para mim; seus olhos estavam de um preto profundo.

— Me conte — ela pediu.

Olhei para a primeira página do jornal outra vez, para a fotografia onde o rosto de Eddie havia sido apagado com um borrão. Disse a Maia o que Garza me dissera. Ela misturou o creme no café descrevendo pequenos círculos horizontais com a xícara.

— Garza está desesperado para colocar tudo em ordem antes que se transforme no próximo boi no matadouro — ela disse.

Concordei.

Maia me estudou por cima da xícara.

— Você ainda acha que não estamos lidando com a máfia?

— É conveniente. A Homicídios verá como Moraga foi morto, a Especializada de Combate ao Crime Organizado entrará em cena e por fim uma força-tarefa do FBI. Em dois tempos a investigação estará restrita a Guy White. Exatamente como há dez anos, depois do assassinato do meu pai.

Maia fez uma pausa para escolher as palavras com cuidado:

— Tres, reflita um pouco. E se isso não tiver relação alguma com a morte do seu pai? E se você tiver topado com algo que não tem nada a ver com o que aconteceu há dez anos, ou com a sua investigação, algo que não tem nada a ver com você?

Olhei para ela. Quando engoli, a sensação foi de estar de volta à cadeira do dentista, como se as mãos desajeitadas de alguém mexessem na minha boca e enviassem ondas de dor mudas mas persistentes aos meus nervos.

— Você acha que faz alguma diferença agora?

Maia abaixou os olhos. A voz dela ficou mais dura:

— Acho que deveria. Lillian tem a vida dela, Tres, e pode ter criado problemas para si mesma. Vocês são adultos agora. Talvez você devesse começar a pensar na situação dessa forma.

— Adultos — repeti. — Então por que diabos você me segue como se fosse a droga da minha mãe?

Acho que mereci. Pelo menos o café esfriara um pouco antes que ela o atirasse no meu rosto. Então, já que não havia nenhum outro lugar para ir, Maia saiu pela porta dos fundos e sentou-se no quintal de Gary Hales.

Tomei um banho demorado e troquei de roupa antes de sair para me desculpar. Coloquei a estatueta de cerâmica sobre a mesa e sentei em frente a Maia. Ambos olhamos para ela. O casal de esqueletos sorria para nós do banco dianteiro do pequeno carro cor de laranja. A alguns quarteirões dali um caminhão de sorvete tocava uma versão distorcida de "La Bamba".

— Isso é difícil — eu disse a Maia. — Desculpe.

Os olhos dela estavam um pouco avermelhados. Quase convenci a mim mesmo de que apenas em virtude de uma noite maldormida.

Ela forçou um sorriso.

— Gostava mais de você com a boca destruída.

— Você e metade do Texas.

Notei Gary Hales nos observando da janela de seu quarto, o rosto tão caído e flácido de surpresa que parecia prestes a derreter. Acenei para ele. Depois de mais um minuto de silêncio, Maia pegou a estatueta e a virou de cabeça para baixo. Os esqueletos no conversível continuavam inabaláveis, com seus sorrisos brancos e grotescos.

— Se você estiver certo, alguém quer muito ter isso de volta — disse Maia. — E não só pela qualidade artística.

— Estão vamos supor o óbvio.

— Sim.

Deixei que ela fizesse as honras. A estátua chocou-se com o chão. Não tenho certeza do que esperava encontrar quando o carro de cerâmica fosse espatifado. A princípio não vi nada a não ser barro. Então mexi nos pedaços com o dedão, e o banco traseiro descolou-se e revelou uma fenda tão fina quanto a de um cofre-porquinho. Maia pegou o disco pelas bordas e olhou pelo buraco no centro como se fosse um monóculo.

— Imagino que você tenha um drive de CD-ROM — disse Maia.

Quando ouvi o leve arrastar das sandálias do meu senhorio, levantei o olhar.

— Imagino que vocês vão limpar essa bagunça agora — disse Garry Hales, com voz suave.

— Imaginou certo — respondi.

32

 — Morcegos? — perguntei.

— Morcegos — respondeu meu meio-irmão, Garrett.

— Admito que essa é uma palavra que nunca me passou pela cabeça quando penso em você.

— Não estou de sacanagem, irmãozinho. Você precisa ver isso. É muito doido.

Cobri o fone e olhei para Maia.

— O que você acha de fazermos uma viagenzinha?

Ela olhou para mim.

— O quê?

— É só até Austin. Meu irmão quer nos mostrar algumas paisagens.

Maia cruzou os braços.

— Quantos motivos para "não" você quer como resposta? O detetive Schaeffer quer você na cidade, seu carro é tão discreto quanto um letreiro de néon, atiraram em você, você quase foi atropelado...

Tirei a mão que cobria o fone.

— Adoraríamos — eu disse a Garrett.

— Legal — ele respondeu. — Lembra da Carmen Miranda?

— Acho que seria um pouco difícil esquecer.

— Na ponte às 8, irmãozinho.

Em vez de dar cabo da minha vida, Maia fez um acordo comigo. Concordou em ir até Austin; eu concordei em deixá-la alugar um carro para fazermos a viagem. No começo da tarde seguíamos para o norte pela I-35 em um Buick marrom tão normal que era quase invisível. Maia buzinava o tempo todo para evitar que outros carros batessem em nós na rodovia. Quando passamos por Live Oak, fiquei convencido de que não estávamos sendo seguidos.

— Preferia um Cadillac branco — protestei.

— Idiota — respondeu.

Quando chegamos a Selma, descobri que o universo na forma como eu o conhecia havia chegado ao fim: a velha delegacia havia sido transformada em um bar e restaurante. Por décadas, o terror de todos os motoristas dispostos a dirigir a 80 quilômetros por hora, a cidade por fim abrira mão da reputação de caça-níqueis em favor dos dólares dos turistas. A placa em frente ao restaurante prometia aperitivos gratuitos para qualquer motorista que provasse violações às leis de trânsito. E essa foi apenas a primeira surpresa. As margens da I-35 tinham sido transformadas em um corredor ininterrupto. Supermercados agora ocupavam os terrenos onde antes havia pastos e casas de fazenda, lanchonetes de redes de fast-food substituíam o arame farpado e os bosques de algarobeiras. Quando nos aproximamos dos limites da região conhecida como Hill Country, me via cada vez menos incerto de onde me encontrava. Até as poucas vacas que restavam nas margens da estrada pareciam confusas.

Quando paramos à tarde para almoçar em um restaurante que eu conhecia nas margens do rio San Marcos, descobrimos que o lugar havia sido fechado quatro anos antes. Então nos contentamos com sanduíches de pão de forma, uma garrafa de vinho e um outdoor de Ralph, o Porco Nadador, em uma área de piquenique na margem oposta ao parque Wonder World. Pedalinhos passavam no rio; alguns mergulhadores nada ambiciosos exploravam as águas verdes com 3 metros de profundidade; Ralph, o Porco Nadador, e Maia não tiravam os olhos de mim.

— Você não disse no que está pensando — provocou ela.

Mastiguei meu sanduíche de queijo e admirei o rio. Precisei de alguns minutos para me dar conta de por que me sentia tão mal por estar de volta àquele lugar. Então lembrei-me de quando estivera lá com Lillian nas férias de fim de ano, quando enchemos a cara e entramos nus na água por volta da meia-noite, não muito longe de onde estávamos agora, com os músicos cheirados de uma banda de *bluegrass*. A água estava tão fria que nossos lábios ficaram roxos. Lembrei-me de Lillian. Então olhei para Maia, sentada ali à luz do sol, os olhos quase dourados. A parte da minha mente que tentava juntar os fatos sentia como se eu tentasse colocar linha em uma agulha usando luvas de cozinha.

— Tres?

— É, eu sei. Só que ainda não tenho uma resposta.

Ela passou os dedos pela taça de vinho.

— Quer ouvir a minha?

Ela esperou. Continuei a comer o pão com gosto de nada.

Ela olhou para a taça nas mãos e praguejou a meia-voz algo sobre eu ser um demônio branco idiota.

— Que droga, Tres. Você acha que Lillian te deu aquela estatueta por acidente? Você acha que ela não sabia o que aconteceria quando aquilo desaparecesse? Como você pode continuar vendo-a apenas como uma *vítima*?

Olhei para o rio.

— Talvez.

— Talvez — ela repetiu. — E se, apenas talvez, Lillian tiver desaparecido de propósito? Se fosse eu, quando percebesse que a pessoa que eu estava tentando chantagear era mesmo da máfia, me daria conta de que estava encrencada e sumiria o mais rápido possível. Talvez antes disso enviasse o único sinal de perigo no qual pudesse pensar... para você. Como você vai conseguir saber qual é a verdade quando se deparar com ela?

— A verdade. — Olhei para ela. — Maia, sei que você está tentando ajudar. Mas a verdade é que você está me distraindo demais.

Acho que queria que aquilo soasse irritado, mas não foi o que aconteceu.

Maia abriu a boca para responder, então apertou os lábios. Por um momento pareceu sentir frio debaixo daquele sol, abraçou os joelhos e curvou os dedos sob o vestido bege de alcinha.

— Então me diga para ir embora — ela pediu.

Olhei para baixo. Ficamos em silêncio por algum tempo e atiramos pedaços de pão para alguns patos com aparência nada saudável. Algumas vezes eles comiam. A maior parte do tempo olhavam para nós de forma inexpressiva quando os pedaços os atingiam na cara. Zero ponto de inteligência. Naquele momento, senti empatia pelos bichos.

— Está bem — continuou Maia. — Então diga que vai voltar.

As pessoas nos pedalinhos riam. Ralph, o Porco Nadador, sorria para mim. Olhei para o sorriso triste de Maia e ouvi o diabinho que falava sentado no meu ombro. Eu estava perseguindo fantasmas numa cidade da qual mal me lembrava, lidando com pessoas que mal podia enxergar através das cicatrizes emocionais. Maia podia estar certa. Eu apenas piorara as coisas. E uma mulher linda me oferecia uma escapatória dos vinte primeiros anos da minha vida. Só um cretino diria não a Maia Lee.

— Não — eu disse.

Maia apenas fez que sim. Estendeu a mão e me ajudou a levantar.

Olhamos um para o outro por algum tempo. Então ela se virou e foi em direção ao carro.

Joguei o último pedaço de pão na cabeça de um pato. Ele ficou ali parado, com a mesma expressão confusa que eu provavelmente veria no meu rosto se tivesse um espelho. Então grasnou e correu desajeitado em direção ao rio San Marcos, como se tivesse visto um fantasma.

33

Por volta das oito, deixamos o carro no estacionamento do Marriott da Riverside Drive e caminhamos em direção ao rio. Pouco se via da cidade sob a luz do crepúsculo. O lago Town era uma folha de filme prateado de um quilômetro. Além dele, atrás de alguns morros arborizados, o centro da cidade cintilava com a ajuda de uma dezena de edifícios espelhados que eu não conhecia. As únicas coisas que continuavam as mesmas desde 1985 eram o domo vermelho do capitólio e o branco UT Tower.

Do vão da ponte da Congress Avenue ecoavam os sons de milhões de morcegos e ao redor se espalhava uma multidão ligeiramente menor de visitantes. Quando vi Garrett, ele acabava de estacionar a cadeira de rodas ao lado de uma placa em honra aos "morcegos de Austin" e olhava contrafeito para o exército de fotógrafos amadores. A camisa tingida que usava estava um pouco mais apertada agora e ele estava grisalho, mas ainda parecia ser o filho do amor de Charles Manson e o Papai Noel, menos as pernas.

— Cara — ele disse como cumprimento —, isso é pior do que Carlsbad. Porra, eles *descobriram* o lugar.

Apertamos as mãos. Garrett olhou para Maia por um momento um pouco mais longo do que o necessário, afagando a barba. Então a cumprimentou com um gesto de cabeça.

— Na última vez que estive aqui — ele disse — éramos eu, dois Hell's Angels, três caras em caiaques e uma senhora com um poodle. Agora olhe para essa zona.

Ele seguiu por um declive gramado, afastando mosquitos do rosto com a mão e passando por cima do maior número de pés possível. Maia e eu o acompanhávamos a alguns metros de distância.

— Aquele é... — Maia sussurrou. Ela olhou para mim, depois para a camiseta de Garrett com as cores do arco-íris.

— É, o meu meio-irmão.

— Você não disse...

— Que ele era tão mais velho do que eu?

Maia me fuzilou com os olhos.

— Temos uns cinco minutos — Garrett disse, olhando para trás. Ele girou a cadeira de rodas e olhou com os olhos apertados para a ponte, onde os arcos de pedra formavam um favo de pequenas cavernas. — Até que aqueles sacanas comecem a transbordar dali como bosta de porco.

Aposentados se perfilavam à nossa frente, observando a ponte com binóculos. Quando nos sentamos na grama, me vi admirando uma linha de bundas velhas em tons pastéis. Eu e Garrett nos olhamos. Ele sorriu.

— É — ele disse. — Dá uma perspectiva diferente do mundo, não é?

Maia sentou-se entre nós dois, com o braço direito encostado no meu, bem de leve, muito quente. Ela cheirava a âmbar. Mas claro que não percebi nada disso. Ela colocou a outra mão no braço da cadeira de Garrett.

— Então, Garrett, o Tres me disse que você é capaz de entrar em redes de alta segurança com metade da memória RAM nas costas.

Garrett riu. Ele tinha mais dentes do que qualquer ser humano que já conheci, a maioria amarelada e torta. Maia sorriu como se ele fosse Cary Grant.

— Ah, bem — respondeu —, meu irmão caçula tem mania de exagerar.

— Ele também disse que você poderia estar com o mundo a seus pés se não passasse tanto tempo em shows de Jimmy Buffett.

Garrett deu de ombros. Mas tinha um brilho de satisfação no olhar.

— Um homem precisa ter um hobby — ele disse. — Mas, por favor, nada de piadas sobre encher a cara em Margaritaville. Essa ficou velha mais rápido do que Ronald Reagan.

Maia riu. Então em voz baixa, bem aceitável, ela começou a cantar "A Pirate Looks at Forty". Garrett continuou sorrindo, mas olhava para Maia como se a estivesse reavaliando.

— Meu tema musical atualmente — disse Garrett.

— O meu também.

Essa foi a primeira indicação que tive da idade de Maia. Garrett deu um sorriso cheio de dentes, todos os cem.

— Mas me diga, Tres — perguntou —, onde foi mesmo que você conheceu essa dama?

Depois disso, sacou um baseado e o acendeu.

A paranoia era um conceito inexistente na mente de Garrett. Já o vira fumar em shopping centers, restaurantes, em todo tipo de lugar. Se interpelado ele falava, com olhar impassível, sobre sua "prescrição médica". Ninguém discutia muito com um paraplégico. A fileira de aposentados congelou quando o cheiro da maconha os atingiu. Eles olharam tensos para Garrett, então se dispersaram. Já não tínhamos bundas obstruindo nossa vista da ponte.

Eu e Maia recusamos o baseado, com cortesia. Então Garrett passou meia hora falando da última turnê de Buffett no Sul, dos chefes idiotas na RNI, do colapso iminente da sociedade de Austin frente às mudanças de empresas para o Vale do Silício.

— Californianos de merda — concluiu.

— Como? — disse Maia.

Garrett sorriu.

— Nada pessoal, meu anjo. Estou falando desse sujeito feioso que você trouxe com você.

Mostrei o dedo para Garrett. Maia riu.

Escureceu e esfriou. Deus despejou um tom vermelho no horizonte. Finalmente, quando estava pronto para falar de negócios, Garrett perguntou:

— Então, qual é o problema, irmãozinho?

Contei a ele. Por um minuto, Garrett soprou fumaça. Ele olhou para mim, então para as pernas de Maia. A expressão no rosto dele me dizia que reavaliara meu QI e que a estimativa não era exatamente lisonjeira.

— Então você e Maia estão procurando...

— Lillian — eu disse.

— Mais ou menos — disse Maia.

Garrett balançou a cabeça.

— Surreal.

— Você pode descobrir o que está gravado neste disco? — perguntei.

Os flashes começaram a estourar quando os primeiros morcegos passaram a voar sobre nossas cabeças como pardais de ressaca. Garrett olhou para cima, balançou a cabeça para indicar que o verdadeiro espetáculo ainda não começara e se voltou para nós. Ajeitou sobre a pança a camisa tingida.

— Imagino que não queira ouvir meu conselho.

— Não exatamente.

— Acho que esse lance todo é coisa da sua ex — ele disse. — Jogue essa encrenca na cabeça de outro e caia fora, irmãozinho.

Alguém gritou na ponte. Quando olhei para cima, uma mulher de rosa estava inclinada sobre o parapeito e estendia as mãos sobre uma revoada de morcegos.

— Faz *cócegas*! — ela gritou para os amigos.

Algumas pessoas riram. Mais flashes espocaram.

— Idiotas — disse Garrett. — Os flashes desorientam os morcegos. Eles se chocam contra os carros e tudo mais. Será que não sabem disso? *Idiotas*!

A última palavra foi gritada para a multidão. Poucas pessoas se viraram. Talvez ninguém quisesse discutir com ele, mas ao que parecia elas também não queriam prestar atenção em Garrett.

— Tres?

À luz do ocaso, os contornos do rosto de Maia ficavam imprecisos, então era difícil imaginar o que ela pensava, mas seu braço contra o meu estava mais quente do que nunca. Ela esperou que eu dissesse alguma coisa. Como não disse, se voltou para Garrett.

— Você pode dar uma olhada, Garrett?

A expressão fechada dele ficou mais branda. Talvez fosse a mão de Maia no braço da cadeira. Talvez fosse o baseado.

— Claro — respondeu. — Enfim... Mas minha opinião é que você tem que se ligar, irmãozinho. Mexer em feridas antigas... porra, se eu perdesse tempo com isso eles já teriam me trancado e jogado a chave fora.

Nossos olhares se encontraram por um segundo, então ele riu e balançou a cabeça. Quaisquer que fossem as dores que sentisse, haviam sido soterradas pelo abuso de drogas, pela rebeldia, pelo mau-humor e pela arrogância — todos os valores da família Navarre.

Não pude evitar. Mais uma vez tentei imaginar Garrett sobre os trilhos vinte anos atrás. O clandestino de trens confiante, o hippie intratável, fugindo de casa pela vigésima e última vez. A única vez em que correra ao lado de um vagão de carga e calculara mal o impulso. Tentei ver o rosto dele, pálido com o choque, olhando desesperado para o lago escuro e brilhante onde antes ficavam suas pernas. E tentei imaginá-lo sem aquele sorriso de filho da puta. Mas ele estava sozinho quando aconteceu e continuava sozinho agora. Não havia como imaginar o que Garrett dissera duas décadas atrás, olhando para os trilhos molhados que piedosamente estancaram o sangramento. Ele estava sozinho e consciente por mais de uma hora quando nossa irmã Shelley o encontrou.

— Velhas feridas — ele disse. — Pro inferno com elas.

Então os morcegos saíram de verdade. Os flashes cessaram. Todos ficaram boquiabertos. Apenas olhamos para uma nuvem infindável de fumaça que seguia rumo ao Hill Country em busca de 1 zilhão de insetos para comer.

Garrett sorriu como uma criança na matinê.

— I-na-cre-di-tá-vel.

Em dez minutos passaram sobre nossas cabeças mais morcegos do que todos os habitantes do Sul do Texas. Em algum momento Maia agarrou minha mão e não a repeli.

Os turistas saíram do transe. Então um a um, já entediados com os morcegos, eles se dispersaram em direção ao estacionamento. Eu e Maia continuamos estáticos. Por fim Garrett deu a volta na cadeira e subiu o morro. Maia se levantou e o seguiu. Então eu a segui.

Era difícil não encontrar a Kombi de Garrett. No escuro, o monte de abacaxis e bananas de plástico preso ao teto dava a impressão de que o carro tinha cabelo. Quando nos aproximamos, percebi que a pintura estava exatamente como há anos, com filas de Carmens Mirandas vestidas em cores berrantes pintadas nas laterais.

— Elas não dançam como Carmen Miranda? — sugeriu Maia.

Garrett sorria ao colocar as rodas da cadeira na plataforma do elevador.

— Quer casar comigo?

Alguns minutos depois estávamos sentados em pufes e bebendo cerveja Pecan Street Ale que Garrett tirara de um cooler. Meus olhos lacrimejavam com a fumaça de maconha e incenso de patchuli. Garrett ligou o computador "portátil": centenas de quilos de fios e equipamento que havia anos substituíam o banco de trás da Kombi e cujo gerador ocupava a maior parte da mala do veículo. Então ele colocou nosso misterioso CD no leitor.

Garrett fez uma careta. Ele pensou por um minuto. Tentou alguns comandos, então abriu algumas pastas e analisou seu conteúdo.

— Acessar os dados — ele disse — vai ser fácil se vocês estiverem com o outro disco.

Maia olhou para mim, depois para Garrett.

— O outro disco?

— É. Os dados estão divididos em dois discos. O programa para juntá-los é bem simples. Mas com apenas um disco, são apenas códigos sem sentido, cara, ovos mexidos. Esse é um jeito muito seguro de armazenar dados importantes.

Bebi um gole da minha Pecan Street e pensei naquilo.

— Então você não pode dizer nada sobre o que está gravado aí?

Garrett deu de ombros.

— É grande. Um volume de dados como esse geralmente sugere gráficos detalhados.

— Como fotografias.

Garrett fez que sim.

Maia olhou para os enfeites pendurados nas janelas do carro.

— Garrett — ela disse —, se eu estivesse usando fotos para chantagear alguém...

Ele sorriu.

— Você não se cansa de ficar mais bonita, meu anjo.

— Se eu estivesse, por que um CD? Por que não apenas guardar os negativos?

Garrett deu uma longa tragada no baseado. Os olhos dele brilharam. Dava para perceber que estava adorando pensar nas possibilidades.

— Vamos lá. É impossível criptografar negativos. Você não pode trancá-los de modo que ninguém possa fazer cópias a não ser você. Se alguém os encontrar, sabe exatamente o que tem em mãos, certo? Se fosse eu? É, com certeza escanearia tudo, usaria os arquivos como originais e rasgaria os negativos. Você tem os dois discos, tem o programa para juntar os dados. Em alguns minutos, pode imprimir quantas cópias quiser ou, ainda melhor, jogar as fotos na internet. Em dois tempos elas estarão sendo impressas em todas as redações de jornais e delegacias do estado, se for isso o que você quiser. E se alguém botar as mãos nas suas coisas a pessoa não encontrará nada, a não ser que seja muito esperta e saiba exatamente o que está procurando.

Garrett fez uma pausa para dar outra tragada.

— Então, quem está com o outro disco?

Tirei um folheto dobrado que estava no meu bolso por um bom tempo. Li a data: 31 de julho, ou seja, aquela noite. De nove à meia-noite. Se dirigíssemos como morcegos do inferno, chegaríamos lá quando as coisas estivessem começando a esquentar. Sem qualquer ofensa aos morcegos.

Além disso, Garrett estava mais uma vez de olho nas pernas de Maia e prestes a oferecer outra cerveja. Se eu não fizesse uma contraproposta, ficaríamos ali a noite toda.

— Gosta de exposições de fotografia? — perguntei.

34

Mesmo com as janelas abertas às dez da noite o Buick parecia o interior de um secador de cabelos. Sentei no banco do carona e olhei loteamentos ficarem para trás enquanto um triângulo frio de suor grudava minha camisa no encosto do banco. O cheiro de gambás mortos e mato queimado invadiu o carro.

Acho que estava quieto demais. Quando passamos por Live Oak, Maia tocou meu braço.

— Ainda está pensando em Garrett?

Fiz que não.

Na verdade não pensava em outra coisa desde que deixáramos Austin. Fui tolo em pensar que me livraria de Garrett sem ouvir um dos seus sermões. Enquanto Maia pegava o carro no estacionamento do Marriott, meu irmão me expusera sua filosofia sobre antigas namoradas. Então, pela milionésima vez, enumerou as ofensas do nosso pai contra a família: como ele praticamente abandonara a ele e Shelley depois da morte da mãe deles, então os deixou anos a fio com a agressiva segunda esposa quando estava fora bebendo, fazendo política, se apaixonando por putas e assistentes sociais. Como Garrett acabou tomando gosto por fugir de casa e Shelley por homens violentos.

— Quando ele se casou com sua mãe já era tarde demais para fazer qualquer diferença — ele disse. — Eu e Shelley já tínhamos nossas vidas e sua mãe era boa demais para mudá-lo. Ela nunca contou qual foi a gota d'água, não é? Você estava o quê... no primeiro ano? O canalha levou sua mãe para uma festa no McNay Museum e depois desapareceu. Quando ela e as amigas o encontraram ele estava no mato, perto do lago, mandando ver na assistente social número sete. Ele apenas sorriu, fechou as calças e voltou para a festa para pegar outra bebida.

Garrett deu uma risada triste. Então olhou para onde deveriam estar suas pernas.

— Deixe que aquele canalha fique morto, irmãozinho. Essa foi a única coisa que me deu algum senso de justiça.

Chegamos à cidade pelo centro. Passamos pelas mansões decadentes do bairro King William e então descemos a East Arsenal Street, onde o rio San Antonio corre preguiçoso e poluído pelo lixo dos turistas. Naquela região da cidade, as margens são vazias, a não ser pelos viciados em crack.

Quando estacionamos em frente ao complexo artístico Blue Star o estacionamento já estava cheio de BMWs e Ferraris. Mulheres em vestidos de noite cheiravam pó no capô dos carros; homens de preto suavam e bebiam champanhe nas antigas plataformas de carga dos armazéns reformados. Um apático cartaz escrito à mão em frente a uma das maiores galerias anunciava a abertura da exposição de Beau no segundo andar, em um espaço chamado Galleria Azul, empoleirado no topo de uma escada de incêndio vermelha.

Dentro da galeria, um swing desanimado da Costa Oeste era despejado de alguns alto-falantes fixados nas paredes. Alguém colocara uma sela antiga ao lado do livro de assinaturas.

Vinte ou trinta pessoas circulavam pela sala admirando fotografias ruins de caubóis autênticos. Um dos convidados usava uma gravata Jerry Garcia multicolorida, na qual prendera uma credencial verde de imprensa amassada que já era velha nos tempos de Watergate. Ele saiu de trás de um barril de chope e veio até nós, então sussurrou com bafo de alho.

— A cerveja é grátis — disse Carlon McAffrey —, mas esses sanduichinhos são uma droga.

Em uma mão Carlon tinha um caderno espiral, que segurava entre dois dedos, e uma pilha de canapés. Ele me entregou o copo de Lone Star que trazia na outra para poder cumprimentar Maia.

— Carlon McAffrey — ele disse. — Você não é Lillian.

Maia sorriu.

— Você também não, tenho certeza.

Carlon assentiu. Foi simpático a ponto de inflar as bochechas quando arrotou outra vez, contendo os gases.

— Ouviu falar do seu amigo Dan? Alguém transformou o escritório dele em um necrotério drive-thru ontem à noite.

— Ouvi.

Carlon esperou. Eu parecia desinteressado. Por fim os olhos dele desgrudaram do meu rosto e inspecionaram as pessoas que circulavam pela galeria, em busca de uma nova presa.

— Certo — ele disse. — Vi casas de fazenda, vi vacas, vi o vereador Asante jogando conversa fora ali atrás. Até agora não vi nada que renda uma manchete.

Olhei para uma segunda sala, menor, da galeria. Próximo a uma das laterais, com o copo de cerveja casualmente apoiado no topo de uma escultura de metal, Fernando Asante entretinha uma plateia. Usava roupas informais: calça jeans preta, uma camisa de seda branca sobre a barriga enorme, um casaco jeans com imagem da Virgem Maria cercada por lantejoulas bordada nas costas e nos bolsos da frente. Duas moças roliças em vestidos de cetim o ladeavam. Alguns engravatados riam de suas piadas. O guarda-costas de cabelos encaracolados que eu vira no Mi Tierra circulava por perto. Ele era o único que não parecia encantado pela presença de Asante.

Que diabo. Devolvi o copo de cerveja a Carlon.

— Fique de olhos abertos, Lois Lane — disse a ele. — Preciso dar um alô a uma pessoa.

Olhei para Maia para ver se ela me acompanharia.

Maia olhou para Fernando Asante, que ria da própria piada e dava tapinhas no traseiro do querubim de cetim mais próximo. Então para Carlon, que tentava comer um dos canapés da pilha que tinha na palma da mão. Ela me acompanhou até a sala.

Asante me dirigiu seu melhor sorriso de dentes dourados quando nos aproximamos. Estudou Maia da cabeça aos pés e pareceu considerá-la um risco válido. Quando fez um gesto de cabeça para o fã-clube, todos pediram licença em uníssono, a não ser pelo guarda-costas.

— Jack — disse Asante —, que bom vê-lo outra vez, meu rapaz.

Ele afrouxou do nó da gravata o suporte prateado com os contornos do Texas. Estendeu-me a mão com unhas bem-feitas num cumprimento. Declinei.

— Vereador — respondi. — Figurino e tanto. A jaqueta chora nos dias santos?

Ele apenas sorriu e balançou a cabeça, e lançou um olhar comprido para Maia.

— Gosto de apoiar a arte, senhorita. Sempre admiro o que é belo.

Maia deu um sorriso caloroso.

— O senhor deve ser o vereador Asante.

O homem pareceu ficar satisfeito consigo mesmo. Seu rosto exalava um sorriso de político velho charmoso.

— Isso mesmo, princesa. E você?

— Entusiasmadíssima com as histórias que Tres leu para mim a seu respeito nos jornais — arrulhou. — Aquela sobre o senhor e a sua secretária usando as mesmas calças é mesmo verdadeira?

As pupilas de Asante encolheram-se até o tamanho de cabeças de alfinete. Acho que o mesmo acontecia na sua virilha. De alguma forma ele conseguiu manter o sorriso intacto.

— Posso ver que tem passado tempo demais com o Sr. Navarre, princesa — ele disse.

Maia se aproximou dele, como para contar um segredo malicioso.

— Na verdade ele aprendeu tudo que sabe comigo. E se me chamar de "princesa" mais uma vez vou vomitar na sua Virgem Maria.

— Por falar em náusea — eu disse —, não sabia que o senhor era fã do trabalho de Beau, vereador Asante. O senhor o conhece?

Ele não sabia ao certo para quem olhar. Avaliava Maia como um cachorro a uma cobra, tentando determinar o quão perigosa era aquela coisinha. O guarda-costas se aproximara um pouco mais, o bastante para compartilhar conosco os litros de Aramis que usava. Meus olhos lacrimejaram.

Asante alternava olhares entre mim e Maia.

— Por quê, Jack? Quer um autógrafo?

— Só estou curioso. Queria a opinião profissional de Beau sobre algumas fotos que encontrei.

Esperei por uma reação, mas era como se eu estivesse falando das chances dos Rangers nas finais.

Um homem vestido numa camisa de seda amarela e calça saruel se aproximou, pediu licença e tirou um adesivo vermelho de uma folha com etiquetas. Apontou para uma fotografia atrás do vereador.

— Esta, senhor Asante?

A foto devia ter 20 por 28 centímetros, com o nome de Beau rabiscado na extremidade inferior. A imagem mostrava uma casa de fazenda abandonada tendo ao fundo as pradarias texanas. No céu de pesadelo atrás da casa via-se a lua cheia e o risco de um meteoro. Em primeiro plano, destacavam-se portões enferrujados; numa placa de metal arqueada acima lia-se o nome "Lazy B" em letras cursivas. Um portão estava aberto e pendia pela falta de uma dobradiça.

Asante olhou para trás, preguiçosamente.

— Claro, filho. Esta é ótima.

O funcionário da galeria marcou a foto como vendida, pediu licença mais uma vez e desapareceu das nossas vistas.

— Lazy B — eu disse. — Imagino que esse B seja de "babaca". Babaca preguiçoso.

Asante me ignorou.

— Bom negócio. Soube que essa é uma das melhores de Beau, uma de suas fotos antigas — ele disse a Maia. — Sempre compro alguma coisa, desde que seja pequena e tenha uma etiqueta com o preço.

Olhou para ela como se aquilo fosse uma piada entre eles. Então olhou para mim.

— E como está o mercado de trabalho, filho? Ainda não desistiu?

— Na verdade — respondi —, estava pensando se seus amigos da Sheff Construction não me conseguiriam trabalho.

Asante me encarou.

— Como?

— Acho que vai rolar muito dinheiro nesse complexo de artes plásticas na zona norte que o senhor está planejando. Talvez a maior mamata pública desde o Travis Center. Também acho que é líquido e certo que a Sheff Construction vai ficar com o contrato. Esse é o seu arranjo com eles, não é?

Asante olhou para o guarda-costas e fez um gesto com a cabeça. O Homem Aramis se aproximou e ficou ao meu lado.

— Desinformação é uma coisa perigosa, Jack — Asante disse, quase com suavidade. — A cidade contrata prestadoras de serviços por meio de licitações públicas. Apenas depois que o projeto é aprovado nós procuramos pela empresa certa... isso envolve diversos comitês e a câmara. Participo muito pouco do processo. Isso esclarece as coisas para você?

— Que droga — eu disse. — Nada de propinas ou coisa assim?

O sorriso de Asante não poderia ser mais frio.

— Sabe, Jack, se eu fosse você — ele disse, se inclinando para me dar um conselho em particular —, pegava essa jovem e voltava para a Califórnia. Voltaria para onde as possibilidades são melhores, a expectativa de vida é maior.

Ele me mostrou os dentes de ouro. De perto, o hálito do vereador cheirava a óleo de motor usado.

— Arquivarei a informação no devido lugar — prometi.

Asante pegou o copo de cerveja do topo da estátua e cumprimentou Maia com um gesto cortês de cabeça.

— Boa-noite, Jack.

Ele se afastou, seguido pelo guarda-costas.

Maia arqueou as sobrancelhas. Ela parecia prestes a respirar pela primeira vez em dez minutos quando Carlon surgiu do nosso lado, as mãos ainda cheias, e me cutucou com o cotovelo.

— Certo. Janela dos fundos. Agora.

Olhei para ele.

Ele continuou andando em direção aos fundos da sala, sem esperar para ver se o acompanharíamos. Quando o alcançamos, ele estava na ponta das sandálias *huaraches* e olhava, por uma pequena janela com esquadrias de alumínio, para o beco atrás do armazém.

— Certo — disse. — Dan é louro, certo? E tem uma BMW.

— É.

Carlon fez uma careta.

— Quer me dizer por que ele está entregando um saco de papel pardo para Beau Karnau no beco?

Maia e eu olhamos pela janela. Nossos olhos precisaram de alguns segundos para ajustar-se à escuridão antes de vermos duas pessoas, um homem louro, sentado de braços cruzados no capô de uma BMW prata, e um sujeito de cabelos castanhos rareando, claramente visível pela camisa branca de mangas compridas que usava. Sem dúvida, Beau tinha nas mãos um saco de papel pardo e o agitava em frente ao rosto de Dan como se não estivesse satisfeito.

— Talvez Dan tenha esquecido a sobremesa — eu disse.

Dan ficou impassível, em silêncio. Não conseguia ver seu rosto nas sombras, mas o corpo dele parecia rígido, tenso de raiva. Então, enquanto Beau gritava alguma coisa com ele, Dan desferiu o mesmo cruzado desgovernado que usara comigo em frente à casa de Lillian no domingo. Desta vez ele acertou o golpe.

Beau voou para trás e o saco de papel lançou maços verdes de dinheiro pelo beco, num trecho iluminado pelas janelas da galeria.

— Ou talvez não — disse Carlon.

35

Depois que as lanternas do carro de Dan Sheff sumiram na East Arsenal e Beau passou a cambalear de volta pelo beco, Carlon pagou 50 dólares ao galerista com a camisa amarela e a calça saruel para usar o escritório. Talvez esse fosse todo o dinheiro que o sujeito vira aquela noite.

Esperamos menos de cinco minutos até que Beau aparecesse para se limpar. A camisa estava suja e uma ponta estava para fora da calça Jordaches, a mão esquerda cobria o olho que Dan Sheff acabara de esmurrar e ele xingava a bisavó de alguém. Me aproximei e dei-lhe um tapa no olho bom com a mão aberta.

Poderia ter simplesmente dado um soco, mas estava de mau humor. O golpe de tai chi com a palma da mão é, sem dúvida, o ataque mais doloroso. É um golpe tão suave quanto uma chicotada. Às vezes arranca uma camada de pele. Eu não queria mais impasses com ele.

O praguejar de Beau foi interrompido por um gemido surpreso. Agora cego, ele parou de andar, mas passei uma rasteira nas pernas dele, que foi projetado para a frente e caiu sentado numa cadeira de diretor.

— Porra — disse Carlon.

Peguei o saco de papel que Beau soltara no chão e despejei o conteúdo sobre a mesa em frente a Carlon. Eram maços verdes de notas de 50. Por um instante, achei que Carlon fosse ter um enfarto.

Beau ficou imóvel, os olhos cobertos, a cabeça baixa. Soava como se lutasse para lembrar a melodia de uma música. Quando finalmente abriu os olhos inchados, precisou olhar para mim por dois minutos até se dar conta de quem eu era. O rosto estava sujo de sangue. Ele pensou em ficar bravo, então se conformou que não estava com energia para tanto.

— Ótimo — ele balbuciou. — Maravilha.

Toquei o olho direito de Beau. Ele fez cara de dor.

— Dan decidiu cobrar uma comissão — observei. — Qual é o problema, Beau? Por que Eddie não foi o garoto de entregas desta vez?

— Tres... — começou Maia. Ignorei-a.

Com os olhos inchando rapidamente, era difícil para Beau adotar uma expressão ameaçadora, mas ele fazia o seu melhor. Tirei do bolso o volante de cerâmica da estatueta quebrada e o atirei no colo de Beau.

— Não planejei, mas parece que comecei a colecionar suas tralhas.

O rosto de Beau ficou paralisado por um momento, então houve um brilho de reconhecimento.

— Que diabo...

— Beau — eu disse —, vamos esclarecer a situação. Estou com um CD; você está com o outro. Sem os dois, aposto que você não tem droga nenhuma para evitar que as pessoas que vêm chantageando você te comam vivo. Quer falar sobre isso?

— Eu *não*... — ele começou a gritar.

Então parou e olhou para mim. Levou os dedos às têmporas e começou a fazer pequenos círculos.

Maia disse:

— Sr. Karnau, seria melhor se o senhor falasse conosco.

Ele olhou para ela, confuso.

— Você fala como uma droga de advogado — disse, por fim.

Maia tentou sorrir.

— Não estou representando ninguém.

Isso levou Beau a rir, um som agudo e estridente.

— Maravilha — ele disse. — Isso é tudo que eu preciso.

Ele pegou o volante de cerâmica e o atirou de volta para mim.

— Não tenho merda nenhuma a dizer para você. E não tenho a menor ideia do que você está falando.

Olhei para Maia.

— "Não estou representando ninguém" — repeti. — Ótimo. Realmente fez o cara abrir a boca.

Maia deu de ombros.

Carlon estava sentado à mesa do dono da galeria, mastigando lentamente um canapé. Usava uma das ampliações em papel fosco de Beau como descanso de copo. Os olhos azuis dele me lembravam os de um falcão... a forma como observam enquanto os linces terminam uma carcaça, famintos, pacientes, extremamente interessados.

— O que isso pode ter a ver com o assassinato do seu pai? — ele se perguntou.

A testa de Beau ficou marrom.

— Quem é esse cara?

— Temos uma advogada — respondi. — E um repórter do caderno de entretenimento do *Express-News* pronto para pular no seu pescoço. O que sugiro, Beau, é que diga apenas sim ou não quando eu perguntar alguma coisa. Se disser mais uma vez que não sabe do que estou falando, vou garantir que Carlon aqui soletre certo seu nome na edição de domingo. Entendeu?

Beau decidiu se levantar. Deixei outra impressão vermelha da minha mão no rosto dele. Ele voltou a sentar, em câmera lenta, e enterrou o rosto nas mãos.

— Eu vou te matar — ele murmurou, sem qualquer convicção.

— As fotos gravadas no disco — eu disse. — Elas mostram o mesmo que as ampliações recortadas que tirei do seu portfólio: uma reunião noturna na floresta, três pessoas; algo ruim o bastante aconteceu entre eles para garantir uma propina mensal de 10 mil dólares.

Acho que ele assentiu. Foi tão sutil que não dava para ter certeza.

Peguei um maço de dinheiro sobre a mesa.

— O pagamento de 31/7 venceu hoje, mas aqui tem muito mais do que 10 mil. E Dan deve saber que você perdeu um dos discos. Eu diria que você fez um acordo com ele para vender o outro. Você encerra suas contas e some; ele tem uma garantia de que as fotos estão fora de circulação. Só que você o enrolou hoje à noite. Talvez tenha sido por isso que levou um soco.

— Me deixe em paz.

— Vou tomar isso como um sim. Onde está Lillian, Beau?

O corpo de Beau tremia um pouco, a cabeça ainda enterrada nas mãos. Precisei de um minuto para perceber que ele estava rindo. Quando levantou a cabeça, seus olhos eram fendas inchadas.

— Você é uma piada — ele disse. — Ainda bancando a porra do protetor dela.

Minha garganta enrijeceu.

— Quer explicar o que isso quer dizer?

— Ela é ótima nisso... fazer com que as pessoas a protejam. Tentei por anos. Dan tentou. Se você tiver sorte, talvez ela esteja morta e enterrada, Navarre. Talvez seja essa a sua resposta.

Maia tinha mãos muito fortes. O aperto dela no meu cotovelo foi o que me impediu de desmontar o rosto de Beau. Ela não soltou até que a circulação do meu antebraço começasse a rarear.

Então se inclinou para perto do meu ouvido.

— Vamos — murmurou. — Já basta.

Deixamos Beau desmoronado na cadeira de diretor, ainda tremendo como se não conseguisse controlar o corpo. Peguei a sacola com o dinheiro.

Passamos pelo galerista carrancudo com a camisa amarela e a calça saruel, descemos as escadas de metal e seguimos pelo estacionamento do Blue Star, onde os homens vestidos de preto abriam outra garrafa de champanhe. Só quando Maia pegou minha mão percebi a força com que a fechava.

Acompanhamos Carlon até o carro dele, um Hyundai azul-escuro novo, com uma luz da polícia falsa no teto, estacionado numa vaga de serviço. Ele pegou uma garrafa de metal de bolso no banco da frente, bebeu metade e a passou para mim.

— Me lembre de colocá-lo de volta na minha lista de Natal, Tres. Nunca quero vê-lo irritado comigo.

Bebi um gole e fiz uma cara feia. Olhei para ele.

— Meu Deus. Tequila Vermelha?

Ele deu de ombros.

— O café da manhã dos campeões, Tres. Você me deu a receita.

— Já pensou em crescer, Carlon?

Ele bufou.

— Algo muito superestimado, cara. Vou esperar pelo filme.

Ofereci a garrafa a Maia. Ela fez que não.

— Agora me conte a história. — Carlon fez uma pausa e esfregou as mãos de satisfação. — Tenho uma resenha de exposição para escrever.

— Não tem história — eu disse.

Carlon pareceu confuso, como se estivesse traduzindo as três palavras. Então riu.

— Certo.

Olhei para ele.

— Espere um minuto — pediu. — Você me arrasta para cá para que eu veja um empresário importante pagar propina a um cara que o está chantageando por... o quê, 10 paus por mês? Você fala em Lillian. Você fala... — Ele fez uma pausa, então sorriu muito lentamente ao fazer a conexão. — Porra. Você disse *Eddie*. O corpo que a máfia colocou no carro que destruiu a parede da Sheff. Eddie qualquer coisa. E então me diz que *não* tem história?

Ele riu. Eu não.

— Vinte e quatro horas — pedi.

— Pra que diabo?

— Lillian está envolvida nisso de alguma forma, Carlon. Se qualquer coisa for publicada, ela pode morrer.

Ele pensou naquilo por um instante.

— E o que mais ganho com isso?

Eu estava cansado e irritado. Dei um passo na direção dele, peguei a gravata Jerry Garcia com dois dedos e a admirei.

— Meu nome de volta à sua lista de Natal.

Carlon hesitou. Ele respirava tão de leve que não senti o cheiro de alho. Seus olhos azul-claro me estudavam estáticos, ponderando. Poderíamos estar fechando um contrato.

Por fim ele deu de ombros.

— Como disse antes, só estou tentando ajudar.

Fiz que sim, engoli o resto da Tequila Vermelha que tinha na boca e joguei a garrafa de volta no carro de Carlon.

— Eu sabia, Carlon. Eu sabia.

36

Era meia-noite quando eu e Maia deixamos o Blue Star. Como não comíamos havia seis horas e a maior parte da cidade estava fechada, precisei engolir meu orgulho junto com três *taquitos* de chorizo e ovo no Taco Cabana. Ao menos não me comprometi a ponto de parar em uma das lanchonetes cor-de-rosa. Levei Maia até a *cocina* que dera origem à rede, na esquina da San Pedro com Hildebrand, ainda uma casa sonolenta de madeira que não dava a mínima indicação da franquia milionária que gerara.

— Por que é cor de laranja? — Maia perguntou ao cozinheiro atrás do balcão.

Ela foi fiel ao habitual *huevos rancheros*. O prato transbordava de ovos e molho pico de gallo, feijão, tortillas feitas à mão e banha. O cozinheiro franziu a testa, sem entender a pergunta. Tentei explicitar para Maia as virtudes da Tex Mex sobre a Cal Mex. Estava satisfeito por voltar a me sentir um nativo quando me virei para o cozinheiro confuso e disse em espanhol:

— Ela não entende por que a aparência é diferente. Disse a ela que leva mais queijo, mais banha no feijão.

Tentei ousar no vocabulário. O cozinheiro bocejou.

— Cara — ele disse —, ou você é da Califórnia ou uma porra de cubano. Ninguém chama *frijoles* de *habichuelas*.

Silenciado pela vergonha, fiz uma anotação mental do impasse vocabular e bati em retirada com minha pilha de tacos.

— O que ele disse? — perguntou Maia.

— Para você ficar quieta e comer se não quiser saber o que é bom pra tosse.

Sentamos sob os ventiladores de teto e observamos um e outro ônibus da viação VIA passar trovejando pela rua deserta. Um vagabundo parou por um minuto para admirar nosso café da manhã noturno. Vestia uma fantasia surrada do Cowboy Bob, com bandoleira e pistola, os olhos dispersos e leitosos. Ofereci a ele meu último taco. Ele sorriu como um menino de 5 anos e seguiu em frente.

Estava pensando em Lillian, tentando lembrar como ela se comportara e o que dissera na véspera do seu desaparecimento. Mas quando me concentrei no rosto dela, o que me veio à mente foram imagens borradas dela aos 16 ou 19 anos. Me assustava a forma como ela voltava a se dissolver em uma memória. Por mais que me enganasse ao acreditar que a conhecia, não fazia a mínima ideia de como fora sua vida nos últimos anos. Não podia excluir a possibilidade de ela estar envolvida no que acontecera, talvez profundamente envolvida.

Ela pedira proteção judicial contra Beau um ano antes e em seguida voltaram a ser sócios. Ela terminara o relacionamento com Dan Sheff na primavera, então retomou contato comigo alguns dias depois. Ela me trouxe de volta à cidade, disse que me amava, me deu um objeto pelo qual havia pessoas morrendo e então desapareceu.

Amassei o prato de papel-alumínio dos meus tacos e fiz uma cesta na lixeira. Tentei me concentrar em traduzir o que os mariachis cantavam no rádio da cozinha. Maia me observava já há algum tempo, seguindo a mesma linha de pensamentos. A expressão no rosto dela era calma e resignada.

— Precisamos saber — ela disse. — Você precisa vê-la pelos olhos de outra pessoa, Tres.

Ela pegou minha mão. Olhei para a San Pedro Street e dei a Maia as instruções para chegar à casa de Lillian na Acacia Street.

A música mexicana e a cerveja ainda fluíam na casa dos Rodriguez quando passamos de carro. Mais uma vez, as janelas estavam alaranjadas. Os gritos e o barulho de vidro quebrando nos informaram que uma acalorada discussão familiar se desenrolava. Maia estacionou o Buick na esquina, então caminhamos por um beco e nos esgueiramos para o quintal da casa de Lillian.

Não havia fita amarela de cena de crime na porta dos fundos, nenhum sinal de que a polícia estivera ali. Dois minutos depois, trabalhamos no fecho de uma janela do quarto de hóspedes e entramos. O chaveiro de cinco quilos de Maia foi útil mais uma vez. Além de um canivete suíço, um vidro pequeno de spray de pimenta e chaves para a maior parte do mundo ocidental, ela mantinha uma lanterna pequena na bolsa para situações como aquela, arrombamentos amigáveis. À luz fraca da lanterna a sala da casa de Lillian parecia estar da mesma forma como a deixara uma semana antes: bagunçada, mas não de forma alarmante. Não para mim, pelo menos.

— Eca — sussurrou Maia. — Isso é comum?

— É — respondi. E acrescentei, de forma relutante: — Talvez. Não sei.

Uma porta telada foi aberta com um rangido na casa dos Rodriguez e um filhote ganiu como se tivesse sido expulso a chineladas. Uma mulher praguejou em espanhol:

— *Você* vai dar de comer a essa coisa.

Homens riram. O volume do som foi aumentado.

— Não acho que você precise sussurrar — eu disse a Maia.

— Podíamos praticar dança com tamancos aqui e os Rodriguez nem ao menos suspeitariam.

Conferimos primeiro o computador de Lillian. Havia uma planilha incompleta com a contabilidade da galeria, algumas cartas comerciais, os programas de costume. Os únicos discos sobre a mesa estavam virgens. Ela não tinha um drive de CD-ROM, muito menos os meios para gravar um disco. A única coisa que descobrimos foi que a galeria Hecho a Mano não estava faturando dinheiro o suficiente para que se dessem ao trabalho de fazer os lançamentos contábeis.

Em um canto do quarto principal havia uma estante feita com tábuas e blocos de concreto que existia desde nossos tempos de faculdade. Eu e Maia tiramos de lá livros de todo tipo, de O'Keefe a Christo, livros-texto com flores secas esquecidas, cinco ou seis anos de edições das revistas *Sunset* e *Texas Weekly*, tudo cheirando a mofo e perfume Halston. Por fim Maia abriu um álbum de fotografias branco e iluminou a primeira página com a lanterna. No centro do pequeno halo amarelado de luz, eu e Lillian olhávamos para nós. Eu vestia um smoking; ela usava um quimono de seda vermelho sobre um terninho preto e segurava uma pena de pavão. A roupa, é claro, havia sido presente da minha mãe, um ato de vingança quando Lillian e eu nos aprontávamos para ir à festa de aniversário de 60 anos do meu pai, durante o meu primeiro ano de faculdade. Gostaria de dizer que me lembrava de detalhes daquela noite. A verdade é que não me lembrava. Olhei para meu sorriso jovem e confiante, para a forma como Lillian olhava para mim com a cabeça ligeiramente inclinada em direção ao meu ombro. Não conseguia imaginar a mim mesmo estando ali. Maia folheava o livro com pressa: fotos da família de Lillian, diversas fotos nossas, todas velhas e apagadas, algumas pinturas dela. Maia fechou o álbum.

— Nada aqui — ela sussurrou e se levantou.

Quando fui atrás dela no quarto, Maia usava a lanterna para iluminar o carrinho de bebê de vime branco de Lillian. O interior forrado com um pano vermelho era ocupado por bonecas e mais bonecas de porcelana antigas. Desde os tempos da escola, aquele carrinho de bebê acompanhava Lillian, onde quer que ela morasse. Lembro de que na primeira vez que a beijei na cama, fiquei nervoso ao olhar por cima do ombro dela e ver todos aqueles olhos de porcelana.

— É da minha mãe. — Lillian rira, mordendo minha orelha. — Herança de família, Tres, não posso me livrar dele.

Toquei o pequeno cobertor. Havia um embrulho sob ele, que tirei do carrinho. Dez cartas com carimbos do correio de São Francisco, todas cuidadosamente dobradas e colocadas de volta no envelope. Antes que pudesse guardá-las, Maia pegou o embrulho, leu o endereço e as colocou de volta lentamente em meio à coleção de bonecas.

— Então foi isso que aconteceu com meus selos — ela disse, e voltou a lanterna para o meus olhos quando se virou. Tentei acreditar que por acidente.

Depois de alguns minutos no banheiro, Maia encontrou uma caixa de charutos cheia de quinquilharias: maçanetas de porta, elásticos, bijuterias e um enorme anel de noivado.

Maia levantou o anel e o examinou.

— Devo acreditar que você também não mandou isso pelo correio?

Olhei para o anel, me perguntando quantos anos precisaria trabalhar para comprar algo parecido, e isso se arrumasse um emprego. A expressão de Maia era controlada, mas pela frieza feroz do seu olhar imaginei que devia estar pensando onde no meu rosto seria mais eficaz incrustar o anel.

Era uma sensação estranha sentar no chão do banheiro de Lillian e trocar olhares com minha ex-amante sob a luz de sua lanterna portátil. Então ouvimos a sirene da polícia. O carro estava a alguns quarteirões dali e provavelmente não tinha nada a ver conosco, mas aquilo nos lembrou de onde estávamos. Dez minutos depois voltáramos ao Buick de Maia a caminho de Monte Vista.

Não disse nada a não ser para orientá-la pela cidade, até que chegamos à ponte da Olmos Dam. Então, pedi:

— Espere. Pare aqui.

Maia franziu as sobrancelhas. Olhou para a pista estreita que corria sobre o muro de contenção com 30 metros de altura.

— Mas parar onde?

— Estacione.

Saí do carro e encostei-me no capô, que estava apenas um pouco mais quente do que o ar. Naquela noite não havia tempestade a caminho. A noite estava clara e alaranjada pela poluição luminosa, as únicas estrelas visíveis brilhavam alto no céu. Não tinha certeza de por que queria estar ali outra vez, sem ao menos a defesa de uma garrafa de tequila, mas também não estava pronto para ir para casa, onde quer que isso fosse. Maia desceu do carro, a princípio em dúvida sobre o que fazer.

Ela sentou-se ao meu lado, acompanhou meu olhar.

— Eu costumava olhar as estrelas depois que meu pai foi embora.

Foi embora — ainda era assim que ela falava no assunto. Tentei imaginá-la aos 6 anos, gritando enquanto o pai era arrastado de casa pela Guarda Vermelha para reeducação. Tentei imaginá-la adolescente, antes de ter sido ela própria reeducada pelo tio que falava inglês e então levada para os Estados Unidos, deixando que o resto da família sofresse as consequências. Mas era o oposto do problema que eu tinha com Lillian, que sempre via no passado. Com Maia, não conseguia vê-la de outra forma que não como no presente: sensual, adulta e cuidadosamente polida como teca.

— Na minha vila nos arredores de Shaoxing — ela continuou, com um sorriso triste — havia uma ameixeira enorme na qual eu costumava subir. Olhava para cima, via aqueles milhões de estrelas e as invejava.

— É — concordei.

Ela fez que não.

— Não. Eu as invejava porque eram tão poucas. Costumava sonhar em viver numa população tão pequena, em ficar em silêncio e sozinha daquela forma, a alguns centímetros de distância da pessoa mais próxima. Só sendo chinês para entender o que quer dizer um bilhão, Tres; e não há como entender o zero.

Eu queria argumentar. Olhei para o rosto de Maia, vendo a força que fazia para não chorar. Pensei em morte e ausência e memórias tão indistintas e doloridas como uma ressaca de tequila. Nem mesmo sóbrio eu conseguia entender por que voltara para casa, mas acreditava que entendia o zero bem até demais. Antes que Maia se levantasse e se afastasse, coloquei a mão atrás de seu pescoço e a puxei com delicadeza para mim.

A represa estava deserta, mas acho que dois carros passaram antes que eu abrisse os olhos. O segundo passou buzinando, com alguém gritando insultos que sumiram na noite junto com as lanternas. Sentia as pálpebras de Maia ainda molhadas na minha face. Ela não disse nada, mas guiou minha mão sob a blusa pelas suas costas. A pele dela estava fria. Deslizei a mão pela fenda da coluna até as omoplatas, então desabotoei o sutiã com um único movimento.

O riso dela foi trêmulo, o fim de um choro silencioso.

— Você deve ter sido terrível na escola — ela disse no meu ouvido.

— Sou terrível agora — respondi, mas o som foi abafado.

Segurei seu corpo sob a blusa e deslizei para dentro do cheiro de âmbar e do gosto de pele salgada, agradecendo a Deus e a Detroit pelo capô grande e liso do Buick.

37

Por volta de 1h30, as únicas luzes em San Antonio vinham dos postes, das estrelas e da TV do meu senhorio. Olhando para o olho azul no rosto paralisado do número 90, me perguntei o que estaria passando de tão interessante naquele horário. Ou talvez, já que Gary estava meio dormindo o tempo todo, ele não precisasse dormir de fato. Acho que Abraham Lincoln disse isso.

Não sei se me senti melhor ou pior com Maia encostada em mim, me envolvendo com um braço pela cintura, quando subimos os degraus da varanda. Simplesmente não me importava com nada naquele momento, a não ser cair no futon e desmaiar.

Isso antes de me dar conta de que o futon já estava ocupado.

Deveria ter percebido quando Robert Johnson não veio me repreender à porta. Acho que Maia sentiu primeiro. Ela congelou com a mão a meio caminho do interruptor antes mesmo que eu ouvisse a arma engatilhar.

— Bote tudo no chão à sua frente — ele disse.

A luz de lanterna que nos atingiu no rosto vinha de um modelo portátil. Apertei os olhos, cego, e levantei as mãos.

Maia soltou a bolsa. O chaveiro dela bateu no chão como uma bola de boliche pequena.

— OK. — A voz dele era ligeiramente familiar agora. — Fiquem de joelhos.

Ficamos.

— Vai nos sagrar cavaleiros, amigão? — perguntei. — Isso geralmente é feito com uma espada.

Senti o deslocamento de ar. Talvez pudesse ter evitado o chute se não estivesse tão cansado e cego. Naquela situação, tive tempo apenas para me virar e evitar que meus novos dentes quebrassem outra vez antes que nosso visitante carimbasse Doc Marten no meu rosto.

Consegui voltar a ficar de joelhos sem gritar. O osso malar não parecia estar quebrado, mas agora tudo girava à minha volta. O lado direito do meu rosto ficaria com a aparência de uma maçã podre naquela manhã.

— Esse é o golpe um — ele disse. E acendeu as luzes.

O ruivo segurava um Colt 45 com a mão esquerda, porque o braço direito, o que eu quebrara quando saímos do Hung Fong na semana anterior, estava engessado. Parecia não ter se barbeado, dormido e nem mesmo tomado banho desde nosso último encontro. Os detonadores acesos nos olhos me diziam que aquele era um homem que já havia jogado o pino fora e decidido que aquele era um lugar bom como qualquer outro para esperar a explosão.

— Diga o que você quer — disse Maia.

A voz dela tinha o tom que usaria com um cliente perturbado e eu esperava que o tiro saísse pela culatra da mesma forma como acontecera com Beau. Mas desta vez pareceu funcionar. O Ruivo abaixou um pouco a arma. Mantinha os olhos fixos em mim.

— Você sabe — ele disse. — E nem pense em me dizer que não está aqui. Você não quer saber qual é o golpe dois.

Me peguei pensando se os olhos dele seriam mesmo daquele tom escuro de azul. O rosto do sujeito parecia tão velho e leproso que eu agora começava a duvidar de que fosse o mesmo homem com quem me encontrara na última terça-feira.

Gesticulei que levaria a mão ao bolso da camisa; então, com dois dedos, peguei o CD que Garrett me dera. O CD realmente tinha dados criptografados de fotografias: fotos da última viagem de pesca que meu irmão fizera com a sucursal do Novo México dos Hell's Angels. Joguei o disco aos pés dele.

— Semana difícil? — perguntei.

— Tres, cale a boca — Maia sibilou.

Agora o Ruivo tinha um problema: não conseguiria pegar o CD e empunhar a arma com apenas uma mão. Ele apontou a arma para Maia.

— Levante.

Ele obrigou Maia a pegar o CD e ir na sua direção, mantendo o Colt 45 apontado para o peito dela, a uma altura em que seria impossível errar. Não achei que Maia fosse tentar alguma coisa, e mesmo que tentasse não sei se seria capaz de ajudá-la, mas de qualquer forma fiquei atento aos movimentos de seu corpo, à espera de qualquer sinal de tensão.

Não aconteceu. Ela colocou o CD no bolso da jaqueta do Ruivo e se ajoelhou. O Ruivo parecia relaxar a uma temperatura pouco abaixo da de ebulição.

— Ok. Agora quer uma leitura de folhas de chá, Navarre?

— Mais de uma vez por mês é mau carma — respondi.

O riso dele estava mais para um breve espasmo facial.

— Ninguém vai quebrar meus braços hoje a noite. Ninguém vai escrever uma porra de mensagem na minha camisa ou enfiar o cotovelo na minha cara.

— Certo — eu disse.

Olhei para Maia com o canto do olho. Chegamos a um entendimento. Ambos estávamos atentos para um sinal de que o Ruivo estava pronto para matar. Enquanto ele continuasse falando estava tudo bem, mas mais de quatro segundos de silêncio significavam que ele atiraria. Se isso acontecesse, nos lançaríamos contra ele; um de nós certamente morreria, mas não os dois.

— Já tomou um tiro com uma bala dundum?

— Quase, uma vez — disse Maia.

— Coisinhas escrotas — ele continuou, olhando para mim, como se a resposta houvesse sido minha. O Ruivo tentou coçar o rosto, então se lembrou de que estava segurando uma arma. Acho que foi só então que me dei conta de que ele estava bêbado, além de desesperado. Então seus reflexos seriam um pouco mais lentos. A um metro de distância com munição dundum numa 45 isso não era de grande alívio.

— Depois que elas explodem não sobra grande coisa do seu peito, cara. Abrem um rombo dos infernos. Vi um cara levar um tiro desses da polícia, ele gritou até os pulmões saírem pela boca.

Assenti.

— Então não é tão rápido quanto tiros nos olhos.

O rosto do Ruivo reagiu como se ele tivesse sido atiçado com uma picana. Ele apontou a arma para a minha cabeça.

— Então vamos dar um jeito nessa situação — ele disse, como se estivesse concluindo a preleção para um time. — Vamos devolver isso aqui, sumo desta cidade e talvez você continue vivo.

Nenhum de nós acreditou naquilo. Nem mesmo o Ruivo. Ele deu de ombros.

— Se esse não for o disco certo, as coisas vão ficar bem mais divertidas, cara. Muito mais divertidas para a gata aqui.

Olhei para ele, tentando ao mesmo tempo transmitir que cooperava e que não estava impressionado. Da forma como meu rosto estava contorcido do lado do chute, provavelmente estava mais para Bill, o Gato.

— Você e Eddie trabalham para Dan — eu disse. — É com ele que vamos nos encontrar?

A sugestão divertiu tanto o Ruivo que ele decidiu me chutar outra vez, agora na boca do estômago. Quando desgrudei o rosto do carpete, alguns séculos depois, vi um ruivo e meio com armas pairando à minha frente, sorrindo.

— A não ser que você tenha mais perguntas, vamos andando.

Fomos no carro de Maia. O que quer que Gary Hales estivesse assistindo na televisão, devia ser mais interessante do que o medíocre sequestro à mão armada. Ele nem ao menos olhou pela janela.

Assumi as vezes de chofer enquanto o Ruivo acomodou-se no banco traseiro, com o 45 preguiçosamente apontado para a cabeça de Maia. Saímos da Eisenhower Lane e entramos em um trecho da Austin Highway onde os pequenos centros comerciais que ainda não haviam sido abandonados eram ocupados por lojas que vendiam acessórios para maconheiros, casas de penhores, lojas gradeadas de bebidas e salões de beleza que ainda tinham fotos de modelos da década de 1960 nas vitrines.

A cada poucos segundos eu olhava para o Ruivo pelo retrovisor e via que ele estava com as pálpebras pesadas. Uma vez, quando a cabeça dele abaixou um pouco, quase agi. Antes que eu tirasse a mão do volante o cano do Colt estava encostado na minha orelha.

— Não — ele disse, sem o menor sinal de sonolência na voz.

Sorri para o retrovisor, então me concentrei na pista. Deviam ser 2 da manhã. Os bêbados começavam a sair trôpegos de espeluncas como o Starz N Barz ou o Come On Inn à procura de seus carros para dormir, à espera das intermináveis seis horas até que os bares voltassem a abrir. Motoqueiros se reuniam em estacionamentos, invisíveis a não ser pelo brilho do metal das Harleys e pelas brasas alaranjadas dos baseados.

— Próxima à esquerda — disse o Ruivo.

Passamos por alguns estacionamentos de trailers e entramos em um onde uma placa presa na cerca telada dizia "Happy Heaven". O amontoado de ferro galvanizado e mobília velha no pátio central de cascalho dizia algo bem diferente. Havia outros cinco carros no estacionamento, em estágios variados de desmanche. O pátio era iluminado por uma lâmpada nua atada ao galho de um olmo morto.

Entreguei as chaves do Buick para o Ruivo; então ele e Maia desceram primeiro. Andamos até o terceiro trailer, uma lata de metal amassada que mais parecia um aquecedor gigante. O Ruivo abriu a porta de tela e acenou para que eu entrasse.

Desta vez soube que algo estava errado assim que o ar bateu no meu rosto. Estava frio como um frigorífico ali dentro e o cheiro era quase tão ruim quanto. O fedor de excremento animal refrigerado se sobrepunha ao cheiro de bourbon e cigarros. O interior também estava completamente escuro, a não ser pelo retângulo amarelo de luz da porta que abrimos. Em algum lugar à direita um ar-condicionado de janela tremia e zumbia para manter a temperatura abaixo dos 15 graus. Tentei não vomitar. Então entrei e comecei a falar como se houvesse alguém ali dentro.

— Quanto tempo — eu disse para a escuridão.

Maia me seguia, então deu uma guinada para a esquerda. Voltei-me para a direita e tropecei em algo mole e molhado. Quando me apoiei no forro de madeira vagabundo da parede, senti uma dúzia de farpas rasgando meu braço. Fiquei imóvel.

O Ruivo estava apenas dois passos atrás de nós, mas na luz, e nós não. O sujeito só precisou de dois ou três segundos para perceber que algo estava muito errado e decidir abrir buracos no escuro com o Colt. Foi então que Maia o golpeou no joelho com os pés, em um ângulo de 90 graus. A cartilagem estalou como um talo de aipo. O Ruivo abriu um rombo de meio metro no teto do trailer enquanto cambaleava para a frente. Antes que pudesse voltar a puxar o gatilho, agarrei seu braço na postura "toque *biwa*". Ela leva esse nome porque quando se torcem os dois ossos do antebraço em direções opostas e se continua a aplicar força, eles quebram com um som semelhante ao produzido quando se puxa a corda de um alaúde chinês. Ou pelo menos foi o que Sifu Chen me disse. Para mim, pareceu mais um instrumento de percussão.

O Ruivo gritou e soltou a arma. Mas não foi ao chão até que eu o golpeasse no pescoço com as mãos, logo abaixo do maxilar. Então o sujeito derreteu em direção ao carpete felpudo e começou a roncar.

Maia já estava agachada no canto com o 45 do Ruivo. Ela fechou a porta do trailer com o pé. Após alguns minutos em absoluta imobilidade, ouvindo o zumbido do ar-condicionado, tateei a parede até encontrar o interruptor.

A primeira coisa que percebi quando a luz acendeu foi a cor da minha mão. Depois, a coisa na qual eu estava sentado. Pensara que era um colchão d'água, pela forma como cedia ao meu peso, mas colchões d'água não são cobertos de seda azul e não têm cabelos brancos. Levantei, virei o corpo e meu rosto ficou tão contorcido quanto o do cadáver.

Terry Garza estava quatro horas adiantado para nosso encontro. O sangue fluíra de seu pescoço com tanta abundância que finalmente floresceu e secou em uma enorme, grotesca rosa. O espetinho de *anticucho* que a fizera viceJar ainda brotava no centro.

Tentei lembrar ao meu estômago que ele ainda pertencia às minhas entranhas, não à minha boca. Ele não era um bom ouvinte. Olhe para outra coisa, disse a mim mesmo. Olhei para o sofá com estampas florais do qual Garza rolara, para o colchão listrado no canto oposto, para as latas de cerveja vazia que chocalhavam sobre o ar-condicionado. Não havia mais nada no trailer.

Maia reagiu mais rápido do que eu. Em silêncio, recuperou as chaves e a bolsa em poder do Ruivo e apagou a luz. Com a lanterna e um lenço, passou a revistar o corpo de Garza, conferiu os bolsos, as mãos e os pés do morto. O rosto de Garza tinha uma expressão contorcida, quase confusa. Naquele momento, o homem parecia ter ainda mais perguntas a fazer do que eu.

— Não prenda a respiração — eu disse a ele.

Garza prendeu a respiração.

Se alguém no Happy Heaven ouvira o tiro, ou se incomodara com ele, ainda não havíamos tido uma indicação. Apesar disso, meu relógio interno dizia que já passava da hora de sairmos dali. Usei a lanterna do Ruivo para fazer uma rápida inspeção na cozinha enquanto Maia revistava o morto.

Sobre uma travessa prateada numa gaveta embaixo da pia estava um contrato de seis meses de aluguel em nome de Terry Garza, da Sheff Construction.

Quando me juntei a Maia, ela olhava uma fotografia que encontrara no cadáver. Contraiu o rosto quando interrompi seus pensamentos mostrando o contrato.

— Chez Garza.

Ela olhou para mim, assentiu como se eu houvesse dito algo sem a menor importância e voltou a olhar a fotografia.

— Alô?

— Desculpe — ela disse, por fim. — Talvez você deva me falar mais sobre o assassinato do seu pai.

Ela me entregou a foto. Era quase idêntica às que eu encontrara no portfólio de Beau, mas nesta o rosto do homem louro estava voltado para a câmera. Eu ainda não o reconhecia. As duas pessoas recortadas estavam um pouco mais próximas. No fundo estava escrito "21/6", a caneta preta.

— A fatura do mês passado do Sr. Karnau — eu disse.

Maia começou a queixar-se em mandarim da minha igno
rância.

— ... os pelos faciais estão te enganando outra vez. Olhe
para a estrutura óssea das maçãs do rosto, para os olhos.

Olhei atentamente para o rosto do homem louro. Era ma
gro, com olhos fundos, nariz torto. Barba feita e cabelos curtos
penteados para trás. Imaginei-o com cabelos mais compridos,
com uma barba mais escura.

De súbito percebi do que se tratava a chantagem. A revela
ção não foi exatamente edificante.

— Randall Halcomb.

— Com seus assassinos — concordou Maia.

38

Não consegui dormir o resto da noite. Ao amanhecer eu estava deitado no futon memorizando os detalhes do teto e ficando com frio pelo condensar da respiração de Maia na minha pele. Por fim, me desvencilhei do braço dela e levantei.

Robert Johnson parecia impressionado com o fato de que pela primeira vez eu era o primeiro a sair da cama. Imediatamente começou a brincar de luta com meu pé enquanto eu tentava ir para a cozinha. Eu teria praguejado, mas sabia que ele praguejaria de volta tão alto que acordaria Maia. Tropecei aqui e ali, arrumando a mesa do café, pegando roupas, colocando os livros caídos de volta sobre o armário da cozinha. Lutei para conseguir vestir uma cueca e fiquei em frente ao espelho do banheiro por algum tempo, tirando do braço as farpas da parede do trailer, e então colocando mais um pouco de mercurocromo no rosto.

— Que maravilha — eu disse a mim mesmo.

Robert Johnson olhou para mim da tampa do vaso e bocejou.

Vesti um short e um suéter e fiz duas boas horas de tai chi na varanda dos fundos, começando pelas posturas baixas, para aquecer a musculatura. Depois de algum tempo, as coxas e as panturrilhas destravaram e fiquei suado demais até para os mosquitos.

Estava começando a me sentir melhor quando a vizinhança acordou para o domingo. Os dois pares de olhos reapareceram na janela do segundo andar do outro lado do beco e me observaram pelas frestas da persiana. A senhora da casa ao lado saiu mais uma vez para ler o jornal no quintal. Desta vez não justifiquei nem mesmo um segundo olhar. Ela segurou a xícara de café com firmeza e ajeitou o roupão. Então deu um sorriso maldoso ao abrir a porta dos fundos para uma horda de chihuahuas. Na última meia hora dos meus exercícios, eles me ameaçaram do lado deles da cerca, latindo de forma insana e pulando para cima como uma fila incansável de feijões mexicanos saltitantes. Enquanto isso, a mãe deles lia a coluna de Roddy Stinson para eles em voz alta, repetindo os trechos engraçados.

Tentei ficar grato pelo desafio à minha concentração. *Pense vazio, Tres. Água azul escorrendo pelo seu corpo. Cultive o chi.* Naquela manhã, tudo que cultivei foi uma dor de cabeça e a necessidade de mijar como um cavalo de corrida. Pedi desculpas a Sifu Chen em silêncio e entrei em casa.

Maia preparava o que restava do café Peet's. Os cabelos estavam soprados para um lado da cabeça, como se tivesse caminhado na praia. Usava minha última camiseta limpa. Ela olhou para mim, sorriu e por um segundo apagou as imagens de cadáveres da minha cabeça. Mas apenas por um segundo.

— Você está péssimo, Tres. E quase acabou com esta pobre garota ontem à noite.

— Sempre sou ótimo na cama depois que quebram minha cara.

— Vou me lembrar disso.

Ela me puxou pelo elástico do short e me beijou no rosto. Recuei.

— Por falar em ontem à noite... — eu disse.

Ela sorriu, um pouco triste.

— Deixe estar, Tex. Está bem?

Sentei no armário da cozinha com uma xícara de café nas mãos e olhei para o 45 que Maia pegara com o Ruivo, para os maços de notas de 50 que eu pegara de Beau Karnau, para a foto amassada de Randall Halcomb que encontráramos no corpo de Terry Garza.

Não gostei das conexões que começavam a surgir. Dez anos antes meu pai de alguma forma descobrira o esquema para fraudar a licitação do Travis Center. Antes que levasse isso a público, as pessoas por trás do esquema usaram Randall Halcomb para silenciar o xerife. Então, antes que o FBI botasse as mãos em Halcomb, seus empregadores também o silenciaram.

Eu e Maia olhamos um para o outro.

— Regra número 1 dos assassinatos — eu disse. — Assassine o assassino.

Maia ficou séria.

— E Beau Karnau calha de estar presente com uma câmera... em um campo deserto no meio da noite. É uma coincidência e tanto.

Concordei. Não fazia sentido. Tampouco que uma chantagem envolvendo um crime acontecido dez anos antes tivesse começado apenas no ano anterior.

Esfreguei os olhos.

— Precisamos saber mais de Guy White. Se a máfia realmente está metida nisso ou se foi apenas conveniente que alguém fizesse parecer dessa forma. Precisamos saber o que a polícia sabe sobre o assassinato de Garza e de Moraga.

— E sobre Lillian — disse Maia, em voz baixa.

Olhei pela janela para os resedás. Maia se aproximou. Colocou as mãos nos meus ombros, de leve.

— Primeiro você precisa comer alguma coisa. Então procuramos a polícia.

Esfreguei os olhos outra vez, imaginando em como preparar o café da manhã com apenas uma lata de cerveja e um pouco de bicarbonato. Pensar na geladeira vazia levou-me a me lembrar do cartão de Larry, que eu guardara no armário do banheiro.

Olhei para o relógio: 9 horas. Quase um horário civilizado. Se eu fizesse parecer urgente, ele poderia chegar em trinta minutos, mas apenas se eu estivesse preparado para discutir assuntos da polícia da forma séria e metódica à qual ele estava acostumado. O que significava apenas uma coisa.

Tirei algumas notas de 50 de um maço de Beau.

— Primeiro — eu disse a Maia — vamos às compras.

39

Não sei se Pappy Delgado ficou feliz por me ver ou apenas feliz por conhecer Maia. Eu cultivava ilusões de que o velho merceeiro se interessava pelo meu bem-estar. Provavelmente, estava mais próximo da verdade que se interessasse pela saia-calça branca de Maia e por suas pernas morenas. Qualquer que fosse a resposta, era uma manhã lenta em sua lojinha cor-de-rosa iluminada por luzes de Natal, e Pappy decidiu nos oferecer uma visita guiada à seção de hortifrúti.

Enquanto isso, ajudou a corrigir meu *español* para que eu soasse mais como um *tejano* do que um cubano. *Sandia*, e não *patia*, para *agua fresca* de melancia. Nada de chamar banana de *guinea*. Parecia incrivelmente satisfeito por reeducar o gringo. Por fim, quando Maia escolhia alguns abacates, Pappy gesticulou com seu enorme nariz em direção a ela e assentiu para mim.

— *Y la chica?* — ele sussurrou.

Eu disse que ele era um velho sujo. Ele sorriu e disse que tomava banho diariamente, de preferência acompanhado.

Liguei para Larry do telefone público na esquina da New Braufelds com Eleanor e disse que tínhamos coisas para conversar e *pan dulce* para comer. De má vontade, ele concordou em me fazer uma visita.

— Quer me ajudar com um contexto, Navarre? Qual é o problema?

— Você ouviu falar do assassinato na Sheff Construction? Vi alguns xerifes assistentes na cena do crime.

Ele ficou em silêncio.

— Certo, e quanto a Terry Garza morto na Austin Highway? Fizemos a ligação anônima ontem à noite.

Ele continuou em silêncio.

— Posso considerar isso um sim? — perguntei.

— Puta merda — disse Larry. E desligou na minha cara.

Já de volta à Queen Anne, esquentei os *pan dulces* que a esposa de Pappy preparara na cozinha da mercearia naquela manhã e acrescentei um pouco de manteiga e canela. Assim que saíram do forno, Larry tocou a campainha. Não estava de bom humor.

Antes de dizer qualquer coisa, ele encheu a mão de *pan dulces* e sentou no futon. Robert Johnson foi enxotado e engatinhou até o armário.

— Está bem — disse Larry. — Agora, que porra é essa sobre os homicídios?

Então Maia saiu do banheiro. Larry ficou mais vermelho do que já era, tirou o chapéu, e fez menção de se levantar.

— Desculpe — ele disse. — Não sabia que você estava acompanhado.

Maia sorriu e fez um gesto para que continuasse sentado.

— Não tem problema, tenente. Estou encantada... não conheço ninguém que peça desculpas hoje em dia por dizer "porra".

— Ah... — disse Larry.

Maia riu e se apresentou. Um aperto de mão e Larry estava apaixonado. Ele deu um sorriso de manteiga e canela. Tentou abrir espaço no futon para ela e quase atingiu a si mesmo com o cassetete.

Uma vez que quase se esquecera de que deveria estar puto da vida comigo, decidi ajudá-lo.

— Homicídio, Larry. Você estava dizendo...?

Ele tentou me olhar com uma expressão de raiva. Talvez fosse para impressionar Maia.

— Chequei o telex há alguns minutos. Até agora nada sobre Garza.

Maia se acomodou no futon da melhor forma que lhe permitiram os cinco centímetros não ocupados pelo corpo de Larry.

— Isso é incomum?

— O que é incomum é que eu fique sabendo pela boca do meu amigo aqui. — Os olhos dele estavam cravados nos meus com todo o poder acusatório de cão de caça fiel que acaba de ser chutado. — E também procuramos Beau esta manhã. Um dos meus assistentes foi até o apartamento dele, e depois ao estúdio. Ambos vazios, como se Beau tivesse saído da cidade.

Eu e Maia olhamos um para o outro. Larry esperou.

— Então, quer me contar? — perguntou.

Contei a ele. Quando chegamos à visita ao trailer de Garza na noite anterior, Larry não parecia muito feliz. Quando terminei, ele juntou as mãos como se fosse rezar e as apontou para mim.

— Você abandonou a cena de um crime depois de remover provas.

— Essa é uma interpretação — admiti.

— E a única prova contundente que tem desse esquema foi obtida durante uma invasão à sede da Sheff, o que praticamente a inutiliza num tribunal.

Assenti.

As sobrancelhas enormes de Larry se aproximaram. Ele suspirou.

— Filho, você provavelmente estragou a melhor chance que já tivemos de laçar Guy White pelo saco por assassinar seu pai. Eu teria dado qualquer coisa, durante os últimos dez anos, por essa chance, e você simplesmente... — Ele parou, controlou-se. Eu diria que estava contando em silêncio. — Certo. Digamos que você tenha levantado tudo isso como algo hipotético. Certo, tudo bem. Não sou obrigado a concordar. Mas aqui vai meu conselho hipotético: vá até a DPSA e colabore como o diabo.

— É isso?

Ele explodiu.

— Que diabo. É melhor você não duvidar de que o FBI vai entrar nessa investigação mais cedo ou mais tarde. Quando isso acontecer, vão ver o que você aprontou e seu couro vai estar pendurado no mastro dos federais. E eu não vou poder fazer nada por você.

Enquanto olhávamos um para o outro, o caminhão de sorvete passou lentamente em frente à casa. Desde a semana anterior, a versão de "La Bamba" perdera algumas oitavas e agora mais parecia uma marcha fúnebre.

— E quanto à investigação de Jay sobre Lillian? E quanto aos homicídios?

Lentamente, Larry limpou o açúcar rosado das mãos.

— Digamos que seria para lá de incomum se eu pedisse informações ao DPSA sem um motivo.

Ficamos nesse impasse até que Maia decidiu ajudar. Ela pousou a mão no joelho de Larry e deu um sorriso triste, sincero.

— O senhor poderia descobrir um motivo, tenente?

Desconfortável, Larry se ajeitou no futon murmurando algo para si mesmo. Olhou para a mão de Maia. A dureza no olhar desapareceu.

— Ah, merda — ele disse. — Vou fazer um bico de segurança com um amigo do Departamento de Investigações Criminais na sexta-feira. Talvez possamos conversar.

O sorriso de Maia para Larry talvez tenha valido o esforço. Eu estava ocupado demais olhando para o linóleo da cozinha.

— E se sexta for tarde demais? — perguntei.

Larry levantou. A mão dele no meu ombro era como chumbo quente.

— Vá até o centro, Tres. Antes de sexta-feira. E fique longe de Guy White.

Ficamos em silêncio.

— Que diabo, filho — ele disse. — Não tem nada mais que eu possa fazer.

— Você tem boas relações com a polícia de Blanco? Foi lá que mataram Randall Halcomb. Também gostaria de saber mais sobre a cena do crime.

Larry fechou a cara.

— Podemos ir até lá sozinhos... — eu disse, olhando para Maia.

— Está bem — Larry resmungou. — Saio ao meio-dia. Depois passo aqui e pego vocês, contanto que me faça dois favores.

Dei a ele meu melhor sorriso.

— Qualquer coisa.

— Fique quieto no seu lugar.

— E?

— Pare de me lembrar o seu pai, droga.

40

Esperava que Larry se contentasse com um em três. Não ficamos quietos no nosso lugar e não ficamos longe de Guy White.

Meu primeiro erro foi tentar atravessar o parque Brackenridge numa manhã de domingo. No instante em que entramos na Mulberry Avenue, ficamos presos numa fila de caminhonetes e Chevys rebaixados, picapes com pinturas especiais cheias de pessoas tomando sol na caçamba. Já que não íamos a lugar algum, os motoristas em pistas opostas conversavam em espanhol, trocavam latas de cerveja e cigarros, flertavam descaradamente com as passageiras, que eram invariavelmente ruivas vestidas em blusinhas pretas e bermudas ainda mais apertadas. Os aromas de *barbacoa* e a fumaça de hambúrguer grelhado flutuavam pelas ruas como uma neblina espessa. As mesas de piquenique nas margens do rio estavam ocupadas desde a noite anterior, então, até onde eu sabia, as pessoas nos carros simplesmente rodavam em baixa velocidade e comiam o almoço de domingo. Maia recebeu diversas propostas e um número de assobios que encheria um aviário. Ninguém assobiou para mim.

Como não havia mais nada para fazer, apontei para os trilhos da ferrovia em miniatura, os estábulos de aluguel de pôneis, o lugar onde acontecera o Grande Assalto da Ferrovia Brackeridge.

Maia olhou para mim em busca de uma tradução.

— O quê?

— O bilhete de entrada do meu pai para a fama — disse a ela. — Um grupo de recrutas da base aérea Lackland foi dispensado no dia 25, tomou algumas cervejas e decidiu roubar alguns pôneis para brincar de Jesse James. Colocaram lenços nos rostos, atravessaram um tronco de árvore nos trilhos e se esconderam na mata à espera de que o trenzinho aparecesse. Roubaram os passageiros à mão armada e fugiram.

— Encantador — disse Maia.

Ergui a mão.

— Tem mais. Meu pai era assistente de xerife na época. Agora que me lembro da história, acho que aquela tarde é a única ocasião em que me lembro dele de folga e sóbrio ao mesmo tempo. Acho que estava me levando ao zoológico. Quando viu o roubo, disse para eu não sair de onde estava. Uma rede de TV local fez ótimas imagens dele, todos os 130 quilos, acenando com a escopeta como se fosse o juiz Roy Bean e correndo desajeitado em direção ao grupo de imbecis bêbados montados em pôneis. Depois ele ficou embriagado e deu uma entrevista bombástica sobre levar a lei ao Velho Oeste. No ano seguinte, eles o elegeram xerife.

— A imprensa?

— Basicamente.

Maia assentiu. Acho que ela olhava para mim em busca de indícios do código genético do meu pai, tentando avaliar se perseguir bandidos montados em pôneis com uma escopeta era um traço dominante ou recessivo. O que quer que tenha concluído, guardou a informação para si mesma.

Finalmente chegamos ao parque Olmos e entramos na Crescent Street. Quando estacionamos em frente à casa de Guy White, descobrimos que o Sr. White decidira que era hora de reformas. Providenciara a instalação de uma fonte presidencial no gramado em frente à casa e três trabalhadores suarentos cavavam valas e instalavam canos de cobre para concluir o encanamento. White também instalara um zagueiro hispânico de 130 quilos na porta da frente.

O novo porteiro olhava para nós com ar confuso enquanto seguíamos em direção à casa.

— Olá — cumprimentei.

O sujeito enterrou a cabeça entre os ombros, como uma cúpula de abajur. As feições dele eram tão planas que quase pareciam amassadas. As únicas coisas que acrescentavam algum contorno ao seu rosto eram os cabelos e os óculos escuros, ambos grandes, brilhantes e pretos. Aparentava ter algum dia tentado acompanhar uma aula de cálculo e nunca ter se recuperado. As sobrancelhas estavam franzidas e a boca estava semiaberta.

— Bibi — ele disse.

Talvez fosse o nome dele. Talvez ele só tivesse chegado até ali no alfabeto. Qualquer que fosse a resposta, ele não parecia ter grande coisa a acrescentar. O porteiro cruzou os braços e esperou que fôssemos embora ou tentássemos escalá-lo.

— *¿Hablas mejor español?* — perguntei.

Bibi olhou para mim como se eu fosse o inseto mais curioso do mundo. Se eu fosse apenas um pouco mais interessante, acredito que ele começaria a babar. Atrás de nós, os homens que trabalhavam na fonte faziam uma pausa para descanso. Com o canto do olho os vi limpar o suor do rosto, nos observando. Um deles apostou cinco dólares em silêncio.

— Certo — eu disse. — Gostaríamos de ver o Sr. White. Se você disser que estamos aqui.

Bibi parecia estar observando minha boca, tentando ler as palavras.

— Ou você pode simplesmente bater o pé — sugeri. — Uma vez para sim.

— Ou poderíamos perguntar lá dentro — disse Maia, com um sorriso inocente.

Quando ela tentou entrar pela porta, o braço de Bibi bloqueou a passagem à altura da cintura. Então uma forma se moveu atrás do adorno de vidro chanfrado da porta. Meu velho amigo Emery abriu a porta e ficou parado na entrada. Ele não parecia particularmente feliz por me ver.

Agora usava um terno de risca de giz talvez três números maior. O colarinho da camisa era tão grande que enrugou como um buraco de cu ao redor do pescoço quando ele apertou a gravata cor de laranja.

Estendi-lhe a mão.

— *Que pasa*, amigão?

Emery emitiu um som algo entre uma risada e um ataque de asma.

— Você é um filho da puta estúpido. — Ele colocou diversas sílabas na palavra *estúpido*, apenas para enfatizar.

— Gostaríamos de alguns minutos do tempo do Sr. White — eu disse. — Lembra de todo aquele processo na última visita?

Emery transferiu o peso de uma perna para a outra.

— Essa foi boa. — Olhou para Bibi em busca de apoio. — Não foi boa?

Bibi não ajudou. Apesar de Maia ter recuado, o braço dele ainda bloqueava a passagem. Ele provavelmente já tinha se esquecido de por que o colocara ali.

— O Sr. White não costuma receber visitas nas manhãs de domingo — disse Emery. — E o Sr. White deixou bem claro que isso o inclui, Sr. Navarre. Sinto muito.

Bibi deu um passo à frente para que eu admirasse seu peito enquanto Emery apertava a gravata um pouco mais.

— Desta vez ele pode estar interessado no que tenho a dizer.

Emery deu um sorriso torto.

— Duvido muito, Sr. Navarre.

Olhei para Maia. Ela sorria com doçura.

— Cavalheiros — ela disse —, vocês têm certeza absoluta de que não podem simplesmente perguntar ao Sr. White? Sério, acho que seria melhor.

— Ela acha que seria melhor — Emery repetiu para Bibi. Bibi assentiu como se fosse entender depois de mais algumas repetições. Emery deu um sorriso tão amplo que suas bochechas se transformaram em cânions. — Acho que seria melhor você voltar para o Japão, meu anjo, e o Sr. Filho do Xerife aqui pode voltar para Frisco. As coisas ficariam bem mais simples.

As pessoas sempre fazem demonstrações dos seus incríveis chutes altos quando se gabam de saber artes marciais. Elas se esquecem de dizer que quanto mais alto levantamos a perna, mais alto dizemos ao mundo: "Aqui está meu saco. Bata com força, por favor." É claro que um chute alto tem mais alcance, mas, na verdade, o chute mais rápido, seguro e devastador, e o mais difícil de defender, é um bom chute baixo na virilha. Fez maravilhas com Bibi. Ele cambaleou para trás, vestíbulo adentro, sem nem ao menos perder o ar confuso. Mas é claro que bater a cabeça no piso de mármore não ajudou nem um pouco suas habilidades de compreensão. Emery teve menos sorte. Maia o agarrou pela gravata cor de laranja, bateu a cabeça dele no painel de vidro da porta e o atirou sobre Bibi.

— Japão — ela cuspiu.

Fiquei gratificado ao descobrir que Emery agora guardava o Airweight 38 no cinto. Maia pegou a arma. Acho que ela teria chutado Emery nas costelas, por segurança, se não tivéssemos mais companhia. Mal pisamos no vestíbulo quando outros dois zagueiros desceram a grandiosa escadaria que circulava a parede dos fundos da sala de estar. O uniforme de escolha deles parecia ser ternos italianos. A arma de escolha parecia ser a Glock 9mm.

A princípio eles estavam ocupados demais descendo a escadaria para atirar e, quando chegaram à sala, precisaram arrodear, cada um de um lado, um móvel de madeira e vidro cheio de estatuetas de cristal.

— Bom-dia — eu disse. — O Sr. White está?

Dei um passo à frente. Com calma, pensei.

Maia, a calma e razoável da dupla, preferiu usar o 38 de Emery para disparar contra o móvel. É incrível a bela granada que se pode fazer ao disparar balas dundum em um monte de cristal Waterford. Estilhaços de renas, pinguins e cisnes delicados transformaram tudo num raio de 5 metros em uma fantasia invernal, incluindo os rostos dos dois homens. Eles ainda gritavam ao pé da escadaria quando Maia se adiantou e pegou as pistolas que haviam largado no chão. Depois de tatear o corpo em busca de buracos e garantir que não havia borrado as calças, perguntei a ela:

— Qual você achou que era a chance de eles não ventilarem meu peito antes que você conseguisse fazer seu show?

Ela beijou minha face boa.

— Não pensei nisso.

— Só para saber.

Tentamos as portas duplas de madeira maciça à esquerda. Antes de pensar no que estava fazendo, meus braços projetaram-se para a frente, agarrando, e minha cintura instintivamente girou e mergulhou na postura *lui*, "puxar". O sujeito com o cassetete foi atirado sobre meu joelho e aterrissou de cara na maçaneta.

— Por aqui — sugeri a Maia.

Quando chegamos às portas que davam para o quintal, Guy White esperava por nós com uma pistola preguiçosamente apontada na nossa direção. Ao que parecia, ele acabava de chegar do jardim; estava encostado no umbral da porta vestindo calças cáqui, camisa azul por fora e sandálias. Os cabelos cor de molho ferrugem estavam impecavelmente penteados com gel e seu semblante era pacífico.

— Você é um homem dos mais persistentes — ele disse.

Felizmente não havia cristal Waterford no qual atirar naquela sala. Maia colocou as três armas sobre uma mesa próxima.

Guy White sorriu para ela.

— Obrigado, minha jovem.

Então abaixou a Glock e fez um sinal com a outra mão enfeitada com diamantes na direção do quintal de 20 mil metros quadrados.

— Tenho croissants excepcionais da Pour la France — ele disse. — Estava lendo Roddy Stinson no gazebo. Querem se juntar a mim?

41

 — Beau Karnau — disse White. — Um personagem pitoresco.

Ele riu sem emitir som algum. Então se recostou na cadeira de vime e passou a dissecar um croissant. White descascava cada camada e as cortava em pequenos quadrados com as mãos bem cuidadas. Se o croissant estivesse vivo, acho que teria o mesmo sorriso despreocupado no rosto.

— Então o senhor o conhece — eu disse.

Bebi o mimosa servido numa taça de cristal. O drinque fora preparado com Veuve Cliquot, e não Dom Pérignon, mas o suco de laranja deve ter sido espremido por imigrantes ilegais que chegaram do Vale naquela manhã, então decidi não dispensá-lo.

— Apenas de vista, dada minha condição de patrono das galerias de arte locais. Por que pergunta?

— Curiosidade. E pelo fato de que Beau talvez seja o único, além de nós dois, com qualquer interesse no disco que ainda não está morto.

Nenhuma reação. White admirou seu jardim e fez um gesto com a taça de champanhe.

— O que acha, Srta. Lee? — perguntou. — Estou pensando em plantar tomates naquele canto, ao lado dos louros-americanos.

Se Maia estava tentando parecer dura e inescrutável, falhara completamente. Ela sorriu sem ao menos olhar para o futuro canteiro de tomates e concordou que seria um ótimo lugar. Juro por Deus, os olhos de White brilharam, submissos a ela. Quando estava pronto a voltar a dar atenção às minhas perguntas, ele afastou a carcaça do croissant e o *Express-News*. White inclinou-se sobre a mesa, com ar sincero e solícito.

— Garanto, Sr. Navarre, Beau Karnau não é pessoa das minhas relações. Só o encontrei em duas ocasiões e o considerei... cansativo.

Ele deixou que seus olhos revelassem um breve lampejo de contrariedade, uma irritação benigna com o pitoresco Beau.

— E Dan Sheff? — arriscou Maia.

White fez uma pausa, e então decidiu sorrir. Por um instante achei que fosse afagar a cabeça de Maia.

— O que tem ele, minha jovem?

— Leia o jornal — sugeri. — Acho que o assassinato de Moraga já não está na primeira página, mas o senhor ainda está com bastante espaço na imprensa.

Eu não conseguia afastar a atenção de White do canteiro de tomates imaginário. O tom dele continuou agradavelmente distraído.

— Como eu já disse, meu rapaz, falsas suposições.

— Então o senhor não tem relações com a Sheff Construction? — perguntei. — Nenhum conhecimento sobre como os negócios deles mudaram em meados dos anos 1980? — Terminei o mimosa. — Imagino que naquela época o senhor deveria estar à procura de investimentos mais discretos. O julgamento por tráfico de drogas, a investigação sobre o assassinato do meu pai. Isso deve ter sido muito... cansativo.

Extraí apenas um suspiro cansado do nosso anfitrião. Devemos nos contentar com o que temos.

— Tudo que posso dizer da Sheff Construction, meu rapaz, é que o Sr. Sheff, e falo do Sr. Dan Sheff Jr., tem pouco envolvimento com a... condução diária dos negócios, eu diria. Talvez... — Ergueu um dedo, como se finalmente tivesse encontrado o lugar ideal para as azaleias cor-de-rosa. — Talvez o senhor deva falar com Terry Garza, o gerente administrativo. Isso seria mais esclarecedor.

— Marcamos um horário — eu disse. — Mas a visita foi cancelada ontem à noite, quando o encontramos com um espeto de *anticucho* enfiado no pescoço.

Consegui. White desviou a atenção do futuro canteiro e olhou para mim. Acho que ficou mesmo surpreso, mas a surpresa passou logo.

— Lastimável.

— Sim, será; quando a polícia vier visitá-lo.

Coloquei a foto que encontramos no trailer de Garza em cima do jornal de White, de frente para ele.

— O que eu acho — eu disse — é que o senhor está nesta foto ou sabe quem está. A Sheff Construction envolveu-se há dez anos em esquemas extremamente lucrativos e extremamente questionáveis envolvendo as licitações públicas municipais, Sr. White, e esse é um esquema que continua em andamento. Eu ficaria surpreso se algo tão grande fugisse do seu conhecimento. Ou o senhor estava diretamente envolvido ou cuidou de descobrir quem estava.

White olhou para Maia, sorriu como um pai para uma mãe quando o filho diz algo engraçado e insensato.

— Sr. Navarre, não gosto que me atribuam a condição de bode expiatório. Como já disse, enfrentei muitas contrariedades há dez anos, quando seu pai morreu. Muito sofrimento injustificado.

— O senhor está dizendo que mais uma vez estão tentando usá-lo como bode expiatório?

Ele se espreguiçou como um gato.

— Soluções convenientes, Sr. Navarre.

— Então me ajude a encontrar Beau. Ele tem as respostas.

White me dirigiu um olhar que não consegui ler. Por trás do sorriso manso, parecia tomar alguma decisão.

Ele levantou-se da cadeira e mais uma vez olhou para o jardim. Então tirou um cartão e uma caneta do bolso, escreveu algo no cartão, dobrou-o e o soltou sobre a mesa.

— Adeus, Sr. Navarre. — White se espreguiçou mais uma vez, erguendo o corpo na ponta dos pés. — Foi um prazer, Srta. Lee.

Quando Guy White estava a um quilômetro de distância, admirando verbenas recém-plantadas, Maia pegou o cartão e leu o que estava escrito.

Se quiser encontrar o Sr. Karnau, tente o Palacio del Rio hoje à noite.

— É o Riverwalk Hilton. No centro.

Maia colocou a taça de champanhe sobre a mesa. Olhou mais uma vez para o cartão.

— Por que sinto que acaba de nos ser oferecido um sacrifício?

— Ou o lastro indesejado de alguém.

Olhei para Guy White, que agora caminhava com cuidado mas com naturalidade entre leiras de camaradinhas, como se aquele fosse seu campo minado e ele já o tivesse atravessado muitas vezes.

42

Depois disso, foi agradável sentir o ar limpo do campo. Às 13 horas rodávamos às margens do rio Blanco no jipe de Larry Drapiewski e Larry consumia com avidez Shiner Bocks e fajitas de carne que leváramos como oferta de paz.

— Três cervejas — disse Maia. — O que aconteceu com dar um bom exemplo aos jovens, tenente?

Larry riu.

— Quando ficar grande como eu, Srta. Lee, verá o efeito de três cervejas na corrente sanguínea.

O jipe vermelho de Larry parecia estar em casa no Hill Country. E o mesmo valia para ele. De folga, usava jeans Levi's e botas Justin, que devem ter sido feitas com o couro de um jacaré inteiro, e uma camisa vermelha que fazia com que os cabelos e as pintas parecessem menos fosforescentes em comparação. Um Howdy Doody anabolizado.

— Então o que vocês esperam descobrir? — perguntou Larry. — Já se vão uns bons anos desde que tiraram Halcomb daquele abrigo de caçador, filho. Você acredita que vai encontrar algo espetado com uma bandeira cor de laranja à sua espera esse tempo todo?

— Seria ótimo — eu disse.

Larry riu. A fajita desapareceu em sua boca, seguida pela maior parte de uma garrafa de cerveja. Maia observava assombrada.

O amigo de Larry na polícia de Blanco tinha o infeliz nome de xerife assistente Grubb. Encontramos Grubb em frente a um restaurante Dairy Queen, um lugar que ele obviamente frequentava havia anos. Os cabelos brancos tinham um tom levemente ensebado e o torso, que devia ter sido o de um jogador de futebol americano no passado, agora soterrava a fivela do cinto e tinha uma estranha semelhança com um Dilly Bar.

Larry fez as apresentações.

— Halcomb — disse Grubb, com um cumprimento. — Foi um passeio e tanto.

— E isso quer dizer...?

Quando Grubb sorria, dava para ter uma ideia do quanto ele gostava de café. As camadas amareladas nos seus tortos dentes incisivos pareciam linhas d'água de glaciações.

— Quer dizer que ficamos boiando, filho — ele me disse. — Não descobrimos absolutamente nada.

O abrigo ficava a dez minutos de carro do restaurante. No caminho, ele nos contou sobre uma fazenda com trabalhadores escravos que haviam fechado na semana anterior: 17 mexicanos eram mantidos num celeiro; eram acorrentados à noite e trabalhavam embalados por um chicote e à mira de uma escopeta de dois canos durante o dia. Então falou dos chamados de violência doméstica que atendera durante a semana, do novo restaurante mexicano da cidade, das chances do time de futebol americano da região no campeonato estudantil. Depois de chegarmos ao local e percorrermos um bom trecho com vegetação rasteira e carvalhos, eu e Maia estávamos a par de todas as fofocas que Blanco tinha a oferecer, incluindo onde comprar bebida por preços mais em conta, os lugares onde pousavam os aviões com carregamentos de maconha e quais esposas eram as candidatas mais fortes para casos tórridos. Tudo que eu precisava agora era de um lugar com aluguel barato.

— Aí está — disse Grubb, por fim, enxugando o suor da parte de trás do pescoço. — Não é grande coisa.

O abrigo provavelmente já estava abandonado quando o corpo de Randall Halcomb foi colocado ali dentro. Agora era apenas um amontoado de tábuas podres e folhas de compensado equilibradas em quatro traves tortas. A construção tentara desabar há muito tempo, mas fora impedida por uma algarobeira que ainda a segurava como um amigo sóbrio a um bêbado. Uma escada de corda desfiada pendia dos fundos. Mesmo que ela aguentasse tempo o bastante para que alguém subisse, o abrigo ruiria ao peso de um homem.

Grubb e Larry começaram a contar casos de acidentes de caça sangrentos enquanto eu e Maia olhávamos em volta. Nada estava marcado com uma bandeira cor de laranja. Cinco vacas se reuniam à sombra do abrigo, se protegendo do sol da tarde. Elas me observaram com uma indignação preguiçosa, se perguntando o que eu fazia ali. Começava a fazer a mesma pergunta a mim mesmo.

Eu esperava talvez conseguir identificar o cenário das fotos de Beau, ter uma ideia de onde as fotos haviam sido tiradas, por que os empregadores de Halcomb haviam escolhido aquele lugar para o encontro e por que Beau estaria ali. Até agora nada.

— Grubb — chamei.

O xerife assistente veio até mim, seguido por Larry e Maia.

Fiz um gesto com a cabeça na direção do abrigo.

— Vocês concluíram se o abrigo foi ou não um ponto de desova?

Grubb tirou o chapéu e enxugou a testa com o antebraço.

— Encontramos um bocado de sangue a uns cem metros naquela direção — ele disse. — Foi lá que o mataram. Então o arrastaram até aqui.

— Eles então. Duas pessoas?

— Ou mais. O FBI fez algumas impressões de pegadas. Não me lembro direito dos detalhes.

— A causa da morte?

— O sujeito tomou um tiro nos cornos à queima-roupa. Um atirador e tanto. Já ouviu falar da Sheridan Knockabout?

— Uma pistola 22 de um único tiro — disse Maia, quase distraída. — Saiu de linha em 1962; apenas 20 mil foram produzidas.

Grubb e Larry olharam para ela boquiabertos. Vestindo calças cáqui e uma regata branca, com os olhos ocultos sob óculos escuros com lentes grandes, Maia parecia uma veterana de safáris. Uma única gota de suor escorria da orelha para o queixo. A não ser por isso, o calor não parecia ter qualquer efeito sobre ela. Maia olhava para o abrigo quando percebeu que era o centro das atenções. Deu de ombros.

— Só um palpite.

Larry sorriu.

— Uma Sheridan — eu disse. — Meu pai tinha uma, na verdade... Comprou logo depois que chegou da Coreia.

Grubb voltava a enxugar a testa.

— Sim. Elas eram populares entre os veteranos. Principalmente os praticantes de tiro ao alvo. O que acontece é que é uma escolha muito estranha para um assassinato. As estrias nas balas são muito nítidas, fáceis de rastrear. E em 1985 não eram o que se pode chamar populares nas ruas.

Pensei na foto que vira na casa dos Sheff: Dan Pai como um jovem soldado, recém-chegado da Coreia. Pensei na caixa de munição 22 no armário do escritório de Dan Jr.

— E você disse que ela é uma pistola de um único tiro.

Larry assobiou baixinho.

— É preciso ter muita confiança na mira para matar um homem como Halcomb com uma arma dessas. Ter colhões.

— Ou — disse Maia — não ter planejado o assassinato. Você pode levar uma arma como essa para se proteger em uma reunião perigosa, se for a única que tem. Ou alguma margem de segurança se as coisas ficarem difíceis. Mas talvez não para um crime premeditado. De qualquer forma, não estamos falando de um profissional. — Ela olhou para mim. — Não da máfia. Eles teriam vindo mais bem preparados.

Grubb estudou Maia dos pés à cabeça mais uma vez, com um misto de confusão e respeito crescente na testa suarenta.

— O que você disse mesmo que era, moça? Chinesa?

Para seu crédito, Maia manteve o rosto dele intacto. Ela falou, com frieza:

— Isso mesmo, Sr. Grubb. Aqueles que construíram as ferrovias. O senhor se lembra.

Olhei para as vacas e tentei pensar. As vacas não ofereceram qualquer sugestão.

— E vocês conseguiram mais alguma coisa? — perguntei a Grubb.

O velho xerife assistente tirou os olhos de Maia, olhou para mim e balançou a cabeça.

— Só um beco sem saída, filho.

Larry deu de ombros. Parecia decepcionado, mas não surpreso.

Eu podia ter ido embora. Eu tinha o que fazer. E nossos dois guias policiais estavam definitivamente prontos para voltar ao ar-condicionado e aos Dilly Bars de um amigável Dairy Queen. Mas depois de suar ao sol e afastar mosquitos por mais alguns minutos, comecei a andar em direção ao lugar onde Halcomb fora assassinado.

Era uma baixada com mais algarobeiras. O mato seco estava tão alto que a camada de carrapichos que cobria nossas calças era tão grossa quanto pelo quando chegamos à cena do crime. Era uma pequena clareira da qual partiam dois rastros de pneus que seguiam em direção à mata. Era o cenário das fotos de Beau Karnau.

— Não é um mau lugar para um encontro — disse Larry.

— Bem discreto.

Ele começou a tirar os carrapichos da virilha. Maia encostou-se em uma árvore morta. Grubb apenas olhou para mim, perdendo a paciência.

— O que você acha, filho? — ele perguntou.

Queria dar uma resposta. Não tinha nenhuma.

— Quem é o dono destas terras? — perguntei.

Grubb pensou um pouco.

— Agora, não sei. Estavam abandonadas em 1984. O velho Sr. Baker morreu e nenhum dos filhos quis se mudar para a casa. Então em 1986 o rancho pegou fogo. As terras mudaram de mãos muitas vezes desde então. Ninguém as usa hoje em dia, a não ser o gado dos vizinhos.

— Que vizinhos?

— Os Vivian ao norte, os Gardiner ao sul.

Nenhum dos dois nomes me dizia nada.

— Uma casa de rancho incendiada?

Grubb fez que sim. Ele me falou da enorme tempestade elétrica que tiveram em 1986. Os raios provocaram uma dúzia de pequenos incêndios e um deles atingiu a casa do rancho no topo da colina. Ele olhou para mim desconfiado.

— Acho que você também vai querer dar uma olhada nela.

Larry riu.

— Por que não? — respondi.

Foram precisos muitos elogios e a promessa de um jantar por minha conta para convencer Grubb a subir aquela colina, mas acabamos chegando lá em cima. Não sobrara muita coisa da casa, apenas uma clareira no mato onde antes ficavam as fundações. Não conseguia entender por que aquele lugar me parecia familiar. Fiz um circuito completo pelo terreno.

— Vamos conseguir algo com isso além de um bronzeado, filho? — perguntou Larry depois de alguns minutos.

E foi então que tropecei em algo grande, de metal. Grubb e Larry se aproximaram para ver o que eu estava desenterrando. Um cano de ferro preto que havia sido moldado na forma de letras cursivas, com um metro de largura por 30 centímetros de altura. Estava escrito "Lazy B."

— É — disse Grubb. — Eu me lembro disso. Ficava no portão do lugar. Vai saber por quê.

Precisei de um minuto para situar o nome. Então lembrei.

— "Babaca Preguiçoso" — eu disse.

Grubb me encarou.

— O que você disse, rapaz?

— Eu e a Srta. Lee vimos uma foto desse lugar recentemente. Tirada à noite, durante uma chuva de meteoros.

Grubb assentiu, mais acalorado do que interessado, sonhando com sorvetes e sombra.

Larry e Maia olharam para mim, ambos tentando decifrar minha expressão. Minha garganta subitamente ficou muito seca.

— Então foi desse ângulo que Beau fotografou — disse Maia. — Faz sentido.

— Não. Lillian me disse uma coisa antes de desaparecer. Ela e Beau costumavam fazer excursões para fotografar que muitas vezes duravam dias. Ela mencionou que uma vez acamparam em um morro no meio do nada em Blanco. Mencionou que fotografaram uma chuva de meteoros.

— Que coincidência estranha — disse Larry, olhando para a baixada onde Halcomb fora assassinado.

Tentei imaginar Randall Halcomb no abrigo de caça, dobrado sobre o piso de madeira com um buraco vermelho entre os olhos, mas o rosto de Lillian insistia em surgir na minha mente.

— É — eu disse. — Estranha.

43

Quando voltamos à Queen Anne Street, Maia estava cansada e irritada. Ela deitou no futon e ficou olhando para o nada, enquanto eu lutava para me livrar da calça jeans cheia da carrapichos. Por fim ela voou pela sala e soterrou Robert Johnson na sua cama de roupa suja. Não acho que ele tenha notado.

Deitei ao lado de Maia, abraçando seu corpo por trás, com o rosto em seus cabelos. Quando alcancei sua mão, ela era um punho fechado.

Depois de alguns minutos ela suspirou.

— Tres, suma daqui comigo. Destrua aquele maldito disco se precisar, mas suma daqui.

Tentei fingir que ela não dissera nada. Queria apenas ficar ali deitado, com os olhos fechados, ouvir Maia respirar o máximo que eu pudesse. Mas ela se afastou. Sentou no futon e olhou para mim. A raiva em seus olhos transformou-se em frustração.

— Dois homens morreram por aquele disco e agora você começou a alardear que está com ele. Para mim, isso faz com que o resto seja insignificante. Mesmo Lillian. Principalmente Lillian.

Fiz que não.

— Não posso simplesmente me livrar do disco. E não posso destruí-lo. Não se isso tiver relação com os assassinos do meu pai.

— Você prefere ser morto?

Não havia uma resposta certa para aquela pergunta. Depois de mais um minuto, Maia perdeu o ânimo até mesmo para me encarar. Ela afundou nos travesseiros.

— Vai te catar — ela disse.

Fiquei ali deitado por um longo tempo, pensando no que mais podia fazer para piorar as coisas. Mentalmente, passei a avaliar quem seria o próximo a aparecer na minha porta com uma arma.

Mas é claro que minha vida não estava complicada o bastante. A tábua de passar tocou. Quando tirei o fone do gancho, soube que estava ouvindo um chocalho ou um fumante velho tentando respirar. Carl Kelley, assistente de xerife aposentado, velho amigo do meu pai.

— Ei, filho — ele disse. — Ainda não ouvi notícias suas. Pensei em ligar.

Ainda? Então percebi que era domingo à tarde outra vez. Eu estava na cidade há apenas uma semana. Na cabeça de Kelley, dei início a uma tradição quando liguei para ele.

— Oi, Carl.

Me acomodei para uma longa conversa e abri uma Shiner Bock. Maia me observava curiosa enquanto Carl enveredava por uma discussão sobre as últimas doenças terminais das quais lera a respeito. Falou como o filho em Austin era imprestável. Então passou a tecer comentários sobre conversas que nunca tivéramos. Ele se repetia. Acabei prestando mais atenção aos ruídos de fundo na ligação.

— Carl — interrompi —, onde você está?

Ele ficou em silêncio por um minuto, a não ser pela respiração.

— Não se preocupe com isso — ele disse.

Sua voz estava trêmula. O tom na voz me pedia para, por favor, me preocupar.

— Que hospital, Carl?

— Não quis incomodar — ele disse. — Estava gripado e meu vizinho me trouxe para cá. Disseram que estou com pneumonia. Alguma droga de doença no fígado. E não sei o que mais. Você acredita nisso?

Ele passou a tossir alto e precisei afastar o fone do ouvido. Quando a tosse cedeu, foram precisos alguns minutos para que sua respiração áspera recomeçasse.

— Que hospital, Carl? — repeti.

— O Nix. Mas não se preocupe. Eles providenciaram uma TV para mim. E tenho um pouco de dinheiro. Estou bem.

— Vou fazer uma visita — eu disse.

— Tudo bem, filho.

Ele ficou na linha por mais um minuto, mas não precisava dizer mais nada. A solidão e o medo eram mais audíveis do que a TV do hospital.

— O quê? — perguntou Maia quando desliguei.

— Alguém do passado — respondi.

— Claro.

Meu olhar fez com que se arrependesse. A irritação foi drenada do seu rosto. Ela abaixou os olhos. Tirei mais um punhado de notas de 50 do fundo de aposentadoria de Beau Karnau e me certifiquei de que Maia ainda tinha munição na 45.

— Volto logo.

Talvez Maia tenha perguntado alguma coisa. Não esperei para ouvir.

44

O Nix era o tipo de prédio do qual o Super-Homem adoraria saltar na década de 1940. Depois de rezar algumas ave-marias e subir rangendo doze andares num elevador velho, encontrei o quarto que Carl dividia com outro doente no fim de um corredor iluminado de azul.

Achei que estava preparado para ver Carl como um velho. Estava enganado. Não consegui encontrar seu rosto em nenhum lugar no crânio emaciado que olhava para mim. Tubos de oxigênio saíam das narinas como um bigode absurdamente comprido. Se estivesse mais frágil, seria preciso amarrá-lo à cama para que não saísse flutuando. A única coisa pesada continuava sendo a voz.

— Ei, filho — ele grasnou.

A princípio não entendi como aqueles olhos úmidos seriam capazes de focalizar a ponto de me reconhecer. Talvez pensasse que eu na verdade fosse o filho dele. Então seus olhos gravitaram de volta à TV e ele passou a falar dos velhos tempos com meu pai. Depois de algum tempo eu o interrompi:

— Meu Deus, Carl, como você poderia não saber que estava doente?

Ele desviou os olhos da TV e tentou franzir o rosto. Estendeu a mão em busca da minha.

— Diabo, filho.

Mas ele não tinha uma resposta para mim. Me perguntei quanto tempo se passara desde que Carl se olhara no espelho ou que alguém o visitara, de modo a ser capaz de dizer que ele estava definhando, se transformando em um esqueleto. Fiz uma anotação mental para encontrar o filho dele em Austin e ter essa conversa, se vivesse o bastante.

— Diga como vão as coisas — disse Carl. — Sobre seu pai.

— Você deve descansar, Carl. Eles estão lhe dando vitaminas ou coisa parecida?

Ele abriu a boca, enrolou a língua em túnel e tossiu tão forte que se sentou. No estado em que estava, temi que quebrasse algumas costelas, mas Carl apenas afundou de volta nos travesseiros e tentou sorrir.

— Quero escutar, filho.

Então eu disse a ele. Não havia por que esconder muita coisa. Perguntei se lembrava do meu pai dizendo algo sobre o Travis Center, a Sheff ou mesmo comentários vagos sobre uma grande investigação que planejava fazer. Disse a Carl que não conseguia entender como meu pai topara com o esquema para fraudar a licitação.

Não tenho certeza se Carl ouviu metade do que eu disse. Seus olhos preguiçosos estavam fixos na TV. Quando terminei ele não fez qualquer comentário. Olhava para as animadoras de torcida vaqueiras de um comercial de cerveja.

— Seu pai e as mulheres — ele disse. — Acho que nunca ouviu as histórias.

— Histórias demais, Carl.

A mão dele parecia tão frágil que fiquei surpreso com a força com que agarrava meus dedos.

— Nunca duvide de que ele amava sua mãe, filho. É apenas que...

— Ele gostava demais das mulheres.

— Não — disse Carl. — Só de Ellen.

Não sei por que aquele nome ainda me deixava incomodado. Eu o ouvira muitas vezes de pessoas de fora da família. Em casa o assunto nunca era levantado. Nada demais, na verdade. Mas em todo feriado de Ação de Graças, meu pai costumava ficar com os olhos marejados depois do terceiro bourbon com Coca. Então erguia o copo e Garrett e Shelley também erguiam os seus. Ninguém dizia nada. Ninguém estimulava a mim ou minha mãe a perguntar. Mas sabíamos a quem estavam bebendo. Aquele cessar-fogo momentâneo entre os três era tudo o que restava de Ellen Navarre, a primeira esposa do meu pai. Mas o nome ainda me fazia sentir um intruso na minha própria família.

A plateia festejava o vencedor de *Jeopardy*.

— Nada criou raízes no seu pai depois da morte de Ellen — disse Carl. — Não de verdade.

Desejei que ele voltasse a falar sobre o mal de Alzheimer ou talvez câncer da próstata. Qualquer coisa, menos a vida amorosa do meu pai.

— Pouco antes de ser morto — disse Carl — ele finalmente pensou que algo estava engrenando, sabe? Mas claro que ele sempre achava que algo estava engrenando com alguma mulher.

Assenti por educação, então me dei conta do que ele estava dizendo.

— Não lembro de nada assim.

Carl apenas olhou para mim e respirou cascalho. Entendi tudo.

— Ela era casada.

— É — ele disse. — Elas geralmente eram.

Por um minuto os olhos dele ficaram perdidos, como se Carl houvesse esquecido do que estávamos falando. Então ele continuou:

— Seu pai era um cabeça dura, filho. Mas, meu Deus, sabia ser doce com uma mulher. Você devia ter visto as rosas que ele comprou para uma puta de Laredo e...

— Carl — eu disse.

Ele parou. Acho que via o bastante para ler minha expressão à luz azulada da televisão.

— É, você tem razão, filho. Já falei demais.

Fiquei com ele por algum tempo e assistimos a programas esportivos. A enfermeira trouxe um purê de maçã e ajudei Carl a comer, limpando os excessos nos cantos da boca e no queixo, como faria com um bebê.

Depois de uma hora ele disse:

— Acho que você precisa ir andando.

— Vou tentar voltar amanhã.

— Você não precisa fazer isso — ele disse. Mas não soltava minha mão. Olhou para mim por um minuto e disse: — Você se parece com sua mãe. Parece muito com Ellen.

Não disse que ele estava errado. Apenas concordei, engolindo em seco.

— Encontre essa sua garota — disse Carl, espremendo as palavras na minha mão. — E nunca desista dela, Jackson.

Talvez ele estivesse falando comigo, talvez com meu pai. Naquele ponto não importava. Quando o deixei, ele ainda estava relembrando os velhos tempos, dizia à apresentadora Vanna White o tipo de filho da puta que meu pai era.

— Rosas para uma puta de Laredo — Carl disse a ela. — Isso é que são raízes.

Carl Kelley se segurava debilmente aos tubos de oxigênio, como se eles fossem a única coisa que o mantivessem ali.

45

Maia estava ciente da minha existência tempo o bastante para atirar uma caderneta em mim. Então voltou a fingir ler o jornal.

— Ele ligou há mais ou menos uma hora. Logo depois do detetive Schaeffer.

A anotação dizia: *Carlon: 5 horas e contando. Fale comigo.* Rasguei a folha de papel e a atirei na lixeira. Errei.

— E Schaeffer está interessado em conversar sobre Terry Garza — disse Maia. — Enrolei o máximo que pude.

— Mais alguma boa notícia?

Maia abaixou o jornal por um pouco mais de tempo desta vez, o bastante para eu perceber que seus olhos estavam vermelhos. Ela estava no futon sentada sobre as pernas, usava um macacão de lantejoulas. O rabo de cavalo estava preso de um jeito novo, com uma maçaroca de fitas vermelhas e azuis. Aquilo me pareceu ligeiramente familiar, mas não nela. Fechei a cara.

— O que mais aconteceu? — perguntei. — Você foi a algum lugar?

Ela tentou parecer magoada. Então a tensão ficou insustentável. Sorriu.

— Sua mãe apareceu por aqui — admitiu.

Minha expressão deve ter sido ótima. Ela começou a rir.

— Seu cretino. Ainda estou brava com você.

Não era o que diziam os olhos dela.

— E... o que a minha mãe disse?

— Que também estava brava com você — disse Maia. O sorriso dela era maligno. — Nós nos entendemos. Nós... conversamos.

Sentei no futon ao lado dela, ainda carrancudo. Tentei parecer ameaçador.

— Conversaram?

Ela foi muito malsucedida em tentar esconder o sorriso.

— Nós abaixamos a guarda, mais ou menos. Ela me chamou para sair como uma oferta de paz. Logo depois que você saiu.

Olhei para o macacão mais uma vez, depois para as fitas nos cabelos de Maia.

— Não...

Ela assentiu com entusiasmo.

— Fomos fazer compras na Solo Serve.

— É o fim — eu disse. — Homicídios, desaparecimentos e agora você indo à Solo Serve com a minha mãe.

Maia deu de ombros. Então me beijou no rosto.

— Eu ia te contar que decidi ir embora amanhã — ela admitiu. — Até já comprei a passagem. Mas agora que vi os preços das promoções, pode ser que fique por aqui para sempre.

Eu precisava demais de uma cerveja. Mas claro que minha mãe e Maia haviam bebido todas.

— E eu achando que você tinha chorado — gritei para dentro da geladeira vazia. — Seus olhos estão vermelhos de olhar para as etiquetas.

— Bem feito — ela disse. — Isso é para você.

Ela tirou uma sacola amarela da Solo Serve de baixo do futon, de onde surgiu uma camiseta extragrande com os dizeres "BEM-VINDO A SAN ANTONIO". Na frente, em cores brilhantes, havia a reprodução da única reivindicação da cidade à história do heavy metal: Ozzy Osborne urinando no cenotáfio em frente ao Alamo.

— Ela falou com a gente. Ela gritou "Tres".

— É uma graça. Como se diz "diaba" em mandarim?

Acho que aparentei ter ficado irritado. Maia se aproximou, apertou o corpo contra o meu e me beijou no rosto.

— Certo, você está perdoado.

— *Eu* estou perdoado?

Ela sorriu.

— Me leva ao Riverwalk, Tex?

Nem Carlon McAffrey nem o detetive Schaeffer pareceram ficar animados ao ouvir notícias minhas, principalmente porque respondi à maioria de suas perguntas com "não sei" ou promessas de ligar para eles na manhã seguinte. Meu ouvido direito estava dolorido com os insultos quando desliguei, mas fora isso estava intacto.

Depois da semana que eu tivera, era difícil encontrar roupas sem manchas de sangue ou comida mexicana, mas ainda assim me recusei a usar a camiseta nova para ir ao Riverwalk. Maia apenas sorriu, saboreando a vingança enquanto eu vasculhava a desordem no meu armário. Robert Johnson brincava de kamikaze, derrubava as roupas de cima do armário da cozinha sempre que eu fazia uma pilha. Fora isso, não ajudava muito como consultor de moda.

No fim da tarde descíamos a Broadway em direção ao centro, Maia com a aparência de muitos milhões de dólares e eu com cara de troco. A iluminação pública começava a ser acesa e o pôr do sol era de um laranja da cor dos Texas Longhorns quando descemos as escadas da ponte da Commerce Avenue em direção à multidão que lotava o Riverwalk.

Tire o brilho e os dólares dos turistas e o Paseo del Rio é basicamente uma vala profunda que serpenteia em meio ao centro de San Antonio. Pouco abaixo da East Houston Street, o curso do rio foi desviado na forma de um "b" minúsculo que corre em direção ao Convention Center, sobe na altura de La Villita e volta ao curso nas proximidades da North Main Avenue.

Bote de volta o brilho e os dólares dos turistas e mesmo os moradores da cidade são forçados a admitir que o Riverwalk é impressionante. O ar estava morno e a música de mariachis por todo lado. Luzes coloridas refletiam na água esverdeada e davam ao rio uma aparência festiva. Cerca de 100 mil pessoas caminhavam pelos calçadões nas margens do rio, pontilhados por fontes, pontes de pedra e restaurantes caros. Os aromas de 10 ou 15 culinárias diferentes pairavam acima dos guarda-sóis amarelos e verdes. Turistas com câmeras e *sombreros*, recrutas de folga, homens ricos acompanhados por garotas de programa caras, todos se acotovelavam e satisfeitos derramavam bebidas uns nos outros. É nisso que os sanantonianos pensam quando o assunto é "rio". Lembro-me da dificuldade que tive quando criança ao ler *As aventuras de Huckleberry Finn*, tentando imaginar como diabos a balsa passaria por todos aqueles restaurantes e pela multidão, em águas com 1 metro de profundidade e 10 de largura, sem que ninguém notasse o escravo clandestino. Talvez por isso eu tenha me interessado pela área de letras... por pura confusão.

Maia segurava minha mão para que não nos perdêssemos. Em um dos raros momentos em que tivemos espaço para caminhar lado a lado, ela apontou para o rio e disse:

— Quero comer em um daqueles barcos.

Um barco-restaurante passava em frente: uma tampa de caixa de sapato vermelha com motor de popa. Sentados a mesas forradas com toalhas de linho brancas, cinquenta turistas sorriam e erguiam seus margaritas. Os garçons pareciam entediados.

— Não, não quer — disse a ela.

O piloto manobrou a proa para evitar, por milímetros, a colisão com o barco de um restaurante rival que vinha na direção contrária.

— É comum que eles batam? — Maia gritou sobre os sons da multidão.

— Só quando os pilotos estão entediados, o que acontece a maior parte do tempo.

Também não era raro que pessoas caíssem no rio. Meu pai costumava registrar quantos turistas bêbados pescara do rio quando estava de serviço na Fiesta Week. Acho que parou de contar quando o número chegou a 23.

Fiquei surpreso com a quantidade de restaurantes mais antigos que haviam fechado. Os guarda-sóis com as cores da bandeira da Inglaterra do Kangaroo Court ainda estavam lá. A Happy Jazz Band de Jim Cullum ainda suingava no Landing como se os anos 1920 ainda não tivessem terminado. Mas quase todo o resto havia mudado. Nos contentamos com uma mesa à beira-rio e um prato medíocre de nachos em um lugar chamado La Casa. Devia ter desconfiado de que estavam com problemas quando li o nome. Mas tive certeza quando pedi uma Herradura Anejo e o garçom disse que não tinham essa marca de cerveja. Felizmente, observar o movimento foi melhor do que a comida.

Um grupo de mulheres com cabelos azuis usando vestidos de noite e casacos de visom passou por nós, se esforçando para exalar glamour enquanto o suor lhes escorria pelos pescoços. Uma família de obesos parou e olhou com inveja para nossos *nachos*. Duas freiras vestidas em indumentária preta completa passaram correndo, gritando em alemão, seguidas de perto por um grupo de idiotas embriagados quase nus, por sua vez seguidos por uma patrulha do DPSA. A multidão abria e fechava para dar espaço à perseguição. Algumas pessoas riam. Então mais bebidas foram pedidas e a vida seguiu seu rumo.

— É assim todas as noites? — perguntou Maia, claramente impressionada.

— Nos sábados é mais animado.

— É, parece que sim.

Antes que escurecesse, seguimos em direção ao edifício branco do Hilton Palacio del Rio. Dez andares de varanda elevavam-se acima do rio, a maioria delas acesa e transbordando de universitários para lá de animados. O bar do térreo fazia bons negócios, apesar da banda que animava o lugar: três músicos desmazelados que quase cochilavam aos microfones e tocavam uma versão arrastada de "Amie".

Quando chegamos ao lobby eu já planejava subornar o recepcionista. Mas qual não foi minha surpresa ao encontrar do outro lado do balcão um velho camarada dos tempos da escola. Mickey Williams olhou para mim e me deu a recepção calorosa que eu esperava.

— Que diabos você está fazendo aqui?

Mickey era o equivalente humano mais próximo do boneco da Michelin que eu já conhecera. Não tinha nenhum sinal de pigmento na pele e seus cabelos, de tão louros, eram quase brancos. Ele era todo grande, de um tipo inflado de grande, e apesar de aparentar ser flácido, nos nossos tempos de Alamo Heights eu vira muitos zagueiros quicarem para longe de Mickey sem que ele nem ao menos piscasse. Nunca tive coragem de beliscá-lo na barriga para ver se riria. Imagino que não.

Mickey namorou Lillian brevemente quando terminamos durante o terceiro ano. Até que eu roubasse de volta seu coração. Ou melhor, até que roubasse a picape de Mickey. O flerte muito breve de Lillian com bailes country de modo geral e com Mickey em especial chegou a um fim abrupto quando precisaram voltar para casa andando do Blue Bonnet Palace, em Selma.

— Mickey — respondi, sorrindo.

Ele olhou para mim desconfiado. Seu rosto branquelo ficou corado. Então repetiu:

— Que diabos você está fazendo aqui?

— Vim fazer uma visita, velho amigo.

Ele olhou para trás, provavelmente conferindo uma câmera oculta.

— Vá embora — disse. — Eu gosto do meu emprego.

— Ah, qual é? — rebati. — Aquilo foi há muito tempo.

— Fiquei um ano sem trabalhar depois daquela história no Maggie's.

Maia sorriu, sem fazer a menor ideia do que estávamos falando. Encolhi os ombros com a expressão mais inocente que consegui.

— Como eu podia saber que a máquina do Ms. Packman ia pegar tanto embalo ao descer as escadas?

Mickey apelou para Maia.

— Esse filho da puta destruiu três reservados e quase matou o gerente.

— Eu não te *obriguei* a empurrar a máquina.

— "Incline isso aqui enquanto procuro uma moeda" — relembrou.

Dei de ombros e peguei duas notas de 50. Coloquei-as sobre o balcão.

— Sumo da sua frente assim que você disser em que quarto o Sr. Karnau está hospedado hoje à noite.

Mickey olhou para mim. Sorri e coloquei outras duas notas de 50 sobre o balcão. Ele olhou para baixo de relance.

— Quer as chaves também?

46

 — Karnau — disse Mickey. — Quarto 450. Reserva a mesma suíte todo fim de semana, paga em dinheiro.
Ele colocou as chaves na minha mão.
— Tres, se você foder comigo...
Sorri.
— Eu faria isso?
— Merda.
Mickey balançou a cabeça como se o emprego já estivesse perdido.
Observamos do armário de serviço no fim do corredor a porta do quarto 450. A porta não se mexeu. O carpete marrom do corredor, recém-aspirado, estava desprovido de pegadas.
Então em algum lugar no fim do corredor outra porta abriu e fechou. O homem que caminhou pelo corredor e pegou as escadas usava calças jeans e uma camisa Baja listrada, com o capuz cobrindo a cabeça. Andava rápido.
Maia e eu trocamos olhares
— Uma suíte — ela disse.
— 451 — acrescentei.

Corremos pelo corredor. Maia já havia sacado a arma quando chegamos à porta. Joguei as chaves para ela e corri para as escadas, sem saber quem estava perseguindo.

Pelos ecos, ele devia estar dois andares abaixo e descia rápido o bastante para sumir dali sem que alguém pensasse que estava correndo. Vou dizer uma coisa sobre os meus Docksides velhos, eles são silenciosos. Consegui descer atrás do homem sem dar-lhe um motivo para apertar o passo. Quando a camisa Baja azul listrada saiu pela porta no térreo, eu estava apenas 10 metros acima.

Saí em um corredor de serviço e empurrei um turista gordo com um sombrero. Quase derrubei uma jarra de margarita das mãos de uma garçonete quando corri para o bar. O trio comatoso agora interpretava versões fúnebres dos maiores sucessos de Cat Stevens. O Homem-Baja ainda estava com o capuz. Andava em meio às mesas a céu aberto do lado de fora, a caminho da multidão.

Eu o seguia a 10 metros de distância quando chegamos ao Riverwalk. Baja não olhou para trás. O calçadão era estreito e estava tão cheio de gente que não consegui ficar em um ângulo que me permitisse ver seu rosto. Passamos pela ponte da Market Street e seguimos em direção a La Villita. Por um momento perdi contato com Baja, preso atrás dos músicos de uma banda de metais. "Orgulho de Fredericksburg" estava bordado nas laterais das suas calças bávaras e pintado na tuba da banda, e eles sem dúvida não estavam com a menor pressa de tocar o que quer que tivessem em mente. Geralmente valeria a pena uma pausa apenas para ouvir as músicas cantadas em alemão com sotaque texano, mas não quando estamos perseguindo alguém. Abri caminho aos encontrões. Um sujeito com pernas brancas cabeludas que tocava o bumbo quase foi parar dentro do rio.

— *Scheisskerl* de uma figa!

Um sujeito com "Johann" bordado no chapéu com pena tentou me acertar com um salsichão. Pelo guincho atrás de mim, acredito que ele acertou uma garota de programa ou debutante. Continuei em frente.

A trilha sonora mudou de polca para música mariachi quando dobramos a esquina e cruzamos outra ponte; então pegamos um beco que dava no teatro Arneson River. De alguma forma, saímos do lado do palco. Um show estava em andamento, como na maioria das noites. Os refletores estavam ligados, os ponchos da banda eram em technicolor e os metais bem polidos. Do outro lado do rio, os velhos bancos de pedra do anfiteatro estavam quase tomados. Baja parou por um minuto, pesando as possibilidades. Então apertou o passo. Fiz o mesmo.

E foi então que cometi o erro de encontrar outro velho conhecido. Trombar com uma velha amiga, na verdade. Carolyn Smith estava em frente à câmera móvel de uma emissora de TV montada em um tripé e apontava, no momento errado, para a plateia, orientando o cinegrafista a registrar o entusiasmo do público com a minha canção preferida, "Guantanamera". Mas o que ela orientou foi meu ombro, enquanto eu tentava me espremer para passar. Isso, por si só, não teria tido maiores consequências, mas continuei correndo em frente e ela deu um passo para trás em busca de equilíbrio, executando um belo movimento de tai chi involuntário. A perna dela passou por baixo da minha e travou meu pé. O resto do meu corpo continuou a avançar.

Muita coisa aconteceu em cinco segundos. Carolyn levantou os olhos e me reconheceu.

— Tres!

Ela provavelmente não pretendia gritar tão alto, mas parte daquilo foi o choque de perceber que algumas dezenas de quilos de equipamento começavam a tombar. Então Carolyn percebeu que o cabo de força da câmera estava enrolado no seu tornozelo e que ela tombava junto com o equipamento. Nem ao menos tive tempo de acenar para a câmera da outra emissora antes que nós dois e a unidade móvel mergulhássemos de cabeça no rio.

Mesmo sendo o primeiro dia de agosto, a água estava extremamente gelada. O leito coberto de algas era tão escorregadio que caí nas três primeiras tentativas de me levantar. Não ajudava o fato de Carolyn tentar abrir caminho para se safar escalando meu corpo. Quando consegui ficar de pé na água à altura da cintura, a multidão explodiu em aplausos. Os mariachis, satisfeitos com a reação do público, passaram a tocar minha segunda música preferida, "La Bamba". Acenei, me sentindo um monte de guano de morcego e cheirando quase tão bem quanto.

Como não era surdo, o homem com a camisa Baja notou minha presença. Quando finalmente consegui localizá-lo, ele já concluíra que demoraria demais abrir caminho em meio à multidão até a ponte. Em vez disso, escolheu um percurso mais criativo. Saltou no primeiro barco-restaurante e se equilibrou sobre uma mesa enquanto cinquenta turistas derramavam suas margaritas. Os garçons e o piloto já não pareciam estar entediados. Uma vez que um segundo barco passava a poucos centímetros de distância, seguindo na direção oposta, não foi um salto difícil para Baja. Mais bebidas derramadas. Outras freiras alemãs, possivelmente as mesmas que eu vira mais cedo, levantaram o olhar para observar o homem que se equilibrava em sua mesa, então ele saltou outra vez e subiu correndo os degraus que levavam ao teatro Arneson River.

O capuz caiu por um breve momento enquanto, com a graça de um ex-atleta, desviava dos turistas. Tempo o bastante para que eu me desse conta de que Dan Sheff cortara o cabelo desde a última vez que havíamos nos encontrado. Então ele chegou aos portões de ferro no topo do anfiteatro e desapareceu na escuridão de La Villita.

Carolyn gritava comigo enquanto subia aos escorregões a caminho da margem.

— Como diabos você chama isso? — ela exigiu saber.

O cinegrafista deu uma sugestão:

— Chamo de tomada.

47

Felizmente, o cabo Hearnes se lembrava do meu pai. Infelizmente, Hearnes fazia parte do grupo majoritário do DPSA que o odiava. Foi preciso que eu rebolasse um bocado e que Carolyn sustentasse, com relutância, que eu não era um louco violento para que Hearnes desistisse de me trancar num centro de desintoxicação.

— Talvez eu tenha dado um passo atrás na hora errada — murmurou Carolyn.

— Hora errada? — perguntei. — Caramba, quero que você me ensine aquele golpe, Carolyn.

Os belos cabelos louros dela haviam se transformado em ramos esverdeados de alcaçuz depois do banho no rio. Ela afastou uma mecha do rosto e sorriu, apesar do absurdo da situação. Tentei vê-la como a nerd reclusa e aficionada por computadores da qual eu me lembrava das aulas de jornalismo na A&M. Mas tudo o que via era uma modelo da TV com rosto de bebê, belos lábios e lentes de contato coloridas que haviam se soltado e escorriam pelas córneas como eclipses azuis-escuros.

— Carolaine — ela me corrigiu.

— O quê?

Ela tentou ajeitar o blazer que um dia fora branco.

— Sou uma personalidade da mídia agora, ou pelo menos era, antes que você arruinasse minha transmissão. Agora sou conhecida como Carolaine.

— Smythe em vez de Smith?

Ela sorriu. Se não tivesse mais do que 25 anos, diria que era um biquinho.

— Já ouvi essa muitas vezes.

— Desculpe.

Levantei e me desculpei com o cinegrafista. Ele apenas olhou para mim. Agradeci ao cabo Hearnes pelo tempo e pela compreensão. Dei o número do meu telefone para Carolaine, para que falássemos dos prejuízos.

— Ei — ela disse. — Para quê a pressa?

Virei-me para trás e olhei para o Hilton, pensando em Maia com o 45, sozinha na suíte de Beau Karnau. Ou talvez não tão sozinha.

— O dever me chama — eu disse.

— Ótimo — rebateu. — Quem sabe não divido a toalha de banho com você outra vez.

Era difícil para mim aparentar elegância enquanto chapinhava pelo Riverwalk deixando para trás um rastro de poças, mas o cheiro foi um meio eficiente de abrir caminho. Acenei para Mickey quando passei andando rápido pela recepção do Hilton. Ele olhou para mim boquiaberto e continuou assim enquanto as portas do elevador se fechavam.

A porta do quarto 450 estava fechada, mas Maia a abriu antes que eu tivesse a chance de bater. Quando afastou a arma da minha narina e deu um passo para o lado, entendi por que estava com o semblante tão sério.

A decoração do quarto parecia ser inspirada no palácio de Versalhes. Uma garrafa de champanhe repousava sobre o aparador em um balde de prata com gelo. As cortinas da varanda estavam abertas para o céu de uma bela noite de verão e para as luzes do Paseo del Rio. O homem sobre a cama usava seu melhor roupão felpudo e chinelos confortáveis. Estava deitado, totalmente relaxado, com dois olhos roxos e uma marca vermelha de indiano na testa. Só que Beau Karnau não era indiano, tampouco estava relaxado. Estava apenas morto.

Na outra mão Maia segurava uma garrafa de Veuve Cliquot. Ela sentou ao lado de Beau e tomou um gole. Então olhou para mim. Apenas pela forma como respirava, rápido e pela boca, eu soube que estava tensa, e isso apenas porque eu a conhecia bem. Não fosse isso, seu rosto impassível poderia ser de madeira polida.

Tirei um cartão ensopado do bolso de trás da calça: a mensagem que Guy White nos dera aquela tarde.

— Simpático da parte do Sr. White convidar-nos hoje à noite, não acha?

Sentei do outro lado de Beau Karnau. O rabo de cavalo estava solto, os cabelos tinham se espalhado ao redor da cabeça como um rabo de pavão branco e cinza quando ele caíra. A pele ferida ao redor dos olhos estava brilhante e arroxeada. Tinha um sorriso de canto de boca, como se alguém tivesse acabado de contar uma piada engraçada, mas de mau gosto. Graças a Deus suas vísceras ainda não haviam relaxado. O corpo não exalava cheiro algum.

— Era Dan — eu disse a Maia. — Eu o perdi.

— Você ainda acha que ele está inocente nessa história?

Não achei que valesse a pena argumentar.

O portfólio de Beau estava sobre o aparador, aberto na primeira página. O artigo "Filho de Dallas persegue um sonho" havia sido cuidadosamente retirado do plástico e preso no espelho, talvez para que Beau o visse toda vez que se olhasse de manhã. Ao lado, uma foto em preto e branco de Lillian aos 19 anos: sorrindo por sobre o ombro para o fotógrafo, seu mentor. Os olhos dela estavam cheios de adoração. No chão, aos meus pés, havia uma caixa de CD vazia. Estava rachada, como se alguém a houvesse pisado.

— Alguém finalmente conseguiu o que queria — Maia disse em voz baixa. — Sem precisar fazer um pagamento.

— *Metade* do que queria — eu a corrigi.

Maia me estendeu o champanhe por sobre o corpo de Beau. Beau não pediu um gole. Bebi o bastante para afastar a náusea que sentia. Só então Maia pareceu notar minha aparência.

— Você está molhado — ela disse.

— Não pergunte.

Maia assentiu, também sem ânimo para argumentar.

— White nos coloca aqui — ela disse. — Dan nos deixa aqui. E seu amigo Mickey sabe onde estamos. Não podemos simplesmente ir embora.

Não respondi. Maia foi até o telefone e, calmamente, fez três ligações. Primeiro para o detetive do hotel, depois para o detetive Schaeffer e por último para Byron Ash.

— Planos para hoje à noite? — perguntei.

Nem Beau nem Maia pareciam ter plano algum.

O chefe de segurança do Hilton, um negro grande chamado Jefferies, olhou para Beau e então nos ajudou a terminar com a garrafa de champanhe.

— Não ganho o bastante — ele disse.

Então se sentou numa cadeira Luís XIV num canto do quarto e passou a murmurar no walkie-talkie. Dois policiais chegaram, depois os detetives, a polícia técnica. O quarto foi isolado com fita, a imprensa apareceu, arrumadeiras, hóspedes curiosos, todos menos os malabaristas, as freiras e o urso dançarino. Finalmente o detetive Schaeffer chegou se arrastando, aparentando como de costume ter acabado de acordar.

— Leve esses dois para o quarto ao lado — disse a um policial uniformizado. — Eles podem esperar.

E esperamos.

As "boas graças" de Maia com o Sr. Ash já não deviam ser as mesmas. Uma hora depois que ela ligou para o advogado, descobrimos que Lorde Byron não nos honraria com sua presença. Em lugar disso, um associado júnior, que parecia ter uns 15 anos, apareceu e apresentou-se como Hass. Hass sorria. Apertar sua mão era como espremer um Kleenex úmido.

— Não se preocupem — disse Hass. — Venho muito bem recomendado pelo Sr. Ash. Já trabalhei em diversos processos criminais.

Então Schaeffer resolveu dar o ar da graça. Entrou pesadamente e com os olhos vermelhos, de alguma forma conseguindo não trombar em nada, então olhou para cada um de nós. Tirou um lenço do bolso e assoou o nariz, lenta e meticulosamente.

— Certo — resmungou. — Digam que é uma coincidência.

— Ah, antes que comecemos... — disse o Dr. Hass.

Schaeffer e eu trocamos olhares.

— Ele vem muito bem recomendado — eu disse a Schaeffer.

O tira parecia irritado.

— Minha ex-mulher também.

Hass sorriu como se tivesse entendido. Nos acomodamos em um sofá Luís XIV enquanto Schaeffer mandava um policial uniformizado providenciar um pão de alho e um chá.

— De flores e frutas, se tiverem — disse.

Olhei para ele.

— O que foi? Quer um também?

Declinei a gentileza.

Schaeffer sacou o lenço, assoou o nariz outra vez e finalmente me ocorreu por que ele parecia estar sempre sonolento: era uma sinusite crônica.

— Cedro? — perguntei.

As narinas dele chiavam como rolamentos.

— Essas porcarias de nogueiras-pecã. Aquela coisa amarela cobre o meu quintal. Passo três meses sem respirar. É um estilo de vida saudável.

— Agora, detetive — disse Hass —, se pudéssemos...

Schaeffer olhou para mim e ele calou a boca. Schaeffer gostou disso.

— Esse cara foi enviado por Ash? — perguntou a Maia.

Maia assentiu. Tentou não sorrir. Schaeffer gostou ainda mais. Depois disso, Hass participou tanto quanto um espectador numa partida de tênis. Tive a sensação de que ele seguraria o lenço para Schaeffer se este pedisse.

— Muito bem — disse o tira. — Vamos ouvir o que vocês têm a dizer.

Então dissemos. Mais ou menos. Fiz um péssimo trabalho ao fingir surpresa quando Schaeffer me contou que Terry Garza, o homem com quem eu conversava quando o corpo de Moraga foi entregue pela parede da sede da Sheff, também havia sido assassinado. Contei a ele sobre o bilhete anônimo que recebêramos, nos instruindo a ir ao Hilton, e como perseguira um sujeito que não consegui identificar. Maia relatou como encontrara o corpo. Eu disse a Schaeffer que não disparava uma arma desde criança e que certamente não atirara em Beau Karnau naquela noite. Maia perguntou se estávamos sendo acusados de alguma coisa.

Schaeffer explorou as narinas com o lenço mais uma vez.

— Que tal estupidez? — sugeriu.

— Tarde demais — disse Maia. — Meu cliente alega *nolo contendere*.

— *Seu* cliente? — objetou Hass.

— Cale a boca — todos dissemos.

O policial voltou com o chá e o pão de alho.

— Só tinham chá de camomila.

Achei que Schaeffer ia rebaixar o sujeito sumariamente, mas ele apenas olhou para a xícara e suspirou. Agora parecia mesmo cansado.

— Então vamos recapitular — ele disse. — Há uma semana você me pediu que desse uma olhada em arquivos confidenciais. Você subitamente descobriu que seu pai foi assassinado dez anos atrás. Cinco minutos depois de atender a ligação, o Departamento de Investigações Criminais está na minha cola. Então temos três homicídios em três dias e você sempre parece estar perto da diversão.

— Só em dois dos três — me defendi, sem grande convicção.

— É — resmungou Schaeffer. — Então não há ligação alguma. Acho que deveria borrifar um pouco de Nasonex, deitar na minha cama e não me preocupar mais com o assunto, hein?

Eu e Maia trocamos um olhar. Meus nervos deviam estar mais frágeis do que eu pensava. Estava prestes a abrir o jogo com Schaeffer.

— Escute, detetive... — Então minha mente parou e rebobinou o que eu acabara de ouvir. Mudei completamente o rumo. — Quando o senhor disse departamento, quis dizer Jay Rivas? Aquele sujeito detestável que se intrometeu na sua investigação na sede da Sheff?

Schaeffer estreitou os olhos.

— E no caso Cambridge — acrescentou Maia.

— No desaparecimento de Lillian Cambridge — eu disse. — A sócia do presunto de hoje.

Schaeffer amassou o lenço enquanto pensava naquilo. O que quer que tenha concluído, não deixou que transparecesse em seu rosto.

— Isso não importa — afirmou. O olhar dele dizia o contrário. — O que quero...

O que quer que quisesse, a linha de pensamento foi interrompida quando Jay Rivas entrou no quarto. Estava com o bigode recém-penteado e usava uma fivela de cinto azul e prata do tamanho de uma laranja.

— Navarre — ele disse. — Você de novo. Como uma porra de um ioiô.

Jay estava de bom humor; dava para perceber em sua voz. Depois que acendeu um charuto, sob os protestos da equipe da polícia técnica, olhou para todos no quarto e por fim fez um gesto com a cabeça para Schaeffer.

— Posso ajudar, detetive? — disse Schaeffer, sem o menor entusiasmo.

Jay se aproximou e grudou o rosto no meu, como se eu fosse algum tipo de objeto exótico. Os olhos dele desviaram dos meus, então ele sentou no braço do sofá, ao lado de Maia, e colocou a mão no ombro dela.

Maia não recuou. Seus olhos inspecionaram a mão de Jay atentamente, como que localizando todos os ossos que poderia quebrar e os pontos dolorosos que poderia apertar. Jay se ajeitou, um tanto desconfortável, e recolheu a mão.

— Detetive — Jay disse a Schaeffer —, posso ter alguns minutos com o Sr. Navarre e a amiga?

Schaeffer olhou para Jay, depois para mim. Talvez se lembrasse da aparência da minha boca depois que acidentalmente a bati na porta na última vez que Jay quis alguns minutos a sós comigo, naquela noite na Sheff Construction. Ou talvez Schaeffer simplesmente estivesse irritado porque seu nariz parecia uma transmissão desdentada e o Hilton não tinha chá de flores e frutas. O que quer que fosse, ele tomou uma decisão.

— Tenho uma ideia melhor — disse a Jay. — Você pode me dizer o que anda fazendo nas cenas das minhas investigações de homicídio. De *todas* as minhas investigações de homicídio.

Jay olhou para a plateia. Quando voltou a se dirigir a Schaeffer, foi muito mais cuidadoso. E frio.

— Talvez possamos discutir isso lá fora.

— É uma ótima ideia — disse Schaeffer. — Pode ir andando. Vou assim que liberar essas pessoas.

Jay se levantou.

— Assim que o quê?

De súbito, Schaeffer parecia estar bem melhor. Acho que o Nasonex estava fazendo efeito. Ele apertou a mão do Dr. Hass.

— Ótimo trabalho, doutor. E quanto a vocês, não saiam da cidade, mas é tudo por hoje.

Se a reação de filhotinho extasiado de Hass tivesse sido um pouco mais forte, ele teria urinado no tapete. Passamos por Jay que, em silêncio, parecia avaliar Schaeffer como um possível alvo de caça. Apertei a mão de Schaeffer. Apertei a mão de Hass. Apertei até mesmo a mão do assistente do legista. Acho que também teria apertado a mão do meu ex-colega Mickey Williams, mas quando saímos do hotel ele estava na sala do gerente-geral tomando uma reprimenda.

— Mickey — chamei. Ele levantou os olhos com tristeza.

— Você precisa de um bom advogado? — perguntei. — Ele vem altamente recomendado.

48

Estávamos há tanto tempo sentados nos degraus da Capela de la Villita olhando para o prédio vazio onde antes ficava a galeria Hecho a Mano que achei que Maia caíra no sono. A adrenalina já havia baixado. Com minhas roupas secando aos poucos e os nervos à flor da pele, eu me sentia tão esfiapado e escorregadio quanto a palha de milho de um *tamale*.

Então olhamos um para o outro com algo a dizer.

— Você primeiro — comecei

— Não — rebateu Maia. — É só que...

— Beau esperou demais para fugir — eu disse. — Ainda tentava salvar o golpe. Deixou alguém entrar no quarto do hotel, sentou para negociar a entrega do disco, então quem quer que fosse essa pessoa lhe deu um tiro na testa.

Ela assentiu.

— E ele não ficaria tão relaxado se essa pessoa fosse da máfia.

— Então temos um chantageador morto — continuei —, o segundo disco sumiu, Dan Sheff parece ser mais culpado do que nunca e Lillian continua desaparecida.

Um casal de turistas idosos passou por nós. A mulher sorriu da forma como as pessoas fazem quando vêm um casal de namorados nas sombras em uma noite de verão. Então olhou com tristeza para o marido distraído. Quando Maia olhou para mim com a mesma expressão, aquilo pressionou meus nervos um pouco mais.

— O quê? — perguntei. — Lillian está morta, envolvida ou as duas coisas. É isso que você quer que eu diga?

Ela quase ficou irritada. Eu queria desesperadamente que ela ficasse. Em vez disso, abraçou os joelhos e olhou para a casca de pedra calcária do estúdio de Lillian.

— Não. Não quero que você diga isso.

— O quê, então? Ainda quer que acredite que a morte do meu pai não tem nenhuma ligação com isso? Que as fotos de Halcomb são uma coincidência? Quer que esqueça tudo?

Ela balançou a cabeça.

— Só estava pensando em passagens de avião.

Foi minha vez de olhar para ela.

— Passagens. No plural, passagens?

Ela pegou um graveto no chão e passou a mexer com ele nas frestas da calçada. O graveto estava tão seco que quebrou e virou pó.

— Esqueça — ela disse.

— Meu Deus, Maia.

Ela assentiu.

— Você sabe que não posso simplesmente deixar a cidade.

— Você nunca deixou a cidade — ela disse. — Esse é o problema.

— Coisa nenhuma.

Tentei acreditar naquilo. O fato de não conseguir me deixou ainda mais irritado. Um grupo de turistas mexicanos passou por nós, conversando sobre as compras no fim de semana. Eles sorriram para nós. Não sorrimos de volta.

— Tudo bem — eu disse a Maia. — Você quer que eu me sinta péssimo por nós. Certo. Eu me sinto péssimo. Mas não pedi ajuda.

— Mas não a recusou ontem à noite — rebateu. — Você devia pensar por quê.

Os olhos dela se transformaram em aço enquanto pronunciava aquelas duas frases. Meu rosto não devia estar muito mais brando. Contei as luzes nos pisca-piscas. Olhei os carros que desciam a Nueva Street.

— Então você vai embora?

— Tres... — Maia fechou os olhos. — Por que você vai ficar?

— Você não quer ouvir isso de novo. Você viu as cartas, Maia.

— Não. Vi um carrinho de bebê cheio de bonecas no quarto de uma mulher. Já lhe ocorreu que você é o único item daquela coleção que Lillian Cambridge perdeu, Tres?

Aquele era um desses momentos em que Deus nos entrega as tesouras emocionais e nos convida a começar a cortar, de forma irrevogável. Mas apenas observei Maia levantar e descer os degraus. Não sei por que, mas quando ela passou por mim senti o cheiro do interior da capela impregnado nas madeiras da varanda: incenso e cera muito antiga. Era o cheiro de confessionários, batismos e velas de Las Posadas que queimaram antes mesmo que Santa Anna passasse pela cidade.

Quando estava a alguns metros de distância, Maia se virou e olhou para mim. Ou talvez tenha olhado para a capela. Eu sentia como se estivesse fundido à pedra.

— Me ligue quando isso acabar — ela disse. — Se um dia acabar.

Ela se afastou lentamente o bastante para me dar a chance de dizer alguma coisa. Então desapareceu por trás dos muros externos da La Villita, seguindo em direção ao ponto de táxi na Nueva Street.

Outro casal de turistas idosos passou pela rua, mas desta vez eu estava sozinho. Ninguém se incomodou em sorrir com simpatia. A mulher se enlaçou no braço do marido. Eles apertaram o passo.

Levantei e atravessei a praça para olhar pelas janelas da galeria Hecho a Mano, agora ocupada por nada além de pisos de madeira, luz do luar e antigos fantasmas.

— E agora? — perguntei.

Mas era uma festa fechada e os fantasmas não tinham tempo para desperdiçar comigo. Tirei do bolso um maço do dinheiro de um homem morto e saí para procurar a garrafa de tequila mais próxima.

49

Quando meu irmão Garrett ligou na manhã seguinte eu estava dormindo havia 14 minutos. Passei a maior parte da noite sentado no chão do banheiro ao lado do vaso, lendo o velho caderno do meu pai e debatendo com Robert Johnson os prós e os contras de beber tequila da garrafa. Não me lembro de quem levou a melhor na discussão.

— Você e Maia encontraram o outro disco? — Garrett rosnou no meu ouvido. — Não posso fazer merda nenhuma com este aqui.

Assim que encontrei minhas cordas vocais disse a Garrett que não estava com o outro disco. Então disse que não estava com Maia. Meu irmão ficou em silêncio. Ao fundo, Jimmy Buffett cantava sobre cheeseburguer.

— Se eu tivesse pernas — ele disse —, iria até aí pra dar um chute nessa sua bunda estúpida.

— Obrigado pelo voto de confiança — respondi.

A linha ficou em silêncio por alguns segundos.

— Então, o que aconteceu?

Contei a ele.

Quase como uma reconsideração, li para Garrett as quatro linhas que me incomodavam havia dias, as palavras que meu pai escrevera no rodapé da página com as anotações sobre o julgamento de Guy White. *Sabinal. Pegar uísque. Consertar cerca. Limpar lareira.*

Ouvi Garrett cofiar a barba.

— E aí? — ele disse.

— E aí não sei. Não consigo parar de me perguntar como ele se envolveu com esse golpe do Travis Center. E sempre me vem à mente o que Carl me disse, sobre uma nova mulher na vida dele. Alguma ideia?

— Esqueça isso — Garrett disse. — Volte para São Francisco e esqueça isso.

— Se eu tivesse um centavo...

— É. Já pensou se nós, pobres diabos que nos preocupamos com você, estivermos com a razão?

Não disse a ele com que frequência. Por fim resmungou, provavelmente se ajeitando na cadeira, e me xingou um pouco.

— Certo — ele disse. — Sabinal. Que diabo, ele ia para lá todo Natal atirar nos bâmbis. O que há de incomum nisso?

— Não sei. Alguma coisa não bate nessas anotações. Para começar, ele as escreveu em abril. Ouviu dizer que ele tenha ido até lá na primavera?

Ele pensou por um minuto.

— *Lareira.* Diabo. A única coisa que me vem à mente é o único Natal que o nosso pai ficou sóbrio, queimando a mobília na lareira. Aquilo foi foda.

Uma memória começou a se formar.

— Quando foi isso?

— Bem antes dessa história toda. Você devia estar no quarto ano, irmãozinho. Lembra-se da discussão sobre as cadeiras Lucchese?

Então me lembrei.

Meu pai estava "entre mandatos" como xerife, o que significa que não fora eleito. Minha mãe culpou a bebida, acho, e ele estava fazendo um verdadeiro esforço para não beber e conseguir elaborar uma boa campanha para as eleições seguintes. Então na nossa viagem de Natal seguinte até o rancho ele anunciou a decisão, colocou as garrafas de bebida sobre a cerca e atirou nelas. Depois disso, tudo de que me lembro é que caçava cada vez mais veados e ficava com o humor cada vez pior. Depois do segundo dia, as árvores ao redor da casa tinham mais veados pendurados do que enfeites na nossa árvore de Natal. Quando se cansou dos veados, pegou a 22 e passou a caçar gatos. Alguém soltara uma cria no mato em vez de dar cabo dos bichos, acho, e é claro que eles ficaram selvagens e passaram a caçar todas as codornas da propriedade. Então meu pai saía e matava gatos o dia todo, voltava para casa com um saco cheio e ensanguentado, como Papai Noel, o assassino do machado, afundava na espreguiçadeira preferida, bebia café e ficava de cara feia a noite toda. Quando Garrett e Shelley se juntaram a nós para a ceia de Natal, ele já não tinha mais o que matar e eu e minha mãe estávamos começando a ficar preocupados.

Houve uma discussão besta à mesa, algo sobre quem herdaria as cadeiras da sala de jantar. Elas haviam sido feitas sob encomenda por Sam Lucchese, o sapateiro especialista em botas, pouco antes de sua morte. A discussão acabou com Garrett arrastando as cadeiras para fora de casa e as retalhando com uma serra elétrica para usar como lenha. Nesse ínterim, enquanto minha mãe e Shelley se consolavam na cozinha, vi meu pai andar de um lado para o outro na sala. Ele foi até a lareira e levantou do piso um bloco grande de pedra. Eu não sabia que ela estava solta. Então tirou uma garrafa de bolso de Jim Beam do buraco e a bebeu quase toda. Quando se voltou e me viu, tive certeza de que me daria um sopapo que me lançaria voando pela sala, mas ele apenas sorriu e colocou a pedra de volta. Então me pôs no colo e passou a contar histórias sobre a Coreia. Não me lembro das histórias. Tudo que lembro é o cheiro de Jim Beam no hálito dele e o som da serra elétrica do lado de fora. Por fim meu pai se aproximou de mim e disse algo como: "Todo homem precisa ter um buraco secreto, filho. Se um homem diz que se livrou de todas as garrafas de uísque, para sempre, é bom que tenha um esconderijo em algum lugar. Caso contrário, é um completo idiota." Então ajudou Garrett a encher a lareira com as pernas das cadeiras Lucchese. Quando tudo terminou, estavam contando piadas um para o outro. Eu nunca disse nada sobre o esconderijo. Acho que tinha esquecido da sua existência até agora.

— *Limpar a lareira* — eu disse a Garrett. — Puta merda.

— O que é que tem? — perguntou.

Eu provavelmente ainda estava bêbado da noite anterior. Era uma ideia idiota. Por outro lado, minha outra opção era passar o dia pensando em pessoas mortas, pessoas desaparecidas e Maia Lee.

— O quê? — disse Garrett. — Não gosto quando você fica quieto.

Observei a água formar um torvelinho enquanto ela escorria pelo ralo da pia. Jimmy Buffet ainda cantava no escritório de Garrett.

— Quem está com as chaves do rancho? — perguntei.

Garrett praguejou.

— Eu, e você sabe muito bem disso.

Esperei.

— Sem chance — disse meu irmão. — Você é um doido varrido.

— Herança de família.

Ele ficou em silêncio.

— Provavelmente. Pego você daqui a umas duas horas.

50

A Carmen Miranda seguiu pelo caminho mais longo, pela Highway 90 e a Old Sabinal Road. Quando chegamos lá, eu estava meio chapado apenas de estar sentado ao lado de Garrett. Ouvi *Changes in Latitudes*, que tocava no CD nos fundos da Kombi, tantas vezes que já sabia todas as letras de cor. Bebera Pecan Street Ale o bastante para transformar a ressaca martelante de tequila em uma leve dor de cabeça. Não havia muita coisa que pudesse me incomodar naquele momento. Apesar disso, era difícil ver o que a marcha da civilização fizera com Sabinal.

— Ah, meu Deus. Um sinal.

— É — disse Garrett. — Eles trocaram aquele poste com a luz amarela há uns seis anos.

Sentei um pouco mais ereto no banco.

— O que diabos aconteceu com o Ogden's?

Quando criança, eu amava e temia o lugar. Toda vez que parávamos para almoçar no Ogden's a caminho da cidade, costumava ser repreendido por tentar sentar-me nos fundos à mesa proibida da velha guarda. Uma vez puxaram minhas orelhas com vontade; depois disso eu apenas observava do balcão enquanto os velhos tiravam a sorte nos dados para ver quem pagaria o café da manhã. Meu pai pedia os maiores sanduíches de filé de frango do mundo para viagem a uma garçonete chamada Meryl.

Agora o restaurante estava fechado. O mural do Hill Country pintado na janela da frente estava apagado e descansando. As luzes estavam apagadas.

— Cara, você está por fora — disse Garrett. — Eles mudaram o nome do lugar para Pepper Patch há alguns anos. Então passaram a abrir apenas na alta estação. As coisas estão paradas por aqui. Agora só abrem na temporada de caça.

— E como você sabe de tudo isso? Está de sacanagem comigo?

Garrett pareceu gostar da ideia.

— Algumas vezes preciso de um lugar para ficar sozinho. E nenhum lugar é mais "sozinho" do que Sabinal, irmãozinho.

Passamos pelas terras dos Schutes, então por alguns bosques de algarobeiras, morros com vegetação rasteira, vacas. Alguns fazendeiros encostados nas cercas paravam para observar o monte de frutas plásticas passar. Um deles levantou um rolo de arame farpado numa saudação. Garrett buzinou.

O velho Wagon Wheel em frente à terra dos Navarre sempre foi um marco para identificar qual era nossa porteira. Agora o restaurante estava fechado com tapumes. O mata-burro da propriedade não era limpo há tanto tempo que estava cheio de terra. Nossas cabeças de gado pastavam soltas às margens da rodovia. Uma delas, uma vaca mestiça de charolês, estava parada na porteira, olhando para Carmen Miranda.

— Que tal buzinar para ela sair? — perguntei.

— Sem chance — disse Garrett. — Elas são mansas, cara. Se você buzina, elas vêm correndo para comer. Já viu uma Kombi atulhada com 33 vacas charolesas famintas? Não é nada agradável.

— Que tal uma capa vermelha? — sugeri.

Garrett apenas botou a cabeça para fora da janela e teve uma discussão acalorada com a novilha. Acho que ela estava prestando atenção, já que finalmente saiu da frente. Então seguimos adiante, tentando achar o caminho em meio ao mato alto.

A casa do rancho não mudara grande coisa desde os idos de 1880, quando era o lar da família Nunley, uma das fundadoras de Sabinal. Eram apenas três cômodos com paredes de pedra calcária e piso de madeira, vigas rústicas de madeira apoiando o teto. Meu avô concordou de má vontade em instalar energia elétrica na casa e uma fossa quando comprou a propriedade, depois que as terras dos Nunley foram divididas na década de 1940, mas o encanamento e as instalações elétricas permaneciam intocados desde então. Hoje em dia a fossa era chamada de Velha 90 porque só era possível dar a descarga ou tomar um banho a cada hora e meia sem que tudo transbordasse.

Fiquei surpreso quando vi Harold Diliberto na varanda, à nossa espera.

— Ele ainda cuida das coisas por aqui? — perguntei.

— É — disse Garrett.

Harold assumira o trabalho quando ainda era casado com a minha irmã Shelley. Ele era violento, bebia a maior parte do tempo e não era exatamente trabalhador, mas era da família, entendia da lida com o gado e aceitou uma remuneração modesta. Não tenho certeza de qual dos argumentos fora o mais importante para meu pai. Isso acontecera havia dez anos e dois maridos de Shelley antes.

Olhei para a casa, para o mata-burro, para o gramado, que voltara a ser parte das pradarias.

— Tem feito um ótimo trabalho — eu disse.

Garrett deu de ombros.

— Ele até que não é dos piores quando os amigos não o arrastam para a bebida.

— Que amigos?

— Geralmente eu.

Harold estava com uma aparência que sugeria que ele e as vacas haviam caído na farra na noite anterior. A camisa estava abotoada errado, de modo que o colarinho estava torto para a direita. As bainhas das calças estavam meio para dentro, meio para fora das botas. Em algum momento a professora do terceiro ano deve ter dito a ele: "Faça essa cara para mim e vai acabar ficando assim para sempre." Ela estava certa. Harold sempre parecia se esforçar ao máximo para ficar feio.

Ele me cumprimentou com um gesto de cabeça como se não nos víssemos há apenas uma semana.

— Tres. Garrett.

Garrett agarrou as escadas com as mãos, então puxou a cadeira, que provavelmente pesava uns 25 quilos. Garrett a levantou com um braço sem esforço aparente.

— Como está o poço? — perguntou.

Harold coçou o pescoço.

— Botei a bomba para funcionar. Já faz uns dias. O gado correu para a vala assim que a água começou a correr.

— Bom.

Garrett ergueu o corpo para a cadeira e nos conduziu até a porta.

Olhei em volta enquanto Garrett e Harold falavam sobre a manutenção do rancho. A não ser por estar mais velho e sujo, o lugar pouco mudara. A planta da Highway 90 do Corpo de Engenharia do Exército pintada na parede da sala estava marrom. A mesa de centro que ganháramos de Natal dos Klayburg do Rancho King ainda tinha marcas das botas do meu pai. Ainda havia um balde de metal cheio de isqueiros Cricket em um canto, de quando um trem da Western Union descarrilara no centro da cidade. Antes que o Corpo de Reservistas do Exército chegasse para proteger a carga de Toyotas que se espalhou pela cidade, todos os moradores já haviam se servido da carga menos valiosa: três vagões cheios de isqueiros. Sabinal ainda não tinha um único Toyota nas ruas, mas era um bom lugar quando se precisava de um isqueiro.

Eu ainda não estava preparado para conferir a lareira. Em vez disso, sentei no sofá. Olhei para as velhas marcas de bota na mesa. Por fim Harold saiu para atirar em uma cascavel que vira mais cedo. Garrett rolou a cadeira até o sofá. Ele me estendeu uma cerveja quente que tirou de um bolso lateral da cadeira, então acendeu outro baseado.

— Então, já conferiu?

— Ainda não.

Ele deu uma tragada ruidosa. Ficamos ali sentados e olhamos para a lareira de pedra como se a recepção fosse ótima, de um jogo dos Cowboys quem sabe, no fim do quarto tempo. Eu me levantei.

— Olha — disse Garrett —, só não espere grande coisa, certo, irmãozinho?

— Certo.

Tirei a pedra e olhei para o esconderijo. Nem sinal de Jim Beam. Nada a não ser escuridão, cimento e alguns insetos mortos. Então enfiei a mão. O buraco era quase 30 centímetros mais fundo do que eu pensava. Trouxe um envelope grande à luz do dia.

Eu estava de costas para Garrett. Depois de algum tempo ele não aguentou o silêncio.

— E aí?

O envelope desbotara de cor-de-rosa para um tom amarronzado, mas a carta ainda estava ali dentro, escrita em papel também cor-de-rosa que depois de todos esses anos ainda tinha um leve cheiro de morango. Li as primeiras frases, então me virei e deixei que Garrett visse a última carta de Cookie Sheff para nosso pai.

— Puta merda — praguejou.

— Sua boca está com um gosto estranho? — perguntei. — Meio metálico?

Garrett fez que sim e deu a volta na cadeira para sair.

— E o sacana nem ao menos deixou um pouco de bourbon para acompanhar — ele resmungou. — Típico.

51

Depois de ler a carta diversas vezes, eu e Garrett precisávamos ficar bêbados de verdade ou fazer alguma coisa para afastar os pensamentos do que acabáramos de descobrir. Optamos por ambos.

Primeiro, Harold nos botou para trabalhar vermifugando 33 cabeças de gado. Gostaria de poder dizer que havia algo catártico nisso, mas não havia. Tive o privilégio de prender a cabeça das vítimas entre barras de metal enquanto Garrett colocava na boca dos animais um pouco de uma pasta que parecia de modo muito suspeito com gel KY. Se você nunca viu uma vaca engasgar, sorte a sua.

Quando terminamos, sentamos na varanda para beber a bebida ordinária de Harold e admirar o cair da noite nas pradarias. O pôr do sol estava alaranjado, a não ser quando visto através da garrafa. Então era marrom e amarelo.

No caminho de volta para a cidade, Garrett e eu aumentamos o volume do Jimmy Buffett. Ocasionalmente olhávamos um para o outro, mas preferimos ficar em silêncio. Àquela altura, já havíamos decorado a carta da lareira e certas frases não me saíam da cabeça. Protestos de que meu pai usara Cookie, vasculhara os arquivos do marido e apenas por isso encontrara documentos incriminatórios sobre o Travis Center. Apelos para que não a magoasse com um escândalo público que destruiria sua família. Promessas de que o culpado não era Dan Pai, que Cookie ajudaria meu pai a descobrir quem era o responsável por envolver a Sheff Construction numa fraude milionária. Afirmações fervorosas do seu amor, que deixaria de ser vivido plenamente apenas pelo sentimento de dever para com o filho e o marido doente. A carta sugeria que meu pai fizera uma proposta a Cookie: deixe o marido e a fraude do Travis Center será esquecida.

Garrett estava tão perturbado quanto eu, mas seu jeito de lidar com isso era praguejar com os turistas que rebocavam trailers e dar fechadas neles quando passávamos.

— Aprenda a dirigir, cabeça de bagre! — ele gritou para um senhor num carro com placas de Wisconsin.

Garrett se inclinou tanto na janela, sem as pernas como lastro, que temi que fosse desaparecer no vento. Então mostrou o dedo para um caminhoneiro que não nos dava passagem. O sujeito buzinou.

— Você não tem medo de que alguém acabe se irritando com você? — perguntei, quando o barulho diminuiu. — Alguém com uma arma?

Garrett deu de ombros.

— Já aconteceu. E ainda estou aqui.

Avançamos mais alguns quilômetros antes que Garrett voltasse a olhar para mim. Desta vez ele decidiu falar.

— Ele ia fazer aquilo, não ia? O filho da puta ia abrir mão de uma investigação importante por uma mulher. E ainda por cima uma mulher casada.

A Hemisfair Tower surgiu no horizonte, elevando-se do brilho alaranjado da cidade. Olhei para ela em vez de responder à pergunta de Garrett. Eu queria negar o óbvio, mas a carta era bem clara.

— Talvez não — eu disse.

— Por uma mulher — Garrett repetiu. — Sempre tive um consolo, sabe? Pensava que ele podia ser um sacana e podia ter arruinado a família, mas que pelo menos era honesto no trabalho. Ele era o cara com a porra do chapéu branco. Deixa pra lá.

Me mexi desconfortável no banco do carro.

— Talvez ele quisesse levar a fraude a público.

— Talvez tenha morrido por isso de qualquer forma, irmãozinho.

Não havia muito o que retrucar. Aumentamos o Jimmy Buffett um pouco mais e rodamos em meio ao cheiro de fontes sulfurosas que sempre marcara a entrada sul do inferno, ou de San Antonio.

Gary Hales estava em frente ao número 90, molhando a calçada com uma mangueira. Ele observou de forma inexpressiva quando a Kombi de Garrett estacionou em frente e eu desci pela blusa da Sra. Miranda pintada do lado do passageiro. A buzina de Garrett soou com a melodia de "Coconut Telegraph". Então o arranjo de bananas e abacaxis de plástico sacolejou quando ele engatou a primeira e seguiu em direção à Broadway. Aquilo não pareceu despertar Gary nem um pouco.

Quando segui em direção à casa, ele levantou um dedo com indiferença, como se quisesse dizer alguma coisa. Depois de esperar alguns segundos, me lembrei de que era 2 de agosto.

— O aluguel?

— Seria ótimo — disse Gary.

Ele arrastou os pés alguns passos atrás de mim e entramos na casa. Se o Sr. Hales ainda acalentava qualquer esperança de que eu fosse um jovem honesto e trabalhador, fiz o meu melhor para atirá-la para o inferno quando entreguei a ele um maço de notas de 50 dólares que tirei do armário da cozinha.

— Ainda não abri uma conta — expliquei.

— Hum — disse Gary.

Ele lançou um olhar comprido para a gaveta, que já estava fechada. Pareceu ficar desapontado. Talvez esperasse ver alguns fuzis de assalto.

Então o telefone tocou.

— Já está tocando faz uns trinta minutos — disse Gary. — Eu atenderia se fosse você.

Gary esperou. O telefone tocou. Lembrei a Gary onde ficava a porta. Então, quando o ouvi sair, tirei o fone do gancho.

— Meu Deus, Tres, onde diabos você se meteu?

— Carlon — eu disse.

Ao fundo ouvi o tilintar de copos, música da Motown, os sons de um bar.

— Certo, Tres. Concordei em esperar 24 horas, não 48. Você me deixou na mão ontem à noite, cara, e duas horas depois Beau foi assassinado. Cadáveres cancelam nosso acordo.

Senti um aperto no estômago.

— Carlon, se você publicou alguma coisa...

— Que merda, cara. Isso está perdendo a graça. "Ajuda" não inclui cumprir pena como cúmplice em assassinato.

— Então você não publicou nada?

Ele riu sem muita vontade.

— O que fiz foi bater pé por alguém que não merece. Então, você quer saber onde Dan Sheff Jr. está agora mesmo, enchendo a cara no Lone Star, ou quer que eu vá em frente e comece a entrevista sem você?

— Onde você está?

— Isso é que é detetive particular, Tres. Tenha um pouco de paciência, não se apresse com a vigilância...

— Onde diabos você está?

— No Little Hipp's.

— Estarei aí em dez minutos.

— É melhor que chegue em cinco. Tenho perguntas importantes a fazer ao sujeito e pode ser que eu...

Já estava na porta antes que ele terminasse a frase, esperando que em cinco minutos eu não tivesse um bom motivo para quebrar a cara de Carlon.

52

O Little Hipp's não era exatamente um marco de San Antonio, estava mais para marco substituto. Quando o Bubble Room de L. D. Hipp foi demolido para dar espaço ao estacionamento de um hospital na década de 1980, o filho de L. D. abriu o Little Hipp's do outro lado da rua e herdou a maior parte do cardápio e dos equipamentos do Hipp's. Apesar do fato de o exterior de alumínio cor de laranja dar ao bar e restaurante a aparência de uma lanchonete drive-thru, o interior era fiel ao Bubble Room: luzes de Natal multicoloridas, placas de automóveis, enfeites chamativos e néon, bolas de praia e anúncios da cervejaria Pearl dos anos 1950 presos no teto. Brega chique. Lá era possível ouvir Hank Williams ou Otis Redding na jukebox, beber cervejas Shiner ou Lone Star e comer ovos shypoke: nachos redondos com queijo Monterrey Jack fazendo as vezes de clara e cheddar as vezes de gema, com pimentas jalapeño escondidas embaixo. O lugar devia ter no máximo uns 20 metros de comprimento.

Como já passava da hora do jantar, o movimento estava devagar, basicamente funcionários do hospital e alguns engravatados. Vi Carlon McAffrey sentado a uma mesa ao lado da cadeira de barbeiro. Estava vestido com o que talvez acreditasse ser uma camuflagem: óculos escuros, camisa e calça cáqui e uma gravata com apenas três cores. Quando me aproximei, balançou a cabeça e apontou para o bar.

Dan Sheff ocupava um dos três bancos. Estava inclinado sobre uma fileira de garrafas vazias de Lone Star, ignorando as tentativas de papo do barman. O terno de alfaiataria dele estava amassado e um dos sapatos, costurados à mão, desamarrado. A julgar pela aparência, poderia ter passado a noite anterior no carro.

Um princípio do tai chi: se não quer que alguém fuja de você, fuja dessa pessoa primeiro. Torne-se yin para fazer com que ela se torne yang. Não sei bem por que isso funciona, mas quase sempre eles nos seguem como ar preenchendo vácuo.

Fui até Dan e disse:

— Estarei ali.

Então recuei até uma mesa na extremidade oposta àquela em que Carlon estava sentado e pedi uma Shiner Bock. Não olhei para o bar. Cento e vinte e dois segundos depois Dan deslizou no banco à minha frente.

De perto, a aparência dele estava ainda pior. Nas sombras, seu rosto parecia semimorto, com a barba por fazer, olheiras, os cabelos louros curtos de uma doentia coloração branca. Não parava de girar o anel de ouro no dedo e estava com uma marca vermelha na pele. Olhou para mim e tentou manter uma expressão irritada, ou pelo menos desconfiada, mas era esforço demais. O semblante dele desmoronou em simples sofrimento.

— Eu não.... — ele disse.

— Beau?

Dan fechou os olhos com força, voltou a abri-los e então assentiu. Olhou em volta em busca da cerveja e se deu conta de que a deixara no balcão. Quase se levantou. Para mantê-lo ali, passei a contar o que aconteceu depois que ele fugira do Hilton, o que eu dissera a Schaeffer. Não mencionei a carta escrita uma década atrás por sua mãe, que ainda estava no meu bolso. Quando terminei, ele apenas ficou com o olhar perdido, como um sonâmbulo.

— É apenas uma questão de tempo até que o identifiquem, Dan. Havia câmeras no lugar, pelo amor de Deus.

Ele continuou a girar o anel de ouro como se fosse uma porca que insistisse em não querer rosquear.

— Quanto você quer? — perguntou.

Balancei a cabeça.

— Não sou Beau, Dan.

Ele recebeu a rejeição com um dar de ombros indiferente, então fixou o olhar na toalha de mesa quadriculada.

— Eu... ele estava deitado ali, sabe? Cheguei nervoso, dizendo que ia matá-lo. — Ele deu um riso fraco, limpando as lágrimas das pálpebras inferiores. — Então tudo em que eu conseguia pensar era apertar o ferimento, mas era na cabeça e eu não...

A garçonete se aproximou. Devia ter uns 50 anos, tinha uma barriga de chope e usava uma boina que já fora lavada vezes demais. Sacou o bloquinho de pedidos. Então percebeu o olhar de Dan.

Ergui minha garrafa de Shiner Bock e dois dedos. A garçonete desapareceu.

— Eu deveria estar numa droga de uma festa hoje à noite. — Dan riu outra vez, um som quase inaudível. — Minha mãe convidou o prefeito, todo mundo importante. Deveria beber champanhe e dançar com as esposas deles e tudo no que consigo pensar é... quero dizer...

Ele deu de ombros, incapaz de concluir o pensamento.

— Sei sobre as fotografias, Dan. Vi você e Beau juntos três vezes. Na segunda vez você o esmurrou. Na terceira ele acabou morto. Se quiser evitar levar a culpa, você precisa abrir o jogo comigo.

A garçonete voltou com nossas cervejas. Quando ela foi embora, Dan estava olhando para o nada de novo, perdido nas memórias daquele quarto de hotel. Ficou com os olhos marejados e abaixou a cabeça como se fosse entrar em estado de choque. Levei a mão por cima da mesa e pressionei com o polegar o meridiano na base da palma da mão dele. A descarga provocou no rosto dele o mesmo efeito de uma xícara de café forte.

— Fale das fotografias, Dan.

Os olhos dele voltaram a se concentrar em mim, um pouco irritados. Puxou a mão.

— Conferi as finanças em abril. Garza disse uma coisa que me deixou irritado, algo sobre eu e minha mãe nos dedicarmos mais à empresa.

— Ele disse isso aos patrões?

O olhar de Dan gravitou para a toalha da mesa e ficou ali, como se ele estivesse tentando abrir um buraco no tampo da mesa com os olhos.

— Garza trabalhou para meu pai por muitos anos. Ele tem... — Dan apertou os olhos — ... ele *tinha* bastante liberdade. Mas olhei os livros e vi... quer dizer, não foi difícil de encontrar...

— Você viu os pagamentos mensais de 10 mil dólares para Beau.

A jukebox trocou o disco e passou a tocar uma música de Merle Haggard.

— Não pude acreditar. Tudo o que a minha mãe dizia era que Beau estava ameaçando publicar umas fotos antigas do meu pai. Não sei como ele as conseguiu. Ela disse que as fotos podiam nos arruinar. Disse para eu não me envolver; queria me proteger.

Quando falou sobre a mãe, Dan passou a murmurar, de cabeça baixa. Era como se tivesse 5 anos, contando a um amiguinho como arrumara confusão.

Tirei a foto que encontrara com Garza no trailer e a coloquei sobre a mesa. A testa de Dan ficou vermelha.

— Já viu isso antes?

— Uma igual a essa, no arquivo de Garza.

— Mas você não sabe o que essa fotografia quer dizer.

Dan olhou para a cerveja.

— Não. Ela se recusou a me dizer. Ela queria...

— Ela queria te proteger.

Dan estava desconsolado.

— Você fez a descoberta pouco antes da River Parade — especulei. — E contou a Lillian. Ela não foi exatamente receptiva.

Dan engoliu em seco.

— Achei que ela tinha o direito de saber. Ela trabalhava com o cara, pelo amor de Deus. E estávamos praticamente noivos. Tinha acabado de dar um anel de diamantes para ela. Mostrei a foto, expliquei a ela o que eu sabia. Disse que ia lidar com aquilo, mas... — ele sacudiu a cabeça, corando. — Acho que não posso culpá-la. Ela não quis mais ver a minha cara.

— Dan, ocorreu a você que Lillian pode ter ficado chocada porque já *sabia* da existência das fotos? Beau foi sócio dela por dez anos. Talvez ela apenas não soubesse que o sujeito as estivesse usando numa chantagem. Talvez achasse que as fotos houvessem sido destruídas; talvez Beau tenha concordado em destruí-las, e quando descobriu que isso não tinha acontecido... Lillian pode não ter sabido o que fazer. Talvez...

Parei. Estava pensando em voz alta, tentando esculpir uma resposta com a qual conseguisse viver. Dan olhava para mim como se eu estivesse falando em árabe.

— E por que ela saberia?

Olhei para Dan. Eu provavelmente parecia tão confuso quanto ele.

— Está bem — assenti. — Você disse que sua mãe pediu para você ficar de fora. Você obviamente não fez isso.

Dan tentou adotar um ar confiante, mas a voz dele estava trêmula.

— É a *minha* empresa, droga. *Minha* noiva. Quando Lillian... quando ela me disse para me afastar, fiquei ainda mais determinado a resolver tudo. Confrontei Beau. Disse que ele não ia mais ver a cor do nosso dinheiro e que eu queria as fotos. Mas eu não sabia...

Ele esfregou os olhos lentamente, como se não conseguisse lembrar exatamente onde estávamos. Uma noite mal dormida e muitas garrafas de Lone Star começavam a cobrar seu preço.

— Você não sabia o quê?

— Beau protelava sempre. Pediu mais dinheiro, então prometeu entregar o CD, e depois pediu mais. Prometeu que se eu fosse ao Hilton o assunto estaria encerrado. Ele ia deixar a cidade. Mas já tinha feito alguma coisa com Lillian, e depois com aquele carpinteiro, e depois com Garza. A situação só piorava. Se eu não o tivesse pressionado tanto...

— Espere um minuto — eu disse. — Você acha que Beau matou os dois. Acha que ele sequestrou Lillian.

Dan olhou para mim.

— É óbvio.

— Óbvio — repeti. — Então quem matou Beau? Quem mais sabia que você ia visitá-lo no Hilton, Dan?

— Ninguém.

— Além da sua mãe?

Ele não respondeu. Eu nem ao menos tinha certeza se ele escutara.

— Quando Lillian desapareceu — eu disse —, sua mãe conversou com os Cambridge. Ela insistiu em deixar a polícia de fora.

Ele ficou sério.

— Ambos insistimos. Sabíamos que não ajudaria.

— Não era por isso que ela queria a polícia de fora, Dan.

Os olhos dele perderam o foco.

— O que diabo você sabe dela? Você sabe a força que é necessária... o marido à beira da morte, um canalha chantageando a família, uma centena de primos e primas de primeiro e segundo graus prontos para assumir a empresa à menor oportunidade? Ela manteve firme um negócio milionário, Navarre. Ela fez isso por *mim*.

Aquilo soava como um discurso que ele já ouvira centenas de vezes. Mas Dan o recitou sem muita convicção.

Tentei imaginar o mundo como Dan o via: Beau Karnau capaz de dar um tiro na testa de Eddie Moraga, mas assustado o bastante com Dan a ponto de não tentar nada sozinho com ele em um beco escuro. Dan capaz de salvar os negócios da família sozinho, apesar de ter olhado os livros provavelmente uma única vez. Lillian alheia ao lado negro do seu mentor, delicada demais para encarar namorar um homem que estava sendo chantageado. O fato de Beau ser o homem que vinha chantageando a família Sheff há um ano não era nada além de uma estranha coincidência. A mãe de Dan uma frágil e ameaçada protetora da sua herança. Me perguntei quantos discursos maternos foram necessários com o passar dos anos para fazer com que aquela visão do mundo se tornasse algo óbvio para Dan. Me perguntei quanto tempo levaria para que aquela visão desmoronasse.

— Eu falaria com a sua mãe, Dan. Ela está te protegendo mais uma vez.

A canção de Merle Haggard terminou. Com o canto do olho vi Carlon olhando para nós, tentando parecer que não estava.

Dan acabou com a cerveja.

— Saia de perto de mim — ele murmurou. — Vá embora.

Levantei do banco. Joguei uma nota de 5 sobre a mesa e me virei para ir embora.

— Pergunte a ela, Dan. Vá à festa hoje à noite e pergunte a ela se o nome do homem louro da foto é Randall Halcomb.

Quando parei na saída e olhei para trás, Dan estava de cabeça baixa no reservado, a testa apoiada nas mãos, mechas de cabelo louro escapando por entre os dedos. A garçonete com a barriga de chope e a boina tentava consolá-lo e me dirigiu um olhar atravessado. Carlon levantara da mesa e andava na minha direção o mais rápido possível sem correr.

Saímos juntos e ficamos em frente ao carro de Carlon sob o calor da noite. O Hyundai azul estava estacionado na McCullough com duas rodas sobre o passeio.

— Então, o que sabemos? — ele perguntou.

— Não sabemos muita coisa, Carlon. Só que Dan é uma vítima.

Carlon riu.

— É. Pobrezinho. Forçado a meter uma bala na cabeça de Beau. Dá um tempo, Tres.

— Dan não matou Beau. Ele simplesmente é incapaz disso.

Carlon tirou a gravata inconspícua, enrolou-a e a colocou no bolso da frente da calça cáqui, sem tirar os olhos de mim.

— Estou ouvindo.

— Carlon, o que seria preciso para você desistir de elaborar uma história a partir disso?

Ele riu outra vez.

— Você não tem tanto, Tres. Esse é o material mais quente que tenho nas mãos desde a competição de culinária de Terlingua. Assassinato, chantagem, a máfia. Estamos falando de manchetes coloridas com corpo 40.

— Não quero que seja assim.

— Já está tudo aí, cara. E por que não ser eu o cara que vai dar o pontapé inicial?

Olhei para ele. Por um momento, desejei ter uma baioneta.

— Sexta-feira, então — ofereci. — Na melhor das hipóteses. Isso é mais complicado do que eu pensava.

— Conseguir publicidade é um jeito engraçado de fazer as coisas se desenrolarem, cara. Ainda tenho cerca de uma hora para apresentar material para a edição de amanhã.

— Olhe — eu disse, tentando manter a voz controlada —, se você meter o dedo nisso agora, se conseguir o tipo errado de publicidade para as pessoas erradas, outra pessoa vai morrer. Preciso de tempo para garantir que isso não aconteça.

— Lillian, certo?

— É.

Carlon hesitou. Talvez estivesse pensando em Lillian, ou talvez no olho roxo que eu deixara no rosto de Beau Karnau. Não me importava qual dos dois.

— Você promete que isso vai ser meu?

— É seu.

— Prometa que é grande.

— É.

Carlon balançou a cabeça.

— Por que será que acredito em você quando sei que você vai me enrolar outra vez?

— Sua benevolência inata?

— Merda.

Quando cheguei em casa sentei-me no futon e comecei a me sentir muito solitário. Robert Johnson lutando com meus tornozelos não ajudava muito. Nem outra meia garrafa de tequila.

Tentei afastar os pensamentos sobre Cookie Sheff e meu pai, mas os únicos que os substituíam eram pensamentos sobre Maia Lee. Olhei à minha volta e vi lugares onde ela sentara, comera *pan dulce* ou me beijara. Na pressa de arrumar a mala, ela deixara algumas peças de roupa no banheiro. Dobrei-as com cuidado e as coloquei sobre o armário da cozinha. Pensei onde ela estaria naquele momento, de volta ao trabalho, conversando com um cliente, xingando o condutor do bonde, jantando no Garibaldi's. Metade de mim estava irritada porque eu me importava. A outra metade estava irritada porque eu não me importava o bastante para fazer algo a respeito. As duas partes concordavam que era hora de sair de casa.

53

Meu amigo na portaria do Dominion aprendia rápido. Desta vez se lembrou de conferir a lista antes de me deixar entrar.

— B. Karnau — eu disse. — Para a casa dos Sheff.

— Sim, senhor. — Acho que ele não via muitos Fuscas por ali. O guarda franziu as sobrancelhas ao olhar para o carro. — Não foi à casa dos Bagatallinis da outra vez?

Sorri.

— Claro. Conheço muita gente por aqui.

Ele sorriu, um sorriso trêmulo, como se temesse que eu fosse acertá-lo com um soco. Olhou para a prancheta e levantou os olhos com pesar.

— Ah, eu não estou vendo...

Estalei os dedos, então disse algo em espanhol que soava como se estivesse repreendendo a mim mesmo. O que eu disse na verdade foi que a mãe do guarda obviamente cruzara com caititu com problemas de aprendizado. Então em inglês:

— Não, cara. Eles devem ter colocado meu nome na lista como Garza. Esqueci.

Ele olhou para mim, tentando entender como eu poderia passar de alemão para hispânico em vinte segundos. Sorri. Eu tinha cabelos pretos, falava o idioma e estava escuro. Acho que passei na inspeção. Ele conferiu a lista outra vez.

Evidentemente ninguém pensara em riscar o nome do morto da lista de convidados. O guarda parecia aliviado.

— Claro, Sr. Garza. Siga em frente por 800 metros, depois entre à esquerda.

— Legal.

Dei um "tiro" nele com o dedo indicador. Então levantei o máximo de fumaça que o Fusca pudesse produzir apenas para irritar o Jaguar atrás de mim.

Não vou dizer que os sanantonianos são as únicas pessoas que gostam de dar festas. Garrett diz que o Mardi Gras é ótimo. Lillian sempre falou da Times Square na noite de Ano-Novo. Mas na maioria das cidades eles se satisfazem com uma grande temporada de festas e o resto do ano é normal. Em San Antonio, o ano normal dura cerca de duas semanas em meados de março. O resto do tempo é temporada de festas.

A festa dos Sheff naquela noite podia ser um pouco mais classuda do que a maioria, mas estava tão cheia e louca quanto qualquer outra. Pude ver que estavam profundamente condoídos com a morte dos funcionários Sr. Garza e Sr. Moraga. A calçada que levava até a mansão estava iluminada com luminárias multicoloridas. A enorme fachada de vidro da construção emitia um brilho dourado e uma banda de country mandava ver em canções de Bob Wills em algum lugar lá dentro. Uma multidão de gente rica transbordava pela porta e se espalhava pelo pátio de cascalho, rindo, bebendo aos litros, planejando escapadas sexuais que não arruinassem suas roupas de grife.

Acho que eu me destacava um pouco. Vestia uma camiseta limpa e calça jeans, mas a garrafa de tequila que tinha na mão era, de longe, minha posse mais cara. Ou talvez fosse a expressão no meu rosto que fazia com que as pessoas parassem de falar quando passava por elas a caminho da casa. Abri caminho por alguns vereadores, alguns líderes da comunidade empresarial, um grupo de velhas que criticava os vestidos das mulheres mais jovens. Muita gente eu conhecia dos velhos tempos. Ninguém me cumprimentou.

Fui até a lateral da casa, coloquei a garrafa de tequila no chão, peguei uma lixeira e entrei na cozinha pela entrada dos empregados. O lugar estava cheio de cozinheiros, pessoas preparando tortillas, garçons. Quando comecei a esvaziar as lixeiras deles na minha, falei em espanhol com o grupo mais próximo:

— Puta merda, vocês acreditam o tanto que esses *cabrons* comem? O ceviche está quase acabando. É melhor providenciar mais alguns quilos.

Em alguns minutos coloquei sacos novos em todas as lixeiras, instiguei o pessoal das tortillas a andar mais rápido e circulei pelo lugar sem que ninguém perguntasse quem eu era. Dei um tapinha no ombro de um garçom e lhe entreguei a lixeira.

— Segure isso um minuto — pedi.

Então me esgueirei para o corredor.

Quando cheguei ao segundo andar, só precisei abrir três portas para encontrar o que procurava. Cookie deixara uma pilha de vestidos sobre a cama. A penteadeira na parede dos fundos era uma explosão de vidros de cosméticos. O lugar cheirava a pot-pourri de morango muito velho. Sobre uma escrivaninha de mogno em um canto, um laptop esperava por mim.

Não precisei de Spider John para me ajudar desta vez. Nada estava protegido. Mesmo semiembriagado, precisei de apenas dez minutos. Então saí pela cozinha e entrei na festa pela porta da frente.

Não vi Dan em nenhum lugar, mas em uma das sacadas que davam para a sala de estar, Cookie ria das piadas do prefeito. Os luminosos cabelos louros estavam mais altos do que nunca. A maquiagem teria funcionado perfeitamente com óculos 3D. Ela optara por um vestido preto com lantejoulas que deveria ser atraente, mas que apenas fazia com que seu corpo anguloso parecesse ter sido construído a partir de peças de um jogo de montar.

Segui para o escritório onde Dan e eu conversáramos da última vez. Quando olhei para cima outra vez, Cookie havia notado minha presença. Sorri e acenei. A não ser pela maquiagem, a cor sumiu do rosto da matriarca. Ela pediu licença ao prefeito e sumiu da sacada.

A porta do escritório estava trancada. Tirei um cartão de crédito do bolso. Dez segundos depois eu estava dentro.

Dan não estava lá. Os pais de Lillian estavam.

Os Cambridge encerraram a conversa e olharam para a porta como se estivessem esperando outra pessoa. Sentado à escrivaninha de Dan Pai, o Sr. Cambridge parecia cansado. Estava inclinado sobre o triângulo de luz projetado pela luminária sobre a mesa e olhava para mim por sobre as lentes bifocais. A Sra. Cambridge estava em pé ao lado dele, segurando com força os próprios pulsos. Estivera chorando.

— Maldito seja — disse o Sr. Cambridge. Começou a se levantar, as mãos ajeitando o smoking.

— Zeke... — murmurou a esposa. Ela veio na minha direção, as mãos um pouco trêmulas. — Tres...

Acho que foi então que viu meu olhar. Ela hesitou. Mas a mãe de Lillian não era o tipo de mulher que é detida por um semblante indiferente e pelo cheiro de bebida. Hesitando, tocou meu braço.

— Tres, você não deveria, querido... As coisas estão muito complicadas agora. Você não deveria...

— Maldito seja — repetiu Zeke Cambridge. — Você nunca para?

Com um tapa, ele atirou alguns badulaques da mesa no chão.

Nos encaramos. Não tive uma sensação de triunfo quando ele desviou o olhar primeiro. Ele estava cansado, velho, perturbado. Eu estava semiembriagado e não dei a mínima. A Sra. Cambridge segurou meu braço com um pouco mais de força.

— Como as coisas estão complicadas? — perguntei, me esforçando para enxergar direito. Meus olhos começavam a queimar e eu não tinha certeza por quê. — Lillian está desaparecida, ninguém faz merda nenhuma a respeito e vocês estão no gabinete da mulher em quem eu votaria como a Candidata Mais Provável a Sequestradora. Como isso pode ser complicado?

Zeke Cambridge me olhou com raiva. Suas sobrancelhas grisalhas se uniram.

— Do que você está falando, rapaz?

— Tres, por favor — disse a mãe de Lillian.

A porta atrás de mim abriu. Cookie entrou agitada, seguida pelo meu amigo, o chofer. Kellin estava quase sorrindo. Desta vez acho que ele não esperaria pela permissão para me matar se Zeke Cambridge não houvesse erguido a mão.

— Zeke, Angela — sussurrou Cookie. — Sinto muitíssimo. Kellin, acompanhe esta pessoa para fora imediatamente.

— Espere um minuto — disse o Sr. Cambridge. — Antes ele vai se explicar.

— Tres. — Agora a mãe de Lillian quase implorava. — Houve um assassinato. O Sr. Karnau, sócio de Lillian. A polícia está muito preocupada que...

— A polícia. — Zeke Cambridge cuspiu as palavras. — Se a polícia tivesse cuidado disso do jeito certo, esse filho da puta já estaria na prisão.

O porta-retratos prateado de Dan Pai era o único alvo restante sobre a mesa para a raiva de Zeke Cambridge. Ele deu um tapa na moldura com as costas da mão.

Todos ficaram em silêncio. Quando a mãe de Lillian tentou falar, Cookie a dissuadiu com um gesto negativo de cabeça.

— Sr. Navarre — disse Cookie, com muito cuidado —, acredito que lhe pedi para ficar longe da minha casa. Não aprecio que perturbe a minha festa, invada a minha casa e incomode meus amigos. Principalmente agora. Se o senhor não sair imediatamente, chamarei a polícia.

Olhei para ela. Seus olhos eram tão azuis quanto os do filho, apenas menores e mil vezes mais duros. Eles me atravessavam, como se estivessem congelados em um ponto décadas distante e não pudessem ser perturbados por nada mais próximo.

— A senhora tem medo de que eu dê a eles uma versão um pouco diferente da situação? — perguntei.

Agora Zeke Cambridge observava a Sra. Sheff, a raiva se diluindo em confusão. Ele disse:

— Do que diabo esse filho da puta está falando, Cookie?

Na sala de estar a banda emendava com uma versão hiperativa de "San Antonio Rose". Alguém fez seu melhor "iii-haaa" ébrio no microfone. Sentia-me desorientado, como se alguém me girasse para pregar o rabo no burro.

A Sra. Cambridge pegou meu braço outra vez. Ela falou com o mesmo tom delicado que usara em inúmeros dias de Ação de Graças para implorar pela paz à mesa de jantar:

— Tres, realmente não há nada que você possa fazer. Por favor, não comece isso.

Eu via seu rosto embaçado. Ela estava chorando.

— O que Jay Rivas disse sobre o desaparecimento de Lillian? — perguntei. — Mas será que os Sheff deixaram vocês conversarem com ele?

Cookie suspirou.

— Já basta.

Kellin sabia que não poderia me agarrar daquela vez. Ele simplesmente se aproximou e ficou do meu lado, relaxado, alerta, braços a postos. Ignorei-o e fiquei com os olhos atentos em Cookie.

— Onde está o futuro genro? — perguntei. — Nós dois acabamos de tomar umas cervejas e de ter uma conversa interessante sobre Randall Halcomb.

— Você não vai sair? — perguntou Kellin.

Ele parecia satisfeito. Mas de alguma forma tive a sensação de que queria que eu dissesse não.

— Zeke, Angela — disse Cookie. — Vocês não devem ser incomodados por isso, e posso ver que o Sr. Navarre não tem consideração suficiente para deixar a intromissão de lado. Deixem-me conversar com ele por um minuto.

Aquele poderia ter sido o comando de um hipnotizador. Zeke Cambridge levantou-se, sem o menor protesto, e pegou o braço da esposa. Eles saíram da sala, quase sonâmbulos, com a Sra. Cambridge ainda chorando sem emitir som algum. Cookie sentou-se à mesa de Dan Pai. Então, com um sutil olhar de desgosto, fez um gesto para a cadeira do outro lado da mesa. Kellin e eu trocamos olhares de desapontamento mútuo.

— Agora, Sr. Navarre — disse Cookie. O tom dela era um prenúncio de castigo, corte de mesada, nada de TV por uma semana. — Talvez devêssemos conversar.

54

 — Kellin, eu gostaria de uma taça de vinho tinto. Não acredito que o Sr. Navarre precise de nada.

Kellin hesitou. Cookie Sheff olhou para ele, fria e apreensiva. Então ele desapareceu.

— Antes de providenciar que seja atirado na rua, Sr. Navarre, talvez o senhor queira se explicar. Tenho convidados aos quais dar atenção.

Como se aquilo fosse uma deixa, a música no salão esquentou e teve início um solo de rabeca. As pessoas passaram a bater palmas.

— Onde está Dan? — perguntei.

— Meu filho não está se sentindo bem.

— Aposto que não.

Cookie não estava acostumada a ter a palavra questionada. Por um instante os olhos dela quase se concentraram em mim, como se eu fosse digno de consideração.

— Não posso fazê-lo entender — ela disse. — O senhor nunca será uma mãe, Sr. Navarre. O senhor não é capaz de entender...

— Vejamos — retruquei. — O marido doente, os anos criando Dan sozinha. Agora aqui está ele, à tenra idade de 28 anos e ainda não exatamente pronto para deixar o ninho, mas, e apesar de todos os seus esforços, envolvido até o pescoço na lama da família. Onde você errou?

Cookie ficou tentada a se irritar, mas, para dar-lhe crédito, ela se controlou. Olhou para a fotografia do marido na parede, o jovem Dan Sheff, soldado na Coreia.

— Não tenho ideia do que os seus comentários implicam, Sr. Navarre, mas vou dizer uma coisa. Minha família significa para mim mais do que... — Hesitou. — Não permitirei que você...

Interrompi uma ótima repreensão ao tirar o envelope cor-de-rosa desbotado do bolso de trás da calça, desdobrar cuidadosamente a carta e erguê-la.

— A senhora estava dizendo?... — perguntei. — Sua família significa mais do que o que... um antigo amante que ficou curioso demais? O fardo de entregá-lo ao seu marido? A culpa de saber que foi responsável pela morte dele?

Cookie olhou para a carta em minhas mãos. A expressão severa em seu rosto prestes a derreter. Em algum lugar abaixo da maquiagem acho que suas faces coraram. Pude subitamente ver os vestígios de uma mulher mais jovem e atraente, uma mulher que se permitia sentir outras emoções além do desdém. Uma mulher que meu pai deve ter visto como um desafio interessante.

Então ela conseguiu voltar a focar os olhos naquele ponto fixo invisível a distância. Ela se empertigou.

— Como... você... ousa...

Uma fileira de pontos pretos apareceu no delineador sob seus olhos quando ela piscou. A não ser por isso eu não diria que havia qualquer outro sinal de umidade no corpo dela. O olhar no seu rosto e o tom de sua voz eram tão áridos quanto a região do Panhandle.

— Não vou ficar aqui — continuou Cookie — ouvindo acusações de um jovem que não entende nada da minha vida.

Dobrei a carta e a coloquei de volta no bolso.

— Acho que entendo muito bem, Sra. Sheff. A senhora estava passando por um momento difícil dez anos atrás. A doença do seu marido estava piorando; em poucos anos ele ficaria confinado a uma cama. Os negócios estavam no vermelho. Seu filho estava fora, na faculdade. A senhora precisava de um pouco de afeição e meu pai estava ali para proporcioná-la. Ele deve ter sido uma lufada de ar fresco a princípio, antes que dissesse que estava prestes a iniciar uma investigação sobre a empresa do seu marido por fraude, tudo por causa de papéis que não teria descoberto se não estivesse dormindo com a senhora.

Antes que ela pudesse responder, Kellin reapareceu na porta do escritório. Ele entrou e entregou uma taça de vinho a Cookie. Então pegou no chão o porta-retratos de Dan Pai que o Sr. Cambridge atirara para longe. Cookie olhou para o retrato, então afastou o olhar. Ela ajeitou uma mecha de cabelos louros luminescentes atrás da orelha.

— Os erros do passado não mudam nada — ela disse, quase para si mesma. — Tenho um filho em quem pensar. Fiz o possível para educá-lo bem.

— Para protegê-lo.

— Eu o estou protegendo — ela concordou de forma monocórdica. — E não permitirei que o senhor... não permitirei que outro... — Ela se conteve.

— Outro Navarre interfira — concluí.

Ela balançou a cabeça lentamente, mas havia algo novo em seus olhos: ressentimento. Ajeitou a parte da frente do vestido cintilante com mão ressecada.

— Não — ela disse, de forma inexpressiva. — Nada do tipo.

Olhei para o porta-retratos prateado com a foto do pai de Dan, forte o bastante para nos meus tempos de escola flertar com incontáveis animadoras de torcida. Agora Dan Pai estava em algum recôndito daquela casa, ouvindo o gotejar do soro e os sons da festa e da música de Bob Wills, tentando lembrar-se do próprio nome. Não tenho certeza do que estava sentindo por ele, mas não era pena.

— O que diabos está acontecendo? — disse alguém atrás de mim.

— Danny — disse a Sra. Sheff. A voz dela estava embargada. — Achei que havíamos concordado...

O smoking fez toda a diferença na aparência de Dan Jr. Do pescoço para baixo ele estava altivo, limpo e engomado, tinha ambos os sapatos amarrados e um copo de bourbon na mão em lugar de uma garrafa de Lone Star. Do pescoço para cima a aparência havia mudado pouco: olhos injetados, rosto pálido, mechas louras apenas parcialmente domadas. Soava como se estivesse mais sóbrio do que eu no momento, o que não era dizer grande coisa.

— *Você* concordou que conversaríamos mais tarde — disse Dan. — Quero saber o que está acontecendo *agora*. É a droga da minha empresa, mãe.

— Na verdade, mais uma parte do problema — eu disse.

— Não é.

Dan olhou para mim. Cookie olhou para mim. Kellin ficou atrás de Cookie com toda a emoção de uma porta, não olhando para nada em particular.

— Eu vinha me perguntando como a Sheff Construction se reposicionara para o contrato do Travis Center em 1985 — eu disse. — Vocês estavam à beira da falência e do dia para a noite voltaram a ser uma potência. Mesmo para os parceiros que os ajudaram a conseguir o contrato, vocês não deviam parecer um investimento dos mais seguros. Também vinha me perguntando como Terry Garza teve a coragem de pressionar a família Sheff. Afinal de contas, deveria ser o fiel empregado. Então olhei os arquivos do seu computador, Sra. Sheff.

Cookie estava totalmente imóvel. Dan oscilava um pouco, olhando para mim.

— O que você está dizendo?

— Que a empresa não é sua, Dan. Ela não pertence aos Sheff desde 1985, quando seu pai cavou um buraco do qual vocês não tinham a menor possibilidade de sair sozinhos. A empresa foi rapidamente comprada, encampada, mudou de mãos. Então vocês foram usados para fazer com que o novo dono e seus parceiros, provavelmente a máfia, faturassem uma fortuna com contratos públicos. Parabéns, Dan. Você vai herdar um título de diretor honorário, o direito de usar seu nome sem ser processado por violação de marca registrada e, se for um bom menino, um modesto estipêndio anual. Você é apenas um empregado, como Moraga e Garza. Como sua mãe.

No salão, a banda tocava os acordes finais de uma música. Aplausos. O anúncio de que uma nova caixa de champanhe estava sendo aberta.

Dan Sheff oscilou um pouco mais, como se quisesse cair mas não conseguisse decidir ao certo por quê. Seus olhos azuis estavam inexpressivos.

— Mãe?

O tom não era exatamente irritado. Era mais uma súplica, a esperança de que a mãe tivesse em seu repertório um discurso para atender àquela contingência.

Cookie não tinha um.

Empurrei o envelope cor-de-rosa desbotado na direção dela.

— Pelo que posso ver, a senhora disse ao meu pai apenas uma verdade. A Sheff Construction estava sendo usada. Não é Dan Pai que aparece livrando-se de Randall Halcomb na foto da chantagem; um homem com Parkinson, mesmo nos estágios iniciais da doença, não conseguiria atirar no meio dos olhos de alguém com um 22 em uma noite escura. Não foi a família Sheff que ordenou a Garza pagar o chantagista, ou a Moraga que sequestrasse Lillian de modo que ela ficasse quieta. A senhora não está protegendo seu marido ou seu filho, Sra. Sheff. Está protegendo seu dono.

Quando Dan cambaleou para trás, Kellin estava lá instantaneamente para equilibrá-lo. Kellin ajudou Dan a levar o copo de bourbon à boca.

Cookie balançava a cabeça.

— Tudo o que quero, Sr. Navarre, é que se retire. Meu filho herdará a empresa. Ele trará Lillian de volta em segurança sem sua ajuda, ou a ajuda da polícia. Então ele vai casar com ela.

Pela forma como pronunciou aquilo, ela podia estar lendo um livro do Dr. Seuss. Por algum motivo, esse pensamento me fez rir.

— Não posso deixar que as coisas aconteçam assim — eu disse.

Dan começou a falar alguma coisa, mas Cookie o silenciou com um olhar. Ela fez um gesto com a cabeça para Kellin.

Não foi exatamente uma luta. Mesmo que eu estivesse sóbrio, Kellin teria a velocidade a seu favor e contas a ajustar. Dois socos atingiram meu estômago. Então eu estava deitado no tapete kilim dos Sheff, olhando para o teto com uma estranha sensação morna na cabeça. Acho que era a bota de Kellin.

Saímos por uma porta lateral e entramos na cozinha. Kellin me arrastava no ângulo certo para que eu pudesse admirar a cerâmica Saltillo. O garçom tentou me devolver a lixeira. Alguns cozinheiros contavam piadas em espanhol. Ficaram em silêncio quando passamos.

Quando Kellin me arrastou para o pátio, olhei para cima e vi brevemente o rosto de Fernando Asante. O vereador chegava à festa acompanhado por seus querubins de cetim e alguns empresários vestidos em smokings.

— Já está de saída, Sr. Navarre?

Alguém riu, um pouco nervoso.

Kellin me arrastou por mais alguns metros, então me levantou.

— Sem ofensas — ele disse.

Então apresentou o meu rosto ao cascalho e se afastou.

55

Eu já esperava pelo detetive Schaeffer à sua mesa havia trinta minutos quando ele surgiu no corredor com um pão de alho na mão. Schaeffer tinha aparência ainda mais cansada do que de costume, como se aquela houvesse sido uma manhã movimentada para a Homicídios.

— Estou atrasado — ele disse. — Tenho um presunto para visitar. Quer me acompanhar?

Alguns minutos depois seguíamos em direção à zona leste em um Oldsmobille tão óbvio que algum garoto com senso de humor havia pichado "ESTE NÃO É UM CARRO DE POLÍCIA" nas laterais, em inglês na direita e em espanhol na esquerda.

— Única droga de carro disponível — ele disse.

Mas de alguma forma tive a impressão de que gostava da viatura. Descemos a Commerce por alguns minutos antes que ele dissesse:

— Então, a que devo a honra?

— Achei que devíamos conversar.

— Eu disse isso dois dias atrás.

— E preciso de um favor.

— Encantador.

Ele falou pelo rádio com a Central. Sim, o pessoal estava no local. Esperavam do lado de fora da casa. Schaeffer praguejou e então assoou o nariz no guardanapo vermelho que envolvia o pão de alho alguns minutos antes.

— Esperando do lado de fora da casa — ele disse. — Encantador.

— Então o cheiro está dentro — respondi.

Ele emitiu um ruído que poderia ter sido uma concordância mal-humorada.

— Seu pai era tira.

Entramos na New Braunfels e então seguimos por uma região de casas pequenas e quintais sujos.

— Mas, afinal, do que você precisa?

Não sei bem em que momento na noite anterior eu decidira abrir o jogo com Schaeffer. Acho que por volta das 3 da manhã, depois que terminei de limpar o cascalho do rosto e estava olhando para o teto havia tanto tempo que comecei a ver nas infiltrações os rostos de pessoas mortas. Talvez tenham começado a parecer familiares demais. Ou os prazos de Carlon tenham começado a parecer próximos demais. Ou talvez eu apenas precisasse que Larry Drapiewski e Carl Kelley sentissem orgulho de mim. O que quer que fosse, disse a Schaeffer o que sabia.

Quando terminei ele assentiu.

— Isso é tudo?

— Você acha pouco?

— Só quero ter certeza de que seu filtro de baboseiras está funcionando hoje, rapaz, só isso. Isso é tudo?

— É.

— Certo. Deixe-me pensar um pouco a respeito.

Assenti. Schaeffer usou o guardanapo outra vez.

— Talvez quando eu me acalmar decida não quebrar sua cara por ser tão idiota.

— Entre na fila — rebati.

Não sabia como Schaeffer conseguia dirigir com uma mão e com a outra pressionar um guardanapo maior do que o rosto contra o nariz, mas ele conseguiu navegar pelas esquinas sem reduzir de 50 quilômetros por hora e sem atropelar nenhum pedestre. Estacionamos ao lado de duas radiopatrulhas, em frente a uma casa azul-turquesa na Salvador Street. Sem sombra de dúvida, todos esperavam do lado de fora. E dava para saber quais haviam entrado na casa recentemente. Seus rostos estavam amarelos e brilhantes. Um grupo de vizinhos, em sua maioria velhas ainda vestindo roupões de banho, começava a se reunir na varanda.

— Algum dia — disse Schaeffer com a voz fanhosa — ainda vou querer saber o que acontece às 11 da manhã que faz com que as pessoas queiram aparecer mortas. É a hora do rush dos cadáveres, pelo amor de Deus.

— Você tem chumaços de algodão ou coisa parecida? — perguntei.

— No porta-luvas, com a loção pós-barba Old Spice.

Fiz uma careta.

— Prefiro sentir o cheiro do cadáver.

— Não, não prefere. Esse é o lado bom da sinusite, Navarre. Não consigo sentir cheiro de nada. Você não tem a mesma sorte.

Optei pela Old Spice. Umedeci dois chumaços de algodão e coloquei um em cada narina. Quando entramos na casa fiquei feliz por ter feito isso.

A vítima era uma velha viúva, Sra. Gutierrez. Ninguém a via havia alguns dias, de acordo com os vizinhos, até que o sujeito da casa ao lado ficou preocupado o bastante para procurá-la. No minuto em que abriu a porta da casa ele a fechou e ligou para a polícia.

Já tinha visto cadáveres antes, mas geralmente não depois de flutuarem em uma banheira ensanguentada por alguns dias sob um calor de 37 graus. Não foi fácil olhar para a Sra. Gutierrez. Eu devia estar precisando provar algo a Schaeffer. Fiquei com ele até que terminasse com a cena do crime.

— Suicídio uma ova — ele disse a um policial uniformizado. Apontou para o pulso cortado no antebraço inchado da Sra. Gutierrez. — Está vendo algum corte menor ao redor do principal?

Pouco antes de sair para vomitar, o policial admitiu que não. Schaeffer repousou o braço da morta tempo o bastante para assoar o nariz, então continuou a conversar comigo.

— Não há marcas de hesitação — ele disse. — São necessárias duas ou três tentativas para superar a dor quando uma pessoa se mata assim. Alguém fez o serviço por ela.

Ele olhou para mim à espera de aplausos, acho.

— Esse é o seu jeito de acertar as contas comigo? — murmurei, através dos chumaços de algodão.

A ideia pareceu diverti-lo.

— Vamos, garoto. Vou mostrar por que bebo chá de flores e frutas.

Segui Schaeffer até o primeiro andar da casa. Ele colocou uma frigideira com grãos de café no fogão e acendeu o fogo para amenizar o cheiro do cadáver. Se eu já não estivesse respirando Old Spice, aquilo seria o bastante para eu praguejar contra o cheiro do café também. Então olhamos para a janela que o invasor forçara. Schaeffer não acreditava em esperar pela polícia técnica. Usou uma lata cinza de supercola em spray para coletar a pegada deixada por uma bota no carpete em frente à porta e digitais na parede.

— Lição do dia, garoto. A cena do crime não mente. Ele saiu pela porta da frente. Provavelmente à luz do dia. É provável que tenha estuprado a velha. Apostaria meu dinheiro nisso.

Não quis apostar. Quando Schaeffer decidiu sair para fazer uma pausa, fiquei mais do que feliz por segui-lo. Sentamos no capô do Oldsmobille e esperamos pelo legista enquanto Schaeffer arrumava a cintura da calça sobre a barriga. Pensei na aparência de um cadáver depois de uma semana e meia. Um cadáver que eu conhecia.

— Então qual é o favor? — perguntou Schaeffer.

— Quero que o caso Cambridge receba a atenção que merece — respondi.

Ele semicerrou os olhos quando raios de sol filtrados pelas nogueiras-pecã banharam seu rosto.

— Isso não é um favor. É assim que as coisas acontecem.

— Mas quero alguma liberdade para agir.

Schaeffer olhou para mim.

— Agora está começando a parecer um favor. Que tipo de liberdade?

— Quero saber o que vocês descobriram, e preciso até sexta-feira.

— Até sexta-feira por quê?

— Não quero que o FBI meta o nariz na investigação de Jay Rivas. Ainda. Isso só deixaria as pessoas nervosas. Se Lillian ainda está viva, preciso de mais alguns dias para procurar por ela.

— E se ela ficar não viva entre hoje e sexta-feira?

— Ela já está desaparecida há uma semana. Você é o especialista. Se ela ainda não está morta, quais são as chances?

Schaeffer não gostava de ceder.

— Nada feito ainda — ele disse.

— Então veja — eu disse. — Liguei o desaparecimento a um homicídio. Leve o caso até o chefe do Departamento de Investigações Criminais com essa suspeita.

— E na sexta-feira, quando os federais entrarem na dança de qualquer forma?

— Tenho que fazer acontecer até sexta-feira.

Schaeffer quase riu.

— O que exatamente você espera fazer acontecer, Navarre? Pelo que posso ver, você fez tanto progresso quanto um fliperama. Você acha que vai resolver isso tomando mais alguns sopapos?

— Você ficaria surpreso — eu disse.

— Ficaria muito surpreso.

Ele olhou para mim por algum tempo. Tentei fazer meu sorriso campeão. Finalmente, ele balançou a cabeça.

— Está bem. O corpo que foi atirado contra a parede da sede da Sheff, Eddie Moraga. Rastreamos o Thunderbird a exatamente lugar nenhum. Placas frias. De acordo com o número do bloco do motor, foi roubado em Kingsville. Nada pode ser mais lugar nenhum do que isso.

— Pode ter alguma coisa a ver com o tráfico de cocaína. Pode estar ligado a Guy White.

— Talvez — disse Schaeffer, mas ele não gostava da associação. — O tiro fatal foi dado no coração de Moraga, à queima-roupa, de cima para baixo, como se ele estivesse sentado e o assassino de pé. Os tiros nos olhos foram dados post mortem. A arma foi uma 9mm.

— Uma Glock, talvez?

Ele deu de ombros.

— Parece um trabalho profissional. Tudo limpo. Moraga provavelmente conhecia o sujeito que o matou, deve ter sido surpreendido.

— Foi um trabalho profissional...

— Quer dizer que Moraga irritou alguém; próximo e pessoal. Essa coisa de tiros nos olhos... é preciso fazer uma merda muito grande para sofrer algo assim.

— Mas ainda assim você não gosta da história.

Ele dobrou a ponta do guardanapo.

— Espalhafatoso demais. O método é profissional, sim. Mas esses caras... eles parecem atores.

— Como alguém imitando o que acha que a máfia faria.

Ele também não gostava dessa ideia, mas não apresentou outra possibilidade.

— Garza? — perguntei.

— Ele alugou o trailer há seis meses. A mulher e os filhos moram em Olmos Park, não sabiam nada a respeito. Foi morto no local, naquela manhã, provavelmente por volta das dez.

— Pouco depois que falei com ele ao telefone.

— É o que parece. Garza estava sentado quando foi esfaqueado, e tinha sido drogado. Tinha uma dose maciça de Valium na corrente sanguínea, não poderia oferecer resistência. Você viu o sangue. Corte a artéria e fim de papo. O mesmo problema... parece profissional, espalhafatoso demais.

— Beau?

— Foi diferente. O assassino não era dos mais espertos, e definitivamente não era um profissional. Pelo que podemos dizer, Beau abriu a porta, deram cabo dele imediatamente e então arrumaram o corpo. Modus operandi diferente. Aposto que o assassino não foi o mesmo de Garza e Moraga.

— Mas e a forma como arrumaram o corpo?

Schaeffer balançou a cabeça.

— Arrumaram o corpo de Karnau na cama como se ele estivesse dormindo. Eles não queriam bagunça. Geralmente quer dizer que o assassino quer convencer a si mesmo que nada aconteceu ali. É algo como... "penteio o cabelo do cara, coloco ele na cama, lavo as mãos e tudo volta ao normal".

Pensei em Dan Sheff, no que ele dissera sobre querer segurar o ferimento na cabeça de Karnau.

— Você disse que o assassino não era dos mais espertos.

— Escolha infeliz de arma. Estrias muito fáceis de identificar pelo pessoal da balística. O cara usou uma 22 bem rara.

— Uma Sheridan Knockabout — eu disse.

— Como diabos você sabia disso?

Contei a ele sobre o abrigo de caçador em Blanco. Schaeffer pensou a respeito, então fez que sim.

— Muito bom, Navarre.

Observei a chegada do rabecão. Então mais duas radiopatrulhas. Na varanda da casa ao lado, os vizinhos tomavam café. Alguém trouxera binóculos. Em um minuto começariam a servir sequilhos.

Levantei. O sol na minha pele começava afastar a sensação de coceira que pegara na casa da Sra. Gutierrez. Duas boas doses e podia ser que esquecesse o corpo dela na banheira por tempo o bastante para começar a pensar em outras pessoas mortas. Olhei para a casa azul que começava a ser isolada com fita amarela da polícia.

— Não sei como você aguenta isso todo dia — eu disse a Schaeffer. — Meu pai quase nunca falava a respeito. Todos aqueles corpos nas estradas, acidentes de caça, brigas de bar.

Schaeffer assoou o nariz. Olhou para mim por um minuto, como se fosse sorrir. Talvez fosse me dar o guardanapo de presente. Felizmente, apenas me ofereceu uma carona de volta ao Fusca numa radiopatrulha.

— Não conheci seu pai — disse Schaeffer. — Mas sei que ele fez bastante trabalho de campo. E sei também que se deu mal por isso.

Assenti.

— Ele bebia? — perguntou Schaeffer. — Era religioso?

— Bebia.

Schaeffer olhou para mim como se estivesse se lembrando de cada discussão familiar enfrentada pelos Navarre, como se tivesse estado ali comigo.

— Geralmente um ou outro. Na próxima vez que pensar nele, Navarre, pense em 12 ou 13 Sras. Gutierrez por ano, talvez alguns casos piores. Pense se você não preferiria afogar as lembranças com a bebida a contá-las aos filhos.

Caminhamos de volta até a casa. O policial uniformizado se juntou a nós, a cor quase de volta ao rosto, e disse que estava pronto para ir embora.

— E você? — perguntei a Schaeffer. — É religioso?

Ele fez que não.

— Eu apenas converso com eles.

Olhei para ele como se fosse uma piada.

— Com quem? Com os corpos?

Schaeffer deu de ombros.

— Me mantém lúcido. Faz com que não deixe de pensar neles como seres humanos. E além disso são ótimos ouvintes, muito atenciosos.

Olhei para a janela do banheiro da Sra. Gutierrez.

— Então diga a ela que eu disse adeus.

— Farei isso.

Schaeffer se voltou e deu um tapinha nas costas do legista, então eles entraram na casa como velhos amigos.

56

A fonte em frente à Casa Branca ainda não estava pronta. Na verdade, as obras pareciam andar em marcha a ré. Mais canos estavam expostos agora, havia mais buracos e pilhas de terra no gramado. Os trabalhadores faziam uma pausa para o almoço sob a sombra de um carvalho. Um dos homens sorriu para mim e fez um sinal de positivo com a mão quando me aproximei da porta.

Bibi não exatamente sorriu quando me reconheceu, mas o resmungo dele soou divertido. Apertou uma campainha e chamou Emery, que desceu depois de dois minutos e me cumprimentou efusivamente. Era evidente que tinha novas ordens em relação a visitas minhas. Ou talvez tenha apenas desistido. A gravata de Emery era vermelha escura desta vez, a camisa verde-oliva e quase tão folgada como sempre no colarinho.

Comparamos nossas feridas na cabeça: a contusão na testa de quando Maia batera sua cabeça na porta, meu queixo inchado de quando o Ruivo me chutara. Então passou a me contar sobre os três irmãos que tinha no oeste do Texas e como era engraçado que os três estivessem ao mesmo tempo em liberdade condicional.

— Merda — ele disse. — Justin, o de El Paso, sabe? Faturou 2 mil dólares na rinha de galo na semana passada. Você acredita nisso? Já o velho Dean está morando em Midland...

— Isso é ótimo — interrompi, tentando sorrir. — O Sr. White está em casa?

— Claro. Ele está ocupado lá em cima agora, sabe?

Ele me olhou de soslaio. Não foi algo agradável de se ver.

— Talvez eu possa esperar por ele.

Emery foi cordial. Até se desculpou quando teve que me revistar. Então me levou até o gabinete onde o Sr. White quase arrancara minha cabeça. Uma copeira negra nos serviu margaritas; preparadas sem Herradura, mas apesar disso bem aceitáveis. Emery falou sobre o irmão Elgin de San Angelo. Assenti bastante. Estava tudo civilizado, apesar de Emery alternar entre limpar o 38 e futucar o nariz enquanto falava.

Depois de uma espera de dez minutos o Sr. White, bronzeado e imaculadamente vestido como sempre, apareceu à porta e apertou minha mão. Vestia bege desta vez: calças de seda e uma camisa de algodão por fora das calças aberta apenas o bastante para revelar o peitoral desenvolvido, cuidadosamente depilado.

Sentou-se à mesa, cruzou as pernas e se acomodou na cadeira, relaxado. Fez um gesto silencioso para Emery, que saiu. A copeira trouxe uma coqueteleira com margarita e também saiu.

— Meu rapaz — disse White, mostrando os dentes perfeitos. — O que posso fazer por você?

Tirei uma folha de papel com anotações que fizera enquanto conversava com Schaeffer e a estendi para White.

— Edite isso para mim.

White ergueu ligeiramente as sobrancelhas. Olhou para o papel, depois para mim, e em seguida tirou do bolso da camisa um par de óculos com armação de metal.

White leu minhas anotações sem fazer qualquer comentário ou expressão. Então abaixou a folha de papel e sorriu.

— Lisonjeiro — ele disse.

— Não foi essa a palavra que me veio à mente.

Ele riu sem emitir som algum.

— Que eu ainda ocupe tanto espaço nos seus pensamentos, quero dizer. Mas lamentável que esteja tão enganado.

Ele alisou a folha de papel como se fosse a cabeça de um filhotinho. Naquele momento eu quis muito enfiar aquela mão bem cuidada no processador de alimentos mais próximo para ver a habilidade de White de sustentar o sorriso.

— Três homens foram assassinados — eu disse. — Dois parecem crimes profissionais e o terceiro provavelmente com a mesma arma que matou Randall Halcomb, o único verdadeiro suspeito, além da máfia, no assassinato do meu pai. A imprensa já está adorando o ponto de vista da máfia. Mas isso não lhe diz respeito.

— Pelo contrário — ele disse, com desembaraço. — Me diz todo o respeito. Mas não muda o fato de que você está enganado quanto ao meu envolvimento.

Ele olhou nos meus olhos, franca e calmamente. Me inclinei para a frente na cadeira.

— O que acontece, Sr. White, é que para cada pergunta que faço a mim mesmo, o senhor continua a aparecer como uma ótima resposta. É possível que o senhor seja a pessoa que assumiu a Sheff Construction em meados da década de 1980, cobriu os débitos da empresa e colocou os recursos deles a serviço de licitações públicas fraudadas. Caso isso não tenha acontecido, é bem provável que tenha trabalhado ao lado de quem quer sejam os novos donos para fraudar as licitações da prefeitura em troca de uma margem dos lucros nada modestos. Havia duas pessoas com Randall Halcomb nas fotos de Beau. Ambas cuidaram pessoalmente para que o assassino do meu pai fosse eliminado; ambas lucraram com o Travis Center e estão interessadas em lucrar agora com o novo complexo de artes plásticas; ambas tinham muito a perder quando Beau começou com a chantagem no ano passado. O senhor pode ser uma dessas pessoas.

Com a ponta do dedo, White limpou um pouco do sal na borda da taça e deu um gole na margarita. Gostaria de dizer que o desconcertara, que deixara White nervoso, que o forçara a cometer erros negligentes. Mas a única coisa que eu parecia estar fazendo era atrasá-lo para a sessão seguinte de bronzeamento. Ele conferiu o relógio, procurando fazê-lo de forma educada.

— Muito criativo. — Ele olhou para mim com um sorriso de canto de boca. — Mas convenhamos, meu rapaz, você não acredita em uma palavra disso. Permitir a mim mesmo ser fotografado na cena de um crime, ainda por cima um crime cometido por amadores. Sequestrar a Srta. Cambridge. Livrar-me de pessoas com métodos óbvios e descuidados. Você me dá mais crédito do que isso.

A margarita agora valsava prazerosamente na minha corrente sanguínea, transformando meus membros em chumbo. A sensação tirou um pouco da ânsia por levantar da cadeira e estrangular White com seu cinto Gucci. O que me irritava era que ele estava certo. Por mais que eu quisesse, não conseguia vê-lo no centro de tudo aquilo.

White assentiu como se eu houvesse concordado em voz alta, depois olhou para o teto. Parecia estar pensando em roseiras, filantropia, qualquer coisa menos um assassinato ocorrido havia dez anos.

— Seu pai era um especialista em mexer em vespeiros — ele disse, após algum tempo. — Eu pensaria duas vezes antes de seguir a tradição da família, meu rapaz.

As palavras soavam como uma ameaça, mas o tom de White dizia algo diferente. Precisei de um minuto para interpretá-lo.

— O senhor o respeitava.

White examinou as unhas bem cuidadas.

— Me entristece quando um homem talentoso sucumbe a homens com menos talento, mesmo que esse homem seja um inimigo. Me entristece que aqueles que supostamente deveriam defender os interesses públicos usem meu nome para encobrir seus crimes.

Os olhos dele gravitaram até os meus.

White parecia satisfeito. Ele encheu a taça com a coqueteleira de margarita.

— Quanto mais perigoso pareço, mais políticos preciso combater. Infelizmente, Sr. Navarre, ao contrário da crença popular, descobri que a retaliação direta contra tais pessoas é, na maioria das vezes... contraproducente.

Houve uma batida na porta. White descruzou as pernas. A audiência estava encerrada.

— Agora peço que me desculpe, Sr. Navarre. Ou o senhor escolhe acreditar em mim, que não tive nada a ver com a morte do seu pai...

— Ou?

— Ou escolhe não acreditar. Apesar disso, meu rapaz, não há nada mais que eu possa lhe dizer. Tenho um discurso de inauguração a fazer daqui a exatos vinte minutos.

Tomei uma decisão.

— O senhor não está com... o outro CD.

White quase se fez de desentendido. Pude vê-lo mudar de ideia enquanto abria a boca.

— Não — respondeu. — Não estou.

Tentei me levantar e quase fiquei surpreso ao me dar conta de que podia.

— Presumindo que eu acredite no senhor — eu disse. — Presumindo que Asante fosse o parceiro da Sheff na prefeitura para o esquema do Travis Center. Isso ainda não me diz quem é a outra parte... as pessoas que controlam a Sheff Construction.

White me dirigiu um olhar que não consegui ler. Tristeza. Talvez até mesmo piedade.

— Como eu disse, meu rapaz, é melhor deixar certos vespeiros em paz.

Olhamos um para o outro. Talvez tenha sido então que tive o primeiro lampejo da direção que as coisas estavam tomando. Talvez tenha sido por isso que decidi não pressioná-lo mais.

Quando saí, Guy White ouvia de Emery a agenda da tarde: eventos beneficentes, coquetéis, um prêmio oferecido por uma ONG local. Emery limpava outra arma enquanto falava. Guy White olhava pela janela para seu jardim ensolarado, sorrindo com um pouco de tristeza agora.

57

Quando olhei pela janela da minha sala na manhã seguinte, o Lincoln marrom de Ralph Arguello estava estacionado em frente ao número 90. Quando me aproximei da janela do motorista, o vidro escuro desceu e a fumaça de maconha saiu, Ralph sorriu para mim como um *diablo* alegremente chapado.

— Eu te conheço? — perguntei.

— Entre.

Não perguntei por quê. Seguimos pelo bairro de Monte Vista pela Woodlawn Avenue, passando por fileiras de palmeiras moribundas que se inclinavam sobre a rua como se ainda não tivessem acordado. Mansões conviviam lado a lado com casebres. Os letreiros das lojas logo tornaram-se bilíngues. Por fim Ralph olhou para mim.

— Vou encontrar com um cara às 8h30 — ele disse.

— É?

Ele assentiu.

— Encontro de negócios, *vato*. Novo território.

Estacionamos em frente a um prédio azul-escuro que havia sido erguido no centro de 4 mil metros quadrados de asfalto na esquina da Blanco com a French. O letreiro com iluminação amarela prometia "Guns N Loans". Pelo menos era isso o que costumava dizer antes que as letras fossem quebradas com pedras.

Um sujeito branco, alto, vestido num terno preto amarfanhado, esperava na porta, sorrindo. Pelas feridas no seu rosto me perguntei se teria sido apedrejado junto com o letreiro. A maioria das marcas nas bochechas e no pescoço estava desbotando em tons de amarelo, mas ele ainda tinha um hematoma arroxeado do tamanho de uma noz-pecã sobre a sobrancelha esquerda. O sorriso só fazia com que parecesse mais grotesco.

— Sr. Arguello — disse o sujeito alto quando descemos do carro.

Quando ele engoliu, o pomo de adão ergueu-se alguns centímetros e ficou desse jeito. Ele apertou a mão de Ralph com um pouco de entusiasmo demais.

— Lamar — disse Ralph. — Vejamos o que você tem aqui.

Lamar buscou chaves em um chaveiro. Destrancou duas grades, então a porta principal. O interior da casa de penhores cheirava a charutos e poeira. Balcões de vidro empoeirados cheios de armas, peças de equipamentos de som e joias formavam um "U" no centro do espaço. Guitarras e saxofones que já haviam visto dias melhores pendiam do teto.

Ralph inspirou, como que para sentir com os pulmões toda a atmosfera do lugar. Lamar deu um sorriso tenso, esperando pela sua aprovação.

— Livros — disse Ralph.

Lamar assentiu e foi abrir a porta do escritório. Dedilhei a corda de uma guitarra Yamaha condenada. Ela soou frouxa, como uma mola velha.

Ralph olhou para mim.

— Bem?

— Claro — eu disse. — Umas cortinas de renda, um ou dois sofás. Acho que ficaria ótimo.

Ralph sorriu.

— Da Ethan Allan, talvez.

— Levitt's.

— Fechado. Pode decorar todas as minhas lojas, *vato*.

Lamar voltou e passou alguns minutos mostrando os livros a Ralph. Olhei para as armas, então admirei por algum tempo o movimento de pessoas que entravam e saíam de um hotel ordinário do outro lado da rua. Por fim os dois se cumprimentaram mais uma vez e Lamar entregou as chaves para Ralph. Lamar começou a andar em direção à porta, e então olhou para mim, hesitou e voltou. Estava tão nervoso que o pomo de adão desapareceu sob o queixo. As marcas amareladas ficaram cor-de-rosa.

— Eu só... — ele começou. — Ei, cara, simplesmente não era necessário. Isso é tudo que tenho a dizer.

E saiu.

Olhei para Ralph em busca de uma explicação. Os olhos dele flutuavam atrás das lentes redondas, impossíveis de ler. O sorriso não mudou.

— *Loco* — ele disse. — Acho que achou que você fosse outra pessoa, cara.

— Acho que sim.

Fomos até o novo escritório de Ralph, um cubículo com forro de madeira vagabundo nas paredes e um ar-condicionado instalado na janela, duas cadeiras dobráveis de metal e uma mesa de compensado sem acabamento. Ralph sentou-se e passou a vasculhar as gavetas.

— Você sempre compra novas filiais em menos de cinco minutos e sem qualquer documentação?

Ralph deu de ombros.

— Detalhes, *vato*. Isso fica pra depois.

Encontrou uma garrafa de Wild Irish Rose pela metade e algumas balas de 38, então uma pilha de pastas suspensas pardas. Quando se convenceu de que era tudo, se reclinou na cadeira e sorriu para mim.

— Certo — ele disse. — Pode contar.

— O que você quer saber primeiro? Você pode escolher entre três assassinatos, chantagem, diversos policiais putos da vida...

Ralph balançou a cabeça.

— Disso já sei. Estou falando da chinesa. Me fale dela.

Olhei para ele por alguns segundos. Acho que esquecera com quem estava falando. Ralph sem dúvida já ficara sabendo de tudo que acontecera comigo nos últimos dias. Ele sabia sobre os assassinatos, a tensão, as pessoas com quem eu conversara. Mas a pergunta sobre Maia me pegou desprevenido.

Devo ter ficado com uma expressão bem irritada. Ralph riu.

— Qual é, *vato*? Tudo que eu quero saber é... você ainda está procurando Lillian, não está? Porque se não estiver, tudo bem. Posso levar você para casa e evitar mais problemas para nós dois.

— Mais problemas?

Ele deu de ombros.

— E se eu ainda estiver procurando?

Ele mexeu na pilha de pastas suspensas. Uma nuvem de poeira subiu em direção ao seu rosto. Ele continuou olhando para mim.

— Isso é um sim?

— Isso é um sim.

Ralph balançou a cabeça, como se eu tivesse tomado uma má decisão de negócios.

— Então isso fica entre nós dois. Algumas pessoas me procuraram nos últimos dois dias, falando desse cara que acabou assassinado, esse *pendejo* Eddie Moraga que sequestrou Lillian no domingo.

— E você guardou a informação por dois dias? — tentei não alterar a voz.

Ralph se inclinou para a frente e colocou as mãos sobre a mesa, as palmas para cima.

— *Vato*, toda vez que vou até a sua casa encontro o Cara lá. Ou você está com ele. Isso meio que dificulta o tempo proveitoso que quero passar com você, sabe como é?

Assenti para que continuasse.

— Certo, então primeiro conversei com esse cara, um velho amigo de Eddie. Ele ficou bem nervoso depois que a história toda apareceu nos jornais na manhã de sexta-feira. Então, 50 dólares depois, ele disse que sim, que conversara com Eddie na segunda de manhã. Ele estava sozinho num bar em Culebra, falando sobre o encontro que tivera na noite anterior. Um encontro, *vato*, como se aquela garota rica fosse sair com ele.

Não consegui falar. Lembrei-me de um estuprador que eu ajudara a condenar num trabalho para o Terrence & Goldman dois anos antes, um estuprador que falava dos "encontros" com as vítimas, duas das quais acabaram em latas de lixo.

Ralph deve ter pensado na mesma coisa. Estava nas ruas havia bastante tempo. Ele olhou para mim.

— Ei, cara — despertou-me. Ralph provavelmente queria dizer algo para me consolar. Ele se ajeitou na cadeira. — Como eu disse, se você estivesse com aquela outra garota, eu podia ter deixado isso pra lá, *vato*... Isso não é fácil...

— Continue.

Olhamos para a garrafa de Wild Rose por um minuto, quase tentados. Então Ralph suspirou.

— Enfim, Eddie disse que conseguiu algum dinheiro com a mulher. Não sei, cara, talvez não como se ela estivesse pagando alguma coisa para ele, talvez ele estivesse apenas se vangloriando, como se estivesse sendo pago por alguém para sumir com ela. De qualquer forma, Eddie disse que a mulher era quente, do tipo que você não pode dar as costas senão ela rouba suas coisas ou te dá um chute no saco. Foi o que ele disse. E olha só, *vato*: ele disse que foram a um lugar que ele conhece, um canteiro de obras onde ele trabalhou, bem íntimo.

Balancei a cabeça;

— Deve haver milhares de canteiros de obras na cidade, Ralph.

— Não, cara — ele disse. — Ainda não terminei.

— O que mais?

— Como eu disse, outras pessoas falaram comigo. Pessoas que gostam de discrição. Não se esqueça disso.

Pensei em Ralph e seu Magnum 357.

— Discretas como você?

— Mais do que eu, *vato*. Essas pessoas, elas trabalham no ramo automotivo, sabe?

— Com desmanche? Afinal San Antonio tem o segundo maior índice de roubo de carros do país...

Ralph deu de ombros.

— Não sei, *vato*. Mas eu não diria a essas pessoas que elas estão em segundo lugar, cara. Elas podem ficar ofendidas.

— Certo.

Ralph assentiu.

— Enfim, perguntei por aí sobre o suposto Chevy verde de Eddie. Os amigos me disseram que é um 1965, totalmente restaurado. Então pensei, claro, a polícia vai achar o Chevy nas ruas depois de uma semana.

— Seus amigos toparam com o carro por acaso, de forma estritamente legítima.

— Ele iam pintar o carro de branco, cara. — A expressão de Ralph me dizia que não aprovava a cor escolhida. — Então pedi para eles esperarem um pouco, pra deixarem o carro como estava.

— Como assim?

Ele olhou para mim, voltando a sorrir. Então tirou um saco de papel pardo do bolso e despejou o conteúdo sobre a mesa. Um pó branco. Nem ao menos tive tempo de confundir aquilo com cocaína antes que Ralph fizesse que não.

— Não, *vato*, se liga.

Olhei mais de perto.

— Estava na parte interna dos para-lamas. O carro estava lavado, não tinha vestígio na lataria, mas tinha uma camada grossa por dentro. Sabe a tempestade que caiu na semana passada?

Cheirei. Levei um pouco do pó branco à boca. Tinha gosto de pó de pedra.

— Desisto.

Ralph balançou a cabeça, decepcionado.

— Ah, cara — ele disse. — Você não morava ali. Não ia para a Heights com os sapatos cobertos disso. Vivíamos nisso, *vato*. Meu Deus, os pulmões do meu pai derreteram por causa dessa merda. É cal, cara. Cal pura.

Precisei de um minuto para registrar a informação.

— Como a coisa com a qual eles fazem cimento — eu disse.

— Isso, *vato* — ele assentiu, tentando me conduzir para o que estava pensando.

— Não poderia ser *qualquer* canteiro de obras?

Ralph riu e começou a arrumar a mesa.

— Riquinhos dos diabos. Não, cara. Quem mistura cimento numa obra? Esse tanto de cal só pode vir de uma fábrica.

Como de costume, a resposta era algo que estava bem debaixo do meu nariz. Quando juntei as informações, quase não acreditei em como era ridícula a ideia, o que provavelmente significava que era verdade.

Ralph e eu olhamos um para o outro. Deus sabe que eu não tinha motivos para sorrir. Provavelmente, tudo o que descobrira era como encontrar o corpo da mulher que eu pensava que amava. Mas olhei para Ralph, que sorria como um demônio, e passei a sorrir de qualquer forma.

— É bem tênue, cara — eu disse.

— Não vai ficar mais óbvio do que isso, cara — disse Ralph.

— É a única resposta que você tem.

— Droga de Cementville.

Ralph sorriu.

— Não existe lugar como o lar.

58

 A placa na cerca da fábrica dizia "Sheff Construction. Entrada Proibida".

Não havia movimento algum do outro lado do arame farpado. Nenhum caminhão, nenhuma luz acesa nas janelas quebradas da velha fábrica. Ralph e eu ficamos no carro por algum tempo, apenas olhando os Cadillacs passando, velhos a caminho do campo de golfe, mulheres a caminho das compras na Albertson's e no SeinMart. O novo condomínio, Lincoln Heights, tinha segurança particular, e depois que o mesmo carro passou por nós duas vezes, bem devagar, Ralph e eu decidimos que era hora de sair dali.

— Hoje à noite — eu disse. — Não posso fazer nada antes sem ser visto por meia zona norte. Muito menos eles.

Ralph seguiu o carro da segurança com os olhos até que ele sumisse de vista.

— Como você vai saber quem "eles" são, cara?

— Só tenho um jeito de descobrir.

Como se estivesse lendo meus pensamentos, Ralph levou a mão ao banco traseiro e pegou um telefone celular. Disquei um número que memorizara da agenda de Lillian e a ligação foi atendida por uma secretária eletrônica.

— Estou pensando em visitar Cementville — eu disse.

Então desliguei.

Ralph deu a partida no Lincoln e entramos no tráfego.

— Se você falou com a pessoa certa, eles vão precisar mudá-la de lugar hoje à noite — ele disse. — Ou pelo menos aparecer por aqui.

— É.

— Quer ajuda?

Comecei a dizer não, então decidi não ser tão apressado.

— Eu ligo.

Ralph assentiu, então me entregou um cartão.

— Dois números — ele disse. — Celular e bipe.

— Bipe?

Ralph sorriu.

— É, *vato*. O doutor é *in*.

Quando Ralph me deixou em casa era começo da tarde. Ainda tinha muitas horas até o anoitecer, quando eu poderia de fato fazer alguma coisa. Em vez de enlouquecer assistindo Robert Johnson correr em círculos na sala, peguei a espada e caminhei pela rua até o parque Brackenridge.

As cigarras eram as únicas coisas que se moviam. Ninguém era idiota a ponto de caminhar mais do que um quarteirão naquele calor, quanto mais fazer exercícios. Atravessei a Broadway e corri até o Witte Museum, onde os velhos portões de ferro do Alligator Gardens de alguma forma ainda estavam de pé. Uma das atrações turísticas menos bem-sucedidas de San Antonio, o Gardens vira a venda de ingressos cair dramaticamente depois que os jacarés comeram as mãos de alguns tratadores. Então o lugar caiu no esquecimento e acabou fechando. Não foi difícil escalar os portões e o lago onde os jacarés eram mantidos, agora seco, era uma superfície plana e sombreada perfeita para praticar tai chi.

Pratiquei posturas altas por uma hora e meia, até ficar ensopado de suor e prestes a desmaiar no calor. Então descansei por alguns minutos e pratiquei com a espada por mais duas horas. Quando o sol começou a descer, já havia clareado a mente e relaxado o corpo. Eu sabia qual era o plano.

Comprei algumas provisões no Albertson's de Lincoln Heights, depois fui até a Vandiver e troquei de carro com minha mãe. Mais ou menos. Na verdade ela havia ido a algum lugar com o Volvo, então precisei deixar as chaves do Fusca na caixa do correio e fazer ligação direta na picape de Jess. Se eu tivesse sorte, ele precisaria comprar cerveja durante os comerciais entre programas de TV e daria pela falta do carro bem antes que eu o trouxesse de volta. A noite estava apenas começando.

O monstruoso Ford preto de Jess deve ter percebido que eu não usava Stetson e botas, obrigatórios para dirigi-lo. Ele empinou e escoiceou por toda Nacodoches, até que eu estacionasse em um terreno baldio na Basse, pouco atrás da antiga entrada de serviço de Cementville.

— Ei, Nelly — eu disse à picape.

O motor estremeceu ressentido e desligou. Melhor assim. Mais alguns quarteirões daquele jeito e eu seria obrigado a dar um tiro nele.

Esperei do lado de fora da cerca por duas horas. O que estava procurando não se materializou. Comi um sanduíche de queijo da Albertson's. Bebi uma água mineral italiana horrível. Daquele lado da velha fábrica havia menos novas mansões, o que significava que havia menos seguranças tensos. Depois que escureceu, o tráfego diminuiu até quase nada. Ninguém parecia se importar comigo e minha picape semirroubada.

Já estava escuro quando o Mustang vermelho dos Sheffs passou por mim e desacelerou cerca de 500 metros estrada acima, bem em frente à antiga plataforma de carga. Não consegui enxergar direito o motorista quando ele desceu. Ele abriu o cadeado dos portões, voltou a entrar no Mustang e seguiu em frente.

Eu já estava para voltar até o telefone público do Albertson's quando percebi o compartimento em frente à alavanca de câmbio. Abri-o de qualquer forma e encontrei o grande segredo de Jess. Os verdadeiros caubóis ririam na cara dele se descobrissem. Subitamente gostando mais de Jess do que gostaria de admitir, peguei o celular e disquei o número de Ralph.

Ele atendeu quase que de imediato.

— Annie Oakley, pegue sua arma — eu disse.

A linha ficou em silêncio por algum tempo.

— Me dê dez minutos.

Ralph desligou.

Exatos 11 minutos depois o submarino marrom deslizou até parar atrás da picape. Ralph veio até a janela do carona e colocou a cabeça dentro da cabine.

— Bela picape, *vaquero*. Já começou a mascar fumo Red Man?

— O suporte da espingarda não coube no Fusca.

— Não me diga.

Ralph havia trocado de roupa: calça jeans e uma camisa preta folgada, por fora da calça. Não precisava perguntar o que carregava por baixo. Apontei para o Mustang vermelho logo à frente, agora com as luzes apagadas e estacionado em silêncio pouco depois da cerca. Ralph assentiu.

— Nos encontramos lá — ele disse, e desapareceu.

Quando desci da picape e contornei a cerca até o portão, Ralph já estava agachado atrás de uma moita. Tinha uma navalha na mão. Na outra havia quatro válvulas de pneus. Ele as ergueu, sorrindo, e as atirou do outro lado da cerca.

Observamos a velha fábrica por algum tempo: a plataforma de carga coberta de mato, os silos de armazenagem, as janelas encardidas com a maioria dos vidros quebrados. A única coisa que se movia eram os vagalumes. Estavam por todo lado aquela noite, acendendo e apagando em meio às moitas como um pisca-pisca de Natal defeituoso.

Ralph me cutucou no braço. Observamos o cone amarelado de uma lanterna, direcionada para o teto da fábrica. A luz subiu pela lateral de uma das grandes chaminés e iluminou uma escada de metal que levava ao passadiço também de metal logo abaixo do "O" vermelho de ALAMO. A luz sumiu de forma abrupta.

Consegui ouvir Ralph engolindo em seco.

— Tem uma pequena sala de manutenção lá em cima, onde eles fixaram o letreiro — ele disse. — Eu acho.

A voz dele soou como se houvesse sido cortada de repente. Não conseguia enxergar grande coisa no escuro, mas podia jurar que ele estava pálido.

— Ralphas?

— Altura, cara. Não gosto de altura.

Havia um tom trêmulo na voz dele que teria sido divertido em outras circunstâncias, como se Ralph estivesse imitando alguém que estava com medo de verdade. Mas não se ri das fobias dos amigos. Pelo menos não se o amigo está segurando uma navalha.

— Certo — eu disse. — Vamos pensar nisso quando chegarmos lá.

— Que merda, *vato*. Não pensei...

— Esqueça, Ralphas. Você acha que tem mais algum portão trancado até lá?

Ele me mostrou um alicate de corte pequeno, mas para lá de afiado. O sorriso voltou lentamente.

— Não tem mais, *vato*.

Alguns minutos depois atravessávamos os trilhos ocultos nas sombras das paredes da fábrica. O chão estava coberto com restos de cimentos secos, dormentes, peças de metal enferrujadas, mato seco; nada que ajudasse muito alguém que quisesse passar despercebido no escuro. Foi minha vez de ficar envergonhado. Quando tropecei pela segunda vez, Ralph me agarrou pela camisa para impedir que eu caísse de cara no buraco da pedreira. O som de cascalho escorrendo pelo buraco ecoou pelo prédio como um grito de torcida. Congelamos. Nenhum som; nenhuma luz veio de cima.

As memórias de infância de Ralph voltaram. Ele encontrou portas duplas de metal na lateral do prédio. Estavam abertas. Toda a luz do luar que banhava o lugar se concentrava nos primeiros degraus de uma escadaria de metal em espiral. Entramos.

Olhei para cima na escadaria bamba.

— Tudo bem? — sussurrei.

— Não pergunte, *vato*. Comece a subir de uma vez.

Pela forma como cada rangido e estalo da escadaria ecoava enquanto subíamos, concluí que o interior do prédio fora transformado em uma caixa acústica gigante quando a fábrica foi desmontada e restaram apenas as paredes da estrutura. Parei de contar os degraus quando cheguei a cem. Desisti de contar as porcas que faltavam para segurar a escadaria na parede quando cheguei a um. Mais eu não queria saber.

De alguma forma Ralph se manteve atrás de mim. Depois do que pareceram mil anos, chegamos a uma porta aberta para o teto. Saí e imediatamente me encostei na parede de uma construção no centro do teto para evitar recortar uma silhueta no escuro. Ralph rastejou e sentou no chão, respirando forte.

— Não vou ficar de pé — ele disse. — Sem chance.

A vista era magnífica; ao sul, as luzes da McAllister Freeway serpenteavam pela escuridão do parque Olmos Basin, então se derramavam para o brilho indistinto dos prédios do centro da cidade. Os prédios estavam todos iluminados de dourado, a não ser pela torre branca da Tower of the Americas, a proverbial agulha no palheiro. Na direção oposta, o Loop 410 fazia uma curva cintilante de hotéis, shoppings e prédios de solteiros na zona norte; "Loopland", como era carinhosamente chamada. Além disso havia a escuridão das escarpas Balcones e mais nuvens de tempestade. Ralph não ficou impressionado. Ficou sentado, praguejando silenciosamente em espanhol contra o horizonte.

Depois de nos esgueirarmos pela escuridão do prédio, foi mais fácil avançar pelo teto banhado pelo luar. A alguns metros de nós, a impermeabilização do piso cedera e formara um lago considerável de água de chuva. A poça já havia quase secado ao sol, mas não completamente. Ainda havia umidade o bastante nas bordas para deixar pegadas; pelo menos uma trilha de pegadas, que seguia em direção à borda do teto. De lá, um velho passadiço de metal avançava por cerca de 30 metros de vazio até a escada na lateral da chaminé. Poucos metros acima, a escada acabava em uma porta oval que lembrava uma escotilha de submarino. A porta estava entreaberta e o interior, iluminado.

Olhei para Ralph, que ou estava invocando Deus ou se preparava para vomitar.

— Estou bem — ele resmungou.

Quando voltei a olhar para cima e vi a porta abrir, um rosto conhecido apareceu na abertura.

— Gostaria de poder dizer o mesmo.

59

Com a luz atrás dela, seus cabelos pareciam desgrenhados, como palha. Ela usava uma camiseta preta velha e calças de moletom manchadas de tinta. Não conseguia discernir seu rosto, mas ela se movia lentamente, como uma sonâmbula.

Kellin nem ao menos trocara o uniforme preto de motorista. Ele saiu para a escada primeiro e guiou Lillian para baixo pelos degraus, contendo-a com o próprio corpo para que ela não caísse. Precisaram de um bom tempo até chegarem ao passadiço.

— Graças a Deus — sussurrou Ralph.

Ele fez uma prece para o patrono dos acrofóbicos, e rastejou para um lado da construção central enquanto rastejei para o outro. Esperamos.

Lillian começou a falar quando eles se aproximaram, mas não soava como ela. Ela dava risadinhas, depois falava em voz baixa. Kellin sussurrava para que ela ficasse em silêncio, da forma como se faz com uma criança. Fiz uma promessa silenciosa para forçar Kellin a tomar o que quer que tivessem usado para dopá-la.

Então eles chegaram à porta, perto o bastante para que eu sentisse o cheiro de Lillian; sua respiração, o cheiro do corpo dela em uma noite quente. Talvez tenha sido isso o que atrapalhou meus planos.

O que quer que tenha sido, Kellin congelou. Deveria ter acabado quando Ralph deu um passo para o lado, apontando o 357 para sua cabeça. Em vez disso, Kellin empurrou Lillian na direção dele, então deu um golpe no braço de Ralph. É difícil lançar um S&W Magnum para longe; é uma arma pesada. Apesar disso, saiu voando.

Lillian disse algo como "upa" quando trombou com Ralph. Apenas o terror dele de tropeçar escadaria abaixo manteve os dois de pé.

O 357 se arrastou pelo piche e parou nas sombras, em algum lugar à minha esquerda. Dei um passo para o lado e imediatamente me esquivei de um cruzado de direita de Kellin. Adeus ao fator surpresa.

Não achei que estivesse armado, mas não podia dar a ele tempo para sacar uma arma. Kellin deu um passo atrás e grudei nele como cola. Esta é a coisa mais desconcertante em enfrentar um oponente que pratique tai chi: você dá um passo atrás, ele dá um passo à frente; você avança, ele recua; você golpeia com a direita, ele desaparece à esquerda. O tempo todo ele está a apenas alguns centímetros de distância, mas você não consegue acertar um golpe. E ele toca em você a maior parte do tempo: uma mão no seu ombro, talvez, ou as pontas dos dedos no seu peito, sentindo exatamente onde está a tensão, para onde você vai se mover em seguida. Algo muito irritante.

— Filho da puta — rosnou Kellin.

Deixei que ele golpeasse por algum tempo, sempre errando o alvo. Nos movemos pelo teto, pela água, de volta à construção no centro, de volta até a água. Enquanto isso Ralph descia com Lillian pela escadaria; isso era tudo o que importava. E Kellin perdia a calma.

— Tire essas mãos de mim — ele gritou.

Um gancho de esquerda. Eu não estava lá. Continuei a me mover com ele, esperando pela oportunidade certa. Estava indo bem até ser enganado por uma finta tão óbvia que Sifu Chen teria me chutado para fora da aula por ter caído naquela. Kellin começava a aprender o caminho das pedras. Ele jabeou com a direita, fez com que eu me virasse e então enterrou o punho esquerdo no meu rim com a força de uma rolha de champanhe de 10 quilos.

Com alguns segundos de preparação é possível comprimir o chi no diafragma e receber um golpe como aquele praticamente sem dor. Isso se eu tivesse tido alguns segundos. Em vez disso fui ao chão, mas consegui agarrar a perna de Kellin enquanto ele recuava. Ele se juntou a mim na água de chuva suja.

Ficamos os dois sentados no chão por um momento, praguejando, mas, ao contrário de Kellin, eu estava com uma bola de boliche quente nas entranhas. Quando consegui ficar de joelhos, ele já estava de pé e correndo.

Limpei a lama do rosto e olhei para a porta da escadaria. Nada de Kellin. Apenas um umbral vazio. Ouvi as risadinhas de Lillian ecoando em algum lugar abaixo.

Esperei um minuto. Passos batendo no metal.

Me virei. Kellin estava alcançando a extremidade oposta do passadiço. Meu corpo me dizia para continuar curvado no chão, para me encolher na água e tirar um cochilo. Em vez disso, me forcei a ficar de pé e o segui.

Eu não tinha a fobia de Ralph. Pelo menos não até pisar no passadiço e a estrutura passar a oscilar para cima e para baixo e ranger sob meu peso. Abaixo havia nada além de cinco andares de escuridão. A chaminé agigantava-se no vazio, branca e enorme; seu diâmetro suficiente para conter uma quadra de tênis. Acima de mim ela se erguia outros cinco andares como uma bateria antiaérea titânica. Kellin estava apenas alguns metros acima agora, na escada. Parecia estar tendo problemas com o tornozelo direito.

Consegui fazer a travessia. As paredes de concreto da chaminé eram surpreendentemente lisas e frias. Os degraus da escada estavam molhados. Kellin respirava forte acima de mim, ainda praguejando. A mão dele estava dois degraus abaixo da abertura da porta.

Eu não sabia por que ele queria voltar para aquele quarto. Só sabia que era mais importante para ele do que lutar por Lillian, e eu não podia permitir que chegasse lá.

Agarrei seu tornozelo, o direito, quando ele impulsionava o corpo para erguer-se até abertura. Ele chutou, por reflexo, e eu girei, usando o próprio chute dele para torcer a junta. Ele gritou. Teria sido perfeito se eu não tivesse perdido o equilíbrio.

Por um instante eu estava pendurado apenas pela mão direita, meus pés balançando livremente acima do nada. Minha outra mão soltou Kellin, depois buscou um degrau. Mas encontrou apenas concreto. Senti as unhas ficarem pelo caminho.

Eu olhava a Tower of the Americas inclinada a distância, me perguntando por que estava daquele jeito. Me perguntei se o restaurante giratório no topo do prédio, o lugar a que meu pai gostava de ir em seus aniversários, ainda estava aberto. Também pensava em que tipo de pensamento final era aquele. Então meu pé encontrou um degrau.

Kellin poderia ter me mantido longe da porta com facilidade se estivesse ali. Não estava. Quando ergui o corpo para dentro da pequena câmara de concreto, ele mancava à esquerda, em direção a uma caixa de madeira com pastas suspensas que estava no chão, ao lado de outra porta de metal. Em cima das pastas havia uma arma.

A área de manutenção era pouco mais que um corredor. Tinha apenas 2 metros de profundidade, mas sua largura era igual ao diâmetro da chaminé e terminava em portas de ferro a 3 metros de distância nas duas direções. A caixa de fusíveis e os cabos ao longo das paredes internas provavelmente eram usados no passado para acender os letreiros "ALAMO CEMENT", que havia nas laterais das chaminés. Havia também roupas e lençóis no chão e uma cesta de vime aberta.

Kellin me ouviu atrás dele e se virou. Seu uniforme estava sujo de lama e poeira branca da lateral da chaminé. Os cabelos curtos pareciam um pedaço de palha de aço que acabara de ser usado. E seu rosto, pelo menos uma vez, estava longe de impassível. Subitamente percebi que ele era bem mais velho do que eu imaginara; estava mais próximo dos 50 do que dos 30. E agora apontava uma arma para mim.

É impossível ser mais rápido do que o apertar de um gatilho, não importa a velocidade com que alguém dê um chute ou um soco. Eu sabia disso, ele sabia disso. Eu não era idiota. Sorri e afastei as mãos, admitindo a derrota. Ele sorriu para mim.

Então chutei o 38 que ele tinha na mão.

O tiro passou zunindo pelo meu ouvido e arrancou um pedaço de concreto da parede. Por um segundo Kellin pareceu surpreso com o quão imbecil havia sido, pouco antes que eu o puxasse para a frente e o atirasse de costas no concreto, com força.

Preciso dar crédito a Kellin. Ele se levantou.

Minha mão direita começava a ficar pegajosa de sangue. As pontas dos dedos feridos pulsavam tanto que tive medo de olhar.

— A madame está em casa? — perguntei a Kellin, que recuava em direção à saída.

Ele limpou a lama da testa com as costas da mão e olhou para a arma. Sorriu para mim.

— Sem ofensas, cara — ele disse —, mas você não sabe porra nenhuma do que está acontecendo aqui.

— Me esclareça.

Ele balançou a cabeça.

— Eu estava lá — ele disse, ainda sorrindo, quase com prazer — com aquele cretino do Halcomb, que foi quem arrumamos para o serviço. Eu estava no volante. Foi engraçado demais ver Randall fazer aquele gordo de merda cair de cara na grama. A cara dele...

Ele começou a rir. Então avançou contra mim, achando que eu estava desorientado.

E estava. O tai chi exigiria que eu usasse a força dele para atirá-lo contra a parede atrás de nós. Não fiz isso. Empurrei... força contra força: totalmente errado, Kellin ficou surpreso. Pelo menos foi o que pareceu quando o vi passar pela porta. As mãos dele insistiam em buscar algo, mas não havia nada. Não houve som algum até que chegasse ao chão, e mesmo assim não foi grande coisa; um estalido metálico indistinto como o eco de uma caixa de bateria, nada que se comparasse às batidas do meu coração.

Sentei-me sobre os lençóis. Enrolei a mão ensanguentada com uma das camisetas de Lillian. Precisava sair dali. Em vez disso, fiquei sentado, olhando para a porta.

Devo ter me levantado e olhado em volta por algum tempo. Lembro-me de olhar o que havia dentro de algumas pastas suspensas na caixa de madeira e de descobrir tudo a respeito dos novos donos da Sheff Construction.

Mas tudo o que eu realmente precisaria fazer era olhar dentro da cesta de piquenique. Havia algumas fatias ainda, embrulhadas em um pano de linho e com um cheiro sensacional. Sem dúvida fresco, assado ainda naquele dia. A madame não estava. Mas mandara um pouco de pão de banana.

60

A viagem até a zona oeste, na picape de Jess, foi longa. O motor escoiceava ressentido, minha mão sangrava, Ralph ainda tremia demais de acrofobia para conseguir dirigir e Lillian estava espremida entre nós murmurando trechos do Dr. Seuss. Ela ainda não havia reconhecido nenhum de nós dois, mas parecia mais do que satisfeita por dar uma volta de carro.

Depois de uma segunda recitação completa e sem falhas de *Green Eggs and Ham*, Ralph e eu olhamos um para o outro.

— *Hijo* — ele praguejou.

— É — eu disse.

Tentei forçar minha mente a não pensar no que acabara de descobrir no alto das chaminés da Alamo Cement. Não funcionou. Quando estacionei em frente à casa da família Arguello, na McCullough Avenue, já havia juntado tudo e fazia uma força dos diabos para tentar negar que as peças se encaixavam. Mas não havia como negar.

Mama Arguello era possivelmente a pessoa mais baixa e larga do mundo. Estava em pé à porta, ocupando toda a passagem, quando chegamos. O vestido quadriculado desbotado que usava mal continha os seios incríveis. Os cabelos pretos estavam presos num coque e os olhos, ocultos atrás de lentes grossas, como os de Ralph. O fato de as mãos dela estarem cobertas de farinha não a impediu de agarrar Ralph pelas bochechas e puxar o rosto dele para beijá-lo.

— *Ay* — ela disse. — Meu menino está inteiro? Quase não acredito.

Depois veio me abraçar. Talvez se lembrasse de mim dos tempos da escola. Não tenho certeza. Acho que teria me abraçado de qualquer forma. O pescoço dela estava arrepiado e cheirava a chocolate. Então ela abraçou Lillian, que deu risadinhas.

Mama Arguello olhou para Lillian outra vez, agora um pouco mais crítica.

— *Ay* — ela disse. — Que espécie de droga é essa?

Mostrei a ela o vidro tamanho família de Valium que pegara na chaminé.

Ela fez uma cara feia, me devolveu o vidro e pediu para ler o rótulo. Obedeci. Finalmente, ela anunciou o antídoto:

— Chá de folha de framboesa.

Então ela sumiu.

Ralph e eu deitamos Lillian no sofá com capa de plástico. Estava carrancuda agora, bocejava, olhava em volta confusa. Decidi ver isso como um bom sinal. Sentei e conversei com ela por um minuto enquanto Ralph usava o telefone. Ele tinha alguns amigos que ficaram extremamente interessados em buscar o Lincoln para ele, principalmente levando em conta que estava estacionado próximo a um belo Mustang vermelho que só precisava de válvulas novas nos pneus. Então usei o telefone. Liguei para Larry Drapiewski e pedi um favor.

Quando voltei, acariciei os cabelos de Lillian até que ela fechasse os olhos e passasse a ressonar suavemente.

— O que você acha, *vato*? — Ralph perguntou.

Olhei para Lillian, que dormia. Com o rosto relaxado, os cabelos louro-avermelhados desgrenhados e as pintas escurecidas, parecia ter 16 anos. Eu podia dizer, lembrava-me bem dela aos 16. E aos 20. E agora... meu Deus. Passei metade da vida apaixonado por ela ou convencendo a mim mesmo de que não estava. O que fazia com que aquele momento fosse estranho.

Beijei a testa dela mais uma vez e fiz um pedido a Ralph:

— Será que sua mãe se incomodaria de cuidar dela hoje à noite?

Ralph sorriu.

— Ela vai fazer Lillian levantar e começar a ajudar na limpeza em dois tempos, *vato*. Escreva o que estou dizendo.

— Você fica com ela?

— Tem se olhado no espelho ultimamente, *vato*?

— É mais fácil se eu continuar sozinho daqui por diante. E quero que Lillian fique com alguém que ela conheça para quando acordar.

Ele não gostou daquilo.

— Leve um ferro, pelo menos.

— Não para onde vou, Ralphas.

Ele balançou a cabeça.

— Meu Deus, cara. Você é um *hijo de puta* cabeça-dura.

Mama Arguello, que entrava na sala com o chá, deu um tapa no braço de Ralph pela boca suja. Tentei ir embora, mas ela insistiu em primeiro fazer um curativo na minha mão e limpar meu rosto com um pano de prato. Me serviu tortillas caseiras até meu estômago parar de dar voltas. Quando saí da sala, eram quase 22 horas.

— Vamos tomar conta dela para você, Sr. Amigo de Ralph — insistiu Mama. — Não se preocupe.

Então ela voltou para o sofá a fim de dar o chá de folha de framboesa para Lillian. Ralph foi até a picape comigo.

— Desculpe, Ralphas.

Ele apenas deu de ombros.

— É, cara, isso quer dizer que vou estar em casa quando meu padrasto chegar. Se ele estiver bêbado, vou tentar não matá-lo na frente de Lillian.

— Eu agradeço.

— É.

Liguei o motor, que imediatamente passou a escoicear. Ralph balançou a cabeça e sorriu.

— Péssimo gosto para carros, cara. Você pelo menos sabe quem vai visitar?

— Aham. O fantasma de um pai.

Olhei para trás, para a caçamba da picape, onde uma caixa de madeira cheia de velhas pastas suspensas chacoalhava. Foi então que o padrasto de Ralph estacionou o Chevy dele com duas rodas sobre a calçada.

— É, bem — Ralph disse, olhando para o lado. — Se for o meu, me avise. Eu meio que sinto falta do velho.

Então ele se virou e subiu os degraus da varanda. Acho que trancou a porta.

61

Quase decidi mudar meus planos quando vi o carro em frente à casa. O BMW prata de Dan Sheff estava atravessado, estacionado tão perto da casa que a frente estava quase enfiada nos arbustos de piracantas. Alguém não fechara a porta do passageiro com força o bastante e a luz interna estava acesa. Quando me aproximei, ouvi o BMW queixando-se da situação com um "iiii..." abafado.

As luzes da varanda estavam apagadas. Girei a maçaneta de ferro preto da porta da frente, que estava trancada. No outro extremo da casa, onde ficava o escritório, uma janela com as cortinas pesadas fechadas emitia um brilho alaranjado. Fora isso, nenhum sinal de vida.

Segui pelo caminho calçado ao redor da casa, me agachando sob os galhos de agreiras e tentando não tropeçar nas pedras irregulares. O poodle no quintal do vizinho latiu para mim uma vez, sem grande entusiasmo. Pulei um portão de tela baixo e fiz uma inspeção rápida na varanda dos fundos. A chave reserva da porta da cozinha ainda estava sob o São Francisco de barro no terceiro degrau, onde já ficava anos antes.

Já dentro da casa, a cozinha cheirava discretamente a pão de banana e chá recém-preparado. A porta do micro-ondas estava aberta, emitindo luz o bastante para fazer com que as formas de cobre e as pastilhas verde-oliva da bancada brilhassem.

Segui pelo corredor, entrei à esquerda no quarto principal e encontrei o que procurava sem a menor dificuldade. A arma estava em uma gaveta destrancada do criado-mudo do lado direito da cama. Carregada. Um ponto a menos para a segurança. Prossegui pelo corredor, em direção às vozes que vinham do gabinete.

A 2 metros do umbral iluminado, ouvi uma das vozes dizer:

— Você fez a coisa certa, rapaz.

A voz pertencia a Jay Rivas, meu melhor amigo no DPSA. Aquilo tornava a situação quase perfeita.

As pontas sem unhas dos meus dedos começavam a pulsar contra as ataduras. Meu estômago doía. Quando tentei me aproximar um pouco mais, meus pés não cooperaram. Me peguei olhando para as fotografias de família na parede do corredor: daguerreótipos de ancestrais vitorianos, retratos coloridos tirados na Sears nas décadas de 1960 e 1970, a foto recente de uma reunião de família. Houve um tempo em que imaginei as fotos do meu casamento penduradas ali, talvez até mesmo retratos de filhos, acumulando poeira e os cheiros dos jantares de Ação de Graças com o passar dos anos.

Ao olhar para as fotografias agora, eu sentia como se tivesse um martelo nas mãos, prestes a fazer muito barulho e quebrar vidro, o que não faria com que me sentisse nem um pouco melhor.

Quando cheguei à porta, Zeke Cambridge foi o primeiro a notar minha presença. Ao que parecia, tivera um dia difícil no escritório. O terno preto estava amarfanhado, o colarinho da camisa, aberto, e a gravata, torta, com a ponta da etiqueta aparecendo. O rosto com a barba por fazer tinha uma tonalidade cinza-escuro na altura do queixo. Ele andava de um lado para o outro em frente ao piano de cauda nos fundos do gabinete e já olhava para a porta antes que eu aparecesse, como se esperasse ansioso por alguém. Eu não era a pessoa que ele aguardava.

Mais próximos de mim, a Sra. Cambridge e Dan Sheff consolavam um ao outro no sofá. Dan estava de costas para mim, mas a Sra. Cambridge me viu. Suas mãos escorregaram do joelho de Dan. Ela se levantou. O vestido de alcinha amarelo e os brincos de plástico amarelo brilhante pareciam absurdamente incongruentes com os cabelos grisalhos presos, o colar de pérolas, os ombros brancos cobertos de pintas e o rosto tenso e cansado. Ela parecia ser a vítima da tentativa falha de remodelação de uma mulher bem mais jovem.

Para minha surpresa, Dan estava com a melhor aparência em dias. De banho tomado e bem-vestido, os cabelos louros penteados com gel, as calças cáqui com vincos imaculados, a camisa Ralph Lauren branca sem uma marca sequer e por dentro da calça. Apenas a expressão angustiada no rosto não mudara.

Jay Rivas estava de pé atrás de Dan. Também ele estava com a melhor aparência em dias, apesar de no caso dele isso não querer dizer grande coisa. Vestia uma calça marrom com o habitual cinto com fivela prata e azul-turquesa e uma camisa de poliéster branca tão fina que as axilas e as marcas da camiseta que usava por baixo eram visíveis. Mas o que realmente fez diferença para mim é que tinha uma 9mm no coldre do cinto, o mesmo tipo de arma que abrira buracos nos olhos de Eddie Moraga.

O segundo CD, que havia sido tirado do Hilton à custa da morte de Beau Karnau, repousava casualmente sobre uma revista *Country Living* na mesa de centro, ao lado de um prato intocado de pão de banana e uma chaleira. Dan olhava para o CD, mas estava tão imerso em pensamentos que acho que teria olhado para qualquer coisa. Ninguém mais parecia dar grande atenção ao objeto.

Jay deu tapinhas brutos no ombro de Dan Sheff e disse outra vez:

— Você fez a coisa certa.

Então Jay me viu com o canto do olho. Registrou meu rosto e, depois, a 22 na minha mão sem ataduras, a esquerda. As mãos dele ficaram onde estavam, uma no ombro de Dan, a outra segurando o cinto a cerca de 2 centímetros da coronha da pistola.

Dan foi o último a perceber minha presença. Quando finalmente levantou o olhar, não pareceu muito surpreso. E falou como se continuássemos uma velha conversa:

— Contei a eles sobre minha mãe. Eles precisavam saber.

Os Cambridge olharam fixamente para mim, sem dizer uma palavra. Até mesmo Jay ficou em silêncio.

Dan olhou para cada um deles, ficando sério quando percebeu que já não era o centro das atenções. Todos continuavam olhando para mim, para a Sheridan Knockabout de um tiro que eu segurava.

— Vou consertar isso. — Dan tentou colocar alguma firmeza na voz. — Não me importa que *seja* minha mãe. Eu... eu liguei para o tenente Rivas. Contei tudo a ele.

Minha voz soou áspera:

— Deve ser um verdadeiro peso na sua consciência. Imagino que o tenente tenha sugerido que você falasse com os pais de Lillian. Jay quis estar presente, é claro.

Dan ficou um pouco mais ereto no sofá.

— Minha mãe mentiu para eles sobre Lillian. Ela tentou manter a polícia afastada. Pode até ter sido ela quem a sequestrou. Ela mentiu para mim e eu não posso... eu simplesmente não vou... — Ele chegou até aqui sem respirar, verbalizando cada frase com a intensa concentração de uma criança de colo que tenta empilhar blocos.

Então o autocontrole se dissolveu. Fechou os olhos, as narinas se dilataram e ele se curvou para a frente até que a testa repousasse nos joelhos. Dan emitiu um único som trêmulo, como se tentasse afinar o tom com um diapasão.

Chorou por cerca de um minuto. Ninguém o consolou. Muito lentamente, Jay tirou a mão do ombro de Sheff.

— Isso é arrombamento e invasão, Navarre — disse Jay, com o tom mais calmo e sensato que eu já o ouvira usar. De alguma forma isso não me serviu de consolo. — Você está armado na casa de outra pessoa e há um policial presente. Eu agiria com muito cuidado se fosse você. Isso se você atirar muito bem com a mão esquerda. Eu colocaria essa arma no chão antes de voltar a abrir a boca.

— Tres — disse Angela Cambridge, com suavidade —, se você se importa com Lillian...

Zeke Cambridge disse à esposa para ficar quieta. Os olhos aquosos do banqueiro olhavam fixamente para minha testa. Talvez imaginasse um buraco de bala ali.

Dan se recostou no sofá. Pude vê-lo voltar lentamente a empilhar os blocos, tentando assumir o controle do rosto, das emoções, da voz. Finalmente, enxugou as faces molhadas com a base da palma da mão, com tanta força que marcou o rosto com a pulseira do relógio de ouro.

— Vá em frente, Tres. Se você está aqui para acertar as contas comigo, esta é sua grande chance. Diga a eles como fui idiota. Achei que pudesse lidar com Garza, e então Beau...

— Não estou aqui para falar dos seus erros, Dan.

— Coloquei Lillian em perigo e provavelmente fui responsável pela morte de todas aquelas pessoas, e o tempo todo minha mãe estava... ela me disse... — Ele hesitou, olhando para a Sra. Cambridge. — Pelo menos acredite que eu não sabia. Se eu soubesse sobre ela... sobre ela e a máfia...

A frieza no rosto do Sr. Cambridge não mudou.

— Não seja duro demais consigo mesmo, filho.

— Isso mesmo — eu disse. — E também não seja duro demais com sua mãe. O maior erro dela foi confiar nas pessoas erradas, Dan. E o seu também.

As sobrancelhas louras de Dan se uniram. Ele oscilava ligeiramente, em sentido anti-horário, como se estivesse se ajustando ao norte magnético.

— Do que você está falando, Tres? Os pais de Lillian têm o direito de saber o que está acontecendo. É minha responsabilidade dizer a eles.

Ele se voltou para Zeke Cambridge em busca de apoio. Cambridge não ofereceu nenhum. Dan afastou o olhar, os olhos um pouco mais ansiosos. Aquilo me lembrou de quando eu tinha 8 anos, olhando para um caititu morto no mato e pensando se despelar aquela coisa feia finalmente produziria um sinal de aprovação no rosto impassível do meu pai.

— Ele não pode fazer isso por você, Dan.

Dan olhou para mim, confuso.

— Apoio — eu disse. — Alguém para fazer carinho na sua cabeça e aprovar o que você fez e dizer como está orgulhoso. O Sr. Cambridge não pode oferecer-lhe isso. Vá em frente, tenente, diga que ele fez a coisa certa mais algumas vezes. Chame ele de "rapaz". Ele precisa de amparo.

A mão de Jay permaneceu relaxada ao lado da pistola. O único sinal de que estava tenso era a veia do lado esquerdo do pescoço, que pulsava a cada poucos segundos.

Dan oscilava um pouco mais. Levou a mão até a face, distraído, e passou os dedos pelos arranhões, como se acabasse de se dar conta de que existiam.

— Como você sabe que sua mãe procurou a máfia? — perguntei. — Como você sabe que é a máfia que ela está protegendo? Ela disse isso?

Dan fechou os olhos com força.

— Ela não precisava fazer isso, precisava? Depois de ver Beau Karnau daquele jeito no Hilton, depois do que você disse... é óbvio.

— Você me disse o que era óbvio quando conversamos no Little Hipp's, Dan. Mas acontece que o óbvio estava errado.

O Sr. Cambridge ainda estava abrindo um buraco imaginário na minha testa. Angela Cambridge chorava em silêncio.

Levantei a Sheridan Knockabout

— Esta é a arma que matou Randall Halcomb e Beau Karnau. Uma pistola de um único tiro, Dan, fora de fabricação desde 1962. Não é o tipo de arma que um criminoso violento escolheria, mas funciona bem nas mãos de um antigo atirador de elite da Marinha em busca de proteção, ou prática de tiro, ou um assassinato ocasional quando está com as costas contra a parede. — Olhei para o Sr. Cambridge e, depois, para Jay Rivas. — Vocês podem falar quando quiserem.

Dan estendeu as mãos, como se eu o estivesse apressando.

— Espere um minuto... Você não pode vir aqui e dizer...

Tirei do bolso o primeiro CD, o que eu e Maia encontráramos na estatueta de Lillian. Ergui-o nas mãos.

— Isso é metade do que você estava tentando conseguir com Beau Karnau. A outra metade está sobre uma mesa de centro na casa dos Cambridge. O que isso lhe diz?

O cano da minha Sheridan emprestada girou para a direita, quase por conta própria. Eu não vira Jay se mover, mas de alguma forma ele empunhava a 9mm. A arma estava apontada para meu peito.

— Isso me diz que estou usando minha mão boa, Navarre. E eu tenho oito balas. Quantas você tem?

Abri a mão esquerda e soltei a 22.

Pela primeira vez nos mais de 15 anos em que o conhecia, Zeke Cambridge sorriu.

62

 — Eu deveria ter atirado em você na primeira vez que abandonou minha filha.

O Sr. Cambridge parecia se justificar, tinha um sorriso amargo no rosto, como se estivesse se desculpando por uma piada que já ficara velha cinquenta anos antes.

— Quis ir atrás de você e matá-lo por magoá-la, Tres. Devia ter feito isso.

— Não se sinta tão mal — respondi. — O senhor tinha outras coisas com que se preocupar. A crise no sistema bancário, os investimentos ruins cuja culpa Lillian costumava colocar no seu mau humor. A Sheff Construction, por exemplo.

Tentei manter o tom da voz controlado, despreocupado. Não tenho certeza se consegui. Precisei soltar o CD para que não ficasse tão óbvio o quanto minhas mãos estavam tremendo.

Angela Cambridge se aproximou de Dan e pegou o braço dele.

— Querido, por que nós não... — começou a sussurrar, mas então Dan a afastou.

Os músculos do rosto de Dan pareciam estar passando por um teste completo de sistema. A bochecha tremeu de leve, depois o queixo, a sobrancelha, o nariz. Ele olhava para mim com uma expressão que eu classificaria como raiva se os olhos não estivessem tão vazios.

— Você não pode me dizer... — começou, e abriu a boca em busca da palavra seguinte, que não saiu.

— Você não está entendendo, não é, Dan? — perguntei. — Por volta da mesma época em que seu pai assinava os cheques gordos da sua faculdade, a Sheff Construction tinha se endividado tanto que estava prestes a arrastar também o principal credor, o banco Crockett S&L, à falência. Até que os Cambridge assumiram o controle da empresa, é bom que se diga. A partir de então eles transformaram o peso morto em uma mina de ouro. Com um pouco da ajuda de Fernando Asante na prefeitura. — Olhei para a Sra. Cambridge. — Quantos milhões o Travis Center rendeu ao seu marido, Angela? Quanto ele planeja lucrar desta vez, com o complexo de artes plásticas?

Ela já não se dava mais ao trabalho de enxugar as lágrimas, que faziam seu rosto parecer vitrificado, como um pão doce muito velho.

— Angie *Gardiner* — eu disse. — Quando vi sua foto com o piloto de caça, seu nome de solteira não significava nada para mim. Então fui até Blanco... o rancho onde Randall Halcomb foi assassinado, vizinho às terras da família Gardiner. Por isso Lillian e Beau estavam lá naquela noite. Seu marido e Lillian tiveram ambos a infeliz ideia de usar as terras da família naquele fim de semana, por motivos diferentes.

Atrás dela, o Sr. Cambridge estava completamente imóvel. O sorriso desaparecera do rosto dele.

Já Jay parecia satisfeito. Estava meio de pé, meio sentado, apoiado no encosto do sofá, descansando a coronha da 9mm no joelho. Não parecia com pressa de atirar em mim. Pelo jeito não sujeitava pessoas à mira de sua arma com a frequência com que gostaria.

— Danny, meu rapaz — ele disse, divertido —, seja um bom garoto e pegue o CD aos pés de Navarre. Não mexa na arma, está me ouvindo?

Dan não pareceu estar ouvindo. Ficou onde estava, olhando na minha direção com olhos brilhantes, completamente absortos.

— Você está mentindo, Tres — decidiu Dan. — Está furioso com a família Cambridge há anos e agora tenta culpá-los por tudo que aconteceu. É isso, não é?

A voz dele era qualquer coisa menos confiante. Olhou para os Cambridge em busca de algum tipo de confirmação; um gesto, um sorriso, um "sim". Eles nada lhe deram. Dan voltou-se para Jay.

— O senhor vai prendê-lo ou coisa parecida, não vai?

Jay assentiu.

— Ou coisa parecida.

O rosto de Dan voltou a passar pelos testes musculares. Ele olhou para mim ansioso.

— Meu pai cometeu um grande erro, Dan — eu disse a ele. — Dez anos atrás, deixou que sua mãe ficasse sabendo o que descobrira sobre o esquema do Travis Center. Talvez quando você for velho o bastante, uns 45 anos, esse pessoal diga como ele topou com essa informação no quarto da sua mãe. Quando Cookie descobriu, correu para seu pai, que ainda estava saudável o bastante para reconhecer o perigo, e ele correu direto para os novos patrões. — Olhei para Zeke Cambridge. — De quem foi a ideia de usar Halcomb no assassinato, sua ou de Asante?

Por um momento os olhos de Zeke Cambridge escureceram, adquiriram um pouco da ferocidade que me assustava quando adolescente.

— Você acha que realmente conhecia seu pai, rapaz? Ele arruinava os casamentos das pessoas, suas carreiras, a própria família. Você acha que ele é digno de ser defendido?

— Não — respondi. — Provavelmente não. Felizmente, isso não diz respeito a conhecer meu pai. Mas sim às pessoas dizerem a mim por dez anos que eu não podia fazer nada a respeito do assassinato dele e de eu saber que isso não era verdade. Mais cedo ou mais tarde eu teria que voltar e tentar. Se meu pai era ou não digno do esforço, não é importante. Em vez disso, talvez devamos falar sobre como o senhor atirou em Randall Halcomb enquanto Fernando Asante assistia, sobre como sua filha calhou de estar assistindo de um morro próximo, sobre como ela viveu com isso por dez anos, escondendo o fato do senhor e de todos porque não podia entregar o próprio pai. O senhor acha que o *senhor* é digno de ser defendido?

— Já basta. — O Sr. Cambridge tentou dar à voz o velho tom de comando. Não conseguiu.

Olhei para Dan.

— Acho que às vezes se chega a um ponto em que não se pode fazer mais nada a respeito de um problema, Dan, em que é preciso apenas admitir o muro de tijolos à frente e deixar acontecer. Talvez você esteja nesse ponto. Você insiste em pensar que pode acertar as coisas para sua família; e sempre mete os pés pelas mãos. Talvez você apenas precise admitir que a situação está fora da escala das coisas de que você é capaz de cuidar. Se é nesse ponto que está, sinto por você, porque ou não vai viver o bastante ou vai viver exatamente da forma como essas pessoas esperam que viva.

A Sra. Cambridge parecia querer me abraçar. Os olhos dela ficavam mais pálidos quanto mais ela chorava, como se todo o verde estivesse sendo lavado.

— Você não entende, Tres. Zeke não pretendia... ele estava tentando salvar nossa família, querido. Ele nunca pensou...

— Cale a boca — disse o Sr. Cambridge.

Jay pigarreou.

— Ainda estou esperando o CD, Danny.

Dan ergueu as mãos, movendo-as vacilante em frente ao corpo, como se tentasse lembrar o tamanho do peixe que acabara de pescar. Parecia desnorteado.

— Não vou acreditar em nada disso — ele me disse.

— Claro que vai — retruquei. — Você já acredita. Está lembrando a intensidade da reação de Lillian quando disse a ela sobre a chantagem, e você suspeita que não tenha sido apenas pelo choque de descobrir que tinha um segredo sujo de família. Era o segredo *dela*, Dan, e você a fez saber que esse segredo estava explodindo na cara dela depois de todos aqueles anos. Não é de estranhar que ela não tenha ficado feliz... Ela provavelmente acreditava que aquelas fotos haviam sido destruídas. Beau deve ter prometido isso a ela. Ele deve ter concordado em guardar o segredo, até mesmo em destruir os negativos do assassinato de Halcomb, só que não conseguiu fazer isso.

— Karnau era um verme — disse o Sr. Cambridge, quase para si mesmo.

Balancei a cabeça.

— Um verme teria lucrado imediatamente com aquelas fotos, sabendo o que valiam. Beau se importava o bastante com Lillian para não usá-las por um bom tempo, mas com o passar dos anos ficou mais e mais obscuro no meio artístico, mais dependente dos contatos e do dinheiro de Lillian para qualquer tipo de exposição, enquanto Lillian ficava cada vez menos encantada por ele. Isso pode fazer com que um sujeito como Beau fique amargo. No ano passado Lillian disse que queria seguir com a vida dela. Beau ficou violento. A situação ficou tão feia que Lillian chegou a entrar com uma ordem de restrição contra ele. Acabaram se reconciliando por algum tempo, mas Beau já começara a se vingar. Passou a enviar para o senhor e Asante cópias das velhas fotografias, exigindo pagamento. Imagino que vocês quase enfartaram quando abriram o primeiro envelope, principalmente tendo em vista que já haviam começado a planejar o segundo ato... o complexo de artes plásticas.

Dan se voltou para o Sr. Cambridge, implorando mais uma vez por uma resposta alternativa.

O Sr. Cambridge tentou suavizar o semblante, mas não foi fácil para ele.

— Você terá sua empresa de volta, filho. Não vê isso? Pode se casar com Lillian, unir nossas famílias. Estamos fazendo isso por vocês, para proteger seu futuro.

— Proteger meu futuro — Dan repetiu. A voz dele ficou esganiçada quando ele riu.

— Tudo arranjado — eu disse. — Você vai poder seguir em frente com o esquema familiar, e, se Lillian não cooperar, talvez eles a mantenham dopada, trancada num quarto em algum lugar para que não cause incômodos sociais. Que tal, Dan?

Rivas ergueu a 9mm. Parecia estar escolhendo o ponto certo no meu rosto.

— Já basta. Danny, pegue a porra do CD.

— Não, Daniel — disse Zeke Cambridge. — Saia da sala agora. Deixe que a gente cuida disso.

Dan ainda não se movera. Olhava para mim, tentando decidir alguma coisa.

— O que você quis dizer a respeito de Lillian?

— Eles precisaram escondê-la — respondi. — Os Cambridge precisaram protegê-la depois que as coisas azedaram entre eles e Asante. Qual foi seu acordo com Beau, Zeke... um ano de pagamentos, talvez? Então Beau entregaria um CD para você e outro para Asante. Beau deixaria a cidade rico, e, com as fotos criptografadas, você e Asante não poderiam enganar um ao outro. Foi assim? Só que Dan descobriu, e assim que Lillian ficou sabendo da chantagem por ele, precisou fazer alguma coisa. Não tinha a quem recorrer; Beau, os pais, os Sheff. A única coisa em que ela conseguia pensar era em trazer de volta alguém que tinha tanto interesse quanto ela em resolver a situação... eu.

As veias do nariz de Zeke Cambridge estavam ficando vermelhas.

— Minha menina não tem nada a ver com isso.

Falava comigo, mas olhava para Jay.

— Claro — ironizei. — Continue a dizer isso e talvez o tenente comece a acreditar. No fim das contas Lillian *veio* jantar aqui no domingo passado, não foi? Ela tinha acabado de me entregar o CD que descobrira, acabado de reunir coragem para abandonar a galeria outra vez, e no domingo à noite deve ter confrontado o senhor... dito o que tinha visto dez anos antes; provavelmente deve ter dito algo precipitado, como que iria a público. Foi então que o senhor se deu conta de que precisava tirá-la de circulação por algum tempo. Asante não seria tão compreensivo com ela. Poderia mandar Jay para garantir que Lillian ficasse quieta de uma vez por todas.

— Tres — disse a Sra. Cambridge, ainda chorando. — Lillian o amava tanto... ela queria uma segunda chance com você. Não...

— Ela estava muito sozinha — corrigi. — Precisava de alguém para resolver o problema para ela.

— E você fez um ótimo trabalho — disse Jay. — Agora, Danny, meu rapaz, quero aquele CD. Vou contar até 5. Enquanto pensa, você pode me entregar o outro, o que está sobre a mesa de centro.

Os olhos de Zeke Cambridge, que estavam ficando úmidos, ficaram duros como safiras quando se voltaram para Jay. Cambridge deu um passo na direção do sofá.

— Espere um minuto.

Jay apontou a 9mm para o velho.

— Esperar o quê, Sr. C.? O que o senhor vai me dizer que possa mudar alguma coisa? Mantivemos nossa parte do acordo. Pagamos um bom dinheiro por aquela estatueta, então Beau nos diz que a bela Srta. Cambridge sumiu com ela. Ele nos diz que ela vai abrir o bico e contar tudo o que sabe do Travis Center, entregar todos os seus parceiros para livrar sua cara. E nós dizemos: "De jeito nenhum, não o bom e velho Zeke Cambridge. O velho Zeke é esperto demais para isso." Só que então descobrimos que o senhor tirou sua preciosa filha de circulação e botou gente atrás dos CDs, como se estivesse ficando ganancioso para o nosso lado. E nos deu uma dor de cabeça dos diabos.

— E foi por isso que você matou Moraga e Garza — eu disse.

Jay bateu cinzas no sofá.

— Vou começar a contar, Danny. Um.

Dan ficou subitamente muito calmo, muito controlado. A mudança me deixou tenso. O rosto dele se fechou com o tipo de dignidade congelada que me lembrava, com grande desconforto, a mãe dele. Pegou o CD de sobre a mesa de centro e começou a vir na minha direção.

— Tínhamos um acordo que ainda está de pé — insistiu Zeke Cambridge. — Daniel não faz parte disso, nem tampouco Lillian. Vocês não podem ignorar dez anos de lucros sólidos apenas porque... vocês não podem estar mesmo pensando...

Jay deu de ombros.

— Há outras construtoras dispostas a embolsar esses mesmos lucros, Sr. C. Talvez o senhor seja assassinado, o caso acaba sendo visto como outro crime da máfia, o Sr. Asante tem um discurso sobre lei e ordem na ponta da língua para fazer na manhã seguinte. Ele pode surfar nessa onda até o gabinete do prefeito. Já estou no 2, Danny.

Dan ajoelhou-se na minha frente e pegou o outro CD. Manteve as mãos à vista, bem distantes da Sheridan Knockabout. Quando se levantou, entretanto, vi nos olhos dele o que estava para acontecer. Fiz o possível para dizer "não" com o olhar, mas ele já tinha se virado.

Eu disse:

— Você não tem Lillian, Jay. Você não tem qualquer garantia de que o CD que eu trouxe hoje à noite é verdadeiro. Se me matar, deixará coisas não resolvidas para trás.

Jay sorriu sob o bigode e apontou a arma para mim.

— Vale o risco, Navarre. Das coisas não resolvidas cuidamos depois.

— Devo também mencionar que... alguns amigos no Departamento de Polícia estão a caminho.

— Então vamos ter que apressar a despedida.

Dan estava de volta ao lugar de onde partira, ao lado de Jay, com o sofá entre eles. Ele soltou os dois CDs sobre o móvel.

— Bom garoto — disse Jay, ainda com a arma apontada para mim. Ele não percebeu o semblante de Dan, a tensão nos seus ombros.

Eu quis gritar *não*, mas isso não teria ajudado.

— E agora? — perguntei a Jay, tentando atrair a atenção dele para mim. — Asante finalmente consegue aquela sua promoção para capitão?

Pelo olhar dele, a ideia lhe agradava.

O que quer que fosse dizer depois nunca foi dito, porque Dan agarrou a arma. Foi um movimento estúpido, feito da pior forma possível. Dan agarrou a 9mm pelo cano e cometeu o erro de puxá-la para baixo, na direção do próprio corpo. Não me lembro de ter visto o disparo arrancar a lateral da mão direita dele, ou o buraco de saída que a bala abriu na parte posterior da sua coxa. Só me lembro do novo padrão de esguicho vermelho que surgiu como mágica nas almofadas floridas sobre o sofá e no vestido amarelo da Sra. Cambridge, da forma como a parte de trás da calça cáqui de Dan ficou subitamente escura e brilhante quando ele se lançou de cabeça no sofá, sobre Jay. A pistola disparou outra vez, mas desta vez ele já estava em movimento.

Nada mais está muito claro quando penso no assunto. Lembro-me de ter ouvido um som como uma casca de melancia rachando quando bati com a coronha da velha 22 na cabeça de Jay. Lembro-me de muito sangue escorrendo pelas minhas mãos enquanto tentava manter a pressão sobre o rombo na perna de Dan, gritando para ele ficar quieto enquanto ele se contorcia no tapete, apertando o que restava da mão direita entre as pernas. Lembro-me vagamente de sirenes e de paramédicos que entraram e me substituíram e depois, quando eu estava agachado em um canto, lembro-me do xerife assistente Larry Drapiewski chamar meu nome e suavemente tirar das minhas mãos a Sheridan Knockabout que eu mantinha aninhada contra o rosto.

63

 Acordei com Larry abanando uma xícara de café sob meu nariz.

Precisei de um ano ou dois para me lembrar de onde estava.

Estava apenas de cueca e deitado numa cama dobrável em uma varanda fechada. A brisa do ventilador de teto estava fria na minha pele, mas a luz quente do sol de agosto entrava pelas janelas e a geladeira barulhenta com a qual eu sonhara eram na verdade cigarras, zumbindo aos milhares nas árvores. Alguém queimava mato por perto. Uma novilha marrom e branca estava deitada sob a sombra de um amontoado de cactos a 10 metros de distância, me observando. Era a casa do rancho em Sabinal. Devia ser por volta de três da tarde.

Senti-me zonzo como o diabo quando tentei me mexer. Com alguma dificuldade, ergui a cabeça e vi meu irmão Garrett ao pé da cama em sua cadeira de rodas. Ou Garrett e Jerry Garcia e Jimmy Hendrix juntos numa nuvem embaçada. Até que minha visão clareasse, os dois rostos estampados na camiseta dele flutuaram ao redor do rosto de Garrett como algum tipo de Trindade Lisérgica.

— Vamos logo, irmãozinho — Garrett disse, impaciente —, estamos esperando para dar a descarga.

Apertei os olhos e senti um gosto de sapo morto na boca.

— O quê?

— Não demos a descarga o dia todo, cara, para que a pressão fosse suficiente para você tomar um banho quente quando acordasse.

Larry me entregou o café. As olheiras e o cabelo desgrenhado sugeriam que ele não dormira grande coisa na noite anterior, apesar de ter trocado o uniforme de xerife assistente por calça e camisa jeans.

— Você ficou apagado por treze horas, filho. Estávamos começando a ficar preocupados.

Precisei de mais uma hora até conseguir ter equilíbrio suficiente para tomar aquele banho. No banheiro havia uma mochila que eu aparentemente arrumara na noite anterior, apesar de não ter qualquer lembrança de ter passado na minha casa na Queen Anne Street. Dentro dela encontrei uma calça jeans razoavelmente limpa, minha camiseta do filme *Luzes da cidade*, uma escova de dentes e o caderno do meu pai. Algumas cartas caíram quando ergui a mochila. Coloquei-as de volta com cuidado.

Depois que me vesti, Garrett e Larry fizeram a cortesia de me dar algum tempo a sós. Vasculhei os armários da cozinha em busca de alguma coisa para o café da manhã. Os candidatos eram duas garrafas de uísque, um ovo que se cristalizara como um geode, uma tangerina de idade desconhecida, um vidro de café descafeinado Sanka e um saco tamanho-família de salgadinhos sortidos. Será que uísque com Cheetos daria um cereal aceitável? Decidi optar pela tangerina.

Enquanto comia a tangerina e tomava uma xícara de café solúvel, Larry e Garrett conversavam na sala com Harold Diliberto, nosso confiável capataz; eles agora discutiam os prós e contras da legalização da maconha. Garrett era previsivelmente a favor, Larry previsivelmente contra. Harold parecia pensar que a discussão era culpa daqueles malditos californianos e tanto Garrett quanto Larry pareciam confortáveis com a ideia.

Devo ter lavado a mão na pia de aço inox por uns bons três minutos até me dar conta do que estava fazendo. Separava bem os dedos e observava a água escorrer entre eles, pensando na consistência viscosa do sangue de Dan Sheff.

Por fim, Larry me chamou da sala.

— Você está bem, Tres?

Disse que estava. Então fechei a torneira e procurei um pano de prato. Não havia nenhum.

Quando me juntei a Larry no sofá de couro, ele servia uísque em quatro copos de vidro nos quais estava escrito JACK. Garrett fumava um baseado e observava as luzes do fim da tarde pela porta de tela. Perguntei a Harold se ele poderia pegar um pouco de lenha para a lareira.

Larry e Garrett me olharam de um jeito estranho, mas não disseram nada. Harold saiu para pegar a lenha.

Até que o capataz arrumasse a lenha e acendesse o fogo com um dos Bics do vidro de isqueiros, eu já estava no meu segundo copo de Jim Beam e quase não percebia mais a sensação trêmula no estômago. O fogo a afastara completamente. A lenha de algarobeira, sobra do último inverno, estava tão seca depois de três meses de sol que acendeu quase que de forma instantânea e queimou como uma forja. A sala ficou com um calor cada vez mais desconfortável, até que as pontas dos meus dedos pareceram voltar à vida. Nem me incomodei com a fumaça que saía pela frente da lareira, já que a chaminé devia estar entupida. Harold pediu licença para ir até a bomba d'água, do lado de fora. O suor escorria na testa de Larry, mas ele não se queixou. Garrett afastou um pouco a cadeira e ficou observando as chamas.

Depois de terminar o segundo copo, eu me levantei, fui até o banheiro em busca da mochila e voltei com o caderno do meu pai. Retirei as cartas e as coloquei de lado. Então me abaixei e coloquei o caderno sobre uma das toras em chamas.

Ninguém protestou. A fumaça rolou pelas páginas, atraída pelo ar mais frio. Um canto da capa dura pegou fogo. Então a capa abriu e as páginas arderam uma de cada vez; os cantos enegreciam e se enrolavam para dentro, revelando a seguinte. A caligrafia do meu pai se revelava nítida sob a luz vermelha. Os desenhos de aviões e tanques coreanos que fizera para minhas histórias de dormir pareciam saltar das páginas. Depois de algum tempo o caderno ficou reduzido a uma massa de algodão-doce preto em um canto do fogo.

Quando me virei, Garrett viu meus olhos marejados.

— A fumaça irrita os olhos, não?

Assenti.

Garrett piscou, depois soprou uma baforada para cima. Ficou olhando para as vigas de cedro do teto.

— É, os meus também estão irritados.

Larry serviu mais uma rodada para todos.

— Acho que aquele caderno poderia ser uma prova em potencial.

— Duvido — eu disse. — Mas é possível.

Larry resmungou.

— Acho que depois do que eu o ajudei a fazer na noite passada, você não deveria reclamar.

Precisei pensar por um momento. Então instantâneos indistintos começaram a surgir na minha mente: Larry saindo mais cedo da cena do crime, nós dois indo no carro dele até Olmos Park, eu conversando com alguém na Crescent Drive, fechando um acordo. Tirei a carteira do bolso e a abri, e encontrei uma folha de papel escrita à mão. Coloquei-a de volta.

Larry colocou as botas sobre a mesa de centro. Olhou para o fogo, então começou a rir despreocupado, como se estivesse se lembrando de todas as piadas que ouvira naquela semana.

— Na última vez que estive aqui com o pai de vocês, rapazes, meu Deus, deve ter sido em 1982...

Passou a nos contar sobre o tornado que varrera Sabinal naquele ano e como nosso pai o convidara a ir até lá e conferir os prejuízos. A casa havia sido poupada, mas os dois passaram a tarde com uma serra elétrica tentando tirar uma vaca morta de cima de uma algarobeira. Larry achava aquilo tão engraçado que não conseguia evitar entremear a história com risadas, apesar de na última vez que eu ouvira aquela história ter sido um cavalo na árvore e um furacão em vez de um tornado.

Por fim Larry ergueu o copo.

— A Jack Navarre. Era um ótimo filho da mãe.

— Era um filho da mãe — corrigiu Garrett. Mas também ergueu o copo.

— Ao meu pai.

Bebi meu uísque, depois peguei as cartas de sobre a lareira e ergui a primeira da pilha, um envelope cor-de-rosa que desbotara para marrom. Coloquei-a no fogo e vi a velha carta de amor agitar-se inquieta enquanto queimava. Desapareceu num piscar de olhos.

Larry assentiu, como se concordasse com algo que eu dissera.

— Não vi isso. Essa era sem dúvida uma prova e não o vi queimá-la.

— Nós dois sabemos que isso não vai ser resolvido nos tribunais — eu disse. — Não poderia ser diferente. Jay vai ser sacrificado pelos novos assassinatos. As pessoas que contam vão contratar advogados caros. A defesa deles vai se refestelar na falta de provas contundentes.

— Hum. E de quem é a culpa disso, filho?

Mas Larry não estava exatamente contrariado com aquilo. Ele ainda não estava confortável com o acordo que fecháramos na noite anterior, mas suspeito que sabia que era o mais próximo que chegaríamos de conseguir justiça.

Sob a luz da lareira, as sardas de Larry eram invisíveis, perfeitamente camufladas, de modo que o rosto dele parecia mais claro e branco, mais nítido desde que o conhecia. Parecia ter 19 anos. Acho que algumas pessoas nascem para ter 30 anos; é a idade ideal para o temperamento que possuem. Outras nascem para ter 12, ou 60. No caso de Larry, 19 me parecia a idade certa.

— Seu pai era um bom homem — ele disse. Então acrescentou, rabugento: — Você fez a coisa certa por ele, Tres.

— Bom homem, hein? — Garrett especulou. Olhou para mim apreensivo. — Acho que você não descobriu.

Eu sabia o que ele queria dizer. Será que nosso pai teria encoberto o esquema do Travis Center? Se Cookie Sheff houvesse concordado em abandonar o marido como ele pedira, será que ele teria feito vista grossa a tudo que sabia?

— Não — eu disse. — Quer dizer, não, não descobri. Não havia como descobrir. Você vai ter que atribuir ao nosso pai a virtude que acha que ele tinha, então especular como ele teria agido.

Garrett alisou a barba.

— Era o que eu temia.

Fiquei em frente à lareira por algum tempo, olhando para as cartas que tinha na mão. Havia 11 envelopes de papel marmorizado azul, o primeiro postado em maio e o mais recente há duas semanas. Todos endereçados ao meu apartamento em Portero Hill. Todos escritos com a familiar caligrafia arredondada, inclinada para trás, que eu amava desde os tempos do ginásio.

Continuei a olhar para as cartas e senti o uísque seguindo seu curso por minhas juntas. Pensava no meu pai escondendo coisas em um buraco na lareira porque não conseguia convencer a si mesmo a livrar-se delas. Pensava nele perseguindo os ladrões de um trenzinho com uma escopeta e tirando vacas de cima de uma árvore com uma serra elétrica e rindo de piadas idiotas com Carl Kelley. Precisei de algum tempo para me dar conta de que as lembranças, pela primeira vez, não eram sobrepostas por imagens dele caído na calçada em frente à sua casa, daquele velho Pontiac cinza arrancando. Gostei da sensação que isso me dava.

Me abaixei e delicadamente coloquei as cartas de Lillian entre duas toras em chamas, para que não caíssem. Quando Harold Diliberto voltou para a sala, disse a ele para cimentar o buraco na lareira assim que tivesse uma chance.

64

Para variar, Garrett não parecia estar com humor para correr. Começamos a seguir o jipe de Larry de volta à cidade, mas logo perdemos de vista as lanternas do carro do xerife assistente quando ele entrou na Highway 90. Carmen Miranda seguia sem pressa, enquanto um entardecer brilhante do Texas incandescia o horizonte das pradarias.

Quando Garrett me deixou no número 90 da Queen Anne Street, encontrei uma edição de cortesia do *Express-News* em frente à porta. Levei o jornal para dentro e tentei ler a primeira página enquanto Robert Johnson, depois de me cumprimentar com um "rau" entusiasmado, passou a praticar sua rotina de deslizamento com os outros cadernos, tentando ver quantos metros quadrados de carpete conseguia cobrir com folhas de jornal.

— Você não tem nada melhor para fazer? — perguntei.

Ele me encarou, com os olhos esbugalhados, como se estivesse chocado com a ideia.

O *Express-News* dizia que Dan Sheff Jr., o herdeiro da Sheff Construction, aparentemente descobrira um esquema perpetrado pelos próprios parentes e associados para fraudar a cidade em milhões de dólares na construção de um projeto de complexo de artes plásticas que tramitava na Câmara. Depois de heroicamente confrontar os supostos conspiradores, Dan Jr. havia sido alvejado com um tiro. Um policial, de nome ainda não revelado, estava envolvido no incidente, e havia indicações de que o esquema podia estar em andamento havia dez anos. O prefeito já estava sendo pressionado para que fossem feitas investigações rígidas, de modo a identificar políticos e servidores envolvidos no esquema. Eu era mencionado brevemente, como estando presente na cena do tiroteio. A reportagem dizia que Dan estava em estado crítico mas estável no Centro Médico Brooke Army, onde vinha recebendo flores e apoio de admiradores. O paradeiro de Lillian Cambridge, que estivera desaparecida por diversos dias e cujos pais estavam envolvidos no esquema para fraudar a cidade, ainda era desconhecido.

Joguei o caderno A para Robert Johnson, que o usou para efetuar um salto mortal.

Quando abaixei a tábua de passar roupa e conferi a secretária eletrônica, descobri que havia meia hora de mensagens. Bob Langston, o antigo locatário do número 90, afirmava que reunira um grupo de amigos para quebrar minha cara. Carlon McAffrey alertava que era melhor que eu conseguisse logo uma exclusiva com Dan Sheff, para o caso de Dan decidir morrer. Caroline Smith, a repórter de TV que eu atirara no rio, disse que a emissora estava disposta a me perdoar pelo incidente em troca de uma entrevista com Dan Sheff, se eu conseguisse arranjá-la. O detetive Schaeffer deixara diversas mensagens: perguntando para onde eu fora na noite anterior e informando que os Cambridge tinham assinado um documento declarando que alguns CDs haviam desaparecido da cena do crime. Schaeffer queria saber se eu tinha alguma informação a respeito dos CDs ou se simplesmente precisaria me prender. Uma mensagem da minha mãe, implorando que eu aparecesse para jantar e que, por favor, levasse comigo a picape de Jess. Uma mensagem de Ralph dizia simplesmente: "Ela está bem. *Que padre, vato.*"

A única pessoa para quem liguei foi Maia Lee.

Eram 18 horas em São Francisco. Maia estava de saída para jantar. Pelo menos foi o que disse o homem que atendeu ao telefone da casa dela.

— Quer que eu vá chamá-la? — perguntou.

— Diga que Tex ligou. Ela pediu que eu dissesse quando tudo estivesse acabado.

O sujeito deu um resmungo baixo, como se estivesse se abaixando para amarrar o sapato ou talvez dando o nó da gravata.

— *O que* está acabado? — ele perguntou.

Desliguei.

O sol estava se pondo quando dirigi até Monte Vista e estacionei em frente a um endereço que conhecia apenas de reputação.

Era uma casa de adobe cinza, de três andares, com dois Cadillacs estacionados em frente e um gramado com um carvalho enorme, no qual havia uma casa de árvore. Um garotinho hispânico sorriu para mim lá de cima, fingindo se esconder. Ele tinha o sorriso do pai. Fingi atirar nele quando passei por baixo da casa de madeira. Ele gargalhou histericamente. Quando cheguei à porta, senti o cheiro de *tamales* caseiros.

Quando Fernando Asante veio até a porta, vestindo calça jeans e uma camiseta dos Cowboys, perguntei:

— Há algum lugar em que possamos conversar?

O outro filho dele, uma garotinha, se aproximou e abraçou a perna do pai. Asante olhou para mim, então me convidou a entrar.

— O que é, Jack? — perguntou, depois que nos acomodamos no seu escritório.

Asante era um aficionado por futebol americano; até mesmo a luminária sobre a mesa era um capacete dos Cowboys, o tipo de coisa que os adolescentes adoram. O gabinete era aconchegante e um pouco bagunçado. Não era o que eu esperava.

Asante estava quase sonolento, não havia sinal do sorriso de político.

— Não gosto de coisas por resolver — disse a ele.

Ele sorriu e balançou a cabeça.

— Depois das duas últimas semanas, depois dos últimos dez anos, você diz isso, filho.

Tirei da carteira a folha de papel que recebera na noite anterior quando fechei o acordo em Olmos Park. Ergui o papel.

Asante não pareceu ficar impressionado.

— O que é isso agora? Mais anotações antigas do túmulo do seu pai?

Ele jogou para mim a primeira folha do jornal do dia.

— Já li.

Asante sorriu. Podia se dar ao luxo de sorrir, não havia qualquer referência ao nome dele.

— O que penso é o seguinte, vereador: acredito que o senhor vai atravessar a tempestade.

Os olhos dele eram como bolas de gude pretas. Asante podia ser cego por tudo o que consegui ler neles.

— Acho que o senhor vai conseguir favores o bastante e manipular a investigação o bastante para tirar a corda do pescoço. Eu ajudei, sumindo com a maior parte das provas; seus advogados vão adorar isso. A não ser que aqueles CDs apareçam, e o senhor sabe que eles ainda não apareceram, não existem provas legais suficientes para implicá-lo. Os Sheff e os Cambridge podem ou não ser condenados por fraudar a cidade. Eles vão fazer o possível para arrastá-lo junto, mas aposto que o senhor vai superar. A não ser que aqueles CDs apareçam.

— Esqueça essa história — ele disse. — Você não vai conseguir nada com isso, filho. Se estivesse em poder de tais provas, a esta altura já as teria entregue aos seus amigos na polícia. Então precisaríamos esperar que a justiça prevalecesse nos tribunais, não é verdade, Jack?

Dei de ombros.

— Talvez.

Asante olhou para a folha de papel sobre a mesa, na qual eu batia com o dedo. A presunção dele cedeu por um instante.

— O que você tem aí, filho?

Houve uma batida na porta.

O filho de Asante disparou pelo gabinete, deu a volta na mesa e sentou no colo do pai. Subitamente tímido, o garotinho escondeu o rosto com as mãos. Então sussurrou alguma coisa no ouvido do pai, ganhou um beijo e correu para fora do gabinete.

O rosto de Asante abrandou enquanto observava o menino sair. Então me encarou de novo, os olhos duros.

— O jantar está servido — disse.

Assenti.

— Então serei breve. Não poderia ficar esperando que o senhor viesse resgatar os CDs comigo, Sr. Asante. Sei que acabaria tentando. Mesmo que eu os destruísse... o senhor nunca teria certeza. Pela sua própria paz de espírito, o senhor os procuraria. Poderia tê-los entregado à polícia, mas de alguma forma não confio na polícia ou na justiça neste caso. Eles não fizeram grande coisa depois do assassinato do meu pai, não é verdade? Por isso decidi fazer um acordo.

Desdobrei a folha de papel e a empurrei na direção dele.

Asante olhou para a assinatura, fechou a cara e a empurrou de volta. Ele não entendeu.

— E o que é isso?

— Um recibo pelos meus discos. Guy White sempre assina recibos. Essa é uma das poucas coisas nas quais ele é correto.

Asante olhou para mim por um minuto, ainda sem entender.

— White está bem irritado com o senhor há dez anos — expliquei. — Toda aquela dor de cabeça que ele teve com o assassinato do meu pai e agora, quando o senhor tentou fazer a mesma coisa com os assassinatos de Garza e Moraga. Então fizemos um acordo. O Sr. White e eu simplesmente compramos o controle sobre Fernando Asante.

Quando entendeu as implicações, o rosto de Asante ficou pálido. Aquilo era tudo que eu queria ver. Levantei-me para ir embora.

— Não sei quais serão as exigências de Guy White para que esses discos não venham a público, vereador, mas a minha é a seguinte, por agora, pelo menos: amanhã de manhã o senhor vai convocar uma coletiva de imprensa e renunciar a quaisquer planos de concorrer a prefeito. O senhor vai dizer que está feliz onde está: um homenzinho frustrado num trabalho modesto. Ainda não sei o que mais fará, mas o senhor terá notícias minhas. Pode contar com isso para o resto da sua vida.

— Tres...

Asante disse meu nome como se acabasse de se dar conta de qual Navarre eu era. Gostei da forma como ele o falou.

— Bom jantar — concluí.

Deixei-o com o olhar perdido na luminária dos Cowboys, com os filhos gritando para que fosse para a mesa. A esposa dele, uma mulher gorda com aparência agradável, sorriu para mim quando saí. A mesa estava posta e as crianças pulavam nas cadeiras, ansiosas para fazer as preces. Nunca voltaria a sentir um cheiro tão bom de *tamales* na vida.

65

— Estou bonita? — perguntou Lillian.

Nós dois sabíamos que a resposta era "sim", mas confirmei isso mesmo assim.

Acabávamos de passar pela segurança e pelos jornalistas no saguão e agora estávamos no elevador do Northeast Baptist, subindo. Eu e Lillian vestíamos preto, pelo que aconteceria depois naquela mesma tarde, por isso eu estava satisfeito por estar longe do sol do meio-dia por algum tempo. Mesmo depois de muitos minutos sob a força do ar-condicionado central do hospital, o forro do meu terno de linho parecia o interior de um saco de pipoca de micro-ondas.

Fiz um esforço consciente para não imaginar como seria o interior das roupas de Lillian. Ela vestia um conjunto estilo Jackie O. sem meias e um sapato de salto alto de couro preto. Os cabelos acobreados estavam penteados para trás e presos com uma fita de gorgorão preto. Sobre o decote arredondado do vestido usava o colar de pérolas da mãe, o mesmo que Angela Cambridge usava na noite em que Dan recebera o tiro. Aquela era uma opção de estilo com a qual eu passaria sem.

Depois de uma semana de recuperação, a cor de Lillian estava saudável outra vez. O bronzeado do verão era visível nos ombros, no colo e no rosto. As pernas sem meias estavam ótimas.

Era difícil dizer, exatamente como eu podia fazer, apenas de olhar para ela, que Lillian passara a última semana chorando, parte do tempo gritando e quebrando coisas, mas podia. Os olhos dela não estavam vermelhos, nada nela parecia abalado ou perturbado, mas ainda assim havia em Lillian um quê de depois da enchente. O semblante dela estava mais duro, calejado, como se seu rosto houvesse sido despido de tudo que não era absolutamente essencial.

A porta do elevador abriu no segundo andar. Seguimos as placas até a ala de ortopedia, descemos um corredor iluminado com lâmpadas fluorescentes que era uma pista de obstáculos com cadeiras de rodas e carrinhos de comida. No fim do corredor, a porta de um dos quartos era vigiada por um segurança.

Quando seguimos naquela direção, Lillian pegou minha mão e a apertou.

— Obrigada por me acompanhar.

Apertei a mão dela, então a soltei.

— Você faz sua parte do acordo mais tarde.

Lillian conseguiu dar um sorriso.

— É engraçado. *Dan* é a pessoa que estou nervosa por encontrar. Você poderia pensar...

Ela deixou o pensamento vagar.

O segurança nos deixou entrar sem problemas. Lá dentro Dan estava deitado numa cama no meio do que parecia um comercial da primavera. As cortinas estavam abertas, então as paredes brancas e o piso recém-lavado brilhavam com grandes quadrados do sol do Texas. Arranjos de flores multicoloridos explodiam por todo o peitoril da janela. O rádio embutido na cama tocava Vivaldi, Mozart ou qualquer coisa igualmente enlevante; não era Lightinin' Hopkins, isso é tudo que sei. O inevitável cheiro de hospital era dominado pelos aromas de flores e perfume Polo. Tudo na cama de Dan era branco e engomado: o pijama, os lençóis imaculadamente dobrados, as bandagens que envolviam a mão e a perna direitas dele. Até o suporte de metal do soro parecia ter sido polido.

Dan não estava tão bem quanto o quarto. Estava pálido, as marcas de expressão ao redor dos olhos fundos de passar dias deitado sentindo dor. O cabelo estava todo asas de canário. Pela forma como olhou para nós, lentamente e com grande esforço, suspeitei que estava sendo medicado com algo bem forte.

Mas o sorriso dele foi aberto e amistoso.

— Oi, Lillian, Tres. Vieram ver a minha Coração Púrpura?

Ele não estava brincando. Alguém trouxera uma velha Coração Púrpura em uma caixa de exposição e a medalha repousava na mesa de cabeceira ao lado de um vaso de margaridas.

Fui até o lado da cama e apertei a mão boa de Dan. Lillian foi até o outro lado. Olhei para a condecoração de guerra.

— Do seu pai?

Dan deu um sorriso sonolento.

— Minha mãe fez um dos meus primos trazê-la para mim. Acho que foi a ideia dela de uma lembrança... de onde venho, a quem devo lealdade.

— Ou pode ser uma oferta de paz — sugeri.

Por um instante, ansiedade e raiva endureceram o rosto dele, fazendo com que voltasse a se parecer com o Dan Sheff que conhecia. Então a tensão se desfez. Talvez fossem as drogas que mantivessem Dan tão tranquilo. Se fosse o caso, talvez ele concordasse em me emprestar um pouco para o resto do dia.

— Uma oferta de paz. — Ele soava amargamente divertido. — Duvido muito.

Dan passou a nos falar do seu estado de saúde. Sobre como os cirurgiões do Brooke Army removeram os ossos destruídos da mão, fecharam o rombo na perna e disseram que ele tinha muita sorte, levando em conta a quantidade de sangue que perdera. O médico da família Sheff conseguira uma transferência para o Northeast Baptist para a recuperação e os coquetéis diários de antibióticos. Dan passaria por uma cirurgia reconstrutiva em uma semana, então seria transferido para a clínica Warm Springs Rehab para mais algumas semanas de fisioterapia, quando aprenderia a andar com muletas e a usar a mão direita, que agora tinha apenas dois dedos. Enquanto contava a história, levou o dedo até o botão com o qual autoadministrava morfina e o apertou.

Enquanto ouvia, a expressão no rosto de Lillian mudou diversas vezes. A expressão alerta, quase alarmada, os olhos piscando rápido, como um malabarista profissional que precisa desviar de uma nova faca a cada 15 segundos. Todos os esforços dela se concentraram em não perder o controle, manter a situação no limite do equilíbrio.

— Não sei por onde começar a me desculpar — ela disse, finalmente.

Dan fez que não.

— Talvez eu deva começar. O promotor me visitou esta manhã. Decidi cooperar.

O semblante de Lillian permaneceu firmemente controlado enquanto ela ajustava o ritmo interior à nova faca no ar.

— Está tudo bem.

— Preciso tentar salvar alguma coisa da empresa — explicou Dan. — Se conseguir isso fazendo um acordo...

— Está tudo bem, Dan. De verdade.

Lillian disse isso com convicção, como se estivesse quase aliviada. Falara com igual convicção naquela manhã, quando me disse que não registraria queixa pelo sequestro, que não testemunharia contra os pais. Ela até ajudou a mãe a encontrar um bom advogado.

Dan provavelmente pensava na mesma coisa que eu. Lillian olhou para nós dois por um instante, parecendo ouvir nossas perguntas, então contraiu os lábios numa linha reta perfeita. Quando falou, ela se dirigiu à garrafa de soro de Dan.

— Eu tive dez anos — ela disse. — Nos primeiros dois ou três quase desmoronei com as mudanças de humor, os acessos de fúria... não sabia se me ressentia com meus pais por terem me colocado nesta situação, se sentia raiva deles por não serem as boas pessoas que acreditava que fossem, culpa por ainda amá-los ou medo, pelo meu pai ser um monstro. Beau... — Ela fez uma pausa, respirou um pouco para retomar o equilíbrio. — Beau me ajudou muito com isso. Depois de mais alguns anos aprendi a construir divisórias. Para não enlouquecer, aprendi a amar meus pais e ao mesmo tempo me ressentir com eles. — Olhou para mim, reticente. — Você entende, Tres? Venho defendendo e acusando os dois simultaneamente na minha cabeça há anos. Isso deixou de ser uma contradição para mim. Sei que são culpados; fico feliz que sejam julgados pelo que fizeram. Mas é um alívio poder abrir mão desse lado para outra pessoa. Agora posso ser apenas a defesa, me concentrar apenas no lado de mim mesma que os perdoou há muito tempo.

Os olhos de Dan estavam pesados. A morfina fizera efeito.

— Não consigo pensar em perdão.

O tom dele estava estranhamente agradável, como a trilha sonora de Vivaldi que ainda tocava ao fundo.

— Você vai testemunhar contra a sua mãe e contra os Cambridge — lembrei. — Já disse isso a ela?

— Não quero vê-la... — ele respondeu. — Sei que posso enfrentá-la agora. É só que...

— Você ainda não tem certeza se está pronto para testar a si mesmo.

Dan ficou inquieto.

— Tenho o mesmo tipo de relacionamento com a minha mãe há 28 anos, Tres. Vai ser difícil não entrar no mesmo velho padrão. Se isso acontecesse... Acho que parte de mim sentiria que tudo aconteceu a troco de nada. — Ele olhou para a mão enfaixada com afeição, como se fosse um filhotinho aninhado no corpo. — É engraçado. Eu deveria ter levado um tiro há muito tempo.

Dan sorriu. Falou com um tipo de humor corajoso e autodepreciativo, mas havia tensões subjacentes na voz dele, das quais não tenho certeza de que estivesse consciente: medo, amargura, incerteza, repugnância. Eu sabia que era apenas uma questão de tempo para que aquilo deixasse de ser apenas subjacente.

— Acho que é melhor deixarmos você descansar — eu disse.

Dan concordou.

— Tudo bem.

Lillian colocou uma mão no ombro de Dan. Ela hesitou, depois se inclinou para beijar a testa dele. Ela se endireitou tão rápido que o colar de pérolas quase se enroscou no queixo de Dan.

— Me desculpe, Dan — ela disse. — Sinto muito que você tenha se envolvido da forma como se envolveu. Até você me falar das fotos que estavam sendo enviadas para sua família, eu não sabia. Não percebi a conexão, por que nossos pais insistiam tanto para que namorássemos. Falhei com você.

Dan fechou os olhos como se tentasse identificar um instrumento na música clássica ao fundo. Ao que parecia não era algo desagradável, mas exigiu toda a sua concentração.

— Não há nada por que se desculpar — respondeu.

Lillian arrumou um cacho de cabelo acobreado atrás da orelha. As unhas estavam pintadas de vermelho. Tentei lembrar se já a vira de unhas pintadas antes.

— Sua mãe devia estar empurrando você para o casamento com a mesma força que os meus pais — disse Lillian, quase esperançosamente.

— É verdade.

Da forma como Dan disse aquilo, ele sabia que não era verdade, e eu também. Se Lillian acreditou, foi apenas por estar se esforçando muito.

— Fique bem — ela disse.

Dan assentiu.

— Você se incomoda em sair primeiro? Quero falar com Tres.

Pensei na primeira vez que eu e Dan tentamos dizer algo um ao outro sem a presença de Lillian, em frente à casa dela. A reação dela desta vez talvez não tenha sido de irritação, mas foi tão desconfortável quanto.

— É claro — ela respondeu, então me disse: — Nos encontramos no elevador.

Ela se virou e saiu do quarto como se estivesse consciente de que nossos olhos estariam concentrados nela. Estavam.

Quando ela saiu, Dan suspirou e deixou a cabeça afundar no travesseiro. Os cabelos formaram uma aura cheia de pontas no linho branco.

— Queria perguntar sobre aquela noite — começou. — O que você me disse sobre encarar o muro de tijolos.

— Sim.

Dan estava meio adormecido, como se mais uma história de dormir desse conta do serviço.

— Senti isso — ele disse. — Sabia que não havia nada que pudesse fazer, mas mesmo assim fiz alguma coisa.

— E quase morreu por causa disso.

— Eu sei. — ele soava satisfeito. — Minha pergunta não é essa. Só quero saber uma coisa: você seria capaz?

— De quê?

— De perceber quando se chocou com o muro?

— Acho que sim.

— Você seria capaz de deixar acontecer, como me disse, e seguir em frente?

— Provavelmente não.

Ele sorriu com os olhos fechados.

— Acho que prefiro levar um tiro.

Quando adormeceu, ele estava com o semblante tranquilo, mas a boca continuou a se mover; a expressão no rosto dele mudava, franzindo e desfranzindo as sobrancelhas, algo que sempre fora a principal característica do seu rosto.

66

Se os enterros tivessem tamanho, o do xerife assistente aposentado Carl Kelley seria PP. Éramos eu, Lillian, o padre, Larry Drapiewski e Carl. Nada do filho de Austin. Nenhum outro amigo a não ser aqueles ao lado dos quais Carl estava prestes a ser enterrado. A única coisa que Carl deixara para trás foi o distintivo que me deu pouco antes de morrer, três noites atrás no Nix, com instruções para entregá-lo ao filho. Planejei cumprir a promessa. Se algum dia encontrasse o sacana, planejava dar a ele bem mais do que o distintivo.

Depois que o jipe vermelho de Larry se afastou, levando o padre de volta à igreja, nada se mexia no cemitério além das cigarras. Elas zumbiam com tanta persistência que passei a duvidar da minha sanidade nos momentos em que paravam de forma súbita.

Lillian e eu nos sentamos em um pequeno caramanchão em frente ao Sunset Mausoleum. Fazia 38 graus à sombra, 45 dentro do meu terno preto.

Foi minha vez de dizer:

— Obrigado por vir comigo.

Lillian estava com as mãos cruzadas sobre o colo e as pernas estendidas, cruzadas à altura dos tornozelos. Parecia distraída, como se tentasse ler uma lápide a quilômetros de distância.

— É sério — eu disse. — Se você não tivesse vindo, não teríamos tido o quórum. Não seria permitido a Carl morrer legalmente.

Lillian olhou para mim, ainda imersa em pensamentos.

— Me pergunto se é verdade que nos transformamos nos nossos pais à medida que envelhecemos.

— Obrigado — respondi. — Isso me deixa muito feliz.

— Estou falando sério, Tres. Isso me incomoda. É um dos motivos pelos quais ainda não fui capaz de me desculpar com você.

— O que você quer dizer?

Ela correu o polegar pela alça do tubinho preto. Mesmo com o bronzeado, os ombros de Lillian pareciam estar ficando vermelhos por tanto tempo ao sol.

— Quero dizer, a forma como meu pai me assusta... a violência da qual ele é capaz. Algumas vezes, o que realmente me assusta é que vejo isso em mim mesma.

— Você não vai matar ninguém, Lillian.

— Não. Não é disso que estou falando.

Quando suspirou, ela estremeceu. Não percebera o quanto ela estava perto de chorar. Conseguiu se conter, mas por muito pouco.

— Preciso dizer — continuou, com dificuldade. — Preciso dizer que parte de mim ficou feliz com que você estivesse sofrendo todos aqueles anos. Quando me dei conta de quem meu pai havia matado, a relação que isso tinha com a morte do seu pai... você já tinha me deixado, Tres. E de certa forma isso fez com que eu me sentisse melhor, saber que o estava ferindo por não dizer. Sei que isso é terrível... me assusta que eu pudesse me sentir assim.

Essa foi a deixa para dizer a ela que estava tudo bem. Me dando conta do absurdo daquilo, percebi que olhava para as pernas de Lillian, estudava a forma como as tiras de couro preto dos sapatos altos que ela usava pressionavam de leve suas panturrilhas.

Ela suspirou outra vez; desta vez sua respiração foi um pouco menos trêmula.

— Não te chamei de volta para *usá-lo*, Tres. Por mais difícil que seja acreditar, eu te amo. Mas existe o outro lado em mim, o lado que me assusta, que me lembra meu pai. Não consigo deixar de perguntar a mim mesma se o arrastei para isso para deliberadamente machucá-lo um pouco mais.

Meu coração tentava comprimir a si mesmo em algo do tamanho de uma bola de gude. O sangue parecia não fluir para meus dedos. Sob um calor de 38 graus, minhas mãos estavam frias.

— Estou contando isso porque quero superar esses sentimentos — disse Lillian. — Ainda te amo. Estou tentando descartar todo o resto e me concentrar nisso, mas preciso saber de você se vale a pena tentar.

Em contraste com o vestido preto, seus olhos verdes com pintas multicoloridas pareciam ainda mais brilhantes. Estavam um pouco marejados, mas havia neles uma ferocidade desesperada. Percebi o que ela precisava que eu dissesse.

— Maia Lee estava certa. Mas eu não a ouvi.

O semblante de Lillian se contraiu quando eu disse o nome de Maia, o equivalente emocional de uma retirada estratégica.

— Ela estava certa a respeito do quê?

— Sobre você, e sobre por que você me queria de volta.

Lillian pareceu ficar ainda mais incerta.

— Isso quer dizer...

Balancei a cabeça.

— Não. Não vou voltar para ela. San Antonio é a minha casa.

— Então o quê?

Esfreguei as mãos uma na outra, tentando trazer de volta a sensibilidade.

— Acho que há algo mais que você teme. Algo ainda mais assustador do que se transformar numa pessoa como o seu pai.

O rosto dela já se contraía, preparando-se para o golpe.

— E o que seria?

— Se transformar numa pessoa como a sua mãe... uma mulher de meia-idade com uma caixa de sapatos cheia de fotos de um antigo amante de quem não consegue se livrar. Acho que você tem pavor de se transformar nessa pessoa.

Lillian se levantou, esfregando os braços. Não conseguia olhar para mim.

— Vá pro inferno, se é isso que você acha.

Ela disse isso com toda a frieza que conseguiu reunir, mas a expressão no seu rosto era a mesma que vi quando Dan Sheff mentiu para ela no hospital... alívio contido.

— Você não conseguiu me esquecer por causa do segredo que carregava — eu disse. — Agora, pela primeira vez, esse segredo se foi. Você precisa ou tentar reconstruir o nosso relacionamento para que não precise lidar com um fantasma ou dá-lo por encerrado e esperar conseguir seguir adiante para outra coisa, algo totalmente novo. Seja qual for a alternativa, você está apavorada que não dê certo, que eu continue a envenenar sua vida.

Ela falou com uma brandura surpreendente.

— Há duas semanas você não tinha dúvida de que ainda seríamos perfeitos juntos. Estava disposto a voltar e tentar depois de todos esses anos.

— Sim.

— E agora está me dizendo que vai fechar as portas para essa possibilidade? Que tem certeza de que não daria certo?

— Sim — menti. — Tenho certeza.

Ela olhou para mim, em busca de rachaduras na armadura. Não deixei que encontrasse nenhuma. Lentamente, a tensão nos músculos dos seus ombros se desfez.

— Tudo isso — ela disse baixinho — apenas para você me deixar outra vez.

Lillian esperou por uma resposta. Foi difícil, foi muito difícil, mas deixei que fosse dela a palavra final.

Então ela se virou e se afastou do caramanchão, em direção ao Cadillac preto da mãe. Era grande demais, formal demais para ela, pensei. Mas quando o carro se afastou, parecia como se ela estivesse aprendendo a se sentir em casa ao volante dele.

Tirei o paletó e caminhei lentamente em direção à esquina da Austin Highway com a Eisenhower, deixando que o sol me transformasse em uma fonte ambulante enquanto esperava pelo ônibus. Um camelô vendia frutas na esquina, ao lado de pinturas em veludo preto de guerreiros astecas e corações de Jesus. Acho que eu parecia precisar de alguma coisa. Ele sorriu com o canto da boca e me ofereceu uma fatia de melancia. Agradeci ao sujeito por não ter me dado de presente uma das pinturas.

— Ei, *vato* — disse alguém atrás de mim.

Me virei e vi Ralph inclinado sobre a janela do Lincoln marrom e sorrindo como um demônio.

— Perdeu o carro, cara?

Dei de ombros.

— Perdi o de Jess. Por isso estão me negando o direito de visita ao Fusca.

Ralph riu e mostrou uma garrafa de tequila Herradura e um pacote com seis latas de Big Red.

— Você ainda precisa de amigos como estes? — perguntou.

— Mais do que qualquer coisa — respondi e entrei no carro.

Este livro foi composto na tipologia Minion Pro,
em corpo 11/14,8, impresso em papel off-white 80g/m²,
no Sistema Cameron da Divisão Gráfica
da Distribuidora Record.